中外文学名著导读

高永江　主编

科 学 出 版 社

北 京

内 容 简 介

　　本书内容包括中国古代文学、中国现代文学、中国当代文学和外国文学。为便于读者直接获取相应的吟诵和朗诵音频，扫描书中对应的二维码即可听取相应的音频，从而增强了阅读的新颖性。

　　本书可作为小学教育（全科教育）专业培养方案中语文学科教学的专业能力课程"中外文学名著导读"的教材，也可作为其他专业人文素养提升的教材。

图书在版编目（CIP）数据

中外文学名著导读/高永江主编. —北京：科学出版社，2020.5
ISBN 978-7-03-060474-3

Ⅰ. ①中⋯ Ⅱ. ①高⋯ Ⅲ. ①世界文学-文学欣赏-教材 Ⅳ. ①I106

中国版本图书馆 CIP 数据核字（2019）第 019471 号

责任编辑：万瑞达 李 雪 / 责任校对：陶丽荣
责任印制：吕春珉 / 封面设计：东方人华平面设计部

科 学 出 版 社 出版
北京东黄城根北街 16 号
邮政编码：100717
http://www.sciencep.com

铭浩彩色印装有限公司 印刷
科学出版社发行　各地新华书店经销
*

2020 年 5 月第 一 版　　开本：787×1092　1/16
2020 年 5 月第一次印刷　　印张：19
字数：456 000

定价：48.00 元
（如有印装质量问题，我社负责调换〈铭浩〉）
销售部电话 010-62136230　编辑部电话 010-62130874

前　言

　　自 2012 年起，全国各省市区开始陆续试点进行小学教育（全科教育）专业人才的定向培养，为农村小学输送复合型合格教师。小学教育（全科教育）专业的学生按照"本科定位、全科定性、小学定向"的培养方向，需要在大学本科阶段完成师范生的专业素质和从教能力的培养。因此，编者依据小学教育（全科教育）专业的人才培养模式编写了本书。本书编写遵循以下原则。

　　第一，传承和发扬优秀传统文化，建立文化自信。2017 年，中共中央办公厅、国务院办公厅印发了《关于实施中华优秀传统文化传承发展工程的意见》（以下简称《意见》）。《意见》"重点任务"第 9 条"贯穿国民教育始终"中指出："推动高校开设中华优秀传统文化必修课，在哲学社会科学及相关学科专业和课程中增加中华优秀传统文化的内容。加强中华优秀传统文化相关学科建设，重视保护和发展具有重要文化价值和传承意义的'绝学'、冷门学科。推进职业院校民族文化传承与创新示范专业点建设。丰富拓展校园文化，推进戏曲、书法、高雅艺术、传统体育等进校园，实施中华经典诵读工程，开设中华文化公开课，抓好传统文化教育成果展示活动。研究制定国民语言教育大纲，开展好国民语言教育。加强面向全体教师的中华文化教育培训，全面提升师资队伍水平。"《意见》精神在本书中体现在三个方面：首先，本书中国古代文学内容约占全书内容的 50%，对中国古代文学的充分重视体现出当下迫切需要传承和发展中华优秀传统文化的诉求，把中华优秀传统文化全方位融入文化知识教育环节，贯穿于高等教育领域。其次，朗诵和吟诵指导配合音频资料，弥补了同类书籍在国民语言教育和训练方面的空白。本书选取了多首诗文朗诵，由播音与主持专业的老师提供朗诵指导。其中，古诗吟诵部分由专门研究国学吟诵的教授撰写吟诵格律分析和吟诵技巧指导，辅之以吟诵音频，向读者弘扬和传承中华"绝学"。最后，本书的传播方式也顺应了时代的需要，通过扫描二维码就能听到专业的朗诵和吟诵音频。因此，专业的朗诵、吟诵音频与相关指导不仅增加了学生欣赏文本的方式，丰富了课堂效果，还潜移默化地培养了学生的朗诵能力，使其在未来的教学岗位上能够展现出更好的语言表达能力。

　　第二，经典作品的选择与时俱进，充分考虑了学生的年龄特点。本书增加了"港台作家及侨居海外的华人"部分作品，收录了白先勇、李碧华、木心等人的作品及《埃伦诗集》（美国华裔无名诗人的作品合集）节选。

　　第三，书中文学史和文选相结合，充分考虑本科层次的文学知识体系建构。本书的文学史内容具有提纲挈领的作用，如同珍珠项链的线，作品篇目

如同一颗颗珍珠；看文学史用选篇来印证，学习选篇可以放在文学史的长河中去思考。这就避免了文学史和作家作品分裂、作品无法印证文学史的现象，使学生在学习过程中更有整体感和系统性，有助于学生建构完备的知识体系，也有助于教师在授课过程中有效开展教学设计。选篇的编排顺序是简介—原文—注释—作品赏析—朗诵指导/吟诵指导—拓展阅读/吟诵格律分析。其中，简介简略介绍作家、作品的基本情况，包括但不限于创作时间、作品价值、作家创作概貌等；注释因所选篇章不同，为达到较好的阅读与理解效果，中国古代文学、中国现代文学、中国当代文学与外国文学部分采用原文后的脚注形式；作品赏析融合作品分析与文学常识，包括但不限于作品介绍、作品细节赏析、作品创作背景介绍、作家创作风格赏析、文学常识介绍等；朗诵指导/吟诵指导结合所选文本与音频进行朗读实践的说明；拓展阅读不限于文本形式的阅读，还拓展到影视作品、音乐美术作品等；吟诵格律分析说明古诗词吟诵的格律依据和技巧。

诗歌作为最富有语感的文学作品体裁，是极其适合朗诵与吟诵的。学生通过诗歌欣赏，能够获得深层次的文学感受和文学素养提升。而小说和散文是适合细细品读的文学作品体裁，读者可以从字里行间的变化、词与词之间的联系、句与句之间的衔接中感受文本的魅力。为了培养学生的细读能力，本书中的小说和散文作品没有配备朗读音频。

除文字分析外，本书在介绍朗诵技巧时还使用了一些符号表示相关意义："∧"表示连接；"↑"表示扬停；"↓"表示落停；"→"表示直连；"⌣"表示曲连；"/"表示停顿；"＿"表示重音；"↗"表示升调；"↘"表示降调；"—"表示该音节为偶数平声音节和韵脚，吟诵时需要延长。

本书的编写分工如下：先秦两汉文学选篇主体部分由毋燕燕编写，其中《小雅·蓼莪》《周颂·丰年》《小雅·鹿鸣》由张承凤编写；魏晋文学选篇由肖雪莲编写；唐宋文学选篇主体部分由肖雪莲编写，其中欧阳修《渔家傲·忆端午》、黄庭坚诗词二首由张承凤编写；元明清文学选篇由高永江编写；中国现代文学选篇由刘熹编写；中国当代文学选篇由金华、梅健完成，其中汪曾祺、北岛的选篇由梅健编写，其余由金华编写；港台作家及侨居海外的华人文学选篇中白先勇部分由刘熹编写，李碧华部分由金华编写，木心和《埃伦诗集》部分由张承凤编写。外国文学选篇中古希腊、中世纪、文艺复兴、启蒙主义文学部分由郎艳丽编写；十九世纪文学部分由冉思玮编写；二十世纪文学部分由胡兵编写；东方文学部分中的泰戈尔部分由胡兵编写，东野圭吾部分由金华编写，帕慕克部分由刘熹编写。

另外，张承凤负责《诗经》中的《小雅·蓼莪》《周颂·丰年》《小雅·鹿鸣》，崔颢的《黄鹤楼》，李白的《行路难》，黄庭坚的《次元明韵寄子由》《踏莎行·画鼓催春》，欧阳修的《渔家傲·忆端午》，苏轼的《六月二十日夜渡海》《水龙吟·次韵章质夫杨花词》，以及《埃伦诗集》等篇目的吟诵指导和音频录制。

　　辛旭东负责《周南·芣苢》、庄子的《逍遥游》、孟浩然的《夜归鹿门歌》、杜牧的《题宣州开元寺水阁，阁下宛溪，夹溪居人》和《早雁》、李煜的《破阵子·四十年来家国》、周作人的《北京的茶食》、戴望舒的《我的记忆》、海子的《面朝大海，春暖花开》、韩东的《你见过大海》等篇目的朗诵指导和音频录制。

　　秦阿林负责先秦神话《钟山之神烛阴》《鲧禹治水》《共工怒触不周山》，古诗十九首的《今日良宴会》《涉江采芙蓉》，汉乐府民歌的《饮马长城窟行》《白头吟》《上山采蘼芜》，晏殊的《蝶恋花·槛菊愁烟兰泣露》，李清照的《凤凰台上忆吹箫》，舒婷的《神女峰》，北岛的《回答》等篇目的朗诵指导和音频录制。

　　由于编者水平有限，加之时间仓促，书中难免存在不足，敬请读者批评指正。

编　者

2018 年 9 月

目　录

中国现代文学

中国当代文学

外 国 文 学

中国古代文学

中国古代文学史概述

先秦两汉是中国文学的开端时期，这一时期出现的文学作品奠定了中国文化思想的基础，形成了中国文学的范式，为后世文学提供了轨范。

先秦文学是中国文学的萌芽，中国文学的各种题材大多孕育在这一时期。其中，《山海经》中收录的神话，反映了远古先民对自然万物的认知水平，体现了浓重的厚生爱民思想、忧患意识与抗争精神，上古神话中的想象、形象与情节对古代神魔小说《镜花缘》《封神演义》，以及世情小说《红楼梦》等作品的创作均产生了一定的影响。

诸子散文与历史散文的兴盛体现了这一时期叙事文学的繁荣。韵散结合、辞约义丰的《老子》和《论语》，长于论辩、气势浩然的《孟子》，想象奇崛、汪洋恣肆的《庄子》，论证翔实、逻辑严谨、主题鲜明的《墨子》《韩非子》《荀子》，这些散文奠定了中国传统文化的基础，对后世说理散文的谋篇布局、修辞手法、语言风格等方面均产生了深远的影响。一字寓褒贬的《春秋》、古奥典雅的《尚书》、叙事完整的《左传》、记言为主的《国语》、辩丽横肆的《战国策》，这些历史散文反映了当时社会中的历史大事，为我们了解当时的社会思潮与时代风尚提供了宝贵的文献资料，开启了中国叙事文学的传统，成为后世小说的叙事结构、叙事手法、写人艺术的典范。可以说先秦的诸子散文与历史散文初步构建了中国传统文化的思想体系，梳理了叙事文学写作的标准，成为后代文人写作效仿的对象。

先秦时期诞生了两部重要的诗歌总集，一部是《诗经》，另一部是《楚辞》，分别成为中国现实主义诗歌与浪漫主义诗歌的源头。《诗经》的"风雅"精神与《楚辞》的象征手法对后世诗歌创作产生了深远影响。

秦汉文学是先秦文学的延续与发展。秦朝仅存在 16 年，其文学带有浓郁的战国纵横家的特色，李斯的《谏逐客书》是这一时期的代表作品。汉代是继秦王朝之后的又一个大一统的朝代，汉代文学呈现出"包括宇宙、总览天人、贯通古今"的艺术追求。汉大赋的铺排扬丽彰显了统一王朝的自信和政治理想，西汉末年与东汉的抒情赋改变了大赋铺采摛文、虚夸堆砌的手法和庞大体制，承载了"体物"与"写志"两大文学功用。《史记》《汉书》体现了这一时期叙事文学的最高水平，其所创立的纪传体体例与叙事艺术、写人艺术均成为后世史书学习的对象。西汉的乐府诗歌与东汉末年的《古诗十九首》写尽了人们生活中的喜怒哀乐，是两汉诗歌的杰出代表。

魏晋南北朝文学体现了中国文学的自觉，文学作品从先秦时期的"言志"逐渐转变为对生命的思考，更多地关注人的思想情感和内心世界。

魏晋南北朝文学开始于汉献帝建安元年（196），结束于隋文帝统一中国（589），历经 394 年，是典型的乱世文学。魏晋南北朝是历史上政权更迭频繁的时期，一个人生活在两个或三个朝代的现象比比皆是。这时期的作品通过展

示战争、饥饿、瘟疫、人口迁徙等问题，反映了生活的艰辛、战争的残酷及风险的不可预知。这一时期的文学呈现出悲怆的感情基调，作品的内容在追求政治理想的同时，具有强烈的生命意识和人文关怀。无论是"三曹""建安七子""竹林七贤"的作品，还是陶渊明、潘岳、左思的作品，均充满了对人生无常、生命短暂的慨叹，对社会民生的关心与生命的思考，虽洋溢着政治理想，却具有浓郁的悲剧色彩。例如，曹操的《蒿里行》与王粲的《七哀诗》（其一）写尽了连年战乱带给百姓的灾难。

当人们无法承受生活中的苦难时，玄学作为一种新的人生观与世界观进入了时人的世界，"理过其辞，淡乎寡味"的玄言诗应运而生。这一时期亦出现了大量反映游仙主题与隐逸主题的作品，希望从自然界中找到心灵的栖居之地。既然现实生活的苦难无法避免，他们便想象出一个太平祥和的神仙世界，寄托他们对和平的向往、对长生的渴望。例如，曹操的《气出唱》和《精列》、曹植的《游仙》和《升天行》、张华的《游仙诗》、何劭的《游仙诗》及郭璞的《游仙诗》等，均体现了时人对现实苦难的超脱、对安定生活的向往。以陶渊明为首的隐逸诗人采取顺应生死的态度，积极面对生活中的苦难，为后世留下了一首首静谧的诗歌。陶渊明用田园诗将平淡质朴的生活变成安放脆弱灵魂的极善之地，将人生的苦难、对待生死的态度巧妙自然地融入日常生活中，为后世文人构建了一个寄托思想与灵魂的精神家园。

魏晋南北朝是中国小说的发展时期，南朝宋刘义庆的《世说新语》与东晋干宝的《搜神记》分别是我国志人小说与志怪小说的代表，为我们了解魏晋时期文人的生活志趣与思想提供了原始资料。此外，魏晋南北朝时期是我国文学理论发展的繁荣时期，魏曹丕的《典论·论文》，西晋陆机的《文赋》，南朝梁刘勰的《文心雕龙》、钟嵘的《诗品》等作品对后世文学的创作与文学批评理论的产生具有深远影响。

自唐迄宋历时约660年，文学无论在情感内容上还是艺术技巧上都达到了异彩纷呈的状态。唐朝国家实力鼎盛，士人们兴笔抒怀，将唐诗推向了意气风发的创作高峰，安史之乱后，唐朝国运低垂，出现了大量的现实主义诗歌，关注苍生、批判朝政。

唐代文学以唐朝的历史发展为线索可以分为初唐文学、盛唐文学、中唐文学和晚唐文学。初唐文学创作未能摆脱南朝齐梁诗风形式主义的影响，有上官仪、虞世南、李百药等宫体诗人的奉和应制之作。内容上歌功颂德、游宴享乐，形式上雕琢技巧、采撷辞藻，缺乏真挚的情感，代表着初唐宫廷诗人的创作，被称为"上官体"。沈佺期、宋之问等人在南朝沈约四声说的基础上，进行律诗的创作，对五言和七言律诗的定型起到了重要作用。例如，宋之问的五言律诗《度大庾岭》、沈佺期的七言律诗《独不见》，是律诗成熟和定型的代表作。王勃、杨炯、卢照邻和骆宾王的"风骨"创作为文学带来了新的情感基调，他们被称为"初唐四杰"。这个时期，无论是诗歌理论的引领还是诗歌创作的实践，都有了新的面貌。杨炯在《王勃集序》中指出当时文坛"骨气都尽，刚健不闻"。陈子昂在《与东方左史虬修竹篇序》中明确提出了"齐梁间诗，彩丽竞繁，而兴寄都绝"的现象，提出了"复归风雅""风骨""兴寄"的创作三张，并以《感遇》组诗实现了创作实践先导。

盛唐文学在初唐诗人的革新基础上，形成了新的创作风貌：情感明朗、气势高昂、意境浑成、语言清新。以王维、孟浩然为代表的山水田园诗派，诗风静逸明秀。王维的山水诗将色彩、线条等绘画技巧与禅宗的澄净空明思想融于创作中，形成了诗中有画、诗中有禅意的诗情意趣，如《使至塞上》《辛夷坞》《终南别业》《汉江临泛》等。以岑参、高适、王昌龄为代表的边塞诗派以高昂的斗志、饱满的热情、理性的批判对盛唐的边塞战事和风光进行了反思和描写，风格雄浑苍凉，有悲壮之美，如岑参的《走马川行奉送封大夫出师西征》和《白雪歌送武判官归京》、高适的《燕歌行》、李颀的《古从军行》、王昌龄的《出塞》、王之涣的《凉州词》等。在诗人群体之外，李白以超然不群的个性魅力和豪迈飘逸的创作风格，成为盛唐之音杰出的代表，如乐府古诗《古风五十九首》《梁甫吟》《梦游天姥吟留别》《行路难》，主观情绪浓厚，自然流走，跌宕生姿，意境高远雄浑；其绝句如《静夜思》《玉阶怨》《独坐敬亭山》等，意境明朗秀丽，语言清新隽永。

经历了安史之乱，中唐诗坛由盛唐的壮志豪情转向哀民伤时。杜甫目睹家国残破、民生凋敝，思考时代弊病、朝政腐败，生发出厚重的悲悯情怀，诗风沉郁顿挫。作品如《自京赴奉先县咏怀五百字》《奉赠韦左丞丈二十二韵》《秋兴八首》《登高》，以及"三吏""三别"，都展现出杜甫厚重的儒家情怀和深沉厚重、低徊缠绵的抒情方式。大历至贞元年间，乱世文人多惆怅赠别、吟愁诵恨之作，常常以"青山""夕阳""秋雁"等意象表现孤高寂寞的心境，诗歌创作气骨顿衰，被称为"大历诗风"。元稹、白居易、顾况和戴叔伦在用乐府反映民生疾苦的基础上，以写实的手法、通俗的语言，掀起了"新乐府运动"。以元稹、白居易二人为代表的创作团体被称为元白诗派，代表作有元稹的《遣悲怀三首》和《连昌宫词》、白居易的《新乐府》和《秦中吟》。元白诗派继承了《诗经》的风雅精神与杜甫现实主义的创作方法，对北宋初期白体诗人影响颇大。韩孟诗派以韩愈、孟郊为代表，推崇"不平则鸣""笔补造化"，风格险峭怪奇，对后来江西诗派具有较大的影响。

晚唐文学由中唐时期的关注现实转向对苦闷抑郁情感的抒发，多男女之情、怀古咏史之作。温庭筠和李商隐的创作以秾丽为特征，意象绵密、情感缠绵；杜牧以深邃的洞察力直面现实、反观历史，创作了"二十八字史论"的咏史绝句。

北宋和南宋的政治格局，让有识之士以天下为己任，创作了大量的表达人生慨叹和家国命运深思的文学作品。

宋朝文学因统治集团重文轻武的中央政策，城市工商业的空前繁荣，在总体上呈现出由正统的高雅文学向大众化世俗文学的过渡和转化。宋初诗坛基本承晚唐余绪，有白体、晚唐体和西昆体三派。白体诗人以王禹偁为代表，主要效法中唐白居易闲适、酬唱诗，风格平易浅俗。晚唐体诗人以晚唐诗人贾岛、姚合为师法对象，多用白描手法写隐逸生活，诗风清苦，代表诗人有寇准、林逋和"九僧"。西昆体以杨亿《西昆酬唱集》而得名，收杨亿、刘筠等17人的

酬唱应和之作 250 首，效法晚唐李商隐的华美浓艳，注重用典和夸饰，虽有一定的忧患意识，但缺乏深厚的社会生活基础，感情过于矫饰。北宋中期的诗文革新运动以欧阳修为领袖，倡导扫除西昆体浮靡文风的积弊，强调诗道合一、以文为诗。石延年、梅尧臣、苏舜钦等积极参与，至王安石、苏轼诗文革新达到全盛。北宋末至南宋初期，黄庭坚专注于诗法技巧，引领了诗风。南渡后吕本中《江西诗派宗社图》，在黄庭坚之下又列陈师道、晁冲之等 25 人。宋末，方回明确提出以杜甫、黄庭坚、陈师道、陈与义为江西诗派的"一祖三宗"。但南渡以后，大多数诗人的创作态度消极，题材狭窄，且议论太多，江西诗派走向末路。南宋中期，经历了国破家亡的诗人，将创作目光投向社会现实，如陆游、范成大、姜夔，诗风得到转变。南宋后期的"永嘉四灵"（徐照、徐玑、翁卷、赵师秀），多写山林古寺与身边琐事，诗境清冷幽寂，风格精密工巧，开启了江湖诗派。宋亡前后，文天祥、汪元量等爱国移民诗人由闲适应酬之作转向沉郁苍凉的黍离之悲，是宋诗最后的辉煌。与宋诗发展特征相吻合，宋文在题材上多关注国计民生、讲学明道、游览感悟，艺术上重思辨、好议论，语言平淡自然。

宋词是宋代文学的代表。词作为燕乐的产物，在隋唐已经有了许多优秀作品。王重民的《敦煌曲子词集·叙录》中写道："有边客游子之呻吟，忠臣义士之壮语，隐君子之怡情悦志，少年学子之热望与失望，以及佛子之赞颂，医生之歌诀，莫不入调。其言闺情与花柳者，尚不及半。"到了文人手中，豪放之风被摈弃，词作为"诗之余"，创作题材被束缚在浅唱低酌、悠闲娱乐之中。晚唐的花间词便是代表。直到南唐后主李煜经历亡国之痛，用词写出了自己诚挚的感怀故国之情，使"伶工之词"向"士大夫之词"过渡。

北宋初期，经济繁荣、社会安定，城市的歌舞伎艺、乐曲新声十分兴盛，为词的发展提供了良好的社会氛围。晏殊的词温润秀洁、含蓄典雅，如《蝶恋花·槛菊愁烟兰泣露》《浣溪沙·一曲新词酒一杯》；欧阳修的词审美趣味通俗、抒情功能深化，如《踏莎行·候馆梅残》《朝中措·平山堂》；范仲淹的词融入了边塞风光、军事意象，豪迈苍凉，大气磅礴，如《渔家傲·秋思》《剔银灯·与欧阳公席上分题》；王安石的词表达对历史和现实社会的深刻反思，如《桂枝香·金陵怀古》。词至柳永，题材得到开拓，词调得到扩展，慢词的开创扩充了词的内容含量，提高了词的表现能力，也为铺叙手法在词中的运用奠定了基础，如《雨霖铃·寒蝉凄切》《八声甘州·对潇潇暮雨洒江天》。

北宋中期的词"至苏轼而又一变"。苏词开拓了词境，"无意不可入，无事不可言"（刘熙载《艺概》）打破了诗和词的隔阂。苏轼以诗入词，将写诗的态度、题材、技法用到词中，提高了词的品格，开拓了豪放派的词风。"一洗绮罗香泽之态，摆脱绸缪宛转之度，使人登高望远，举首高歌，而逸怀浩气，超然乎尘垢之外"（胡寅《酒边词序》），将豪放词与婉约词的创作推向了高潮。北宋中期，词坛复归于婉约词风的细腻柔婉，以秦观、贺铸、周邦彦为代表。例如，秦观因词泪水盈盈，情调悲苦，被称为"古之伤心人"，代表作有《满庭芳·山抹微云》《踏莎行·郴州旅舍》。周邦彦深谙音律，自谱新调，是大晟词人群的代表，代表作有《六丑·蔷薇谢后作》《兰陵王·柳》等。

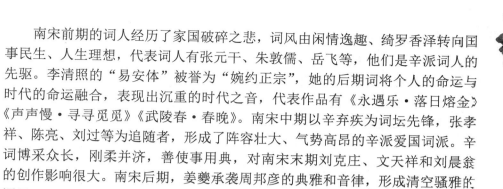

南宋前期的词人经历了家国破碎之悲，词风由闲情逸趣、绮罗香泽转向国事民生、人生理想，代表词人有张元干、朱敦儒、岳飞等，他们是辛派词人的先驱。李清照的"易安体"被誉为"婉约正宗"，她的后期词将个人的命运与时代的命运融合，表现出沉重的时代之音，代表作品有《永遇乐·落日熔金》《声声慢·寻寻觅觅》《武陵春·春晚》。南宋中期以辛弃疾为词坛先锋，张孝祥、陈亮、刘过等为追随者，形成了阵容壮大、气势高昂的辛派爱国词派。辛词博采众长，刚柔并济，善使事用典，对南宋末期刘克庄、文天祥和刘辰翁的创作影响很大。南宋后期，姜夔承袭周邦彦的典雅和音律，形成清空骚雅的词风。

元明清三代历时 600 余年，这一时期文学的一个主要内容就是国破家亡的屈辱、悲愤和复国兴邦的呐喊、抗争。文学均以通俗文学见长。

元代是中国戏曲这一综合性艺术发展的黄金时期。杂剧文学剧本的出现，标志着中国戏曲进入成熟期。元代戏剧包括杂剧和南戏，其剧本创作的成就，代表了当时文学的最高水平。元杂剧、散曲，合称曲，成为元代文学的代表，在文学史上取得了和唐诗、宋词并称的地位。

元杂剧是在民间通俗文学的基础上发展起来的，它以急管繁弦和曲折跌宕的情节再现社会各阶层的人物，更能吸引市民观赏，满足市民在勾栏瓦肆中的文化消费。戏曲曲词继承了诗词的传统，又吸收了鲜活的语言，形成了具有独特民族风格的剧诗，给文坛带来了新的面貌。现有作品流传的剧作家有 40 余人，现存作品 140 种左右，包括著名的"元曲四大家"及其代表作：关汉卿的《窦娥冤》《救风尘》《拜月亭》，白朴的《梧桐雨》《墙头马上》，郑光祖的《倩女离魂》，马致远的《汉宫秋》《青衫泪》。另外，还有王实甫的《西厢记》。杂剧衰退后，南戏兴盛起来，其代表有作家高明及其作品《琵琶记》。元杂剧和南戏是两种不同体制特征和风格的中国戏曲。

散曲，又称为"乐府"或"今乐府"，是继诗、词之后兴起的新诗体。它主要来源于民间小曲和北方少数民族乐曲，一部分从词演化而来。小令和套数是散曲最主要的两种体制。在元代文坛上，散曲与传统的诗、词样式分庭抗礼，代表了元代诗歌创作的最高成就。元代散曲作家 200 余人，作品 4300 多首，其中小令 3850 余首、套曲 450 余套。散曲作家成分多元，风格各异。前期散曲注重本色，风格质朴，代表作家为关汉卿、马致远；后期散曲偏重音律辞藻，风格清丽，代表作家为张可久、乔吉等。

明代文学的发展有着自身的显著特点，一是小说、传奇的创作水平不断提高；二是群体众多，流派纷呈；三是作家队伍扩大；四是文学的独立性和主体性增强。明代是封建社会史上大转折的朝代，以嘉靖元年（1522 年）为界分为前后两个时期。

明前期文学的著名作品大多集中在元明之际。元末的社会动乱及其在文人思想上所引起的反省，在文学作品中有深刻的反映。明前期的小说、戏曲只是延续元末的局面，在文学作品的整理方面成绩显著，如长篇小说《三国志通俗演义》《水浒传》的加工整理，南戏的改编等。明代中叶以后，随着市民阶层

的壮大和统治集团的日益腐朽，思想控制松动，文学也逐步走出了沉寂枯滞的局面。叙事文学走向全面成熟，章回小说和传奇戏曲的体例日趋完善，为后期文学创作的繁荣准备了一定条件。诗文方面，以李梦阳、何景明为首的"前七子"，发起了"复古"的运动，反对"台阁体"，主张"文必秦汉，诗必盛唐"，明代文风因此发生变化，影响较大。

明后期文学创作出现了一个新的局面，戏曲步入中国古代戏曲的全盛期。杂剧作家徐渭的《四声猿》通过历史题材，抨击了当时社会的丑恶；形式也与元杂剧不同。魏良辅改革昆腔，标志着戏曲发展进入一个新的阶段，同时产生了大批有特色的传奇作品，如《宝剑记》《鸣凤记》《浣纱记》《牡丹亭》等剧目。以汤显祖为代表的文采派和以沈璟为代表的格律派，把中国戏曲推向繁荣发展时期。小说方面，出现了众多的长篇和短篇小说。其中神魔小说《西游记》影响最大。而《金瓶梅》则是第一部以描写家庭生活为题材的长篇小说。《金瓶梅》一书的风格代表了明后期部分文学作品的非道德、非理性的倾向。此外，还有《北宋志传》等英雄传奇和《封神演义》等神魔小说，以及冯梦龙的《新列国志》等历史演义小说。短篇小说则出现了冯梦龙编的"三言"（《喻世明言》、《警世通言》和《醒世恒言》），凌濛初的"二拍"（《初刻拍案惊奇》和《二刻拍案惊奇》）等话本、拟话本小说集。诗文方面，嘉靖中出现以李攀龙、王世贞为首的"后七子"，归有光的"唐宋派"，袁宗道、袁宏道、袁中道的"公安派"。他们提出文学要独抒性灵，发前人所未发等主张。晚明的小品文也值得我们重视。

清代是古代文学的大总结时期，孕育着 20 世纪新文学的萌芽。文学创作、文学理论的研究都达到了极高点，出现了古典小说和古典戏曲创作的高峰。诗、文、词、曲及民间文学的创作呈全面发展的趋势。清初至清中叶的文学，样式繁多，具有自己的特点。小说创作登上高峰，作者都是有意创作，对封建社会做了更深入的剖析，艺术表现形式和手法，更具有新的特色。蒲松龄的《聊斋志异》是文言短篇小说的集大成者；吴敬梓的《儒林外史》成为讽刺小说的典范；曹雪芹的《红楼梦》，无论思想性和艺术性都取得了前所未有的成就。19世纪初，出现了李汝珍的《镜花缘》。此外还有英雄传奇小说、历史小说、才子佳人小说。这些作品，在小说史的发展上也占有一定的地位。

戏曲方面，明末清初苏州派作家对戏曲的创作和演出都产生很大的影响。南洪（洪昇）北孔（孔尚任）分别创作了《长生殿》《桃花扇》等传世的作品。但杂剧传奇在清初以后，亦趋衰落。乾隆时期的《吟风阁杂剧》和《雷峰塔》传奇成就较高。地方戏则日益发展。曲艺有弹词、鼓词、子弟书等。

清代诗、文、词出现了众多有影响的流派，取得了相当高的成就。诗歌方面，有王士祯的"神韵派"、查慎行的"宋诗派"、沈德潜的"格调派"、翁方纲的"肌理派"；词方面，有朱彝尊的"浙西词派"和张惠言的"常州词派"；散文方面，"桐城派"影响最大，恽敬的"阳湖派"是其旁支。骈文也颇流行，作者以汪中最有名。诗话、词话、文论、曲话等理论著作也很丰富。

先 秦 两 汉

神 话 三 则

简介

《山海经》是中国现存最早的一部地理书,成书于战国初年与汉初之间,主要记载古代的地理、部族、物产、医药及奇特的动植物等,保存了大量中国古代的神话资料,具有极高的神话学价值。学界认为《山海经》虽题为夏禹、伯益斫作,实际出自春秋、战国人之手,秦汉年间又有附益。袁珂在《中国神话史》一书中认为,《山海经》应是古代巫师、方士根据各地的自然神灵传说及祭祀状况汇编而成的。全书分为山经五卷、海外经四卷、海内经五卷、大荒经四卷。

《淮南子》的作者刘安为汉高祖刘邦之孙,世袭其父刘长淮南王之位,后因谋反事发自杀。刘安博文好学,曾经奉汉武帝之命作《离骚传》。《汉书·艺文志》著录刘安赋 82 篇。《淮南子》又称《淮南鸿烈》,是刘安及其门客集体完成的一部著作,共 21 卷,思想以道家为主,兼采儒家、法家、阴阳家诸家之说,是一部包蕴万千、博奥深宏的理论著作。全书结构严谨,具有完整的思想体系。《淮南子》一书在论证说理时多引用历史、神话、传说,所以此书具有很强的文学色彩,也保存了一部分神话材料。

原文

钟山之神烛阴[1]

钟山之神,名曰烛阴,视[2]为昼,瞑[3]为夜,吹[4]为冬,呼[5]为夏,不饮,不食,不息[6],息为风。身长千里。在无启[7]之东。其为物,人面,蛇身,赤色,居钟山下。

（选自《山海经译注·海外北经》,袁珂,华东师范大学出版社 2017 年版）

注释

[1] 烛阴:神话中的烛龙神,因其常衔一支蜡烛,能够照亮九重泉与北方的幽暗之地,故称其为烛阴。

[2] 视:睁开眼睛。

[3] 瞑:闭上眼睛。

[4] 吹:吹口气。

[5] 呼:呼口气。

[6] 息:呼吸。

[7] 无启:古代神话中的国名。

作品赏析

神话是远古先民在社会实践过程中创作出来的，体现了他们对自然万物的认识与理解。因为当时生产力水平低下，人们在遭受苦难时，总会将希望寄托于神秘力量或氏族英雄。中国神话按主题分，主要包括创世神话、始祖神话、洪水神话、战争神话、发明创造神话，这些神话蕴含着古人浓厚的忧患意识，体现了远古先民对生命的尊重和珍惜，也反映了古人与大自然和命运的抗争精神。古代神话故事多已散佚，除《山海经》记载神话较为集中之外，经、史、子、集中也有片段记载，如《淮南子》《庄子》《韩非子》《吕氏春秋》《墨子》《左传》《逸周书》等。

《钟山之神烛阴》讲述了镇守钟山之神烛阴的相貌和神力。远古先民的想象是丰富的，《山海经》中不仅记载了很多奇特的人（如九头蛇身的相柳、人身虎尾的吉神泰逢、身材高大魁梧的巨人夸父族、手臂奇长的长臂国人、一身三首的三首国人等），还记载了诸多形貌奇特的神兽（如鸟首虺尾的旋龟、四只耳朵的长右、六足四翼的肥遗、一只脚的毕方鸟、一只眼睛和一只翅膀的蛮蛮等）。钟山之神烛阴长着人的脸、蛇的身体、红色的皮肤，身长千里。它神力广大，睁开眼睛就是白天，闭上眼睛就是夜晚，吹口气就到了烈烈严冬，呼口气就到了炎炎夏季。它居住在钟山之上，不喝水、不吃饭、不呼吸，一旦呼吸，便长风万里。它常常衔着一支蜡烛，照亮世间幽暗之处。但因其形貌残留着动物的特征，所以在后来神话仙化的过程中没有将其作为创造世界的神。该神话体现了远古先民对自然界某些无法解释现象的认知和理解水平。

文章想象奇特，语言通俗易懂，体现了神话"以己观物""以己感物"的思维特征，当无法解释自然现象时，他们便情不自禁地将自身属性转移到自然之物上。本文对自然界的昼夜、四季及风的形成的解释，便采用了这种思维方法，具体形象，使复杂的天文知识浅显易懂。

朗诵指导

钟山之神烛阴

1. 注意对象感。本篇内容为先秦神话，本质上是一个小故事，朗诵时应注意对象感和娓娓道来的讲述感。

2. 结合文义确定停连重音。文言文的难点在于理解文意，朗诵时应注意参照注释和翻译准确划分停连重音，避免因断句错误造成歧义。

钟山之神烛阴

钟山之<u>神</u>，名曰/烛阴，视为<u>昼</u>^，暝为<u>夜</u>，^吹为<u>冬</u>，^呼为<u>夏</u>，不饮，不<u>食</u>，不<u>息</u>，息为<u>风</u>。身长<u>千里</u>。在/<u>无启之东</u>。其为物，<u>人面</u>，<u>蛇身</u>，<u>赤色</u>，居/钟山<u>下</u>。

拓展阅读

阅读《淮南子·本经训》所载的"后羿射日"故事，体悟中国古代神话对力量的崇尚和歌颂的特点。

原文

鲧[1]禹治水

洪水滔天。鲧窃帝之息壤[2]以堙洪水，不待帝命。帝令祝融[3]杀鲧于羽郊。鲧复[4]生禹，帝乃命禹卒布土以定九州[5]。

（选自《山海经译注·海内经》，袁珂，华东师范大学出版社 2017 年版）

注释

[1] 鲧（gǔn）：神话传说中，鲧是一匹白马，是黄帝的孙儿。《山海经·每内经》或："黄帝生骆明，骆明生白马，白马是为鲧。"鲧被祝融杀死在羽郊，因不甘心，死后三年身体都未腐烂，肚子中孕育了禹。

[2] 息壤：神话传说中一种能自己不停生长的神土。

[3] 祝融：神话传说中的火神。羽郊：羽山的近郊。

[4] 复：通"腹"，腹部、肚子。屈原《天问》："伯鲧腹禹。"传说鲧死后三年尸体不腐，此事让天帝知道了，天帝怕鲧变成精怪出来捣乱，便派了位带"吴刀"的天神去剖开鲧的身体。天神按照天帝的要求到了羽山，在鲧尸体被剖开的瞬间飞出了虬龙，这就是禹。虬龙禹腾空飞翔之后，鲧被剖开的尸体变化成其他的生物，逃进了羽山。

[5] 卒：最后、终于。布：同"敷"，铺陈。九州：古时分中国为九州，这里泛指全国的土地。

作品赏析

尧管理天下时，曾一度洪水泛滥，民不聊生，为了解救生活在水深火热中的百姓，尧便召集众人商量治水之事。鲧被大家推举出来治水，但据《尚书·尧典》记载：鲧治水"九载，绩用弗成"，后被天帝杀死在羽山，亦有文献记载是尧、舜所杀。舜当了国君后，派遣鲧的儿子禹治理洪水，禹将父亲鲧"堙"的方法改为疏导，《史记·夏本纪》称其"居外十三年，过家门不敢入"。经过13 年的努力，禹终于治好了洪水。

《鲧禹治水》是中国神话史上著名的洪水神话，讲述鲧为了治理洪水，使天下百姓过上幸福安定的生活，私自偷窃天帝的至宝——息壤，而被天帝惩罚的故事。这与西方神话中为人类盗取火种的普罗米修斯极为相似。普罗米修斯被宙斯钉在高加索山上，每天被神鹰啄食肝脏，但到第二天被啄食的肝脏又重新长出来。鲧被天帝所杀，因死不瞑目而破腹生禹，希望儿子能够完成治理洪水造福人类的遗愿。禹不负父愿，终于将祸害百姓多年的洪水治理好了，成为中国文化史上的治水英雄。

本文叙事清晰，言简意赅地为我们呈现了吃苦耐劳、为百姓谋幸福的英雄形象。他们不仅坚持不懈、意志坚定、踏实肯干，而且机智勇敢、充满智慧。此外，文章想象奇特，增添了无限的阅读趣味与文学性，为后世小说的创作提供了丰富的题材及创作方法的借鉴，如鲁迅的《故事新编·理水》。

朗诵指导

鲧 禹 治 水

<u>洪水</u>滔<u>天</u>。鲧/窃帝之<u>息壤</u>/以埋洪水，∧ 不待<u>帝命</u>。帝令祝融/杀鲧/于羽郊。鲧/复生<u>禹</u>，∧ 帝乃命<u>禹</u>/卒布土/以定九州。

鲧禹治水

拓展阅读

阅读《山海经译注·海内经》的故事，体悟中国古代神话的特点。

原文

共工[1]怒触不周山

昔者共工与颛顼[2]争为帝，怒而触不周之山[3]。天柱折，地维绝[4]。天倾西北，故日月星辰移焉；地不满东南，故水潦[5]尘埃归焉。

（选自《淮南鸿烈集解·天文训》，刘文典，冯逸，乔华点校，中华书局 2011 年版）

注释

[1] 共工：传说中天上有名的恶神，有着人的脸、蛇的身体、红色的头发，性情凶暴。

[2] 颛顼（zhuān xū）：传说中的五帝之一，黄帝的子孙。

[3] 不周之山：古代神话传说中西北方一座有缺口的山。《山海经·大荒西经》载："西北海之外，大荒之隅，有山而不合，名曰不周（负子），有两黄兽守之。"

[4] 地维绝：地维，网维在大地四角上的绳子。绝：断。

[5] 水潦（lǎo）：积水。

作品赏析

《共工怒触不周山》讲述了共工与颛顼争夺帝位失败后，他又羞又怒，便一头向西北方的不周山撞去，结果并未撞死，反将支撑天的一根柱子撞折了。支撑天西北角的柱子折断了，网维大地东南角的绳子也断了，日月星辰便向西方落去，地上河流、湖泊的水也向东南方流去。这则神话故事反映了当时氏族部落间战争的残酷，同时也反映了远古先民对自然界运动规律的认知水平。

全文言简义丰，将共工与颛顼争夺帝位的斗争场面及交战双方的情况，仅仅用十几个字表现出来，留下很多空白，供读者去想象填补，体现了中国语言的无言之美。此外，本文想象丰富，构想天的四周有四根天柱，因共工触折了西北方的天柱，所以"天倾西北，故日月星辰移焉；地不满东南，故水潦尘埃归焉"，理由虽略显牵强，但体现了古人对天文地理的认知水平，有一定的可借鉴之处。

《淮南子》保存并改编了大量的神话故事，不仅体现了古人对自然现象、世界起源等问题的认识，还为后世保留了珍贵的文献资料。所收故事多运用比喻、夸张、想象等艺术表现手法，全书充满浓郁的浪漫主义特征，对后世文学创作产生了深刻的影响。

朗诵指导

共工怒触不周山

昔者/共工与颛顼/争为帝，怒/而触/不周之山。天柱折，^地维绝。天倾西北，故/日月星辰/移焉；地不满东南，故/水潦尘埃/归焉。

拓展阅读

观看中国古代神话电影，体悟中国古代神话的魅力。

共工怒触不周山

诗经四首

简介

《诗经》是我国第一部诗歌总集，原名《诗》，或称"诗三百"，共 305 篇，另有 6 篇笙诗，有目无辞。主要收集了西周初年至春秋中叶五百多年的诗歌作品，成书于公元前 6 世纪，是儒家经典著作之一。《诗经》的内容分为"风""雅""颂" 3 部分，"风"包括周南、召南、邶、鄘、卫、王、郑、齐、魏、唐、秦、陈、桧、曹、豳 15 个地方的民歌，共 160 篇。"雅"分"大雅"与"小雅"，主要是宫廷雅乐，共 105 篇。其中"大雅" 31 篇，作者主要是上层贵族；"小雅" 74 篇，作者既有上层贵族，又有下层贵族和地位低微者。"颂"是宗庙祭祀之乐，包括"周颂""鲁颂""商颂"，其中"周颂" 31 篇、"鲁颂" 4 篇、"商颂" 5 篇。《诗经》开辟了中国诗歌抒情言志的传统，其关注社会现实的热情、强烈的政治与道德意识、真诚积极的人生态度，以及赋、比、兴表现手法的运用，对后世文学创作产生了深远影响。

原文

周南·芣苢[1]

采采芣苢，薄言采之[2]。采采芣苢，薄言有[3]之。
采采芣苢，薄言掇[4]之。采采芣苢，薄言捋[5]之。
采采芣苢，薄言袺[6]之。采采芣苢，薄言襭[7]之。

(选自《诗经译注》，程俊英，上海古籍出版社 2012 年版)

注释

[1] 芣苢（fú yǐ）：车前子，古人认为它的籽可以治疗妇女的不孕之症。

[2] 薄言采之：薄、言，皆语助词，无实在意义。采：采摘、采取。这句写开始采摘芣苢。

[3] 有：收藏。一说，有，获取。

[4] 掇（duō）：拾取、采取。

[5] 捋（luō）：用手握住条状物向一端滑动，捋取。

[6] 袺（jié）：拉起衣襟以盛放物品。袺之：拉起衣襟来盛放芣苢。

[7] 襭（xié）：把衣襟插在衣带中以盛放物品。襭之：把衣襟插在衣带里用来盛芣苢。

作品赏析

《诗经》作为我国第一部诗歌总集，其所包含的内容十分丰富，全面深刻地反映了西周初年至春秋中叶社会生活的诸多方面，为我们了解当时的农业、经济、文化、军事、民俗提供了宝贵的文献资料。《诗经》按所收作品的内容可分为祭祖颂歌、周族史诗、农事诗、燕飨诗、怨刺诗、战争徭役诗、婚姻爱情诗等，从不同方面反映了当时的社会生活。

《芣苢》选自《诗经·国风·周南》，描绘的是一群女子采摘芣苢的劳动场景，整首诗歌洋溢着轻松愉快的气氛，属于农事诗。全诗共 3 章，4 句独立成章，重章叠句、双声叠韵，从而形成反复咏叹、节奏徐缓的艺术特色。全诗仅变换了 6 个动词，却将采摘芣苢的过程栩栩如生地展现了出来，从准备采摘时的"采"，到"有"，再到具体采摘的动作"掇""捋"，最后采摘成果的"袺""襭"，将采摘芣苢的动作与数量由少积多的动态，形象传神地表现出来，给人身临其境之感。此外，这 6 个动词在表示采摘动作变化的同时，也体现了诗人情感的变化，描绘了一种祥和宁静的田园生活画卷。清代方玉润《诗经原始》卷一云："读者试平心静气，涵咏此诗，恍听田家妇女，三三五五，于平原绣野、风和日丽中，群歌互答，余音袅袅，若远若近，忽断忽续，不知其情之何以移而神之何以旷。则此诗可不必细绎而自得其妙焉。"

朗诵指导

1. 把握作品的感情基调。要使诵读具有感染力，传达出自己的感受及作品的神韵，关键是要把握好作品的感情基调。朗读《周南·芣苢》时语气应轻快明了，气浮声高，营造一种轻松欢快的氛围。

周南·芣苢

2. 重章叠句的复沓结构，要注意层次性。"采采芣苢，薄言××"要根据不同的语境与意义，体会在节奏、断句、停连、语气等方面的不同。节奏构成了变化，一强一弱、一张一弛、一阴一阳，由此持续下去。

周南·芣苢

采采/芣苢，薄言/采之。采采/芣苢，薄言/有之。
采采/芣苢，薄言/掇之。采采/芣苢，薄言/捋之。
采采/芣苢，薄言/袺之。采采/芣苢，薄言/襭之。

拓展阅读

阅读诗经《豳风·七月》，了解古代下层劳动者的生活情况，体悟《诗经》重章叠句的艺术特色。

原文

小雅·蓼莪[1]

蓼蓼者莪，匪莪伊蒿[2]；哀哀父母，生我劬劳[3]。
蓼蓼者莪，匪莪伊蔚[4]；哀哀父母，生我劳瘁。

瓶之罄矣，维罍之耻[5]。鲜民之生，不如死之久矣！无父何怙[6]？无母何恃？出则衔恤[7]，入则靡至。

父兮生我，母兮鞠[8]我。拊我畜我[9]，长我育我，顾我复我[10]，出入腹[11]我。欲报之德，昊天罔极[12]！

南山烈烈[13]，飘风发发[14]。民莫不谷[15]，我独何害？

南山律律[16]，飘风弗弗[17]。民莫不谷，我独不卒[18]！

（选自《诗集传》，[宋]朱熹，上海古籍出版社 1980 年版）

注释

[1] 蓼（lù）：长又大的样子。莪（é）：一种草，即莪蒿。李时珍《本草纲目》："莪抱根丛生，俗谓之抱娘蒿。"《诗集传》："莪，美菜也。蒿，贱草也。"蓼与下文的"出、则、恤、鞠、畜、育、复、腹、入、欲、德、极、烈、发、莫、不、谷、独、律、弗、卒"等字是否属于入声调类，因学术界对上古音是否有入声声调有争议（根据王力《汉语音韵学》第453 页）而不确定，但在《平水韵》中是入声。

[2] 匪：同"非"。伊：常与"匪"连用，相当于"却是""即是"。

[3] 劬（qú）劳：与下章"劳瘁"皆劳累之意。

[4] 蔚（wèi）：植物名，一种草，即牡蒿。

[5] 瓶、罍（léi）：皆为酒器，有小、大之分，也可以用于盛水。朱熹说："瓶资于罍而罍资瓶，犹言父母与子相依为命也。"罄（qìng）：尽。

[6] 怙（hù）：依靠。

[7] 衔恤：含忧。

[8] 鞠：养。

[9] 拊：通"抚"。畜：通"慉"，喜爱。

[10] 顾：顾念。复：返回，指不忍离去。

[11] 腹：指怀抱。

[12] 昊（hào）天罔极：广大的天。罔：无。极：尽头。《诗集传》："言父母之恩如此，欲报之以德，而其恩之大，如天之无穷，不知所以为报也。"

[13] 烈烈：高大貌。

[14] 发（bō）发：形容疾风或鱼跃的声音。

[15] 莫：没有谁。谷：善。

[16] 律律：义同"烈烈"。

[17] 弗弗：义同"发发"，像风声。

[18] 卒：终，指养老送终。

作品赏析

《小雅·蓼莪》是悼念父母的祭歌。《毛诗序》评此诗"刺幽王也，民人劳苦，孝子不得终养尔"。方玉润曾称赞道："此诗为千古孝思绝作，尽人能识。……故不必问其所作何人，所处何世，人人心中皆有此一段至性至情文字在，特其人以妙笔出之，斯成为一代至文耳！"（《诗经原始》）诗人所抒发的是不能终养

父母的痛苦之情。一直到现在，在重庆的酉阳土家族苗族自治县的国家级非物质文化遗产"酉阳古歌"中，还在葬礼上吟诵《小雅·蓼莪》以诉说孝子的悲伤和追思。

此诗共 6 章，四章有 4 句，两章有 8 句。诗分 3 层意思：首两章是第一层，写父母生养"我"辛苦劳累。头两句以比兴引出，诗人见蒿与蔚，却错当莪。莪香美可食用，并且环根丛生，故又名抱娘蒿，喻人成才且孝顺；而蒿与蔚，皆散生，均粗恶不可食用，喻不成才且不能尽孝。诗人有感于此，借以自责不成才又不能终养尽孝。后两句承此思言及父母养大自己不易，费心劳力，吃尽苦头。朱熹于此指出："言昔谓之莪，而今非莪也，特蒿而已。以比父母生我以为美材，可赖以终其身，而今乃不得其养以死。于是乃言父母生我之劬劳，而重自哀伤也。"（《诗集传》）

中间两章是第二层，写儿子失去双亲的痛苦和父母对儿子的深爱。第三章头两句以瓶喻父母、以罍喻子，取瓶罍相资之意，用以比喻子无以赡养父母，没有尽到应有的孝心而感到羞耻。"鲜民"以下六句诉说失去父母后的孤身生活与感情折磨。而此诗悲叹孤苦伶仃、无所依傍、痛不欲生，完全是出于对父母的亲情。诗人与父母相依为命，失去父母，没有了家庭的温暖，以至于有家好像无家。第四章前 6 句具体叙述父母"劬劳""劳瘁"。诗人一连用了生、鞠、拊、畜、长、育、顾、复、腹 9 个动词和 9 个"我"字，语拙情真、言直意切、絮絮叨叨、不厌其烦、声促调急，确如哭诉一般。

最后两章第三层正承此而来，抒写遭遇不幸。头两句诗人以眼见的南山艰危难越、耳闻的飙风呼啸扑来起兴，营造了困厄危艰、肃杀悲凉的气氛，象征自己遭遇父母双亡的巨痛与凄凉，也是诗人悲怆伤痛心情的外化。4 个入声字（烈烈、发发、律律、弗弗）重叠，加重了哀思，读来如呜咽一般。后两句是无可奈何的怨嗟。

整首诗感人至深，赋、比、兴灵活运用。第一层两章比兴合用；第二层以比兴起，大量赋写父母的养育之恩，呼告"子欲养而亲不在"的悲怆之情；最后两章比兴合用。3 种表现方法灵活运用、前后呼应，抒情起伏跌宕、回旋往复，传达孤子哀伤情思，可谓珠落玉盘、运转自如，艺术感染力强烈。

朗诵指导

《小雅·蓼莪》是一首古体诗，抒发悲伤欲绝的情感，在用韵方面具有如下特点：偶句押韵，大多数是句尾韵，也有句尾虚词前的句中韵。每章 4 句换韵：第一章宵韵，蒿、劳；第二章微部，蔚、瘁；第三章之部，耻、恃、久、至；第五章之部，发、害；第六章物部，弗、卒（见王力《古代汉语》第二册，第 671 页附录三《上古韵部及常用字归部表》）。韵脚的开口度越来越小，情绪越来越压抑悲痛，加上入声字（蓼、出、则、恤、鞠、畜、育、复、腹、入、欲、德、极、烈、发、莫、不、谷、独、律、弗、卒）的大量使用，并到结尾密集出现，极大地加强了哽塞呜咽的情感抒发。

吟诵用普通话"依字行腔"，即按声调的音高趋势延长；六章分为3个层次，层次衔接处有稍长的停顿，句末或句中韵脚是平声，宜采用拖长的原则，最后两章押入声韵，宜短促哽咽，速度宜前慢后快。第一、二章比兴，写景抒情，要有对象感，眼前要有画面。第三、四章诉说孤独，具体叙述父母"劬劳""劳瘁"的生、鞠、拊、畜、长、育、顾、复、腹9个动词，声促调急。第五、六章描写南山艰危，耳闻的飙风声音，都要有身临其境的画面感，抒情的呼天抢地，语势渐高而强。"烈、发、莫、不、谷、独、律、弗、卒"的出现越来越密集，这些发音短促、急切、哽咽，自可以抒发越来越悲怆的感情。

小雅·蓼莪

拓展阅读

《诗经》中还有非常感人的亲情诗，通过查阅字典读懂诗意，体会情感，领悟赋、比、兴的艺术手法。

邶风·燕燕

燕燕于飞，差池其羽。之子于归，远送于野。瞻望弗及，泣涕如雨。
燕燕于飞，颉之颃之。之子于归，远于将之。瞻望弗及，伫立以泣。
燕燕于飞，下上其音。之子于归，远送于南。瞻望弗及，实劳我心。
仲氏任只，其心塞渊。终温且惠，淑慎其身。先君之思，以勖寡人。

原文

周颂·丰年

丰年多黍多稌[1]，亦有高廪[2]，万亿及秭[3]。为酒为醴[4]，烝畀祖妣[5]，以洽百礼[6]，降福孔皆[7]。

（①选自《诗集传》，[宋]朱熹，上海古籍出版社1980年版；
②参考书目：《诗经全译》，袁愈荽译，贵州人民出版社2008年版）

注释

[1] 黍（shǔ）：小米。稌（tú）：稻子，一说专指糯谷。

[2] 廪（lǐn）：藏米仓库。

[3] 亿、秭（zǐ）：表数目。《诗集传》："数万至万曰亿，数亿至亿曰秭。"以言谷数多。

[4] 醴（lǐ）：甜酒。此处是指用收获的稻黍酿造成清酒和甜酒。

[5] 烝（zhēng）：献。畀（bì）：给予。

[6] 洽（qià）：以洽百礼。孔颖达《毛诗正义》："牲玉币帛之属，合用以祭。"指汇集百样祭物。

[7] 孔：很、甚。皆：普遍。《诗集传》："遍也。"

作品赏析

《周颂·丰年》是周人庆丰年祭田神的颂歌。诗经中的颂诗是周代贵族在宗庙中祭祀神灵和祖先，歌颂统治者功德的乐歌，共40篇，分为周颂、鲁颂和商颂。诗中首先报告丰收的情形，并献上用粮食酿造的美酒。这既是庆贺，也

是对祖先的报答，并希望多多降福。诗中强调礼节的周全，表明了当时礼教制度深入人心，已内化为社会的道德风尚。

全诗 1 章，一共 7 句。前 3 句写丰收年的状态，寓农夫长年辛劳的动态于丰收年景的静态中；后四句写以丰收的果实祭祀神灵，以表感谢之意，并祈求神灵保佑。中国古代称国家为社稷，社是土神，稷是谷神，可见当时农业的重要地位。《小雅·大田》所述"雨我公田，遂及我私"的喜悦，以及《小雅·甫田》描写"琴瑟击鼓，以御田祖，以祈甘雨，以介我稷黍，以谷我士女"的迫切心情，便是证明。

此诗主要运用赋法，语言简洁质朴，含蓄地寓欢乐于庄严的气氛中。许许多多的粮食谷物（黍、稌），贮藏粮食的高大仓廪，加上抽象的难以计算的数字（万、亿、秭），这些丰收景象自然是为了显示西周王朝国势的强盛，祭享"祖妣"，"以洽百礼"，面面俱到。

🍂 吟诵指导

《周颂·丰年》的押韵特点为句尾押韵，歌唱部分除"秭"外句句押韵，廪、秭、醴、妣、皆属于上古音脂韵部（见王力《古代汉语》第二册第 671 页的《上古韵部及常用字归部表》）。吟诵用普通话"依字行腔"，即按声调的音高趋势延长，韵脚拖长，声音宜直不宜多变，宜缓不宜急，宜静不宜激，宜浑厚清远不宜婉转悠扬；要有对象感，向冥冥之中的祖先、上苍表达歌颂、敬畏、祈求和期盼之情，风格宜收敛、沉静、肃穆。

在祭拜的典礼上，《周颂·丰年》的祭拜仪式感很强烈。

执礼官（站在执礼台上高声长吟）："丰——年——"

众齐声合诵：丰年多黍多稌，亦有高廪，万亿及秭。为酒为醴，烝畀祖妣，以洽百礼。

执礼官：降福孔皆。

周颂·丰年

☁ 拓展阅读

与《周颂·载芟》结合起来阅读，赏析不同的祭祀意味。

周颂·载芟

载芟载柞，其耕泽泽。千耦其耘，徂隰徂畛。侯主侯伯，侯亚侯旅，侯强侯以。有嗿其馌，思媚其妇，有依其士。

有略其耜，俶载南亩。播厥百谷，实函斯活。驿驿其达，有厌其杰。厌厌其苗，绵绵其麃。载获济济，有实其积，万亿及秭。为酒为醴，烝畀祖妣，以洽百礼。有飶其香，邦家之光。有椒其馨，胡考之宁。匪且有且，匪今斯今，振古如兹。

（选自《诗经》，[春秋]孔丘等，夏华等编译，万卷出版公司 2014 年版）

☁ 原文

小雅·鹿鸣

呦呦[1]鹿鸣，食野之苹[2]。我有嘉宾，鼓瑟吹笙。吹笙鼓簧[3]，承筐是将[4]。人之好我，示我周行[5]。

呦呦鹿鸣，食野之蒿。我有嘉宾，德音孔昭[6]。视民不恍[7]，君子是则[8]是效。我有旨[9]酒，嘉宾式燕以敖[10]。

呦呦鹿鸣，食野之芩[11]。我有嘉宾，鼓瑟鼓琴。鼓瑟鼓琴，和乐且湛[12]。我有旨酒，以燕[13]乐嘉宾之心。

（①选自《诗经》，[春秋]孔丘等，夏华等编译，万卷出版公司2014年版；
②参考书目：《诗经全译》，袁愈荌译，贵州人民出版社2008年版）

注释

[1] 呦（yōu）呦：鹿的叫声。《淮南子》："《鹿鸣》兴于兽，君子大之，取其见食而相呼也。"

[2] 苹：皤蒿。李时珍《本草纲目》："苹即陆生皤蒿，俗呼艾蒿是矣。"

[3] 簧：乐器中用以发声的片状振动体。《毛诗故训传》："吹笙则鼓簧也。"

[4] 承筐：指古代用筐盛币帛送宾客。承：奉。将：送、献。《毛诗故训传》："筐，篚属，所以行币帛也。"

[5] 周行（háng）：指大路。姚际恒《诗经通论》："犹云指我路途耳。"

[6] 德音：美好的品德声誉。孔：很。昭：明。

[7] 视：同"示"。《毛诗传笺》："视，古示字也。"民：一说奴隶；一说自由民。恍（tiāo）：同"佻"，轻薄、轻浮。

[8] 则：法则、楷模，此作动词。

[9] 旨：甘美。

[10] 式：语助词。燕：同"宴"。敖：同"遨"，游逛。

[11] 芩（qín）：草名，蒿类植物。

[12] 湛（dān）：过度安逸或是快活得长久。《毛诗故训传》："湛，乐之久。"

[13] 燕：安。《毛诗故训传》："安也。"

作品赏析

《小雅·鹿鸣》是《诗经》的"四始"诗之一，是古人在宴会上所唱的歌。饮食文化是周礼礼乐文化的重要组成部分，周代上层社会的很多典礼（如祭祀、农事、飨礼、燕礼、射礼和聘礼等）有饮食。燕飨诗反映了周代燕飨之礼十分严格的程序和礼仪：有"献、酢、酬"等献之礼，"酬"之后有物相赠的叫"酬币"，行礼时还要用乐。这些都在《小雅·鹿鸣》中有反映。据朱熹《诗集传》的说法，此诗原是君王宴请群臣时所唱，后来逐渐推广到民间，在乡人的宴会上也可唱。以"呦呦鹿鸣"起兴即是为了渲染、推崇这种不沾纤尘的君臣情谊。接下来通过对宴会上的鼓瑟弹琴、畅谈畅饮的描绘，使君臣之间的良好关系得到了突出和显现。

本诗共3章，每章8句，开头皆以鹿鸣起兴。在空旷的原野上，一群麋鹿悠闲地吃着野草，不时发出呦呦的鸣声，此起彼应，十分和谐悦耳。诗以此起兴，便营造了一种热烈而又和谐的氛围。它把读者从"呦呦鹿鸣"的意境带进"鼓瑟吹笙"的音乐伴奏声中。《诗集传》云："瑟、笙，燕礼所用之乐也。""而燕礼亦云：'工歌鹿鸣、四牡、皇皇者华'，即谓此也。"按照当时的礼仪，整个宴会上必须奏乐。《小雅·鹿鸣》3章全是欢快的节奏、和悦的旋律。诗之首

章写热烈欢快的音乐声中有人"承筐是将"，献上竹筐所盛的礼物。然后主人又向嘉宾致辞："人之好我，示我周行。"主人若是君王，这两句的意思则表示愿意听取群臣的忠告。第二章，则由主人进一步致祝辞，如《诗集传》所云："言嘉宾之德音甚明，足以示民，使不偷薄。而君子所当则效，则亦不待言语之间，而其所以示我者深矣。"祝酒之际要说出这样的话，原因分明是君主表达要求臣下做一个清正廉明的好官的意思。第三章最后几句将欢乐气氛推向高潮。末句"燕乐嘉宾之心"，则是卒章显志，将诗之主题深化，使参与宴会的群臣心悦诚服，自觉地为君王的统治服务。

朗诵指导

《小雅·鹿鸣》的押韵特点为句尾押韵，第一章8句每4句转韵：首句入韵，偶句押韵。鸣、苹、笙属耕部，簧、将、行属阳部。第二章8句偶句押韵，一韵到底，蒿、昭、恌、效、敖属宵韵。第三章8句偶句押韵，芩、琴、湛、心属侵部（见王力《古代汉语》第二册第 671 页的《上古韵部及常用字归部表》）。韵脚的开口度大，第三章略收敛，与欢快愉悦的宴饮情绪协调。

朗诵用普通话"依字行腔"即按声调的音高趋势延长，韵字丰富，每个韵字都要拖长后充分展示场面宏大，要有画面感和抒情的对象感；"鹿、食、瑟、

小雅·鹿鸣

德、式、不、则、乐"入声字短促，有跳跃之感，与之后的字音长音形成"鹿（短促）鸣（长）""食（短促）野（长）""鼓（长）瑟（短促）""德（短促）音（长）""不（短促）恌（长）""是（长）则（短促）""和（长）乐（短促）"等，长短交替形成呼应变化；语速不疾不徐，有君子雅致之风；风格宜欢快婉转，从而充分表达和乐宴饮之情。

拓展阅读

阅读《礼记·乡饮酒义》中下面几句，将其翻译成白话文，了解古代的宴会礼仪。

礼记·乡饮酒义（节选）

乡饮酒之义，主人拜迎宾于庠门之外，入，三揖而后至阶，三让而后升，所以致尊让也。

楚辞（节选）

简介

"楚辞"之名，最早见于《史记·酷吏列传》。"楚辞"含义丰富，包括4个方面的内容。其一，汉武帝时期作为一种专门的学问，与"六经"并列。其二，战国时代产生于楚地的一种"书楚语、作楚声、纪楚地、名楚物"的新诗体，具有浓郁的楚国地方文化色彩，是继《诗经》之后，中国诗歌的又一源头。"楚辞"突破了《诗经》原有的四言句式，每句字数不等、灵活多变，句中或句尾多用"兮"字衬托音节，形成了缠绵哀婉、形象生动的艺术风格。其

三，西汉末年，刘向将屈原、宋玉等人的作品辑录成《楚辞》一书，"楚辞"便成为诗歌总集的名称。其四，专指屈原、宋玉等作家的骚体作品。"楚辞"作为一种新诗体，既是对《诗经》四言诗体的突破，又对后世诗歌产生了深远影响。

原文

九辩（节选）

悲哉，秋之为气也！萧瑟[1]兮，草木摇落而变衰。憭慄[2]兮，若在远行。登山临水兮，送将归。泬寥[3]兮，天高而气清。寂寥[4]兮，收潦[5]而水清。憯悽增欷兮[6]，薄寒之中人[7]。怆怳忼恨兮[8]，去故而就新[9]。坎廪[10]兮，贫士失职[11]而志不平。廓落[12]兮，羁旅而无友生[13]。惆怅兮，而私自怜[14]。燕翩翩其辞归[15]兮，蝉寂漠[16]而无声。雁雍雍[17]而南游兮，鹍鸡啁哳[18]而悲鸣。独申旦[19]而不寐兮，哀蟋蟀之宵征[20]。时亹亹而过中兮[21]，蹇淹留[22]而无成。

（选自《楚辞集注》，[宋]朱熹，上海古籍出版社 2018 年版）

注释

[1] 萧瑟：秋风吹拂枝叶的声音。摇落：凋零飘落。

[2] 憭慄（liáo lì）：凄凉貌。

[3] 泬寥（xuè liáo）：旷荡空虚貌。

[4] 寂寥：大地虚静貌。

[5] 收潦（lǎo）：地面的积水退尽。潦：雨后地面的积水。

[6] 憯悽（cǎn qī）：悲痛、悲伤貌。增欷（xī）：悲伤叹息不已。欷：叹息声。

[7] 薄寒：轻微的寒气。中人：伤人。

[8] 怆怳（chuàng huǎng）：失意貌。忼恨（kuǎng lǎng）：失意惆怅貌。

[9] 去故而就新：指离别。

[10] 坎廪（kǎn lǐn）：同"坎壈"，困顿、不得志。

[11] 贫士：寒微之士，宋玉自称。失职：失去职位。

[12] 廓落：孤寂。

[13] 友生：朋友、知己。

[14] 自怜：自伤、自我怜惜。

[15] 辞归：燕子秋天从北方飞往南方。

[16] 寂漠：寂寞之意。

[17] 雍（yōng）雍：大雁的鸣叫声。

[18] 鹍（kūn）鸡：鸟名，形似鹤。啁哳（zhāo zhā）：声音杂乱细碎。

[19] 申旦：通宵达旦。申：至、达。

[20] 宵征：夜间行动。

[21] 亹（wěi）亹：缓慢流动，无止无休。过中：过了中年。

[22] 蹇（jiǎn）：语气词。淹留：久留。

作品赏析

《九辩》是宋玉的代表作，宋玉生活的年代稍晚于屈原，与唐勒、景差司

时，战国后期楚国著名的文学家。游国恩的《楚辞概论》对《九辩》的写作背景做了详细介绍，他认为此诗是宋玉"至楚幽王时，年逾六十，因秋感触，追忆往事，作《九辩》以寄意"。

《九辩》是一首长篇抒情诗，抒发了作者壮志难酬的苦闷及对国家命运的关心。诗中对楚王的昏庸无能，任用奸佞之臣而误国进行了激烈的抨击，体现了宋玉耿直正义、不随波逐流的高尚品格。此诗在写作手法方面，有明显模仿《离骚》的痕迹，但在环境气氛烘托、景物刻画与语句音节多变方面具有创造性，达到了借景抒情、情景交融的艺术效果。

《九辩》悲秋感怀的主题与情景交融的抒情手法，形成了后世文学的悲秋传统，使自然时节的秋在中国文学视域中增添了难以言尽的惆怅。明代胡应麟《诗薮》认为此篇"模写秋意入神，皆千古言秋之祖"。

拓展阅读

1. 阅读《楚辞·哀郢》，体悟屈原的爱国主义情感。
2. 阅读欧阳修的《秋声赋》，体悟秋天在古代文学作品中的情感基调。

论语（节选）

简介

孔子（前551—前479），名丘，字仲尼，春秋时鲁国陬邑（今山东省曲阜市）人。中国古代伟大的思想家、教育家，儒家学派的创始人。孔子的政治理想是推行礼治德政，所以他的思想以"礼"与"仁"为核心，一生为实现此理想而奋斗。在教育领域，孔子打破了学在官府的教育制度，创立私学、有教无类，使普通家庭的孩子也能认字读书，并根据学生的特点，因材施教。他的有教无类、温故知新、因材施教、诲人不倦、循循善诱等教育理念对后世教育产生了深远的影响。孔子晚年致力于古籍整理，相传《诗》《书》《礼》《乐》《易》《春秋》，以及古代神话均经过孔子修订整理，为保存与传播中国传统文化做出了杰出贡献。《论语》成书于战国初年，书名乃编撰者所定，主要由孔子的弟子及其再传弟子编撰而成。它以语录体为主，是一部记录孔子言行的儒家经典作品，是研究孔子思想的重要文献。

原文

季氏（节选）

孔子曰："侍于君子有三愆[1]：言未及之[2]而言谓之躁，言及之而不言谓之隐，未见颜色而言谓之瞽[3]。"

孔子曰："君子有三戒：少之时，血气未定，戒之在色；及其壮也，血气方刚，戒之在斗；及其老也，血气既衰，戒之在得[4]。"

孔子曰："君子有三畏：畏天命，畏大人[5]，畏圣人之言。小人不知天命而不畏也，狎大人，侮圣人之言。"

孔子曰："君子有九思[6]：视思明[7]，听思聪，色思温[8]，貌思恭，言思忠，事思敬，疑思问，忿思难[9]，见得思义[10]。"

陈亢问于伯鱼曰[11]："子亦有异闻乎？"对曰："未也。尝独立，鲤趋而过庭，曰：'学诗乎？'对曰：'未也。''不学诗，无以言。'鲤退而学诗。他日，又独立，鲤趋而过庭，曰：'学礼乎？'对曰：'未也。''不学礼，无以立。'鲤退而学礼。闻斯二者。"陈亢退而喜曰："问一得三，闻诗，闻礼，又闻君子之远其子也。"

（选自《论语译注》，杨伯峻，中华书局 2017 年版）

注释

[1] 愆（qiān）：过失。

[2] 言未及之：没有轮到他讲话。

[3] 瞽（gǔ）：盲人。

[4] 得：贪得。

[5] 大人：王公大臣。

[6] 思：考虑。

[7] 视思明：看的时候，考虑是否看清楚。

[8] 色思温：脸上的颜色，考虑是否温和。

[9] 忿思难：将要发怒，考虑是否有什么后患。

[10] 见得思义：看见可得的，考虑是否是应得的。

[11] 陈亢：陈子禽，孔子的学生。伯鱼：孔鲤，孔子的儿子。

作品赏析

今本《论语》由东汉郑玄厘定，共 20 篇。其篇目依次是《学而》《为政》《八佾》《里仁》《公冶长》《雍也》《述而》《泰伯》《子罕》《乡党》《先进》《颜渊》《子路》《宪问》《卫灵公》《季氏》《阳货》《微子》《子张》《尧曰》。《论语》20 篇的篇名取自首章首句中的两字或三字，篇与篇之间没有时间先后顺序，各章之间亦无共同的主题。从所记载孔子的片言只语中，我们可以了解孔子的思想言行、形象品格及孔门弟子的性格特点。《论语》体现了语录体短小简约、言简义丰的特点。

《论语》虽为语录体，但在简短的对话中常常用极少的文字点出人物的性格特色。例如，《子路、曾皙、冉有、公西华侍坐》章，子路的"率尔而对曰"，一个"率尔"将子路性格中的轻率、鲁莽暴露无遗。一个"哂"字，将孔子对子路的爱与批评传神地体现出来，子路有这样的理想令人高兴，怛却不懂得谦让。《季氏》篇陈亢好学、聪慧但又有心计的形象也栩栩如生地展现出来。陈亢本来认为孔鲤身为孔子的儿子，日常受到孔子的教诲一定比他们多，谁知孔鲤并未因身份的特殊比他们获取更多知识，同时也映衬了孔子胸怀的博大和志向的高远。

《论语》行文言简意赅，辞约义丰。本文亦属这一类型，简短的文字蕴含着深刻的人生智慧，而所涉及的内容则是生活中应该具备的常识，与我们的日常生活息息相关。人要立足于社会，要懂得日常生活礼仪，这样才能正确合理地应对生活中的各种事情。例如，当你侍奉君子的时候，一定要有得体的说话礼仪，轮到你说则说，没有轮到你说而抢着说是一种过失；轮到你说，又闪烁其词有所隐瞒，也是一种过失；说话时不看君子的脸色而贸然说话，也是一种过失。这不仅在孔子的时代是不礼貌的，在当下生活中也是不礼貌的。《论语》仅仅用 34 字就将深邃的道理浅显地表达了出来。又如，"君子有三戒：少之时，血气未定，戒之在色；及其壮也，血气方刚，戒之在斗；及其老也，血气既衰，戒之在得。"寥寥数语，却给人清晰明确的人生告诫。此外，"己欲立而立人，己欲达而达人"（《论语·雍也》）、"见贤思齐焉，见不贤而内自省也"（《论语·里仁》）、"吾日三省吾身：为人谋而不忠乎？与朋友交而不信乎？传不习乎？"（《论语·学而》）至今读来仍受益无穷。

拓展阅读

阅读《论语·尧曰》，体悟孔子这段话中的人生智慧。

孔子曰："不知命，无以为君子也；不知礼，无以立也；不知言，无以知人也。"

逍遥游（节选）

简介

庄子（约前 369—前 286），名周，战国时期宋国蒙（今河南省商丘市东北部）人，是老子思想的继承者和发展者，道家学派的代表人物之一。庄子曾任漆园吏，一生贫困、穷居陋巷、织履为生。他愤世嫉俗、拒绝入世、力求在乱世中保持独立的人格，追求自由的精神，后世将其与老子并称为"老庄"。庄子认为"道"是先天地而生的，无所不在、不可闻见、万事万物是相对存在的，变化无端。他主张通过"心斋""坐忘"的方法，进入"齐万物、无所待，与自然融为一体"的境界。《汉书·艺文志》著录《庄子》52 篇，今本《庄子》共 33 篇，分内篇 7 篇、外篇 15 篇、杂篇 11 篇。研究者多认为内篇为庄子所作，外篇与杂篇多出自庄子后学之手。

原文

逍遥游（节选）

惠子[1]谓庄子曰："魏王贻我大瓠之种[2]，我树之成而实五石[3]，以盛水浆，其坚不能自举也[4]；剖之以为瓢，则瓠落无所容[5]。非不呺然[6]大也，吾为其无用而掊[7]之。"

庄子曰："夫子固拙于用大[8]矣。宋人有善为不龟手之药[9]者，世世以洴澼絖[10]为事。客闻之，请买其方百金。聚族而谋之曰：'我世世为洴澼絖，不过数金；今一朝而鬻技[11]百金，请与之。'客得之，以说吴王。越有难，吴三使之将[12]。冬与越人水战，大败越人，裂地[13]而封之。能不龟手，一也；或[14]以封，或不免于洴澼絖，则所用之异也。今子有五石之瓠，何不虑以为大樽[15]而浮乎江湖，而忧其瓠落无所容？则夫子犹有蓬之心[16]也夫！"

惠子谓庄子曰："吾有大树，人谓之樗[17]。其大本拥肿而不中绳墨[18]，其小枝卷曲而不中规矩[19]。立之涂[20]，匠者不顾[21]。今子之言，大而无用，众所同去也。"

庄子曰："子独不见狸狌[22]乎？卑[23]身而伏，以候敖[24]者；东西跳梁，不辟高下[25]；中于机辟[26]，死于罔罟[27]。今夫斄牛[28]，其大若垂天之云。此能为大矣，而不能执鼠。今子有大树，患其无用，何不树之于无何有[29]之乡，广莫[30]之野，彷徨乎无为其侧，逍遥乎寝卧其下。不夭斤斧[31]，物无害者[32]，无所可用，安所困苦哉[33]！"

（选自《庄子今注今译》，陈鼓应，中华书局 2009 年版）

注释

[1] 惠子：姓惠名施，庄子的朋友，战国时期宋国人，名家学派的创始人，曾做过梁惠王的国相。

[2] 魏王：即魏惠王。贻（yí）：赠送。瓠（hù）：葫芦。

[3] 树：种植、栽培。实：容纳。石（dàn）：容量单位，十斗为一石。实五石：即（葫芦）中可以容纳五石的东西。

[4] 其坚不能自举也：用它来盛水，质地脆弱，无法提举起来。坚：坚固。

[5] 瓠（hù）落：又写作"廓落"，大而平浅。无所容：不能容纳东西。

[6] 呺（xiāo）然：庞大而又中空的样子。

[7] 掊（pǒu）：砸破、击破。

[8] 固拙于用大：不善于把事物利用在大处。

[9] 不龟（jūn）手之药：防止冻伤皮肤的药。龟：同"皲"，皮肤因受冻而开裂。

[10] 洴澼絖（píng pì kuàng）：在水中漂洗丝绵。

[11] 鬻（yù）技：卖制药的技能。

[12] 将：统率军队。

[13] 裂地：划分土地。

[14] 或：无定代词，这里指有的人。

[15] 樽：本为酒器，这里指形似酒樽，可以束在身上的一种凫水工具，俗称腰舟。

[16] 有蓬之心：喻见识浅薄，不能通晓大道理。蓬：草名，其状弯曲不直。

[17] 樗（chū）：臭椿。

[18] 大本：树木的主干。拥肿：同"痈肿"，指树木上多长出的赘瘤。中（zhòng）：符合。绳墨：匠人用以求直的工具。

[19] 卷曲：同"蜷曲"。规矩：匠人用于求圆、求方的工具。

[20] 涂：通"途"，道路。

[21] 不顾：不看。

[22] 狸（lí）：野猫；狌（shēng），黄鼠狼。

[23] 卑：低。

[24] 敖：同"遨"，游玩。

[25] 跳梁：跳跃、蹿越。辟：同"避"，避开。这两句的意思是，一会儿跳到西，一会儿跳到东，不会避开高处与低处。

[26] 机辟：捕兽的机关陷阱。机：弩机。辟：陷阱。

[27] 罔罟（gǔ）：渔猎的网具。罔：同"网"。罟：网的通称。

[28] 斄（máo）牛：牦牛。

[29] 无何有：什么都没有。

[30] 莫：大。

[31] 不夭斤斧：不因斧头砍伐而夭折。夭：夭折。斤斧：斧头。

[32] 物无害者：没有什么东西能够伤害它。

[33] 无所可用，安所困苦哉：（它）没什么可用的地方，又怎么会有困苦呢？

作品赏析

《逍遥游》是《庄子》的第一篇，共 3 部分，第一部分通过写大鹏鸟，表现了作者无功、无名、无己与天地合一的精神；第二部分借"让天下"写去名、去功、圣人无己的精神境界；本文选自第三部分，通过庄子与惠施的对话，论述"小大之用""无用之用"的意义。

《逍遥游》的主旨是什么？陈鼓应《庄子今注今译》认为："《逍遥游》篇，主旨是说一个人当透破功名利禄、权势尊位的束缚，而使精神活动臻于优游自在、无挂无碍的境地。"人亦如此，自然界的万物更是如此，无论大小，任其物性，便实现逍遥。

《庄子》一书最典型的艺术特色是"意出尘外，怪生笔端"，以丰富的寓言故事及奇特想象，将玄妙的哲学思想浅显地表现出来，语言似行云流水、汪洋恣肆，句式富于变化、用词奇崛，虽为散文，却有诗歌的韵律和节奏。清代方东树在《昭昧詹言》中说："大约太白诗与庄子文同妙，意接而词不接，发想无端，如天上白云卷舒灭现，无有定形。"此外，《庄子》还为后世创作了很多脍炙人口的成语，如本篇的鲲鹏展翅、一飞冲天、大而无当、凌云之志、扶摇而上、大相径庭等。

朗诵指导

朗诵文言文时，要注意韵律和节奏，要有所心动、有所联想、有所感悟，相应意境的营造极为重要。

逍遥游（节选）

惠子/谓/庄子/曰："魏王/贻我/大/瓠之/种，我/树之/成而实/五石，以盛水浆，其坚/不能/自举也；剖之/以为/瓢，则/瓠落/无所容。非不/呺然/大也，吾为/其无用/而/掊之。"

庄子曰："夫子/固拙于/用/大矣。宋人/有/善为/不龟手/之药者，世世/以洴澼絖/为事。客闻之，请/买其/方百金。聚族/而/谋之曰：'我世世/为洴澼絖，不过/数金；今/一朝/而鬻技百金，请/与之。'客/得之，以说/吴王。越/有难，吴王/使之将。冬与/越人/水战，大败/越人，裂地/而/封之。能/不/龟手，一也；或以/封，或/不免于/洴澼絖，则/所用/之异也。今子/有/五石之瓠，何不虑/以为/大樽/而浮乎/江湖，而/忧其/瓠落/无所容？则/夫子/犹有/蓬之/心也夫！"

惠子/谓/庄子/曰："吾/有/大树，人/谓之/樗。其/大本/拥肿/而/不中/绳墨，其/小枝/卷曲/而/不中/规矩。立/之涂，匠者/不顾。今子/之言，大而/无用，众所/同去/也。"

庄子曰："子独/不见/狸狌乎？卑身/而伏，以候/敖者；东西/跳梁，不辟/高下；中于/机辟，死于/罔罟。今夫/斄牛，其/大若/垂天/之云。此/能为/大矣，而不能/执鼠。今子/有/大树，患其/无用，何不/树之/于无/何有之乡，广莫/之野，彷徨乎/无为其侧，逍遥乎/寝卧其下。不夭/斤斧，物无/害者，无所/可用，安所/困苦/哉！"

拓展阅读

阅读《庄子·齐物论》，体悟庄子的齐物论思想。

逍遥游

史记（节选）

简介

司马迁（约前145—约前87），字子长，夏阳（今陕西省韩城市）人。其父司马谈曾是汉武帝的太史令，学识渊博，天文地理、诸子百家无不通晓，其对司马迁的成长产生了深远影响。据《史记·太史公自序》所载，司马迁十岁就会诵古文，而且转益多师，向儒学大师孔安国学习古文《尚书》，向董仲舒学习公羊派《春秋》等。他20岁便外出游历，足迹遍及大江南北，其后在朝廷任郎中、太史令、中书令等职，或陪同汉武帝巡幸，或奉旨出使，不仅拓宽了视野，而且为其之后《史记》的写作提供了翔实的文献资料。天汉三年（前98），因为李陵败降匈奴之事辩解触犯龙颜，获罪下狱，被处以宫刑，此事对司马迁的精神和身体造成了严重的摧残。出狱后，司马迁因未完成其父司马炎交给他修订史书的任务而含垢忍辱，以刑余之身前后历时14年，于公元前87年完成了《史记》的写作。《史记》是我国第一部纪传体通史，其写人叙事的艺术对中国古代的历史编写产生了深远的影响。

原文

伍子胥列传

伍子胥者，楚人也。名员，员父曰伍奢。员兄曰伍尚。其先曰伍举，以直谏事楚庄王，有显[1]，故其后世有名于楚。

楚平王有太子名曰建，使伍奢为太傅，费无忌为少傅[2]。无忌不忠于太子建。平王使无忌为太子取[3]妇于秦。秦女好[4]，无忌驰归报平王曰："秦女绝美，王可自取，而更[5]为太子取妇。"平王遂自取秦女而绝爱幸之，生子轸。更为太子取妇。

无忌既以秦女自媚于平王，因去[6]太子而事平王。恐一旦平王卒而太子立，杀己，乃因谗太子建。建母，蔡女也，无宠于平王。平王稍益疏建，使建守城父[7]，备边兵。

顷[8]之，无忌又日夜言太子短于王曰："太子以秦女之故，不能无怨望[9]，愿王少自备也。自太子居城父，将兵，外交诸侯，且欲入为乱矣。"平王乃召其太傅伍奢考问之。伍奢知无忌谗太子于平王，因曰："王独奈何以谗贼小臣疏骨肉之亲乎？"无忌曰："王今不制，其事成矣。王且见禽[10]。"于是平王怒，囚伍奢，而使城父司马奋扬往杀太子。行未至，奋扬使人先告太子："太子急去，不然将诛。"太子建亡奔宋。

无忌言于平王曰："伍奢有二子，皆贤，不诛且为楚忧。可以其父质而召之，不然且为楚患。"王使使[11]谓伍奢曰："能致汝二子则生，不能则死。"伍奢曰："尚为人仁，呼必来。员为人刚戾忍诟[12]，能成大事，彼见来之并禽，其势必不来。"王不听，使人召二子曰："来，吾生[13]汝父；不来，今杀奢也。"伍尚欲往，员曰："楚之召我兄弟，非欲以生我父也，恐有脱者后生患，故以父为质，诈召二子。二子到，则父子俱死。何益父之死？往而令雠不得报耳。不如奔他国，借力以雪父之耻，俱灭，无为也。"伍尚曰："我知往终不能全父命。然恨父召我以求生而不往，后不能雪耻，终为天下笑耳。"谓员："可去矣[14]！汝能报杀父之雠，我将归死。"尚既就执[15]，使者捕伍胥。伍胥贯弓执矢向使者，使者不敢进，伍胥遂亡。闻太子建之在宋，往从之。奢闻子胥之亡也，曰："楚国君臣且苦兵矣。"伍尚至楚，楚并杀奢与尚也。

伍胥既至宋，宋有华氏之乱[16]，乃与太子建俱奔于郑，郑人甚善[17]之。太子建又适[18]晋，晋顷公曰："太子既善郑，郑信太子。太子能为我内应，而我攻其外，灭郑必矣。灭郑而封太子。"太子乃还郑，事未会[19]，会[20]自私欲杀其从者，从者知其谋，乃告之于郑，郑定公与子产诛杀太子建。建有子名胜。伍胥惧，乃与胜俱奔吴。到昭关，昭关欲执之。伍胥遂与胜独身步走，几不得脱，追者在后。至江，江上有一渔父乘船，知伍胥之急，乃渡伍胥。伍胥既渡，解其剑曰："此剑直百金，以与父[21]。"父曰："楚国之法，得伍胥者赐粟五万石，爵执珪，岂徒百金剑邪！"不受。伍胥未至吴而疾[22]，止中道，乞食。至于吴，吴王僚方用事，公子光为将，伍胥乃因公子光以求见吴王。

久之，楚平王以其边邑钟离与吴边邑卑梁氏俱蚕，两女子争桑相攻，乃大怒，至于两国举兵相伐。吴使公子光伐楚，拔[23]其钟离、居巢而归。伍子胥说吴王僚曰："楚可破也。愿复遣公子光。"公子光谓吴王曰："彼伍胥父兄为戮于楚，而劝王伐楚者，欲以自报其雠耳。伐楚未可破也。"伍胥知公子光有内志[24]，欲杀王而自立，未可说以外事，乃进专诸[25]于公子光，退而与太子建之子胜耕于野。

五年而楚平王卒。初，平王所夺太子建秦女生子轸，及平王卒，轸竟立为后，是为昭王。吴王僚因楚丧，使二公子将兵往袭楚。楚发兵绝吴兵之后，不得归。吴国内空，而公子光乃令专诸袭刺吴王僚而自立，是为吴王阖闾。阖闾既立，得志，乃召伍员以为行人，而与谋国事。

楚诛其大臣郤宛、伯州犁。伯州犁之孙伯嚭亡奔吴，吴亦以嚭为大夫。前王僚所遣二公子将兵伐楚者，道绝不得归。后闻阖闾弑王僚自立，遂以其兵降楚，楚封之于舒。阖闾立三年，乃兴师与伍胥、伯嚭伐楚，拔舒，遂禽故吴反二将军。因欲至郢，将军孙武曰："民劳，未可，且待之。"乃归。

四年，吴伐楚，取六与灊[26]。五年，伐越，败之。六年，楚昭王使公子囊瓦将兵伐吴。吴使伍员迎击，大破楚军于豫章，取楚之居巢。

九年，吴王阖闾谓子胥、孙武曰："始子言郢未可入，今果何如？"二子对曰："楚将囊瓦贪，而唐、蔡皆怨之。王必欲大伐之，必先得唐、蔡乃可。"阖闾听之，悉兴师与唐、蔡伐楚，与楚夹汉水而陈。吴王之弟夫概将兵请从，王不听，遂以其属五千人击楚将子常，子常败走，奔郑。于是吴乘胜而前，五战，遂至郢。己卯，楚昭王出奔。庚辰，吴王入郢。

昭王出亡，入云梦；盗击王，王走郧。郧公弟怀曰："平王杀我父，我杀其子，不亦可乎！"郧公恐其弟杀王，与王奔随。吴兵围随，谓随人曰："周之子孙在汉川者，楚尽灭之。"随人欲杀王，王子綦匿王，己自为王以当之。随人卜与王于吴，不吉，乃谢吴不与王。

始伍员与申包胥为交，员之亡也，谓包胥曰："我必覆楚。"包胥曰："我必存之。"及吴兵入郢，伍子胥求昭王。既不得，乃掘楚平王墓，出其尸，鞭之三百，然后已。申包胥亡于山中，使人谓子胥曰："子之报雠，其以甚乎！吾闻之，人众者胜天，天定亦能破人[27]。今子故平王之臣，亲北面而事之，今至于僇[28]死人，此岂其无天道之极乎！"伍子胥曰："为我谢申包胥曰，吾日莫途远，吾故倒行而逆施之。"于是申包胥走秦告急，求救于秦，秦不许。包胥立于秦廷，昼夜哭，七日七夜不绝其声。秦哀公怜之，曰："楚虽无道，有臣若是，可无存乎！"乃遣车五百乘救楚击吴。六月，败吴兵于稷。

……

太史公曰：怨毒之于人甚矣哉！王者尚不能行之于臣下，况同列乎！向令伍子胥从奢俱死，何异蝼蚁。弃小义，雪大耻，名垂于后世。悲夫！方子胥窘于江上，道乞食，志岂尝须臾忘郢邪？故隐忍就功名，非烈丈夫孰能致此哉？白公如不自立为君者，其功谋亦不可胜道者哉！

（选自《史记》，[汉]司马迁，中华书局 2005 年版）

注释

[1] 有显：拥有名声、权势、地位。

[2] 太傅、少傅：均为辅导东宫太子的职官。

[3] 取：通"娶"，迎娶。

[4] 好：容貌美。

[5] 更（gèng）：另外、再。

[6] 去：离开。

[7] 城父：裴骃《史记集解》中认为此地是颍川城父县。

[8] 顷：顷刻。

[9] 怨望：怨恨。

[10] 禽：通"擒"，擒拿。

[11] 使使：派遣使者。第一个"使"为动词，命令、派遣；第二个"使"为名词，使者。

[12] 刚戾忍诟：形容人的性格刚烈，忍辱负重。诟（gòu）：辱骂。

[13] 生：使动用法，使……活下来。

[14] 去：逃走。

[15] 执：捉住。

[16] 华氏之乱：宋国华定、华亥等杀宋群公子，劫持宋元公之事。

[17] 善：对……友好。

[18] 适：到……去。

[19] 会：时机、机遇。

[20] 会：副词，恰巧。

[21] 以与父：省略句，应为"以之与父"，把剑送给渔父。

[22] 疾：生病。

[23] 拔：攻取。

[24] 内志：指公子光想篡夺朝政大权的志向。

[25] 专诸：春秋时吴国人，为公子光刺杀吴王僚，后被吴王僚的侍卫所杀。

[26] 六与灊（qián）：六，古国名，皋陶之后所封。灊：古地名，在今安徽省霍山县东北，内有天柱山。

[27] 人众者胜天，天定亦能破人：聚集众人的力量必定会获得超乎寻常的结果，但天道运行有自己的规律，不以人的意志为转移。

[28] 僇（lù）：侮辱。

作品赏析

《史记》是纪传体通史，它记叙了从传说中的黄帝时代一直到汉武帝元狩元年间大约 3000 年的历史。全书 130 篇，由十二本纪、十表、八书、三十世家、七十列传 5 个部分组成。"本纪"记载历代帝王的政绩；"表"是各个历史时期的大事记；"书"是关于天文、地理、政治、经济、文化等方面的专史；"世家"写历代王侯和辅汉功臣的事迹；"列传"是历代有影响人物的传记。其中，本纪、世家、列传都是以人物为中心的纪传，是全书的主体。司马迁以"不虚美，不隐恶"的实录精神来写人物传记，但他不是纯客观地描写，在大多数历史人物身上表现了他褒贬爱憎之情。他突破封建的正统观念，在《史记》中表现出进步的思想倾向。

《史记·伍子胥列传》讲述了春秋时期的政治家、军事家伍子胥因父兄被楚平王残害而出逃昭关，沿途求乞，终于忍辱负重替父兄报仇的故事。此传以春秋时期吴国、楚国两国为主，宋国、郑国、齐国、越国等国为辅，在宏阔的历史背景下，为我们展现了伍子胥的智谋与眼光。这篇文章涉及人物众多，除了叙述伍子胥外逃楚国的来龙去脉、协助吴王阖闾称霸一方、劝谏吴王夫差果敢灭越无果而被赐死等主要故事外，还涉及费无忌、太子建、太子胜、吴王僚、吴王阖闾、吴王夫差、越王勾践、太宰伯嚭等人的故事，为我们塑造了一系列栩栩如生、真实可感的人物形象。伍子胥弃小义、雪大耻，为了达到目的隐忍于世的精神鼓励了后世的无数人，也成就了他的伟业与功名。

全文叙事气势磅礴、惊心动魄，在称赞伍子胥德行的同时，也揭露了伍子胥性格狭隘的方面，体现了司马迁"不虚美，不隐恶"的修史精神，亦将伍子胥的人物形象真实生动地再现给受众，为后人了解与研究伍子胥提供了翔实的文献资料。

拓展阅读

阅读《史记·伯夷列传》，了解伯夷、叔齐的崇高品格，理解司马迁"究天人之际，通古今之变，成一家之言"的修史思想。

古诗十九首（三首）

简介

《古诗十九首》始载于萧统所编《文选》的"杂诗"类之首，是从传世"古诗"中选录的19首作品，冠名为"古诗十九首"，后人便沿用了此名。其中12首收录在徐陵所编的《玉台新咏》中。《古诗十九首》的部分作品，前人揣测是枚乘、傅毅、曹植等人的作品，但均无确凿的证据。近代学者认为《古诗十九首》出自汉代失意文人之手，亦非一人一时一地所作，代表了汉代文人五言诗的最高成就。《古诗十九首》的内容或为远行游子羁旅游宦的忧虑与彷徨，或为思妇的离愁别恨，反映了游子、思妇复杂的情感世界，具有浓郁的悲伤色彩。

原文

今日良宴会

今日良宴会，欢乐难具陈[1]。弹筝奋逸响[2]，新声[3]妙入神。令德唱高言[4]，识曲[5]听其真。齐心同所愿，含意俱未申[6]。人生寄一世，奄忽若飙尘[7]。何不策高足[8]，先据要路津[9]？无为[10]守贫贱，辄轲[11]长苦辛。

（选自《古诗十九首与乐府诗选评》，曹旭，上海古籍出版社 2017 年版）

注释

[1] 陈：说、述说。

[2] 奋：发出、扬起。逸响：奔放的音律，不同凡响的声音。

[3] 新声：当时流行的乐曲。

[4] 令德唱高言：有美好德行的人用音乐表达思想。高言：高妙的言辞，这里指歌的内容。

[5] 识曲：知音。

[6] 含意：曲中的道理。申：抒发、表达。

[7] "人生"两句：指人的一生匆匆而过，就像狂风卷起的尘土。奄忽：急速、迅速。飙（biāo）尘：大风卷起的尘土。

32

[8] 策高足：策，鞭打；高足，良马、快马。

[9] 要路津：重要的渡口，此处喻指重要的位置。此句意为先占据重要的位置。

[10] 无为：不要、不必。

[11] 辗（kǎn）轲：同"坎坷"，不平坦、不顺利，此处引申为矢志不渝。

作品赏析

《今日良宴会》是《古诗十九首》中的第四首，是一首感叹悲士不遇的著作。此诗先写宴会的场景，再写宴会的音乐与感受，最后写参加宴会的思考，表达了诗人对生命意义与人生价值的思考和理解。人的一生总会伴随着忧郁与快乐，人生苦短，不要因为贫穷失意而郁郁不乐，而要努力奋进、捷足高登，积极地实现个体的人生价值，享受人生的快乐。

全诗一气呵成，语言平实委婉，层层深入地表达了作者不平静的内心世界。"何不策高足，先据要路津？无为守贫贱，辗轲长苦辛"，一览无余地道尽了贫士的愤激。刘光蕡《古诗十九首注》曰："此诗意近《战国策·苏秦传》末语意，有艳富贵势力之心。"王国维《人间词话》认为此句"可谓淫鄙之尤。然无视为淫词鄙词者，以其真也"。末尾两句虽然浅鄙，但一定程度上抚慰了作者疲惫的灵魂。

朗诵指导

今日良宴会

1. 朗诵《古诗十九首》时的节奏类型多为低沉型，声音偏暗偏沉，语势多为落潮类，句尾落点多显沉重，语速较缓。

2. 古诗具有韵律感，依据诗歌内容和朗诵要求，将其划分为"二三"停顿，朗读时还应注意句与句之间的情感衔接，使诗歌情感得以完整连贯，避免生硬停顿造成情感割裂。

今日良宴会

今日/良宴会（↑），欢乐/难具陈（↓）。弹筝/奋逸响（↑），新声/妙入神（↓）。令德/唱高言（↑），识曲/听其真（↓）。齐心/同所愿（↑），含意/俱未申（↓）。人生/寄一世（↑），奄忽/若飙尘（↓）。何不/策高足（↑），先据/要路津（↓）？无为/守贫贱（↑），辗轲/长苦辛（↓）。

拓展阅读

阅读《古诗十九首》之《去者日以疏》《驱车上东门》《生年不满百》，体悟东汉文人的生命意识。

原文

涉江采芙蓉[1]

涉江采芙蓉，兰泽[2]多芳草。采之欲遗[3]谁？所思在远道。还顾望旧乡，长路漫浩浩[4]。同心而离居[5]，忧伤以终老！

（选自《古诗十九首与乐府诗选评》，曹旭，上海古籍出版社2017年版）

注释

[1] 芙蓉：荷花的别名，亦作"夫容"，又名"芙蕖"，或称"菡萏"。

[2] 兰泽：生长着兰花的沼泽地。

[3] 遗（wèi）：赠予。

[4] 漫浩浩：形容路途的漫长。

[5] 同心而离居：意为双方心同但相隔两方。

作品赏析

《涉江采芙蓉》是《古诗十九首》中的第六首，是一首漂泊异乡的男子思念家乡和妻子的作品。《玉台新咏》题作枚乘作，为枚乘《杂事九首》中的第四首。

《涉江采芙蓉》采用"思妇词"的"虚拟"模式，借女子之口表达远方游子思念家乡与亲人的作品，将游子思妇的复杂心态淋漓尽致地表现出来。这首诗先写女子兴冲冲地采摘芙蓉与香草，打算送给心爱的人；紧接着笔锋一转，送的人在哪里呢？在遥远的他乡，想送却无法送达，顿生无限惆怅；最后写离别对真心相爱之人的摧残，无奈人生多艰，只能忧伤终老。

本诗以"采芙蓉"展开，结构简单回环，因"采芙蓉"而引出思念的苦楚，因漫长路途的阻隔与理想追求、生存需要的原因，只能"同心而离居，忧伤以终老"，使全诗笼罩着无穷的愁绪。正如屈原《少司命》所言："悲莫悲兮生别离，乐莫乐兮新相知。"全诗语言凝练、情感真挚，给人带来含蓄蕴藉的意境之美。

涉江采芙蓉

朗诵指导

涉江采芙蓉

涉江/采芙蓉（↑），兰泽/多芳草（↓）。采之/欲遗谁（↑）？所思/在远道（↓）。还顾/望旧乡（↑），长路/漫浩浩（↓）。同心/而离居（↑），忧伤/以终老（↓）！

拓展阅读

阅读《古诗十九首》之《青青河畔草》，感受诗中的离愁别绪。

原文

客从远方来

客从远方来，遗[1]我一端绮。相去万余里，故人心尚尔[2]。文采双鸳鸯，裁为合欢[3]被。著以长相思[4]，缘以结不解[5]。以胶投漆中，谁能别离此[6]？

（选自《古诗十九首与乐府诗选评》，曹旭，上海古籍出版社 2017 年版）

注释

[1] 遗（wèi）：赠送。

[2] 尚尔：还是如此。

[3] 合欢：和合欢乐。

[4] 著：在衣服和被子里装上丝绵。长相思：指丝绵絮。

[5] 缘：饰边，镶边。结不解：以丝缕为结，表示不能解开，和同心结相似，用来象征爱情。

[6] 别离：拆开、分开。此：爱情。

作品赏析

《客从远方来》是《古诗十九首》中的第十八首，是一首感情炙热的爱情诗。诗歌开头写远方恋人托人带回半匹绮，进而写女子揣测男子对其的思念，随后写裁绮为被，将女子喜悦幸福的心理与神态传神地展现出来，最后以"以胶投漆中"为比喻，表达了女子对爱情的坚定不移。

《客从远方来》语言浅显易懂、意蕴丰富、委曲婉转，通过运用比兴寄托，将浓烈的爱情淋漓尽致地表现出来。"一端绮""双鸳鸯""合欢被"将恋爱的美妙和喜悦之感生动传神地传递出来。

客从远方来

无怪乎钟嵘《诗品》认为《古诗十九首》"文温以丽，意悲而远，惊心动魄，可谓一字千金"。刘勰《文心雕龙·明诗》评价包括《古诗十九首》在内的"古诗"曰："观其结体散文，直而不野，婉转附物，怊怅切情，实五言之冠冕也。"元代陈绎曾《诗谱》评价《古诗十九首》曰："情真，景真，事真，意真。澄至清，发至情。"

《古诗十九首》是古代抒情诗的典范，其创作手法与艺术风格对后世文人的创作产生了深远的影响。

朗诵指导

客从远方来

客从/远方来（↑），遗我/一端绮（↓）。相去/万余里（↑），故人/心尚尔（↓）。文采/双鸳鸯（↑），裁为/合欢被（↓）。著以/长相思（↑），缘以/结不解（↓）。以胶/投漆中（↑），谁能/别离此（↓）？

拓展阅读

阅读《古诗十九首》之《冉冉孤生竹》与《凛凛岁云暮》，感受诗中的离愁别绪。

汉乐府民歌三首

简介

乐府本是朝廷常设的音乐管理部门，其行政长官为乐府令。秦朝已经设立了乐府官署，汉武帝时期乐府规模发展到鼎盛，汉武帝强化了乐府的职能，不仅组织文人创作朝廷所用的诗歌，还广泛收集各地的民间歌谣，配乐演唱，这些所收集的民间歌谣及文人创作的乐府诗歌，被后人称为乐府。现存汉乐府散见于《汉书》《后汉书》《文选》《玉台新咏》等书中，其中宋代郭茂倩编的《乐府诗集》收录的最为完善。《乐府诗集》主要收录了汉至唐期间的乐府诗歌，共分为郊庙歌辞、燕射歌辞、鼓吹曲辞、横吹曲辞、相和歌辞、清商曲辞、舞曲歌辞、琴曲歌辞、杂曲歌辞、近代曲辞、杂歌谣辞、新乐府辞十二大类。两汉乐府诗主要保存在郊庙歌辞、鼓吹曲辞、相和歌辞及杂歌谣辞中，而相和歌辞中保存的作品最多。两汉乐府诗歌是继《诗经》《楚辞》之后，中国古代诗歌史上的又一种新诗体，促进了五言诗的成熟，在文学史上具有很高的地位。

 原文

饮马长城窟行

青青河畔草，绵绵思远道[1]。远道不可思，宿昔[2]梦见之。梦见在我傍，忽觉[3]在他乡。他乡各异县，辗转不相见。枯桑知天风，海水知天寒。入门各自媚[4]，谁肯相为言。客从远方来，遗我双鲤鱼[5]。呼儿烹鲤鱼，中有尺素书[6]。长跪读素书，书中竟何如。上言[7]加餐食，下言[8]长相忆。

（选自《乐府诗集·相和歌辞·瑟调曲》，[宋]郭茂倩，中华书局2017年版）

注释

[1] 绵绵思远道：路边绵延不绝的野草引起了妇人对远行丈夫绵绵不断的思念。绵绵：绵延不绝的样子。

[2] 宿昔：昨夜。

[3] 忽觉：忽然醒来。

[4] 媚：爱。

[5] 遗（wèi）：赠送。双鲤鱼：古代用来放书信的盒子，用两块木板做成，盖子和底部都刻上鲤鱼的图案。

[6] 尺素书：书信。

[7] 上言：前边说。

[8] 下言：后边说。

作品赏析

《饮马长城窟行》选自"相和歌辞"，是汉乐府古辞，一作《饮马行》。关于本诗的作者，历来有不同说法：萧统《文选》题作"古辞"，作者为无名氏；徐陵《玉台新咏》题为蔡邕作；《乐府诗集》认为无名氏作。

郭茂倩认为《饮马长城窟行》的主题是："言征戍之客至于长城而饮马，夫人思念其勤劳，故作是曲也。"从本文所表现的内容看，诗歌并未涉及长城窟饮马，而是表达了妇人对远行丈夫的思念与牵挂。

全诗分为两个部分：第一部分以河畔连绵不断的野草起兴，通过写野草的连绵不绝表达对外出丈夫缠绵不断的牵挂与想念，接着写梦中相遇、梦醒不见，进一步写妇人对丈夫思念的殷切之情。通过"春草"和"梦"，将难以言说的眷念之情，生动含蓄地表达出来，让受众感受到妇人思夫之情的厚重与缠绵。第二部分宕开一笔，由绵延的愁绪转为喜悦，好不容易等到了丈夫的来信，那迫不及待拆信的情景，将思妇的激动兴奋的形象与心理传神地展现出来。

全诗构思跌宕起伏、虚实结合，感情悲喜交加，结尾含蓄、缠绵婉转、耐

人寻味。陈祚明《采菽堂古诗选》认为此诗："流宕曲折，转掉极灵，抒写复快，兼乐府、古诗之长，最易诵读。子桓兄弟拟古，全用此法。"此外，语言清新自然，对后世五言诗具有一定的影响。

🌿 朗诵指导

《饮马长城窟行》表达了妇人对远行丈夫的思念与牵挂，朗诵时要注意把握主人公的情感变化，读出寥寥数语中所寄托的万千深情。

饮马长城窟行

饮马长城窟行

青青/河畔草（↑），绵绵/思远道（↓）。远道/不可思（↑），宿昔/梦见之（↓）。梦见/在我傍（↑），忽觉/在他乡（↓）。他乡/各异县（↑），辗转/不相见（↓）。枯桑/知天风（↑），海水/知天寒（↓）。入门/各自媚（↑），谁肯/相为言（↓）。客从/远方来（↑），遗我/双鲤鱼（↓）。呼儿/烹鲤鱼（↑），中有/尺素书（↓）。长跪/读素书（↑），书中/竟何如（↓）。上言/加餐食（↑），下言/长相忆（↓）。

🌿 拓展阅读

阅读郭茂倩《乐府诗集·相和歌辞》的爱情诗，感受古人的爱恨情仇。

🌿 原文

白 头 吟

皑[1]如山上雪，皎[2]若云间月。闻君有两意[3]，故来相决绝[4]。今日斗酒会，明旦沟水头[5]。躞蹀御沟上[6]，沟水东西流[7]。凄凄复凄凄[8]，嫁娶不须啼[9]。愿得一心人，白头不相离。竹竿何袅袅[10]，鱼尾何簁簁[11]！男儿重意气[12]，何用钱刀[13]为！

（选自《乐府诗集·相和歌辞·楚调曲》，[宋]郭茂倩，中华书局2017年版）

🌿 注释

[1] 皑：白。

[2] 皎：洁白。

[3] 两意：二心。

[4] 决绝：断绝。

[5] 今日斗酒会，明旦沟水头：今天置酒做最后的聚会，明天早上沟边分手。斗：盛酒的器具。沟水头：水沟边。沟：下文所讲的御沟。

[6] 躞蹀（xiè dié）：小步走路。御沟：流经皇宫或环绕宫墙的水沟。

[7] 沟水东西流：以沟水东西分流暗喻两人爱情的破裂与断绝。

[8] 凄凄：悲伤的样子。

[9] 嫁娶：偏义复词，只用嫁的意思。啼：指女子出嫁时要悲伤啼哭。

[10] 竹竿：钓鱼竿。袅袅：摆动的样子。

[11] 簁（shāi）簁：羽毛濡湿的样子，形容鱼尾像濡湿的羽毛。在中国诗歌里，常用钓鱼隐喻男女求偶的行为。

[12] 意气：情义。

[13] 钱刀：钱币。古代有些国家的钱币形状如马刀，故称钱刀。

作品赏析

《白头吟》选自"相和歌辞"，为汉乐府古辞。最早见于《玉台新咏》，题为《皑如山上雪》。本文的作者众说纷纭，据葛洪《西京杂记》所载："司马相如将聘茂陵人女为妾，卓文君作《白头吟》以自绝，相如乃止。"他认为此诗为汉代的卓文君所作；《宋书·乐志》认为此诗为"汉世街陌谣曲这"；冯舒《诗纪匡谬》认为："或文君自别有篇，不得遽以此诗当之也。"目前学界多认为此诗是汉代一位女子写给负心男子的决绝诗。

全诗共十六句，每四句为一层，层层递进。第一层以白雪、明月发誓，表明放弃这段爱情的原因；第二层明写诀别的意愿；第三层表明女子对理想爱情的期待；第四层则是对男子重视金钱、忽视爱情的谴责。

全诗叙事清晰，巧用比喻、比兴等修辞手法，为我们塑造了一个性格刚烈耿直、感情真挚的女性形象。她敢爱敢恨，对待感情客观冷静，当所爱男子有二心时，便坚决与其断绝关系，从中可以看出封建社会女性爱情兰活的不幸及她们对理想婚姻生活的期待。此外，本诗语言质朴，通过使用重叠词"凄凄""袅袅""篠篠"，在回环往复的语言表达中，女主人公果敢忠贞的人物形象跃然纸上。徐师曾《乐府明辨》评价此诗为："格韵不凡，托意婉切，殊可讽咏。后世多有拟作，方其简古，未有能过之者。"足见此诗对后世的影响。

朗诵指导

《白头吟》是一首女子写给男子的决绝诗。全诗为我们塑造了一个性栓刚烈耿直、感情真挚的女性形象。在朗读的过程中一定要把握人物刚烈真挚的情感，注意使用较为决绝的语气。

白 头 吟

皑如/山上雪（↑），皎若/云间月（↓）。闻君/有两意（↑），
故来/相决绝（↓）。今日/斗酒会（↑），明旦/沟水头（↓）。
躞蹀/御沟上（↑），沟水/东西流（↓）。凄凄/复凄凄（↑），
嫁娶/不须啼（↓）。愿得/一心人（↑），白头/不相离（↓）。
竹竿/何袅袅（↑），鱼尾/何篠篠（↓）! 男儿/重意气（↑），
何用/钱刀为（↓）!

白头吟

拓展阅读

阅读同时期的爱情诗，体悟不同诗人的情感和表达方式。

原文

上山采蘼芜

上山采蘼芜[1]，下山逢故夫[2]。长跪问故夫，新人复何如？新人虽言好，未若故人姝[3]。颜色[4]类相似，手爪[5]不相如。新人从门入，故人从阁去[6]。新人工织缣[7]，故人工织素[8]。织缣日一匹[9]，织素五丈余。将缣来比素，新人不如故。

（选自《玉台新咏笺注》，[陈]徐陵，上海古籍出版社 2013 年版）

注释

[1] 蘼芜（mí wú）：香草名，叶子风干可以做香料。

[2] 故夫：前夫。

[3] 故人：指弃妇。姝：好。

[4] 颜色：容颜、容貌。

[5] 手爪：手艺、技艺。

[6] 阁（gé）：旁门、小门。

[7] 缣（jiān）：黄色绢，价格较贱。

[8] 素：白色的绢，价格较贵。

[9] 一匹：长四丈，阔二尺二寸。

作品赏析

《上山采蘼芜》最早见于《玉台新咏》，被列为"古诗"，《乐府诗集》未收录。此诗是一首讽谏诗，讽谏的对象是喜新厌旧的男子。弃妇对故夫，没有怨恕，而是以礼相待，"长跪"而问候。故夫对弃妇亦无丝毫埋怨，反而认为"新人不如故"。从中可看出故夫心中对前妻的歉疚。

此诗的内容极其生动有趣，诗歌以弃妇与前夫采蘼芜时山下的偶遇开头，以弃妇与前夫之间的一问一答为序，通过白描的手法将两人的形象与深厚的情感诙谐有趣地表现出来。男女主人公再次见面时毫无尴尬的气息，亦无悲怨的情感，而是充满祥和的气氛。

汉乐府以民歌为主，这些民歌"感于哀乐，缘事而发"，为我们展示了古人丰富多彩的人生画面，他们对苦与乐有深刻的体悟，敢于坦诚表达个体的爱恨情仇。用通俗易懂的语言，将生活的场景完整地记录下来，不仅使诗歌作品具有完整的故事情节，而且塑造了生动的人物形象。语言以五言为主，夹杂二言、三言、四言、六言、七言等，实现了四言诗到五言诗的过渡。其乐调除了采用中土各地的乐曲外，还采用了北狄、西域的音乐曲调。

上山采蘼芜

朗诵指导

《上山采蘼芜》语言晓畅、意味深长。朗读时要理清文意，揣摩人物的心理变化，读出深长意味。

上山采蘼芜

上山/采蘼芜（↑），下山/逢故夫（↓）。长跪/问故夫（↑），新人/复何如（↓）？新人/虽言好（↑），未若/故人姝（↓）。颜色/类相似（↑），手爪/不相如（↓）。新人/从门入（↑），故人/从阁去（↓）。新人/工织缣（↑），故人/工织素（↓）。织缣/日一匹（↑），织素/五丈余（↓）。将缣/来比素（↑），新人/不如故（↓）。

拓展阅读

阅读现代爱情诗歌，比较现代人与古人的情爱观。

魏　晋

七　哀　诗

简介

王粲（177—217），字仲宣，山阳郡高平（今山东省微山县）人。东汉末年著名文学家，"建安七子"之一，因文采出众，被称为"七子之冠冕"。《三国志·魏书·王粲传》说他"年既幼弱，容状短小"，但"蔡邕见而奇之"，"闻粲在门，倒屣迎之"，并称其"有异才，吾不如也。吾家书籍文章，尽当与之"。

王粲性善算、善属文，举笔便成，无所改定。作品有《七哀诗》《从军诗》《咏史诗》《杂诗》等。今存 20 多篇赋作，尤以《登楼赋》最为著名。其作品以建安十三年为界，前期创作多表达哀伤、沉郁之情，诗风苍凉悲慨；后期作品因受到重用，诗风慷慨悲壮。

原文

七　哀　诗

西京乱无象[1]，豺虎方遘患[2]。复弃中国去，远身适荆蛮[3]。亲戚对我悲，朋友相追攀。出门无所见，白骨蔽平原。路有饥妇人，抱子弃草间。顾闻号泣声，挥涕独不还。未知身死处，何能两相完？驱马弃之去，不忍听此言。南登霸陵岸[4]，回首望长安。悟彼下泉人[5]，喟然伤心肝[6]。

（选自《王粲集》，俞绍初校点，中华书局出版社 1980 年版）

注释

[1] 西京：指长安，西汉时国都。东汉建都洛阳，洛阳称为东都。

[2] 遘（gòu）患：构成祸患。

[3] 荆蛮：荆州蛮荒之地。荆州刺史刘表曾从王粲的祖父王畅受学，与王氏为世交，所以王粲去投奔他。

[4] 霸陵：汉文帝刘恒的陵墓，在今陕西省西安市东郊。汉文帝是两汉四百年中最负盛名的皇帝，他在位时社会秩序比较稳定，经济发展较快。

[5] 下泉：《诗经·曹风》篇目，曹国人怀念明主的诗。

[6] 喟（kuì）然：叹气的样子。

作品赏析

王粲的《七哀诗》描写了汉献帝初平元年（190），动荡社会中百姓的流离苦难，具有悲天悯人的情怀，其描写细致入微、概括性强，被称为后世"七哀诗"创作的典范。

汉献帝初平元年（190），董卓挟汉献帝迁都长安，驱使吏民八百万人入关，诗人被迫迁移到长安。初平三年（192），董卓被杀，其部将李傕、郭汜于长安作乱，导致战火不熄，人民流离失所、瘟疫横行。《七哀诗》从揭露军阀战争的罪恶写起，按照事态发生的经过和诗人的深切感受进行布局，汇成一幅乱离中的流亡图，反映了汉末社会动乱给人民带来的巨大灾难。诗人亲历战争、离别，痛苦无奈，白骨蔽平原的社会惨状让他触目惊心。其中，母亲抛弃自己孩子的场景更让他深深地意识到：战乱导致的社会悲剧是何等的残酷。诗人在悲痛中踽踽前行，在将要离开之际，却又难以舍下对故国的牵挂，唯有像《诗经·曹风·下泉》中的曹人思念明君一样寄希望于盛世明主来拯救国运。

王粲的这首《七哀诗》具有高度的艺术概括力。开篇两句直击时局要害，交代了长安局势及导致这种局势的原因，表现出高度的艺术概括性和政治洞察力。写自己经历的人间悲伤，用"亲戚对我悲，朋友相追攀"写尽了伤痛之情。在描写战争带来的社会悲剧时，用一个母亲弃子的典型事件，写尽了人民的苦难。诗歌的锻句炼字精当，如"复弃中国去"中的"复"字写出了自己的流亡生涯；"白骨蔽平原"的"蔽"字写出了战争之频繁、死伤规模之大，造成的社会惨状让人触目惊心。《七哀诗》叙事完整，抒情分明，过渡自然。其叙述线索为：交代时局—被迫离别—离别之悲—别后所见—母弃其子—伤心喟叹—思念明主。作者的情感也由无可奈何的愤怒到亲历离别的哀痛，再到亲见社会惨状的沉痛无奈，最后到思念明主的期望。叙事线索清晰，抒情脉络分明，时间过渡、空间过渡、心理情绪过渡都很自然，让读者跟随着诗人走进了那个充满哀伤、无奈的战争年代。

拓展阅读

阅读王粲的《咏史诗》，分析其中的思想情感。

咏 史 诗

王粲

自古无殉死，达人所共知。秦穆杀三良，惜哉空尔为。结发事明君，受恩良不訾。临殁要之死，焉得不相随。妻子当门泣，兄弟哭路垂。临穴呼苍天，涕下如绠縻。人生各有志，终不为此移。同知埋身剧，心亦有所施。生为百夫雄，死为壮士规。黄鸟作悲诗，至今声不亏。

祭程氏妹文

简介

陶渊明（365—427），东晋末年浔阳柴桑（今江西省九江市）人，一名潜，字元亮，谥号靖节。因宅边曾有 5 棵柳树，又自号五柳先生，私谥靖节先生。东晋义熙元年（405），陶渊明做彭泽县令十多天，因不满时政黑暗而辞官归隐。

陶渊明的诗和辞赋散文在艺术上具有独特的风格和极高的造诣，开田园诗一体，为古典诗歌开辟了新的境界。今存诗 125 首，计四言诗 9 首、五言诗 116 首。文今存 12 篇，计有词赋 3 篇、韵文 5 篇、散文 4 篇。其代表作有《饮酒》《归园田居》《归去来兮辞》等。大部分作品表现了诗人淡泊隐逸的情怀，寄托了诗人的人生理想。有《陶渊明集》传世。

原文

祭程氏妹文

维晋义熙三年五月甲辰[1]，程氏妹服制再周[2]。渊明以少牢之奠[3]，俯而酹[4]之。呜呼哀哉！

寒往暑来，日月寖疏[5]，梁尘委积，庭草荒芜。寥寥空室，哀哀遗孤。肴觞虚奠，人逝焉如！

谁无兄弟，人亦同生。嗟我与尔，特百常情。慈妣[6]早世，时尚孺婴，我年二六，尔才九龄。爰从靡识，抚髫相成。咨尔令妹[7]，有德有操。靖恭鲜言[8]，闻善则乐。能正能和，惟友惟孝。行止中闺[9]，可象可效。我闻为善，庆自己蹈[10]，彼苍何偏[11]，而不斯报！昔在江陵，重罹天罚[12]，兄弟索居，乖隔楚越[13]。伊我与尔，百哀是切[14]。黯黯高云，萧萧冬月，白雪掩晨，长风悲节[15]。感惟崩号[16]，兴言泣血[17]。

寻念平昔，触事未远，书疏犹存，遗孤满眼。如何一往，终天不返！寂寂高堂，何时复践？藐藐[18]孤女，曷依曷恃？茕茕游魂，谁主谁祀？奈何程妹，于此永已！死如有知，相见蒿里[19]。呜呼哀哉！

（选自《陶渊明集译注》，逯钦立校注，中华书局 1979 年版）

注释

[1] 维：语气助词。晋义熙三年：407 年。义熙是晋安帝司马德宗的年号。甲辰：古人用干支纪日，甲辰是该年五月初六。

[2] 服制：服丧的礼制。再周：两个周期。已嫁姊妹，按服制应为九个月。义熙三年五月距程氏妹之死约十八个月，所以说服制再周。

[3] 少牢：古代称祭祀用的豕和羊。奠：用祭品向死者致祭。

[4] 酹（lèi）：洒酒于地表示祭奠。

[5] 寖（jìn）疏：渐远。寖：同"浸"，逐渐。

[6] 妣（bǐ）：已经死去的母亲，指程氏妹的生母，作者的庶母。

[7] 咨：叹息声。令：美、善。

[8] 靖：安静。恭：谦逊有礼。鲜：少。

[9] 行止中闺：谓言行举止都符合女性的规范。闺：本指女子起居的内室，这里代指女性。

[10] 庆自己蹈：幸福应是由自己努力而取得。庆：幸福。自：由于。蹈：实行。

[11] 偏：偏私、不公正。《诗经·秦风·黄鸟》："彼苍者天，歼我良人。"

[12] 重罹：再一次遭受。天罚：上天的惩罚。作者的生母孟氏在这一年的冬天去世。

[13] 乖隔楚越：谓分居异地。乖：相离。楚越：楚地与越地。《庄子·德充符》："自其异者视之，肝胆楚越也。"楚越并非实指，仅借以表示分居异地。

[14] 切：痛切。

[15] 节：节气、节令。

[16] 感惟崩号：感恸得叩头哭号。崩：崩角。形容叩头像山崩一样。语出《尚书·泰誓中》"若崩厥角"。号：号哭。

[17] 兴：举，指举哀。言：语气助词，无意义。泣血：哭出血来，形容极度悲哀。

[18] 藐藐：幼小的样子。

[19] 蒿里：死者魂魄所归之处，即指墓地。古乐府有丧歌《蒿里行》。

作品赏析

《祭程氏妹文》是陶渊明写给去世的同父异母的妹妹的一篇祭文。程氏妹于义熙元年（405）十一月在武昌去世，陶渊明曾辞去彭泽县令前往奔丧。一年半后，陶渊明在祭奠之时，写下这篇祭文。文中赞扬了程氏妹的言行品德，并通过回忆往日兄妹的深情厚谊而寄托深切的哀思。全文以四言韵文写成，行文或高亢或低回，充分表现了诗人内心的悲痛之情，是中国古代文学悼亡作品中的优秀篇章。

文章开篇，作者以沉痛悲哀的情感，拉开了祭奠的序幕。时隔一年半，之后再次对程氏妹祭奠时，一切已经物是人非，"庭草荒芜""哀哀遗孤"，荒凉凄婉之情溢于言表。程氏妹"有德有操"：谦虚恭敬、少言寡语、和善友孝、行止中闺，却未能受到苍天的庇佑，不幸早亡。作者以"彼苍何偏，而不斯报"的诘问，怒责上天的不公，从而表现出对程氏妹积善却早亡的遭遇的愤愤不平。诗人将自己的命运置于对亡妹的祭奠之中，展现出和亡妹同样的身世悲剧，并以"黯黯高云，萧萧冬月，白雪掩晨，长风悲节"的悲凉之景来渲染内心的沉重，以"兴言泣血"表达自己无法抑制的沉痛，"如何一往，终天不返！寂寂高堂，何时复践"则以疑问语气对往昔相互依存的生活进行追思，对生命不复存在表达叹惋和痛惜。

《祭程氏妹文》用质朴的语言、白描的手法，塑造了一个德行美好、命运多舛的亲人形象，勾勒出其一生的悲苦遭遇。从"言行中闺"到"慈妣早世"，从"重罹天罚"到"终天不返"，程氏妹的家世之悲、个人命运之悲都在一系列的生活困境中呈现出来。文章时空交错，有对现状的描写，有对往昔的追忆，有眼前荒芜的庭院，有曾经相互慰藉的江陵，有眼前遗孤尚存的祭堂，有唯有相见于他方的蒿里。时间的交错、空间的变化，表现出诗人沉痛哀悼时的思绪万千。四言为主的句式结构，继承了《诗经》古朴庄重的抒情方式，符合诗人内心的严肃悲痛之情。

拓展阅读

阅读陶渊明的田园诗《移居二首》，体会作者的内心意趣。

石壁精舍还湖中作

简介

谢灵运（385—433），东晋名将谢玄之孙，原名公义，字灵运，小名客儿，世称谢客。因世袭为康乐公，又称谢康乐。祖籍陈郡阳夏（今河南省太康县）人。谢灵运工诗善文，把自然界的美景引进诗中，使山水成为独立的审美对象，改变了诗歌"淡乎寡味"的玄理之风，开创了中国文学史上的山水诗派。明人辑有《谢康乐集》。

原文

石壁精舍还湖中作[1]

昏旦变气候，山水含清晖[2]。清晖能娱人，游子憺[3]忘归。

出谷日尚早，入舟阳已微。林壑敛暝色，云霞收夕霏。

芰荷[4]迭映蔚，蒲稗相因依。披拂趋南径，愉悦偃东扉。

虑澹物自轻，意惬理无违。寄言摄生客[5]，试用此道[6]推。

（选自《谢灵运》，李运富编注，岳麓出版社 1999 年版）

注释

[1] 石壁精舍：谢灵运故乡的庄园，规模宏大，包括南北二山。主宅在南山，谢灵运在北山又建居宅。石壁精舍就是北山的一处书斋。湖：指巫湖，在南北二山之间，是两山往返的唯一水道。

[2] 清晖：指山光水色。

[3] 憺（dàn）：安闲舒适。

[4] 芰（jì）：菱；荷：荷花。

[5] 摄生客：养生者。

[6] 此道：前面所说的思虑淡薄、情意舒畅。

作品赏析

《石壁精舍还湖中作》是谢灵运山水诗的代表作，体现了作者融描写山水胜景、总结人世玄理于一体的特征，对后世山水诗的影响颇大。李白后来有诗："故人赠我我不违，著令山水含清晖。顿惊谢康乐，诗兴生我衣。襟前林壑敛暝色，袖上云霞收夕霏。"（《酬殷明佐见赠五云裘歌》）可见谢灵运的影响。

宋景平元年（423），谢灵运托病辞去永嘉（治所在今浙江省温州市）太守职务，回到故乡会稽始宁（今浙江省绍兴市上虞区）的庄园。此诗当作于诗人闲居此地之时。诗歌描写诗人徜徉于故乡山水间的情景，表现出诗人对山水的喜爱留恋和对摆脱官场生活重获自由后的无限轻松愉悦。

诗歌风格清新，结构线索清晰，以"还"为线索，渐次铺叙一天的行踪，着重写归还时的所见，主次分明。诗歌前四句凝练地勾勒出一天之中山水风光的引人入胜：晨暮之间，气候变化不定。清晨晨雾笼罩山林，缥缈虚幻；日出

之时，云开雾散，山林苍翠可人；日暮时霞光斜照，光影闪烁，让人赏心悦目、应接不暇。游子安闲舒适，忘记归去，从而引出了暮色归舟所见。"出谷"二句总括出作者出游的时间，引出了日光昏暗时踏上归舟，在湖中所见美景，承上启下。取景远近交错，视角多变；句法对偶工巧，都体现出谢诗"情必极貌以写物，辞必穷力而追新"的特点。谢灵运的山水诗"极貌以写物"，取景视角多变，工于经营画境，描写景物笔触细腻，尽可能捕捉山水景物的细节美，并精雕细琢予以呈现。

拓展阅读

阅读谢灵运的《登江中孤屿》，分析谢灵运山水诗歌的特征。

唐　宋

陈子昂诗文两篇

简介

陈子昂（659—702），字伯玉，梓州射洪（今四川省射洪市）人。一生经历曲折，思想兼有儒、道、释成分，但以儒家"穷则独善其身，达则兼济天下"的思想为主导。其诗作今存 120 多首，具有丰富深刻的现实内容、昂扬激越的思想感情、雄浑质朴的艺术风格，完全摆脱了齐梁以来绮艳诗风的影响，在端正当时诗歌的发展方向上起了重大作用。其代表作有《感遇》诗 38 首、《蓟丘览古赠卢居士藏用》7 首和《登幽州台歌》。今存的《陈伯玉文集》乃经后人重编。

原文

与东方左史虬[1]修竹篇序

东方公足下：文章道弊五百年矣。汉魏风骨，晋宋莫传，然而文献有可征[2]者。仆尝暇时观齐、梁间诗，彩丽竞繁，而兴寄都绝，每以永叹。思古人，常恐逶迤颓靡，风雅不作，以耿耿也。一昨于解三[3]处，见明公《咏孤桐篇》[4]，骨气端翔[5]，音情顿挫[6]，光英朗练[7]，有金石声。遂用洗心饰视，发挥幽郁。不图[8]正始之音复睹于兹，可使建安作者相视而笑。解君云："张茂先、何敬祖[9]，东方生与其比肩。"仆亦以为知言也。故感叹雅制，作《修竹诗》一首，当有知音以传示之。

（选自《陈子昂集》，徐鹏校点，上海古籍出版社 2013 年版）

注释

[1] 东方左史虬：东方虬，武则天时为左史，当是陈子昂的朋友辈，生平不详。

[2] 征：证明。

[3] 解三：生平履历不详，当与陈子昂、东方虬为诗友。

[4] 明公：对东方虬的敬称。《咏孤桐篇》：东方虬所作诗篇，原诗已佚。

[5] 端翔：内容端直、气韵飞动。骨气端翔：指《咏孤桐篇》具有风骨之美。

[6] 音情顿挫：音韵与感情都有抑扬顿挫之美。

[7] 光英朗练：光彩鲜明、精练朗畅。

[8] 不图：未料到。

[9] 张茂先：张华，字茂先，范阳方城（今河北省固安县）人，西晋大臣，文学家。惠帝时官至侍中、中书监、司空。有政绩。何敬祖：何劭，字敬祖，陈国阳夏（今河南省太康县）人，西晋诗人。曾任中书令、太子太师、司徒等官。《诗品》列其诗入中品。

作品赏析

《与东方左史虬修竹篇序》是陈子昂在读到东方虬《咏孤桐篇》后有感而

作《修竹篇》与之相和的序言，着重阐述了作诗的意图。陈子昂在序文中对文章创作的弊状给予了批判，对东方虬的金石之声进行了肯定，对自己的创作体会进行了总结，是一篇诗歌创作的理论纲领。陈子昂也因此受到时人和后世文学家的高度评价。卢藏用在《右拾遗陈子昂文集序》中说"道丧五百年而得陈君"；杜甫盛赞陈子昂"公生扬、马后，名与日月悬"；明末胡震亨《唐音癸签》认为陈子昂"与有唐一代诗，功为大耳"。

序言开篇以精练的语言直指文坛弊病：六朝遗留的浮华文风尚存，宫体诗盛行，曾经的传统的"兴寄"之作不再。接着表明自己的忧心："常恐逶迤颓靡，风雅不作。"作者一腔拳拳之心，溢于言表。接下来笔锋一转，高度赞扬东方虬文章的"骨气"和"音情"，一改六朝浮华文风，表现出对"风雅"的继承和再创，并指出建安风骨之作又"复睹于兹"，足以告慰建安作者泉下之灵。然后作者借解三之口，将东方虬与西晋文学大家张华、何劭相提并论，最后表明自己对东方虬"雅制"的欣赏，触发了自己的创作动力，并相信正如自己欣赏东方虬的"风骨"之作一样，必有知音来欣赏自己的创作。

这篇序言观点清晰，论述严谨。从文学创作的现状到创作改革的方向，从创作形式的声韵铿锵到内在的"风骨"昂扬，从泛泛而论到具体作品的评价，充分体现了陈子昂对于改革文坛的清晰目标与坚定信念。

原文

感遇·三十五

本为贵公子[1]，平生实爱才。感时思报国，拔剑起蒿莱。
西驰丁零塞，北上单于台[2]。登山见千里，怀古心悠哉。
谁言未忘祸[3]？磨灭成尘埃。

（选自《陈子昂集》，徐鹏校点，上海古籍出版社 2013 年版）

注释

[1] 贵公子：陈子昂本为四川梓州射洪富豪之子，少年任侠，年十八，尚未知书，后闭门苦读，终于成才。

[2] 丁零塞：丁零是古民族名，又称"丁令""丁灵"。汉时为匈奴属国，游牧于今西伯利亚叶尼塞河上游至贝加尔湖南一带。单于台：今内蒙古自治区呼和浩特市西，相传汉武帝曾率兵登上此台。

[3] 祸：过去边地冲突给国家和人民带来的苦难。

作品赏析

《感遇·三十五》作于垂拱二年（686）。诗人第一次出征叛乱的突厥，亲眼看到西北边塞政治与军事的危急形势，生发出抗敌报国之心。诗人向武则天呈上《为乔补阙论突厥表》等书，并警告当权者："匈奴不灭，中国未可安卧！"同时写下此诗以抒发情怀。

诗歌前四句直抒胸臆，表明自己的出身经历和志向：自己本出生于富豪之家，饱读诗书，但每每感于时事，便有拔剑出鞘、征战沙场、平定天下的豪情。作者情感质朴、真切，寥寥几笔便塑造了一个英雄少年的形象。中间四句具体描写自己征战沙场，纵横西北边疆，打击敌寇的经历。"西""北"的地域变化写出了征程的辽远，"驰""上"的紧凑动作刻画出作者叱咤风云的雄姿。"丁零塞"与"单于台"，点出了征战目的是防备东突厥侵扰。诗人在征战之余登高远眺，见千里江山，空阔无边，心中阴霾顿减。回忆往昔：君臣遇合，良将精兵，平定天下，赫赫战功，多么令人神往！末句紧承上句"心悠哉"表明自己的志向：谁说没有忘记边塞的战争带来的无穷的灾祸呢？它们早已磨灭在尘埃之中，被人遗忘了！这里实际上是讥刺统治阶级的无能与昏庸。

本诗以直抒胸臆的方法，通过自己从军的所见所感来表现慷慨报国的精神、英勇豪迈的气概和对国事的忧虑，具有强烈的英雄情怀。诗歌基调慷慨苍凉、风格雄健、音节铿锵、气势畅达，堪称佳作。

拓展阅读

阅读下面关于黄金台的诗歌，体会不同时代诗人对个人命运和社会发展的反思。

燕 昭 王 墓

罗隐

战国苍茫难重寻，此中踪迹想知音。强停别骑山花晓，欲吊遗魂野草深。
浮世近来轻骏骨，高台何处有黄金。思量郭隗平生事，不殉昭王是负心。

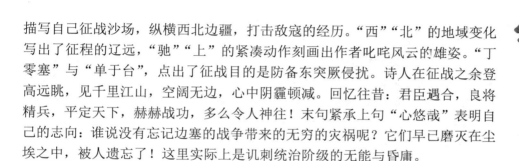

王维诗歌二首

简介

王维（701—761），字摩诘，祖籍太原祁（今山西省祁县）人。三维早慧，"九岁知属词"（《新唐书》本传），且多才多艺，诗、书、画、乐兼擅。开元九年（721）进士及第，终仕尚书右丞，故世称"王右丞"。王维早年有儒家用时济世之志，锐意进取，后因张九龄被排挤，仕途受挫、理想落空，"退朝之后，焚香独坐，以禅诵为事"（《旧唐书》）。王维晚年居住在蓝田辋川别业。王维诗现存不到400首，前期的创作充满昂扬的斗志和抱负，如《少年行》《观猎》《使至塞上》；后期创作则以山水诗为主，恬淡空灵，如《山居秋暝》《竹里馆》《山中》《终南别业》《积雨辋川庄作》。其中，最能代表其创作特色的是描绘山水田园等自然风景，以及歌咏隐居生活的诗篇。有《王右丞集》传世。

原文

少年行·其二

出身仕汉羽林郎[1]，初随骠骑战渔阳[2]。
孰知不向边庭苦[3]，纵死犹闻侠骨香。

（选自《王右丞集笺注》，[唐]王维，[清]赵殿成笺注，上海古籍出版社2010年版）

注释

[1] 羽林郎：汉代禁卫军官名，无定员，掌宿卫侍从，常以六郡世家大族子弟充任。后来一直沿用到隋唐时期。

[2] 骠骑：指霍去病，曾任骠骑将军。渔阳：古幽州，今天津市蓟州区一带，汉时与匈奴经常接战的地方。

[3] 苦：一作"死"。

作品赏析

《少年行》是王维的七绝组诗，共4首，分别描写了长安少年纵酒豪爽，奔赴沙场、建功立业的壮怀，英勇杀敌的气概及朝廷封赏的际遇。刘学锴评论这组诗："各首均可独立，合起来又是一个整体，好像人物故事衔接的四扇画屏。"

这首诗主要写少年游侠的征战经历与报国决心。前两句借汉喻唐，写自己入仕之初便担任了统管禁卫军的职务，可谓首建功勋。又有幸跟随同汉代"骠骑将军"霍去病一样的将领奔赴边关，保家卫国。霍去病是汉武帝时的名将，曾多次统率大军反击匈奴侵扰，战功显赫。作者以霍去病为楷模，意欲"捐躯赴国难，视死忽如归"（曹植的《白马篇》）。

整首诗意气勃发，用自白的方式直抒胸臆，表现出满腔的热忱，继以自诘的问句将情感生发出波澜，又在末句用铿锵之语将情绪推向高潮，使全文的情感错落跌宕，形成转折之态。本诗善用虚词。末两句连用"孰""不""纵""犹"，将少年的豪情超越了一般游侠的冲动，形成了理性思考之后的义无反顾、刚毅坚韧，读来更有感人肺腑的力量。

朗诵指导

1. 概括主题，确定基调。本诗写游侠出征边塞，从不同的侧面对游侠意气进行了礼赞，雄浑劲健。全文基调大气豪迈、意境深远。

2. 气足声强，刚劲有力。表现出作者从容坚毅的神情和义无反顾的决心，进一步深化了游侠意气的内涵。

3. "孰""不""纵""犹"等虚词的连用，在接二连三的转折中要不断加强语气。

少年行·其二

少年行·其二

出身（↑→）/仕汉（↑→）/羽林郎，
初随（↑→）/骠骑（↓∽）/战渔阳。
孰知（↑→）/不向（↑→）/边庭苦，
纵死（↓∽）/犹闻（↓∽）/侠骨香。

原文

汉江临泛[1]

楚塞三湘接[2]，荆门九派通[3]。江流天地外，山色有无中。
郡邑浮前浦[4]，波澜动远空。襄阳好风日，留醉与山翁[5]。

（选自《王右丞集笺注》，[唐]王维，[清]赵殿成笺注，上海古籍出版社2010年版）

注释

[1] 汉江：又称汉水，流经陕西汉中、安康，湖北十堰、襄阳、荆门、天门、潜江、仙桃、孝感，到武汉汉口流入长江。

[2] 楚塞：楚国边塞。三湘：湘水合漓水为漓湘，合蒸水为蒸湘，合潇水为潇湘，总称三湘。

[3] 荆门：荆门山，今湖北省宜都市西北的长江南岸，战国时为楚之西塞。九派：指长江的九条支流，长江至浔阳分为九支。相传大禹治水，开凿江流，使九派相通。这里指江西九江。

[4] 郡邑：指汉水两岸的城镇。

[5] 山翁：一作"山公"，指山简，晋代竹林七贤之一山涛幼子，西晋将领，镇守襄阳，好酒，每饮必醉。据《晋书山简传》，山简曾任征南将军，镇守襄阳，山简常到西家泡上大醉而归。这里借指襄阳地方官。

作品赏析

《汉江临泛》是诗人在襄阳城欣赏汉江景色时所作。唐玄宗开元二十八年（740），时任殿中侍御史的王维，因公务去南方，途经襄阳。诗歌描绘了汉江及两岸壮美的景象，表达了诗人希望寄情山水的热忱。全诗采取白描手法，从大处着墨，景象阔大，意境开阔。

首联和颔联勾勒出汉江开阔壮美的景象，写出了作者内心的豪迈。诗人泛舟江上，纵目远眺，茫茫江水浩瀚奔腾，一直涌向天地之外，不见尽头。两岸青山迷离朦胧，与江水互相掩映，时隐时现，充满迷茫玄远、令人向往的意境。首联的水势纵横交流与颔联的山水玄远开阔构成了疏密有间、一张一弛的意境，错落参差，引人入胜。颈联写波涛汹涌，拍打着江岸，岳阳城仿佛在这波浪的起伏中起伏，天空也仿佛被这波澜撼动，摇摇欲坠。"浮""动"两个动词渲染了水势的磅礴，也写出了作者在山水中心旷神怡的错觉。尾联用晋代山简在习家池上大醉而归的典故，表现作者要与其共醉于山间，共赏襄阳风物的愿望，流露出留恋山水的志趣。诗歌描写景物视野开阔、画面鲜活；布局张弛有度，雄浑与优美共存。

朗诵指导

1．抓住动词，体悟美景。朗诵中"接""通""浮""动"等动词应该重音朗读，使古诗更有灵动性。

2．对照注释，理解形象。朗诵时要形象生动地展示画面，如"江流""山色""天空"等事物需要有层次、有情感地突出，使画面感和交流感增强。

3．寓情于景，把握技巧。朗诵时切忌只顾景物的描写，而忽略作者真正的表达意图。

汉 江 临 泛

楚塞（↑→）/三湘<u>接</u>，荆门（↑→）/九派<u>通</u>。

<u>江流</u>（↑→）/天地外，<u>山色</u>（↑→）/有无中。

郡邑（↑→）/<u>浮</u>前浦，波澜（↑→）/<u>动</u>远空。

襄阳（↓∽）/<u>好风日</u>，<u>留醉</u>（↓∽）/与山翁。

汉江临泛

拓展阅读

阅读王维的《少年行·其四》，体会王维的豪情，并与他的山水诗的艺术特色进行比较。

少年行·其四

汉家君臣欢宴终，高议云台论战功。

天子临轩赐侯印，将军佩出明光宫。

孟浩然诗歌二首

简介

孟浩然（689—740），襄州襄阳（今湖北省襄阳市）人。孟浩然以布衣终其一生，李白说他"红颜弃轩冕，白首卧松云"。他的清高人品和诗品，受到当时和后代士大夫文人的景仰。他的诗诗风淡雅朴实，"淡到看不见诗了，才是真正孟浩然的诗，不，说是孟浩然的诗，倒不如说是诗的孟浩然更为准确"（闻一多《唐诗杂论·孟浩然》）。

孟浩然把田园风光同自己的隐居生活融合起来，诗写得亲切、质朴、自然、平淡，如《过故人庄》《宿建德江》。在这些诗中，诗人用笔简练、着墨轻淡，并不设色敷彩，却准确地捕捉住鲜活的景物意象，这是高明的白描艺术。这种素朴清淡的白描手法，运用到极致，便臻于"清空"境地。孟浩然的山水行旅诗虽以清幽淡雅或清空闲远为主要艺术风格，但亦有雄浑、壮逸之作，如《临洞庭湖赠张丞相》。其主要作品收录在《孟浩然诗集》中。

原文

秋登兰山寄张五[1]

北山[2]白云里，隐者[3]自怡悦。

相望试登高[4]，心随雁飞灭[5]。

愁因薄暮起，兴是清秋[6]发。

时见归村人[7]，沙行[8]渡头歇。

天边树若荠[9]，江畔洲[10]如月。

何当载酒来，共醉重阳节。

（选自《王维孟浩然选集》，王达津，上海古籍出版社 2012 年版）

注释

[1] 兰山：一作"万山"。万山：一名汉皋山，又称方山、蔓山，在湖北襄阳西北十里。张五：一作"张子容"，兄弟排行不对，张子容排行第八。有人怀疑张五为张八之误。另题作：九月九日岘山寄张子容。

[2] 北山：指张五隐居的山。北：一作"此"。

[3] 隐者：指张五。

[4] 相望：互相遥望。试：一作"始"。

[5] 雁：又作鸟。另有"心飞逐鸟灭""心随飞雁灭"等版本。

[6] 清秋：一作"清境"。

[7] 归村人：一作"村人归"。

[8] 沙行：一作"沙平"，又作"平沙"。

[9] 荠：荠菜。

[10] 洲：又作"舟"。

作品赏析

《秋登兰山寄张五》是作者于秋日登高远望，思念旧友之作。全诗情景交融、意境优美，表现出诗人感怀旧人的心境与企盼相聚的热情。李白曾赞孟浩然："吾爱孟夫子，风流天下闻。红颜弃轩冕，白首卧松云。"对其超然的意趣非常欣赏。此诗描写"天边树若荠，江畔洲如月"，语朴而情真，深得后世赞叹。《唐贤清雅集》评价其："超旷中独饶劲健，神味与右丞稍异，高妙则一也。"

诗歌前两句化用陶弘景《诏问山中何所有赋诗以答》中"山中何所有？岭上多白云。只可自怡悦，不堪持赠君"点明隐居之乐。三、四两句写秋景，渗透着对友人的思念。诗人怀故友而登高，却见飞雁南去，秋景萧瑟。北雁在秋意袭来之时已经成群结伴往南迁徙，而自己却与友人相隔一方，彼此挂念。"薄暮""清秋"中自然景物与作者心里的惆怅、相思相吻合，情景交融。接下来作者描写人事：傍晚时分，劳作了一天的人们踏着暮色归来。他们或行走在沙滩，或休憩于渡头，从容不迫、悠闲自得。一切人物与景物显得那么亲切、自然，"何当载酒来，共醉重阳节"，照应开端数句。既点明"秋"字，更表明了对张五的思念，从而显示出友情的真挚。

这首诗语言质朴，充满了田园生活的气息。作者用朴素的语言写出了令人向往的田园生活，营造出幽静高远的隐居氛围。诗人直白地表达出了心中所向，显示出平淡、亲切、自然的诗风。沈德潜评孟诗为"语淡而味终不薄"，正是极为中肯的评价。

原文

夜归鹿门[1]歌

山寺钟鸣昼已昏，渔梁[2]渡头争渡喧。
人随沙岸向江村，余亦乘舟归鹿门。
鹿门月照开烟树，忽到庞公[3]栖隐处。
岩扉松径长寂寥，惟有幽人[4]自来去。

（选自《王维孟浩然选集》，王达津，上海古籍出版社2012年版）

注释

[1] 鹿门：山名，在襄阳。

[2] 渔梁：洲名，在湖北襄阳城外汉水中。《水经注·沔水》中记载："襄阳城东沔水中有渔梁洲，庞德公所居。"

[3] 庞公：庞德公，东汉襄阳人，隐居鹿门山。荆州刺史刘表请他做官，不久后，携妻登鹿门山采药，一去不回。

[4] 幽人：隐居者，诗人自称。

作品赏析

《夜归鹿门歌》是孟浩然吟咏归隐情怀的作品。孟浩然家在襄阳城南郊，汉江西。鹿门山在汉江东，是汉末隐士庞德公拒绝征辟、携家隐居之处。前两句写诗人傍晚归途见闻：山寺传来黄昏时的钟声，汉江渡口人们回家时发出阵阵喧闹。一悠扬一喧哗，凸显出山寺的宁静，勾起诗人无限向往的情怀。三、四句便紧承前两句写自己的归途。世人回家，自己前往鹿门寻找心灵的栖息之所。同样的归途，不同的心情，表达出诗人怡然自得的归隐情怀。五、六句写自己在鹿门山的所见：月色皎洁，林木朦胧，诗人置身在幽静的自然中，心情愉悦轻松，不知不觉就到了庞德公隐居之地。作者把微妙的感受细致地予以传达，表现出忘乎所以的隐逸情趣。最后两句以诗人身居庞公栖隐处，沉浸在远离尘世的山林中的悠然心境作结，点破隐逸的妙趣。

这首七言古诗结构巧妙：从黄昏到月夜，从汉江畔到鹿门山，从舟行到山路，表现出作者从喧闹人世到寂寥自然的心路历程；情绪表达平淡自然，"气象清远，心惊孤寂"，而"出语洒落，洗脱凡近"（《唐音癸签》引徐献忠语）。

朗诵指导

1. 《夜归鹿门歌》是孟浩然吟咏归隐情怀的作品，利用虚实结合的方式，表现作者的情感。

2. 朗读中注意节奏、语气的对比表现。对"昏"—"喧"、"向"—"归"等动与静的结合要准确把握。

3. 七言诗有"二二三""二二一二"等节奏的划分，根据句义正确划分。

夜归鹿门歌

夜归鹿门歌

山寺（↑→）/钟鸣（↑→）/昼已昏（↓），

（明换气）渔梁（↑→）/渡头（↑→）/争渡喧（↓）。

人随（↓∽）/沙岸（↓∽）/向江村（↑→），

（大吸气）余亦（↑→）/乘舟（↑→）/归鹿门（↓）。

鹿门（↑→）/月照（↓）/开（↑→）/烟树，

忽到庞公（↓∽）/栖隐处（↓）。（停顿3秒）

岩扉（↑→）/松径（↑→）/长寂寥，

（抢气）惟有（↓∽）/幽人（↓∽）/自来去（↑）。

拓展阅读

阅读孟浩然的《田园作》，分析孟浩然隐逸情怀的社会原因。

燕歌行（并序）

简介

高适（704—765），字达夫，唐朝渤海郡（今河北省景县）人。官至左散骑常侍，封渤海县侯，是诗人中少有的达者，世称"高常侍"。其诗直抒胸臆、笔力雄健、不尚雕饰，体现着盛唐边塞诗人积极入仕的精神，带有政治家的理性思辨色彩。高适以七言歌行最有特色，大多写边塞生活，对社会现象进行理性的批判，如《燕歌行·汉家烟尘在东北》《塞下曲·结束浮云骏》《赠别王十七管记》等。也有描写自己生活志趣的作品，如《封丘作》《淇上酬薛三据兼寄郭少府微》。有《高常侍集》《中兴间气集》等传世。

原文

燕歌行（并序）[1]

开元二十六年，客有从御史大夫张公[2]出塞而还者，作《燕歌行》以示适。感征戍之事，因而和焉。

汉家烟尘在东北，汉将辞家破残贼。男儿本自重横行[3]，天子非常赐颜色[4]。

摐金伐鼓下榆关[5]，旌旆逶迤碣石[6]间。校尉羽书飞瀚海，单于猎火照狼山[7]。

山川萧条极边土，胡骑凭陵杂风雨[8]。战士军前半死生，美人帐下犹歌舞。

大漠穷秋塞草腓，孤城落日斗兵稀。身当恩遇常轻敌，力尽关山未解围。

铁衣远戍辛勤久，玉箸应啼别离后。少妇城南欲断肠，征人蓟北[9]空回首。

边庭飘飖那可度，绝域苍茫更何有。杀气三时作阵云，寒声一夜传刁斗。

相看白刃雪纷纷，死节从来岂顾勋。君不见沙场征战苦，至今犹忆李将军[10]。

（选自《高常侍诗集 岑嘉州诗集 李东川诗集》，广陵书社2015年版）

注释

[1] 燕歌行：乐府旧题。

[2] 张公：指幽州节度使张守珪，曾拜辅国大将军、右羽林大将军，兼御史大夫。一般以为本诗所讽刺的是开元二十六年（738），张守珪部将赵堪等矫命，逼平卢军使乌契丹余部，先胜后败，张守珪隐败状而妄奏功。

[3] 横行：任意驰走，无所阻挡。

[4] 非常赐颜色：超过平常的厚赐礼遇。

[5] 摐（chuāng）：撞击。榆关：山海关，通往东北的要隘。

[6] 碣石：山名。

[7] 校尉：次于将军的武官。狼山：又称狼居胥山，在今内蒙古自治区克什克腾旗西北。一说狼山又名郎山，在今河北省易县境内。此处"瀚海""狼山"等地名，未必是实指。

[8] 极：穷尽。边土：一作边士。凭陵：仗势侵凌。

[9] 蓟北：唐蓟州在今天津市以北一带，此处当泛指唐朝东北边地。

[10] 李将军：指汉朝李广，他捍御强敌，爱抚士卒，匈奴称他为汉之飞将军。

作品赏析

高适的《燕歌行》用乐府旧题，因时事而作，描写边塞将士生活，对唐代的战争做了理性的思考。这首诗突破了以往《燕歌行》写相思的传统，赋予了《燕歌行》新的题材。全诗层次清晰、音韵铿锵，具有"金戈铁马之声，有玉磐鸣球之节"（《唐风定》卷九邢昉评语）。

《燕歌行》以幽州节度使张守珪隐瞒败绩、谎报军功为背景，揭露主将骄奢淫逸、不恤士卒，导致战争失利的罪状，并对士兵们苦战效命、与亲人分离无相聚之期的征戍生涯表示同情。开篇八句写大将矜功出师，导致战争陷入被动局面，含蓄而隐晦地揭露了将领的罪责。"山川萧条"八句写失利情况下的将士之别与心理活动：士兵们誓死卖命，"军前半死生"，而将领却荒淫无度，享受着"美人帐下犹歌舞"的淫靡生活。士兵与将领之间的苦乐不均突显了作品主题。"铁衣远戍"八句深入细致地描写"力尽关山未解围"的士兵们深感胜战无望的归思之情。"相看白刃"四句感慨明志，以对汉代李将军的追忆表达对忠良将士的渴慕之情、对现实残酷的慨叹。

诗歌善于抓住战地的景物特征，渲染战争氛围。"山川萧条""大漠穷秋""古城落日""边庭飘飖""绝域苍茫"，营造出战争中的紧张与战败后的凄凉。对比手法的使用也是本诗的一个特点：战前的铺张扬厉与战败后的困苦凄凉，士兵的效命死节与汉将的怙宠贪功，士兵辛苦久战与汉将临战失职，士兵的室家分离与汉将的纵情声色。作者通过悬殊的反差，深化了对士兵的同情，对"汉将"的痛恶，加强了讽刺的力度。

整首诗气势畅达、笔力矫健，充满了悲壮淋漓之气，显示出雄健激越、慷慨悲壮的气势。诗人以他理性的视角、政治的高度，表达了对士兵们的同情，揭露了本诗深刻的主旨。

拓展阅读

阅读高适的《封丘作》，说明诗人对社会现实的思考涉及的方面。

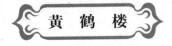

黄 鹤 楼

简介

崔颢（704—754），汴州（今河南省开封市）人，唐开元年间进士，河东节度使军幕，官至太仆寺丞。崔颢才思敏捷，少年为诗，意浮艳，多陷轻薄；晚节忽变常体，风骨凛然。元代辛文房《唐才子传》卷一记载他"行履稍劣，好博，嗜酒，娶妻择美者，稍不惬即弃之，凡易三四。初，李邕闻其名，虚舍邀之。颢至献诗，首章云：'十五嫁王昌。'邕叱曰：'小儿无礼！'不与接而入。颙苦吟咏，当病起清虚，友人戏之曰：'非子病如此，乃苦吟诗瘦耳！'"现存诗 42 首，有《崔颢集》传世。

 原文

黄　鹤　楼[1]

昔人[2]已乘黄鹤去，此地空余黄鹤楼。黄鹤一去不复返，白云千载空悠悠。晴川历历汉阳树，芳草萋萋鹦鹉洲[3]。日暮乡关何处是？烟波江上使人愁。

（选自《全唐诗》，[清]彭定求等编纂，中华书局 2011 年版）

注释

[1] 黄鹤楼：故址在湖北省武汉市武昌区，民国初年被火焚毁，1985 年重建，传说古代有一位名叫费祎的仙人，在此乘鹤登仙。

[2] 昔人：传说中的仙人子安，曾驾鹤过黄鹤山（又名蛇山），遂建楼。

[3] 汉阳：地名，现在湖北省武汉市汉阳区，与黄鹤楼隔江相望。鹦鹉洲：在今湖北省武汉市武昌区西南，根据《后汉书》记载，汉黄祖担任江夏太守时，在此大宴宾客，有人献上鹦鹉，故称鹦鹉洲。唐代，鹦鹉洲在汉阳西南长江中，后逐渐被水冲没。

作品赏析

黄鹤楼因其所在之武昌黄鹤山（又名蛇山）而得名。传说古代仙人子安乘黄鹤过此（见《齐谐志》），又云费祎登仙驾鹤于此（见《太平寰宇记》引《图经》）。

黄鹤楼是长江边的一座名楼，无数迁客骚人曾经流连于此，观江水之悠悠，叹人生之无常。诗歌将发生在黄鹤楼的虚幻传说与黄鹤楼空自伫立的实景结合，兴起宇宙永恒、人生无常的无限感叹。首联以跨越千年的虚幻传说而起，以"空余"二字表现出作者的怅然若失：斯人已去，岁月流逝，黄鹤楼依然。颔联承接上文描写时光流逝中变与不变的矛盾：岁月流逝一去不回，在这沧海桑田的变化中却有一些东西是永恒的。黄鹤楼伫立依然，江水东流，楼头白云飘浮依然。宇宙的永恒更让人深感人世沧桑变化，也寄托着作者世事难料的迷茫。"空悠悠"是空间的广袤，"千载"是时间的绵延，时空的深邃绵延让作者的慨叹具有了深沉厚重的韵味，读来口有余香。颈联由虚幻的传说和感叹转向对眼前之景的描写。伫立楼头，眺望江水，晴日下平原上的汉阳树苍翠在目，鹦鹉洲上芳草萋萋。景物的描写中暗含典故：汉末狂生祢衡被杀之后便埋在此处。这不禁引发出作者回归何处的乡愁，所以尾联作者以浓郁的乡愁作结，并以"乡关何处"的叩问引发无尽的愁思。

全诗由虚幻的传说而生，由烟波浩渺的场景作结，表达出浓郁的情思。颔联承首联的情绪感怀，颈联由情到景的自然过渡都显示出律诗布局的精巧。该诗在声律上由古风入手，颔联连用 6 个仄声，显示出不被格律所约束的气度。到颈联转为整饬的律诗，艺术上出神入化、自由流畅、声律优美，无怪乎李白有"眼前有景道不得，崔颢题诗在上头"的赞叹。

吟诵格律分析

《黄鹤楼》是一首平起式首句不入韵的七言律诗，历来被推为七律压卷之作，在《唐诗三百首》（卷六 七言律诗）里，它被列为唐人七律之首。宋代严羽《沧浪诗话》说："唐人七言律诗，当以崔颢《黄鹤楼》为第一。"首联、颔联格律紊乱，颔联出现 6 个仄声相连，且 3 次出现"黄鹤"一词，乃律诗之大忌。这使人们产生不同的看法，有的认为是用了拗救；有人结合颈联尾、联平仄严整合律，认为是不拘一格的古风与律句相合之作，整首诗仍是古风。押韵特点是首句不入韵，偶句押韵，一韵到底。韵脚"楼""悠""洲""愁"，押韵押的是上平声"尤"韵。这个韵的开口度不大，韵头和韵尾都是发音部位靠前的音素。入声字多（如昔、鹤、一、不、复、白、历、日、暮）并集中于首联、颔联，特别突出抒发内心积郁的情感。

朗诵的节奏分为两个部分，前四句按照古体诗吟诵，后四句依据律诗平仄，即"平长仄短"，节奏点偶数音节是平声则拉长，韵脚也要拉长；入声读音短促；字调根据音节的声调调值的高低变化趋势延长，做到"依字行腔"，这首诗的首联要有历史感；颔联回到现实的真实感；颈联是对景物描写要有画面感；尾联的"乡关""烟波""人愁"中要把处于偶数音节的"关""波""人"，以及处于句尾的"愁"的声调拉长，以此来表达诗人对时光易逝的感慨和自己漂泊在外思念家乡的愁苦之情。

黄 鹤 楼

昔人已乘黄鹤去	仄平仄平平仄仄
此地空余黄鹤楼—	仄仄平平平仄平
黄鹤一去不复返	平仄仄仄仄仄仄
白云—千载空悠—悠—	仄平平仄平平平
晴川—历历汉阳—树	平平仄仄仄平仄
芳草萋萋—鹦鹉洲—	平仄平平平仄平
日暮乡关—何处是	仄仄平平平仄仄
烟波—江上使人—愁—	平平平仄仄平平

黄鹤楼

拓展阅读

阅读崔颢的诗歌《辽西作》，体会崔颢后期诗歌创作风格的特征。

李白诗歌二首

简介

李白（701—762），字太白，号青莲居士，祖籍陇西郡成纪县（今甘肃省平凉市静宁县南），出生于剑南道之绵州（巴西郡）昌隆县（今四川省绵阳市江油市青莲）。一说生于西域碎叶城（今吉尔吉斯斯坦托克马克）。李白少年有

大志，"我志在删述，垂辉映千春""纵死侠骨香，不惭世上英"。有义行"十步杀一人，千里不留行。事了拂衣去，深藏身与名"。李白既自信也自负，受到排挤，流放他乡。现存诗 900 余首，充分反映了盛唐的时代精神，描写了广阔的社会生活，展现了诗人的精神品格与心灵世界，构成了一代诗歌的宏音巨响。存世诗文千余篇，代表作有《古风五十九首》《蜀道难》《行路难》《梦游天姥吟留别》《将进酒》等诗篇，有《李太白集》传世。

🌸 原文

古风·大雅久不作

大雅久不作，吾衰竟谁陈[1]？王风委蔓草，战国多荆榛[2]。
龙虎相啖食，兵戈逮狂秦[3]。正声何微茫，哀怨起骚人[4]。
扬马激颓波[5]，开流荡无垠。废兴虽万变，宪章亦已沦[5]。
自从建安来，绮丽不足珍。圣代复元古，垂衣贵清真。
群才属休明，乘运共跃鳞[7]。文质相炳焕，众星罗秋旻[8]。
我志在删述[9]，垂辉映千春。希圣如有立，绝笔于获麟[10]。

（选自《李太白全集》，[清]王琦注，中华书局 2014 年版）

🌸 注释

[1] 大雅：《诗经》之一部分，此代指《诗经》。作：兴。吾衰：《论语·述而》："子曰：'甚矣，吾衰也。'"陈：《礼记·王制》："命太史陈诗以观民风。"

[2] 王风：《诗经·王风》，此亦代指《诗经》。委蔓草：埋没无闻。此与上句"久不作"意同。多荆榛：形容形势混乱。

[3] 龙虎：指战国群雄。啖食：吞食，此指吞并。兵戈：战争。逮：直到。

[4] 正声：雅正的诗风。骚人：指屈原。

[5] 扬马：指汉代文学家扬雄、司马相如。

[6] 宪章：本指典章制度，此指诗歌创作的法度、规范。沦：消亡。

[7] 休明：美好、清平。此指美好清平的兴盛时代。跃鳞：比喻施展才能。

[8] 秋旻：秋天的天空。

[9] 删述：《尚书序》："先君孔子……删《诗》为三百篇，约史记而修《春秋》，赞《易》道以黜《八索》，述职方以除《九丘》。"

[10] 获麟：《春秋·哀公十四年》："西狩获麟，孔子曰'吾道穷矣'。"传说孔子修订《春秋》，至此搁笔不复述作。因为他认为麒麟出非其时而被猎获，不是好兆。以上四句意谓：李白欲追步孔子，有所述作，以期垂名不朽。

🌸 作品赏析

《古风》组诗共 59 首，以咏怀自己的遭遇、批判朝政的腐败、同情战争岁月中的苦难百姓、表达自己对太平盛世的向往。沈德潜在《唐诗别裁集》中说："太白诗纵横驰骤，独《古风》二卷，不矜才，不使气，原本阮公，风格俊上，伯玉《感遇》诗后，有嗣音矣。"

"大雅久不作"原列《古风》第一首，论述了李白的文学理想与诗歌创作主张。针对"大雅久不作"的创作现象，李白明确表示要以恢复"正声"为己

任。在历叙战国后"王风"沦丧、骚人哀怨、扬马颓波直至建安以后诗坛"绮丽不足珍"的基础上，诗人颂扬唐代已出现的"复元古""贵清真"的文学思潮与倾向，并直接说明自身"希圣如有立，垂衣贵清真"的复古理想。李白推崇儒家思想，在政治上表现为功业欲望，在文学上则表现为复古精神。此诗对这一思想的表述最为集中。

原文

行路难·其三

有耳莫洗颍川水[1]，有口莫食首阳蕨[2]。
含光混世贵无名[3]，何用孤高比云月[4]？
吾观自古贤达人，功成不退皆殒身。
子胥既弃吴江上[5]，屈原终投湘水滨。
陆机雄才岂自保？李斯税驾苦不早[6]。
华亭鹤唳讵可闻？上蔡苍鹰何足道[7]？
君不见吴中张翰称达生，秋风忽忆江东行[8]。
且乐生前一杯酒，何须身后千载名？

（选自《李太白全集》，[清]王琦注，中华书局 2014 年版）

注释

[1] 颍（yǐng）川水：晋朝皇甫谧《高士传》卷上《许由》篇"尧让天下于许由，……由于是遁耕于中岳颍水之阳，箕山之下……尧又召为九州长，由不欲闻之，洗耳于颍水滨。"

[2] "有口"句：反用伯夷、叔齐典故。《史记·伯夷列传》："武王已平殷乱，天下宗周，而伯夷、叔齐耻之，义不食周粟，隐于首阳山，采薇而食之……遂饿死于首阳山。"

[3] "含光"句：言不露锋芒，随世俯仰之意。贵无名：以无名为贵。

[4] 云月：一作"明月"。

[5] 子胥：伍子胥，春秋末期吴国大夫。《吴越春秋》卷五《夫差内传》："吴王闻子胥之怨恨也，乃使人赐属镂之剑，子胥……遂伏剑而死。吴王乃取子胥尸，盛以鸱夷之器，投之于江中。"又见《国语·吴语》。

[6] 陆机：西晋文学家。《晋书·陆机传》载：陆机因宦人诬陷而被杀害于军中，临终叹曰："华亭鹤唳，岂可复闻乎？"李斯：秦国统一六国的大功臣，任秦朝丞相，后被杀。《史记·李斯列传》载：李斯喟然叹曰："……斯乃上蔡布衣……今人臣之位，无居臣上者，可谓富贵极矣。物极则衰，吾未知所税驾？"《索引》："税驾，犹解驾，言休息也。"

[7] "华亭"二句：用李斯典故。《史记·李斯列传》："二世二年七月，具斯五刑，论腰斩咸阳市。斯出狱，与其中子俱执，顾谓其中子曰'吾欲与若复牵黄犬俱出上蔡东门逐狡兔，岂可得乎！'"《太平御览》卷九二六："《史记》曰'李斯临刑，思牵黄犬、臂苍鹰，出上蔡门，不可得矣。'"

[8] "秋风"句：用张翰典故。《晋书·张翰传》："张翰，字季鹰，吴郡吴人也。……为大司马东曹掾。……因见秋风起，乃思吴中菰菜、莼羹、鲈鱼脍，曰：'人生贵得适志，何能羁宦数千里，以要名爵乎？'遂命驾而归。……或谓之曰：'卿乃纵适一时，独不为身后名邪？'答曰：'使我有身后名，不如即时一杯酒。'时人贵其旷达。"

作品赏析

《行路难》是乐府旧题。742 年，李白奉诏入京，担任翰林供奉，却受到权臣谗毁排挤，两年后被"赐金放还"，离开了长安。朋友们为其饯行，李白深感仕途艰难写下了这首充满失落、愤慨又饱含希望的乐府歌行。

"有耳莫洗颍川水"一首表现隐退之意。前四句言人生须含光混世，不务虚名。中八句列举功成不退而殒身者，有以之为诫之意。最后赞成张翰唯求适意的人生态度，表明自己的立场。

李白诗歌充满了一种昂扬激越的斗志，奔放豪迈、气势磅礴。他打破了时空的局限，在古今的历史长河中撷取人物、故事，如"颍川洗耳""姜太公遇文王""伊尹梦日""华亭鹤唳""莼鲈之思""庄周梦蝶""燕王招贤"等，将自己的壮志、遭遇、苦闷与希望都毫无保留地通过这些历史人物、历史故事表现出来。李白时而俯视苍生"俯视洛阳川，茫茫走胡兵"，时而仰望苍穹"明月出天山，苍茫云海间"，时而飞升上天"俱怀逸兴壮思飞，欲上青天揽明月"，时而遨游四海"渡远荆门外，来从楚国游"，展现出不受约束的、灵动畅达的文学才思及积极奋发的人格精神。

吟诵格律分析

行路难·其三

《行路难·其三》的押韵特点为句尾押韵，每四句转韵：首句不入韵偶句押韵。韵脚为"蕨、月、身、滨、早、道、行、名"，其中"蕨、月"押入声"月韵"，"身、滨"押上平声"真韵"，"早、道"押上平声"皓韵"，"行、名"押上平声"庚韵"，四次转韵开口度逐渐由小而渐大，"庚韵"发音韵尾响亮，四个层次的抒情变化，因怀才不遇而沉闷压抑，诗人四次用问句，情感因语气的慷慨激愤陡然变得旷达。

吟诵用普通话"依字行腔"即按声调的音高趋势延长，韵字丰富，每个韵字都要拖长后充分展示场面宏大，要有画面感和抒情的对象感；"莫、食、蕨、月、不、陆、鹤、忆、乐、一"入声字短促，有跳跃之感，与之后的字音长音形成"阳（长）蕨（短促）""云（长）月（短促）""乐（短促）生（长）""陆（短促）机（长）""一（短促）杯（长）""忽（长）忆（短促）"等，长短交替形成呼应变化；吟诵时，根据情感的变化而调整语调，诗人的情感由怀才不遇的沉闷抑郁渐变为慷慨激愤，而后释放出旷达，其中"君不见"的气势与《将进酒》中的磅礴气势相当。

拓展阅读

阅读鲍照的《拟行路难》，分析鲍照和李白面对人生困境时的创作异同。

━━━❖ **奉赠韦左丞丈二十二韵** ❖━━━

简介

杜甫（712—770），字子美，河南巩县（今河南省郑州市巩义市）人，祖籍襄阳（今湖北省襄阳市），自号少陵野老，曾任左拾遗、检校工部员外郎，后

世称杜拾遗、杜工部。杜甫忧国忧民，诗艺精湛，现存诗 1400 多首，多涉笔社会动荡、政治黑暗、人民疾苦，被后世尊称为"诗圣"，其诗被誉为"诗史"。其代表作有"三吏""三别"、《茅屋为秋风所破歌》《秋兴八首》《春望》《闻官军收河南河北》等，有《杜工部集》传世。杜甫诗歌情感浓郁、厚重，主题严谨，题材严肃，形成沉郁顿挫的风格。

原文

奉赠韦左丞丈二十二韵

纨绔不饿死，儒冠多误身。丈人试静听，贱子请具陈。
甫昔少年日，早充观国宾[1]。读书破万卷，下笔如有神。
赋料扬雄敌，诗看子建亲。李邕求识面，王翰愿卜邻[2]。
自谓颇挺出，立登要路津。致君尧舜上，再使风俗淳。
此意竟萧条，行歌非隐沦。骑驴十三载，旅食京华春[3]。
朝扣富儿门，暮随肥马尘。残杯与冷炙，到处潜悲辛。
主上顷见征，欻然欲求伸。青冥却垂翅，蹭蹬无纵鳞[4]。
甚愧丈人厚，甚知丈人真。每于百僚上，猥诵佳句新[5]。
窃效贡公喜，难甘原宪贫[6]。焉能心怏怏，只是走踆踆。
今欲东入海，即将西去秦[7]。尚怜终南山，回首清渭滨。
常拟报一饭[8]，况怀辞大臣。白鸥没浩荡，万里谁能驯？

（选自《杜诗详注》，仇兆鳌注，中华书局 2015 年版）

注释

[1] 开元二十三年（735），杜甫以乡贡（由州县选出）的资格在洛阳参加进士考试。杜甫当时才二十四岁，就已是"观国之光"（参观王都）的国宾了。"观国宾"语出《周易·观卦·象辞》："观国之光尚宾也。"

[2] 扬雄：字子云，西汉辞赋家。子建：曹植的字。曹植是曹操之子，建安时期著名文学家。李邕：唐代文豪、书法家，曾任北海郡太守。杜甫少年在洛阳时，李邕奇其才，曾主动去结识他。王翰：唐时著名诗人，《凉州词》的作者。

[3] 骑驴：与乘马的达官贵人对比。十三载：从开元二十三年（735）杜甫参加进士考试，到天宝六载（747），恰好十三载。旅食：寄食。京华：京师，指长安。

[4] 天宝六载（747），唐玄宗下诏征求有一技之长的人赴京应试，杜甫也参加了。宰相李林甫嫉贤妒能，让全部应试的人都落选，还上表称贺："野无遗贤。"

[5] "每于"两句：承蒙您经常在百官面前吟诵我新诗中的佳句，极力加以奖掖推荐。

[6] 贡公：西汉人贡禹。他与王吉为友，闻吉显贵，高兴得弹冠相庆，因为知道自己也将出头。杜甫说自己也曾自比贡禹，并期待韦济能荐拔自己。难甘：难以甘心忍受。原宪：孔子的学生，以贫穷出名。

[7] 东入海：指避世隐居。孔子曾言："道不行，乘桴浮于海。"（《论语》）去秦：离开长安。

[8] 报一饭：报答一饭之恩。春秋时灵辄报答赵宣子（见《左传·宣公二年》），汉代韩信报答漂母（见《史记·淮阴侯列传》），都是历史上有名的报恩故事。

作品赏析

《奉赠韦左丞丈二十二韵》作于唐玄宗天宝七年（748），正是杜甫困守长安之时。天宝六年（747），唐玄宗下诏天下有一技之长的人入京赴试，李林甫对所有应试之人统统不予录取，并上贺朝廷野无遗贤。杜甫于是应试落第，困守长安，作此诗向韦济告别。全诗慷慨陈词，抒写胸臆，是杜甫自叙生平的一首重要诗作。

本诗以浓彩重墨抒写了诗人自己少年得意蒙荣、眼下误身受辱的无穷感慨，展现了自身才学及平生志向、抱负，倾吐了仕途失意、生活困顿的窘状，并抨击了当时黑暗的社会和政治现实。

诗人善于用顿挫之笔表达心中的沉郁之情。诗歌先铺叙少年蒙荣、理想高远，然后叙写仕途受挫，再写自己重拾理想却又再遇坎坷的现实境况。通篇陈词时而情绪饱满、高亢，时而低沉回旋，将满腔的苦闷凝聚于笔端，缓缓述来，当情感快要推向高潮，喷薄而出时，又被诗人收束住，不让它恣意流淌，形成了情感上的深沉、浓郁和表达上的顿挫之姿。对比的写作手法在这首诗中也运用得巧妙，表现在：一是用"纨绔子弟"不学无术却衣食无忧与饱读诗书的士子仕途坎坷做对比，写出了世道的贤愚倒置、黑白不分。二是用自己的"读书破万卷，下笔如有神"的才华、"李邕求识面，王翰愿卜邻"的声名、"致君尧舜上，再使风俗淳"的理想与进入长安之后"朝扣富儿门，暮随肥马尘。残杯与冷炙，到处潜悲辛"的落魄、屈辱生活对比，写出了在黑暗社会中知识分子的无路可走。三是用自己"主上顷见征，欻然欲求伸"的希望与"青冥却垂翅，蹭蹬无纵鳞"的失望做对比，写出了自己对这个被奸佞小人操控的朝政的极度失望。

拓展阅读

阅读杜甫的《羌村三首·其三》，思考杜甫作品中的"诗圣"情怀。

始得西山宴游记

简介

柳宗元（773—819），字子厚，唐代河东（今山西省运城市）人，人称"柳河东"，又因官从柳州刺史任上，又称"柳柳州"。与唐代的韩愈、宋代的欧阳修、苏洵、苏轼、苏辙、王安石和曾巩并称为"唐宋八大家"。他在诗歌、辞赋、散文、游记、寓言、杂文及文学理论诸方面，都做出了突出的贡献。其诗作于贬谪之后，多抒写思乡怀友、山水之乐，情深意远、幽峭峻郁，其中山水诗最为人称道，如《江雪》《渔翁》《早梅》《与浩初上人同看山寄京华亲故》等。其散文创作坚持"文以明道"，注重文学的社会功能，强调文须有益于世，著名作品有《永州八记》《捕蛇者说》《种树郭橐驼传》《段太尉逸事状》等。经后人辑为三十卷，名为《柳河东集》。

原文

始得西山宴游记

自余为僇人，居是州，恒惴栗[1]。其隙也，则施施而行[2]，漫漫而游。日与其徒上高山，入深林，穷回溪，幽泉怪石，无远不到。到则披草而坐，倾壶而醉。醉则更相枕以卧，卧而梦。意有所极，梦亦同趣。觉而起，起而归。以为凡是州之山水有异态者，皆我有也，而未始知西山之怪特。

今年九月二十八日，因坐法华西亭，望西山，始指异之。遂命仆人过湘江，缘染溪，斫榛莽，焚茅茷，穷山之高而止[3]。攀援而登，箕踞而遨，则凡数州之土壤，皆在衽席之下。其高下之势，岈然洼然[4]，若垤[5]若穴，尺寸千里，攒蹙累积[6]，莫得遁隐。萦青缭白，外与天际，四望如一。然后知是山之特立，不与培塿[7]为类。悠悠乎与颢气[8]俱，而莫得其涯；洋洋乎与造物者游，而不知其所穷。引觞满酌，颓然就醉，不知日之入。苍然暮色，自远而至，至无所见，而犹不欲归。心凝形释，与万化冥合。然后知吾向之未始游，游于是乎始。故为之文以志。是岁，元和四年也。

（选自《唐宋八大家散文广选·新注·集评》，宋绪连，辽宁人民出版社2000年版）

注释

[1] 僇（lù）人：罪人。惴栗：战战兢兢。

[2] 施（yí）施：慢步缓行的样子。

[3] 榛莽：杂乱丛生的荆棘灌木。茅茷：长得繁密杂乱的野草。茷：草叶茂盛。

[4] 岈（xiā）然：高山深邃的样子。洼然：深谷低洼的样子。

[5] 垤：蚁封，即蚂蚁洞边的小土堆。

[6] 攒：聚集在一起。蹙：紧缩在一起。

[7] 培（pǒu）塿（lǒu）：小土堆。

[8] 颢气：同"浩气"，指天地间的大气。

作品赏析

柳宗元的《永州八记》包括《始得西山宴游记》《钴鉧潭记》《钴鉧潭西小丘记》《至小丘西小石潭记》《袁家渴记》《石渠记》《石涧记》《小石城山记》，是作者因王叔文"永贞革新"的失败，被贬永州谪居时借山水抒怀的散文。作者继承了郦道元《水经注》的传统而又有很大发展，是中国游记文学的奠基作品，对后世散文的发展产生了深远的影响。

第一段写"未见西山"。首句表明自己特殊的身份和心态，写出自己游览山水是出于内心苦闷情绪的抒发，所以"施施而行""漫漫而游"，没有目的地游走。当然也就不曾留意过山中的风景。作者"上高山，入深林，穷回溪，幽泉怪石，无远不到。到则披草而坐，倾壶而醉"。作者在这一段中主要描写自己的动作，却没有山水风光的描写。结合开篇的心境，可见此时的作者不是喜爱山水，而是想要在山林中寻找心灵苦闷的排遣之处。他仿佛是行尸走肉，不曾驻足看山中一朵花的开放，不曾聆听一条溪流的潺潺歌唱，更无法做到看天上云卷云舒的潇洒。所以他到达一处则醉而卧、卧而梦、梦而觉、觉而醒、醒而归，没有一丝的留恋。这种"无味"的游览也就为西山之"有味"奠定了基础。引出了下文开启作者"始游"的"怪特"西山。

第二段写"始游西山"。"今年九月"句写远望西山，"始指异之"，点出了西山之奇特引人入胜，此为怪特之处一；"遂命仆人"几句写近探西山，山路幽险崎岖，此为怪特之处二；"其高下之势"句写俯仰西山，山势变换，此为怪特之处三；"萦青缭白"写置身山间云雾缭绕，迷蒙绵延，此为怪特之处四。"然后知是山之特立"对以上描写作了收束，并写出自己"始悟西山"：西山的伟岸、西山的开阔、西山的气势磅礴、西山与天地共存的特质，都让自己留恋不已。作者在西山的身上看到了挺拔、桀骜不屈，看到了独立的品格，看到了在更为广阔的宇宙中的永恒的存在，于是生发出"心凝形释，与万化冥合"的感悟。最后作者以"游于是乎始"表明西山之游才开启了他畅游山水的新的人生篇章。

这篇文章布局新颖，两段文字紧扣"始得"，并以之为线索。开始先概写平日游览之胜，继而再写西山之宴游，曲折入题：欲写今日始见西山，先写昔日未见西山；欲写昔日未见西山，先写昔日得见诸山，即先写未得西山之游。铺垫充分、转折自然，说明西山之游，既是昔日游遍诸山的继续，又是一系列新的宴游的开始。文章紧扣"始得"，前后照应、气脉贯通，可谓新颖巧妙、匠心独具。先写未游西山之前的仓促平凡的游览，引出未见之西山。欲写未见之西山，先写所见之他山。把西山带来的精神上的震撼与他山游览时的麻木相对比，细致地表现出作者精神上的升华。他终于从政治失意的苦闷中解脱出来。这是他游览西山的最大的收获，仿佛人生也获得了新生。同时，文章语言清丽、情景交融，抒发情感深沉而含蓄、耐人寻味。

拓展阅读

阅读柳宗元的《哀溺文序》，思考作者"文以明道"的创作理念是如何实践的。

轻　　肥

简介

白居易（772—846），字乐天，号香山居士、醉吟先生。祖籍太原。元和十年（815），白居易被贬江州司马，其思想和文学创作以此为界分为前后两个时期。前期白居易以儒家思想为主导，后期由于政治失意，受佛教、道教思想影响较大。白居易的诗歌创作成就巨大，一生创作有感伤诗、闲适诗、杂律诗和讽喻诗。感伤诗有《长恨歌》《琵琶行》等，讽喻诗以《秦中吟》10首、《新乐府》50首为代表。这些诗篇揭示了中唐社会生活的各种重大问题，暴露了官场的腐败，反映了民生疾苦，实践了他的诗歌理论。有《白氏长庆集》传世。

原文

轻　肥

意气[1]骄满路，鞍马光照尘。借问何为者，人称是内臣[2]。

朱绂[3]皆大夫，紫绶悉将军[4]。夸赴军中宴，走马去如云。

樽罍溢九酝，水陆罗八珍[5]。果擘洞庭橘，脍切天池鳞[6]。

食饱心自若[7]，酒酣气益振。是岁江南旱，衢州[8]人食人。

（选自《白居易诗选》，[唐]白居易，汤华泉注评，中州古籍出版社 2011 年版）

注释

[1] 意气：意态神气。

[2] 内臣：原指皇帝身边的近臣，这里指宦官。

[3] 朱绂（fú）：古代礼服上的红色蔽膝，后常作为官服的代称，也指做官。

[4] 紫绶：紫色丝带。古代高级官员用作印组，或作服饰。《汉书·百官公卿表上》："相国、丞相，皆秦官，金印紫绶。"李白《门有车马客行》："空谈霸王略，紫绶不挂身。"明代何景明《送顾汝成》诗："十年垂紫绶，万里为苍生。"悉：一作"或"。

[5] 樽罍（léi）：指盛酒的器皿。九酝：美酒名。八珍：水产、陆产的各种美食。

[6] 洞庭橘：洞庭山产的橘子。脍切：将鱼肉切成菜。天池鳞：大海的鱼。

[7] 心自若：心里很自在、舒服。

[8] 衢州：唐代州名，今属浙江省。

作品赏析

《轻肥》是《秦中吟》十首组诗的第七首，大约作于公元 805 年（唐宪宗元和元年）至 806 年，是白居易任陕西省周至县县尉时有感于当地人民劳动艰苦、生活贫困所写。白居易在《秦中吟》自序中说："贞元、元和之际，予在长安，闻见足悲者。因直歌其事，命为《秦中吟》。"这组诗是作者"为时为事"而作诗的文学主张的重要体现。一诗一事，针对性极强，讽刺揭露社会弊病极为尖锐深刻。轻肥是"乘肥马，衣轻裘"的缩语。此题《才调集》作《江南旱》。

《轻肥》这首诗描写"夸赴军中宴，走马去如云"与"意气骄满路，鞍马光照尘"的奢华生活，并在诗歌最后一句，一针见血地指出"是岁江南旱，衢州人食人"的人间悲剧。作者将两种迥异的生活方式一前一后推送至读者面前，对朝政赋税严苛的条律、漠视民生疾苦的腐败生活给予了辛辣的讽刺。

这首诗采用对比的写法，刻画了宫中宦官的骄奢淫逸和百姓的悲惨生活。在描写前者时，紧扣其奢华，采用铺叙之语，从傲慢之气、坐骑之光、穿戴之盛到宴饮时的酒水瓜果的丰盛，层层叙来。在描写后者的悲剧时，采用质朴的方式，以"江南旱""人食人"直击人心。诗人运用巧妙的表现手法实现了对描述内容的对比，抨击了社会的病症。诗歌不做主观的抒情、议论，却仍然充满了讽刺和警醒人心的力量。白居易主张诗歌反映现实，提出"文章合为时而著，歌诗合为事而作"，强调讽喻美刺的审美作用："惟歌生民病，愿得天子知"（白居易《寄唐生》），强调诗歌的政治作用和社会意义。

朗诵指导

1. 在《轻肥》这首诗中，作者极力渲染宫中宦官的骄奢淫逸，与百姓的悲惨生活形成鲜明对比。作者希望通过这首诗歌来讽刺和抨击这种社会病症。因此，在朗诵时应当凸显讽刺的意味。

2. 从内容上来看，作者想要表达的是对社会黑暗的抨击、对水深火热中的百姓的悲悯。因此，在朗诵时应当采用低沉型节奏，声音偏暗偏沉，句尾落点多显沉重，语速较缓，重点处的基本语气、语势的转换多偏于沉缓。

轻肥

轻　　肥

意气/骄满路↗，鞍马/光照尘↘。借问/何为者↗，人称/是内臣↘。
朱绂/皆大夫↗，紫绶/悉将军↘。夸赴/军中宴↗，走马/去如云↘。
樽罍/溢九酝↗，水陆/罗八珍↘。果擘/洞庭橘↗，脍切/天池鳞↘。
食饱/心自若↗，酒酣/气益振↘。是岁/江南旱↗，衢州/人食人→。

拓展阅读

阅读白居易的《母别子》，分析作者"惟歌生民病，愿得天子知"的创作思想。

遣悲怀三首·其三

简介

元稹（779—831），字微之，河南省洛阳市人，家贫苦学。元和元年（806）举制科，对策第一，授左拾遗，迁监察御史。他年少气盛，见事风生，弹劾不法，忤逆权贵，因此被贬谪近 10 年。此后，他锋芒锐减，委曲求进，依附宦官崔潭峻等，为时论所轻。大和三年（829）为尚书右丞，大和四年（830）出为武昌军节度使，大和五年（831）卒于任上。今存诗文 800 余首，成就较高的是乐府诗和情诗，代表作有《离思五首》《遣悲怀三首》，以及传奇《莺莺传》。其主要作品收录在《元氏长庆集》中。

原文

遣悲怀三首·其三

闲坐悲君亦自悲，百年多是几多时。
邓攸无子寻知命[1]，潘岳悼亡犹费词[2]。
同穴窅冥[3]何所望，他生缘会更难期。
惟将终夜长开眼，报答平生未展眉。

（选自《元稹诗全集》，谢永芳，崇文书局 2017 年版）

注释

[1] 邓攸：西晋人，字伯道，官河西太守。《晋书·邓攸传》载：永嘉末年战乱中，他舍子保侄，后终无子。

[2] 潘岳：西晋人，字安仁，妻死，作《悼亡诗》三首。这两句写人生的一切自有命定，暗伤自己无妻无子的命运。

[3] 窅冥：深暗的样子。

作品赏析

元稹的原配妻子韦丛是太子少保韦夏卿的小女，于唐德宗贞元十八年（802）和元稹结婚，当时她20岁，元稹25岁。婚后生活比较贫困，但韦丛很贤惠，毫无怨言，夫妻感情很好。元和六年（811），元稹任监察御史时，韦丛病死。元稹悲痛万分，写了祭奠追忆的悼亡诗，这是《遣悲怀三首》中的第三首。《唐诗余编》云："第一首生时，第二首亡后，第三首自悲，层次即章法。末篇末句'未展眉'即回绕首篇之'百事乖'，天然关锁。"

其一追忆妻子生前的艰苦处境和夫妻患难深情，并抒写自己功成名就后却不能与妻子共享荣华富贵的抱憾之情。其二通过日常生活中引起哀思的几件事写妻子死后的"百事哀"的人生况味。以"诚知此恨人人有，贫贱夫妻百事哀"写尽了内心的凄凉和人世间具有相同命运的人共同的悲哀。这首《遣悲怀三首》由妻子的早逝，想到了人寿的有限。诗人以邓攸、潘岳自喻，故作达观无谓之词，却透露出无子、丧妻的深沉悲哀，并深情表白自己的心迹：唯有用彻夜不眠的相思来报答你陪伴我的那些艰苦岁月。

整首诗歌语言质朴、思绪沉沉、情感深重缠绵。"惟将终夜长开眼，报答平生未展眉"一句，诗人仿佛在对妻子深情告白：此生对你的恩情无以为报，唯有彻夜不眠，睁着一双眼睛，苦苦地把你思念，才能报答你平生不曾跟随我过上一天幸福日子的遗憾。这句告白情深义重、哀痛缠绵，说出了诗人内心无限的痛苦。蘅塘退士《唐诗三百首》："古今悼亡诗充栋，终无能出此三首范围者。勿以浅近忽之。"

朗诵指导

1．《遣悲怀三首·其三》是一首悼亡诗，是诗人用以抒发爱妻离世后无限悲痛的作品。朗诵时应联系背景，体会作者无子、丧妻的深沉悲哀，以及哀伤背后的缠绵深情。前四句语气沉痛哀伤，后四句语气哀伤中透出情谊。

2．根据诗歌悼念亡妻的主题，联系作者沉痛的心情，可以判断，朗诵该诗时应使用凝重性节奏，多抑少扬、语势平稳、一般降抑，话语的音节不多，连贯也较疏；基本语气和转换都比较凝重。

遣悲怀三首·其三

遣悲怀三首·其三

闲坐悲君↗/亦自悲↘，百年多是↗/几多时↘。
邓攸无子↗/寻知命↘，潘岳悼亡↗/犹费词↘。
同穴窅冥↗/何所望↘，他生缘会↗/更难期↘。
惟将终夜↗/长开眼↘，报答平生↗/未展眉↘。

拓展阅读

收集中国文学史上的悼亡诗，体会诗中作者对逝者的情感和对生命的审视，并向大家介绍一篇让你最感动的作品。

八月十五夜赠张功曹

简介

韩愈（768—824），字退之，河南河阳（今河南省焦作市孟州市）人，自言郡望昌黎，故后人多称韩昌黎。谥号文，世称韩文公。因上书言关中旱饥，触怒权要，被贬阳山（今属广东省）令。后反对唐宪宗拜迎佛骨，被贬为潮州刺史。韩愈倡导"古文运动"，提倡"文以明道""文以载道""不平则鸣""笔补造化"的创作，反对骈文的形式束缚，被称为古文运动的领袖，居"唐宋八大家"之首。其主要代表作有《师说》《马说》《祭十二郎文》等作品。存诗400 余首，有《昌黎先生集》传世。

原文

八月十五夜赠张功曹[1]

纤云四卷天无河，清风吹空月舒波。沙平水息声影绝，一杯相属君当歌。君歌声酸辞且苦，不能听终泪如雨。

洞庭连天九疑高，蛟龙出没猩鼯号[2]。十生九死到官所，幽居默默如藏逃。下床畏蛇食畏药，海气湿蛰熏腥臊[3]。昨者州前捶大鼓，嗣皇继圣登夔皋[4]。赦书一日行万里，罪从大辟皆除死[5]。迁者追回流者还，涤瑕荡垢清朝班[6]。州家申名使家抑，坎轲只得移荆蛮[7]。判司卑官不堪说，未免捶楚尘埃间[8]。同时辈流多上道，天路幽险难追攀。

君歌且休听我歌，我歌今与君殊科。一年明月今宵多，人生由命非由他。有酒不饮奈明何？

（选自《韩昌黎文集校注》，[唐]韩愈，马其昶校注，马茂元整理，
上海古籍出版社 2014 年版）

注释

[1] 张功曹：张署。

[2] 洞庭：洞庭湖。九疑：又名苍梧山，在今湖南省宁远县。猩：猩猩。鼯（wú）：鼠类的一种。

[3] 药：指蛊毒。南方人喜将多种毒虫放在一起饲养，使之互相吞噬，最后剩下的毒虫叫作蛊，制成药后可杀人。海气：海面上或江面上的雾气。蛰：潜伏。

[4] 嗣皇：接着做皇帝的人，指宪宗。登：进用。夔皋：夔和皋陶，传说是舜的两位贤臣。

[5] 大辟：死刑。除死：免去死刑。

[6] 瑕：玉石的杂质。班：臣子上朝时排的行列。

[7] 荆蛮：今湖北省江陵市。

[8] 判司：唐时对州郡诸曹参军的总称。捶楚：棒杖一类的刑具。

作品赏析

《八月十五夜赠张功曹》是韩愈被贬郴州时于中秋月圆之夜，写给同是天涯沦落人的张署的一首诗。唐贞元十九年（803），韩愈与张署皆任监察御史，曾因天旱向唐德宗进言，极论宫市之弊，韩愈被贬为阳山（广东省阳山县）县

令，张署被贬为临武（湖南省郴州市临武县）县令。唐贞元二十一年（805）正月，顺宗即位，二月甲子大赦。八月宪宗即位，又大赦天下。两次大赦由于有人从中作梗，韩愈和张署未能调回京都，只改官江陵。韩愈心中愤懑，写作此诗，赠给遭遇相同的张署。

诗歌借与张署之歌的对答，极言被贬之道路艰难，贬所环境之险恶、返京之坎坷，表现出政治命运的艰难。诗歌开篇四句写作者和具有相同命运的友人张署对饮于八月十五日夜，感慨良多，以歌抒愤的环境和心情。"君歌声酸"以下写张署歌声的具体内容。张署之歌首先叙写被贬南方的自然环境的恶劣。"昨者州前"几句叙写宪宗即位，大赦天下。"君歌且休"四句，既是作者对张署所唱之歌的议论，也是作者感慨命运在天、福祸无常的情绪的流露。

《八月十五夜赠张功曹》构思新颖，反客为主，借他人酒杯浇自己胸中块垒。先用张署之歌详细地表现贬谪的苦难，再用自己看似不同于张署却殊途同归的自我告慰作结，写出了坎坷的政治遭遇和无能为力的慨叹。该诗以文为诗，语言古朴，铺陈其事。铺叙贬途的艰难、贬所的荒远、环境的恶劣，叙写听到大赦后的喜悦与再受打击的怆然，将作者的内心情绪进行了一波三折的描写。诗歌在意象的选择、意境的营造和结构的创新上都体现了韩孟诗派"不平则鸣""笔补造化"的创作理念。例如，"蛇""药""海气"，自然环境的恶劣也是作者所处政治险恶环境的象征。"坎轲只得移荆蛮"，把作者回顾坎坷的政治遭遇、展望迷茫的政治前途时内心的酸楚、郁愤却又无可奈何的心情，淋漓尽致地予以表现，感情深厚抑郁，风格沉雄。最后，诗歌以散文化的笔法、古朴的语言，层层叙写，娓娓道来，充分体现了韩愈"以文为诗"的创作特征。

拓展阅读

阅读韩愈的《听颖师弹琴》，思考诗人"笔补造化"的创作理念。

杜牧诗歌二首

简介

杜牧（803—852），字牧之，京兆万年（今陕西省西安市）人。因晚年居长安南樊川别墅，被称为"杜樊川"，号樊川居士。终仕中书舍人，故又有"杜紫微"之称。杜牧的诗众体兼备，内容丰富，情调豪放爽朗，风格清新俊逸。所作诗歌以七言绝句著称，内容以咏史抒怀为主，如《泊秦淮》《赤壁》《题乌江亭》等，被称为"二十八字史论"。其律诗也有较高成就，《早雁》《题宣州开元寺水阁，阁下宛溪，夹溪居人》等都是名篇。有《樊川文集》传世。

原文

题宣州开元寺水阁，阁下宛溪，夹溪居人[1]

六朝文物草连空，天淡云闲今古同。

鸟去鸟来山色里，人歌人哭[2]水声中。

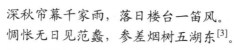

深秋帘幕千家雨，落日楼台一笛风。

惆怅无日见范蠡，参差烟树五湖东[3]。

（选自《樊川诗集注》，[清]冯集梧注，上海古籍出版社 1978 年版）

注释

[1] 宣州：今安徽省宣城市。城东有宛溪，城东北有敬亭山。城中开元寺，原名永乐寺，东晋时建。

[2] 人歌人哭：指人生之喜庆吊丧，即生死过程。《礼记·檀弓》："晋献文子成室，张老曰：'美哉轮焉！美哉奂焉！歌于斯，哭于斯，聚国族于斯。'"

[3] 范蠡：春秋时辅佐越王勾践打败吴王夫差，功成之后，为了避免越王的猜忌，乘扁舟归隐五湖。《吴越春秋》："范蠡乘扁舟，出三江，入五湖，人莫知其所适。"五湖：旧说太湖有五湖。

作品赏析

《题宣州开元寺水阁，阁下宛溪，夹溪居人》作于唐文宗开成年间（836—840），当时杜牧任宣州（今安徽省宣城市）团练判官。这首诗即是他游开元寺，登水阁时所见所闻及触景生情而作。诗歌写登临观景，想到六朝旧事已成过眼云烟，不禁感慨人生有限、壮志难酬。

诗歌首联写登临观览，生发古今联想；颔联和颈联承接作者的感慨写眼前所见之景；颈联作者深感于景象和人事的变化，伫立在寺前，感受到了更为细致的自然人事风光；尾联诗人生发对泛舟五湖的范蠡的怀念与向往。

诗歌情景交融，用所见之景与所闻之声营造出朦胧又明丽的意境，生发出人事变化的无限感慨。六朝繁华已尽，唯见草色连空、天淡云闲，一切仿佛都成了过眼云烟。开元寺前，鸟来鸟去掩映于敬亭山的山色之中，宛溪两岸，有人生于斯、长于斯、逝于斯。风景依旧、人事易变、自然永恒的感慨让诗人沉吟思索。深秋时节的一场雨，像给上千户人家挂上了层层雨帘；落日时分，夕阳掩映着的楼台，在晚风中送出悠扬的笛声，引发出作者对隐逸生活的物象向往，他也想同范蠡一样功成身退，徜徉在大自然的山水之中，在山水的永恒中找到人生的真谛。诗歌节奏轻快，语调轻盈，明朗爽健，体现了杜牧诗歌挺峭的特色。

原文

早 雁

金河秋半虏弦开[1]，云外惊飞四散哀。

仙掌月明孤影过，长门灯暗数声来[2]。

须知胡骑纷纷在[3]，岂逐春风一一回？

莫厌潇湘少人处，水多菰米岸莓苔[4]。

（选自《全唐诗（下）》，[清]彭定求等编纂，上海古籍出版社 1986 年版）

注释

[1] 金河：在今内蒙古自治区呼和浩特市南，这里泛指北方边地。秋半：八月。虏弦开：一语双关，既指挽弓射猎，又指回鹘发动军事骚扰活动。

[2] 仙掌：指长安建章宫内铜铸仙人举掌托起承露盘。长门：汉宫名，汉武帝时陈皇后失宠时幽居长门宫。

[3] "须知"句：一作"虽随胡马翩翩去"。胡：指回鹘，也称回纥。

[4] 莫厌：一作"好是"。潇湘：指今湖南中部、南部一带。菰米：一种生长在浅水中的多年生草本植物的果实（嫩茎叫茭白）。莓苔：一种蔷薇科植物，子红色。这两种东西都是雁的食物。

作品赏析

《早雁》描写在初秋中遭遇战乱的大雁逃离北方，在空中惊慌失措、孤苦零落的状态。作者写出了对像早雁一样流离失所的人民的担忧，也表达出对当权统治者昏庸腐败、不能守边安民的高度讽刺。

全诗采用比兴的艺术手法，句句写雁，实则句句写人事。作者借雁抒怀，以惊飞四散的鸿雁比喻流离失所的人民，对他们有家而不能归的悲惨处境寄予深切的同情；又借汉喻唐，讽刺当权统治者昏庸腐败、不能守边安民。结构严谨：作者紧扣大雁的生活习性和遭遇，以雁的南飞和北归无时作为主线，表现出对大雁的同情、忧虑。首联写鸿雁遭遇战乱，在未到南飞之时便离家四散的情景。颔联写大雁飞过长安城时的荒凉之景。颈联表达出作者对大雁北归无定的担忧。尾联表达出作者无奈的劝慰与叮嘱。

诗歌善于选取凄凉的意象，营造清冷孤寂的氛围。如雁影掠过皇城的孤单，雁鸣回荡在长安城上空的凄恻。汉宫中的仙人承露的雕像被遗弃，陈皇后也失宠幽居冷宫、无人问津的悲哀。"孤影过""数声来"，选择形与声的意象渲染了清冷孤寂的气氛，写出了离群索居的大雁孤苦、无奈的状态，也回应了上句"惊飞四散"，细腻而生动。作者由大雁的南飞遥想到大雁北归无定时，进而发出深情的嘱咐：战争不知道什么时候才能结束，明年大雁岂能因为春暖花开就能顺利返回北方呢？不要厌弃潇湘一带空旷人稀，那里水中泽畔长满了菰米莓苔，尽堪作为食料，不妨暂时安居下来吧。还在征途即想到归期无望，由北返无家可归想到不如在南方寻找归宿，作者辗转笔墨，充分细致地传达出对边地人民的同情与劝慰，也含蓄地讽刺了统治者的无能。

朗诵指导

1. 联系背景，概括主题。杜牧的诗歌常常流露出伤今怀古的忧患意识，但由于杜牧性格比较开朗乐观，所以他的诗中虽有颓唐的成分，却并不显得消沉，而是在忧郁中透出清丽俊爽的风格。《题宣州开元寺水阁，阁下宛溪，夹溪居人》这首诗写登临观景，想到六朝旧事已成过眼云烟，不禁感慨人生有限、壮志难酬。朗读时应声音清亮，节奏轻快，语调轻盈、明朗爽健。《早雁》借雁抒怀，以惊飞四散的鸿雁比喻流离失所的人民，对他们有家而不能归的悲惨处境寄予深切的同情。声音要有层次感、有弹性。

2. 情景再现，即景抒怀。认真理解诗歌内容，将人物、事件、情景、场面、景物、情绪不断在脑海中浮现，并引发相应的态度、感情。运用情景再现"四步走"（理清头绪、设身处地、触景生情、现身说法）的方法将内容呈现出来。

题宣州开元寺水阁，阁下宛溪，夹溪居人

<u>六朝文物</u>（↑→）/草连空，天淡云闲（↑→）/<u>今古同</u>。

<u>鸟去</u>（↓∽）/<u>鸟来</u>（↓∽）/山色里，<u>人歌</u>（↓∽）/
<u>人哭</u>（↓∽）/水声中。

（停顿3秒）深秋（↓∽）/帘幕（↓∽）/<u>千家雨</u>，落日（↓
∽）/楼台（↓∽）/<u>一笛风</u>。

惆怅（↑→）/<u>无日</u>（↑→）/<u>见范蠡</u>，参差烟树（↓∽）
/<u>五</u>/湖/东。

题宣州开元寺水阁，
阁下宛溪，夹溪居人

早　雁

<u>金河</u>（↓∽）/<u>秋半</u>（↓∽）/<u>虏</u>/弦/开，云外（↓∽）/<u>惊</u>
<u>飞</u>（↓∽）/<u>四</u>/散/哀。

仙掌（↑→）/月明（↑→）/<u>孤影过</u>，长门（↑→）/
灯暗（↑→）/<u>数声来</u>。

（停顿3秒）须知（↑→）/胡骑（↑→）/<u>纷</u>/纷/在，
岂逐（↑→）/春风（↑→）/<u>一</u>/一/回？

莫厌（↓∽）/潇湘（↓∽）/<u>少人处</u>，水多（↓∽）/<u>菰米</u>（↓∽）/<u>岸</u>/莓/苔。

早雁

拓展阅读

阅读杜甫的《孤雁》，并比较它与《早雁》蕴含的情感的异同。

孤　雁
杜甫

孤雁不饮啄，飞鸣声念群。谁怜一片影，相失万重云？
望尽似犹见，哀多如更闻。野鸦无意绪，鸣噪自纷纷。

破阵子·四十年来家国

简介

李煜（937—978），字重光，初名从嘉，号钟隐，被称为"千古词帝"。徐州（今属江苏省）人，一说湖州（今属浙江省）人。李煜是中主李璟的第六个儿子，宋建隆二年（961）继位，史称后主。开宝八年（975），宋师攻入金陵，李煜降宋，被俘北上，幽囚至汴京。太平兴国三年（978），被宋太宗用牵机药毒死。李煜工书法、善绘画、精音律，诗和文均有一定造诣，尤以词的成就最高。其代表作有《虞美人·春花秋月何时了》《浪淘沙·帘外雨潺潺》《乌夜啼·林花谢了春红》。其词主要收集在《南唐二主词》中。

原文

破阵子[1]·四十年来家国

四十年[2]来家国，三千里地山河。凤阁龙楼连霄汉[3]，玉树琼枝作烟萝[4]，几曾识干戈？

一旦归为臣虏，沈腰潘鬓[5]消磨。最是仓皇辞庙日，教坊犹奏[6]别离歌，垂泪[7]对宫娥。

（选自《李煜词集》，[南唐]李煜，王兆鹏导读，上海古籍出版社2016年版）

注释

[1] 破阵子：唐教坊曲，又名《十拍子》。唐太宗李世民所制，用二千人舞，皆画衣甲，执旗旆。后外藩镐军设乐，亦舞此曲，兼马军引入场，尤为壮观。

[2] 四十年：南唐自建国至李煜作此词，为三十八年。此处四十年为概数。

[3] 凤阁：别作"凤阙"。凤阁龙楼指帝王居所。霄汉：天河。

[4] 玉树琼枝：别作"琼枝玉树"，形容树的美好。烟萝：形容树枝叶繁茂，如同笼罩着雾气。

[5] 沈腰潘鬓：沈指沈约，《南史·沈约传》："言己老病，百日数旬，革带常应移孔。"后用沈腰指代人日渐消瘦。潘指潘岳，潘岳曾在《秋兴赋》序中云："余春秋三十二，始见二毛。"后以潘鬓指代中年白发。

[6] 犹奏：别作"独奏"。

[7] 垂泪：别作"挥泪"。

作品赏析

《破阵子·四十年来家国》作于李煜降宋之后的几年，即作者生命的最后几年。金陵被宋军攻破后，李煜率领亲属、随员等45人，"肉袒出降"，告别了故国，开始了阶下囚的后半生。这首词即是作者身为阶下囚之作，表现出对家国破碎后的无比沉痛。一洗之前的花前月下、娇柔婉媚之作。王国维在《人间词话》中说："词至李后主眼界始大，感慨遂深。遂变伶工之词为士大夫之词。"

词采用直抒胸臆的表现手法，上片追忆南唐曾有的繁华，下片写国破之后的悲怆，由开国写到亡国，极盛转而极衰。对家国的无限深情、对命运的深沉哀痛，让李煜的词显露出更厚重的深情。"沈腰"暗喻词人自己像沈约一样，腰瘦得使皮革腰带常常移孔，而"潘鬓"则暗喻词人自己像潘岳一样，年纪不到四十就出现了鬓边的白发。连用这两个典故，描写词人内心的愁苦凄楚，人憔悴消瘦，鬓发也开始变白，从外貌变化写出了内心的极度痛苦。古人说忧能伤人，亡国之痛，臣虏之辱，使这个本来多愁善感的国君身心俱疲。李煜被俘之后，日夕以泪洗面，过着含悲饮恨的生活。这两个典故即是他被虏到汴京后的辛酸写照。

朗诵指导

《破阵子·四十年来家国》采用直抒胸臆的表现手法，上片追忆南唐曾有的繁华，下片写国破之后的悲怆，由开国写到亡国，极盛转而极衰。朗读时，上片语气的分量为中度，气稳声平，营造出回忆的意境。下片语气的分量为重度，气满声高，语气凝重而悲怆。

破阵子·四十年来家国

四十年来（↑→）/家国，^三千里地（↑→）/山河。凤阁龙楼（↑→）/连霄汉，^玉树琼枝（↑→）/作烟萝，几曾（↓∽）/识/干/戈？

一旦（↓∽）/归为（↓∽）/臣虏，沈腰（↓∽）/潘鬓（↓∽）/消磨。最是仓皇（↑→）/辞庙日，^教坊犹奏（↓∽）/别离歌，垂泪（↓∽）/对/宫/娥。

破阵子·四十年来家国

拓展阅读

阅读以下感慨亡国的诗歌，体会作者寄寓其中的情感。

满江红·无限伤心

夏完淳

无限伤心，吊亡国云山故道。蓦蓦地，杜鹃啼血，棠梨开早。愁随花絮飞来也，四山锁尽愁难扫。叹年年春色倍还人，谁年少！

梨花雪，丝风晓；柳杨枝，笼烟袅。禁三千白发，镜花虚照。襟袖朱颜人似玉，也应同向金樽老。想当时罗绮少年场，生春草。

蝶恋花·槛菊愁烟兰泣露

简介

晏殊（991—1055），江西抚州临川（今江西省南昌市进贤县）人，14 岁以"神童"召试，赐同进士出身。仁宗时官至宰相。性刚直，自奉清俭。晏殊能荐拔人才，如范仲淹、欧阳修均出其门下。晏殊以词著称于文坛，创作题材多取于诗酒生活和悠闲情致，与欧阳修并称"晏欧"。晏殊能诗、善文、工书法，以词最为突出，世称"宰相词人"。他的词风格含蓄典雅、温润秀洁，在南唐"花间派"和冯延巳词的基础上，融入了更多的闲雅情调和人生感悟，具有轻盈的哲理意趣，开创北宋婉约词风，被称为"北宋倚声家之初祖"。其代表作有《浣溪沙·一曲新词酒一杯》《踏莎行·小径红稀》《破阵子·燕子来时新社》等。存世有词集《珠玉词》、文集《晏元献遗文》。

原文

蝶恋花[1]·槛菊愁烟兰泣露

槛[2]菊愁烟兰泣露。罗幕轻寒，燕子双飞去。明月不谙离恨苦，斜光到晓穿朱户。

昨夜西风凋碧树，独上高楼，望尽天涯路。欲寄彩笺兼尺素[3]，山长水阔知何处！

（选自《二晏词笺注》，[宋]晏殊，晏几道，张草纫笺注，上海古籍出版社 2010 年版）

注释

[1] 蝶恋花：词牌名，又名《鹊踏枝》《凤栖梧》，出自唐教坊曲，本采用□梁简文帝"翻

阶蛱蝶恋花情"为名，分上下两片，共六十个字。一般以抒写多愁善感和缠绵悱恻的情感为多。

　　[2] 槛：古建筑常于轩斋四面房基之上围以木栏，上承屋角，下临阶砌。

　　[3] 彩笺：彩色的信笺。尺素：书信的代称。古人写信用素绢，通常长约一尺，故称尺素，语出《古诗十九首》"客从远方来，遗我双鲤鱼。呼儿烹鲤鱼，中有尺素书"。兼：一作"无"。

作品赏析

　　《蝶恋花·槛菊愁烟兰泣露》是晏殊抒写闺中之思的代表作。词人通过对自然环境的细致描写抒发闺中离别相思之情，情绪深婉蕴藉。王国维在《人间词话》中把此词中的"昨夜西风凋碧树，独上高楼，望尽天涯路"和柳永的"衣带渐宽终不悔，为伊消得人憔悴"(《蝶恋花·伫倚危楼风细细》)、辛弃疾的"众里寻他千百度，蓦然回首，那人却在灯火阑珊处"(《青玉案·元夕》)置于一起，比作治学的三种境界，可见该词所体现出来的含蓄典雅的意境是颇耐人寻味的。

　　上片描写秋景。庭院中的菊花和兰花笼罩在薄暮中，花瓣上的露珠款款，仿佛含愁而泣。房中罗幕微凉，燕子双双穿越帘幕而去。唯有月色撩人情怀，照着一夜无眠的相思人。下片折回写登楼远眺。碧树在肃杀的一夜的西风中凋零，作者却执着地"独上高楼，望尽天涯路"，想要音书寄远，却又因山高水长而无法实现。

　　作者抓住自然界的景物，进行贴切的意象组合，渲染氛围、传达细腻的情感。笼罩着薄雾的槛外菊花，沾染露水尤似美人的兰花，在清秋时节的微风中微微荡漾的幕帘，皎洁如洗的月色……自然意象的组合营造出感伤的氛围。词人借外物传递内心的感受，细腻而真挚：外界的寒意微袭，引发了幕中人的心理上的寒意；燕子的双飞衬托出人的孤独；"明月"两句点明"离恨"，作者的情感从隐到显。

　　此词语言洗练，塑造形象生动，意境朦胧深远。从自然景物的描写和对人事的描写中，我们可以看到一个闺中人的愁绪深重的形象：含愁脉脉、如泣如诉、独立闺中、望月相思、登高远眺、欲书不达。这个"望尽天涯"的相思者形象与"山长水阔"的凄美环境相融合，创造出令人神往的艺术境界。

　　此词情感抒发跌宕生姿。从描写自然景物到书写自我心绪，从描写人物行动到刻画人物内心，地点的转移从室外到室内，再从闺中到高楼，将相思者的万般心绪抒发得极有层次。

　　晏殊词脱于鄙俗而写出"气象"，"气象"指以淡雅之笔写出富贵之态，以清新之笔写出男女之情，抒发细腻深婉的情思。

朗诵指导

　　朗诵词时应注意对全篇的宏观控制，微观的细腻处理，二者缺一不可，既不要空泛笼统，又不要陷入细节，不知所终；朗诵实践中要反复练习，找到恰当的处理方法；不必拘泥于标点，有时应一气呵成，有标点处可不停，有时揭示内涵，强调突出，又可在无标点处加以间歇，晓畅中有停顿，间歇时情思不断。节奏类型为低沉型。

蝶恋花·槛菊愁烟兰泣露

槛菊愁烟（↗）/兰泣露。罗幕轻寒（↑），燕子/双飞去（↓）。明月不谙/离恨苦（↑），斜光到晓/穿朱户（↓）。

昨夜西风/凋碧树，独上高楼（↑），望尽/天涯路（↓）。欲寄彩笺/兼尺素（↑），山长水阔/知何处（↓）!

蝶恋花·槛菊愁烟兰泣露

拓展阅读

阅读晏殊的感伤词，分析词人寄寓作品中的情感。

浣溪沙·一向年光有限身

晏殊

一向年光有限身，等闲离别易销魂，酒筵歌席莫辞频。

满目山河空念远，落花风雨更伤春，不如怜取眼前人。

欧阳修词二首

简介

欧阳修（1007—1072），字永叔，号醉翁、六一居士，谥文忠，吉州吉水（今江西省吉安市永丰县）人。庆历中任谏官，支持范仲淹，要求在政治上有所改良，被诬贬到滁州。官至翰林学士、枢密副使、参知政事。欧阳修散文说理畅达，抒情委婉，为"唐宋八大家"之一；诗风与其散文近似，语言流畅自然。其词婉丽，承袭南唐余风。曾与宋祁合修《新唐书》，并独撰《新五代史》。又喜收集金石文字，编为《集古录》，对宋代金石学颇有影响。有《欧阳文忠公集》《六一词》传世。

原文

踏莎行[1]·候馆梅残

候馆梅残，溪桥柳细，草薰风暖摇征辔[2]。离愁渐远渐无穷，迢迢不断如春水。

寸寸柔肠，盈盈粉泪。楼高莫近危阑倚。平芜[3]尽处是春山，行人更在春山外。

（选自《欧阳修诗文集校笺》，[宋]欧阳修，洪本健校笺，上海古籍出版社2009年版）

注释

[1] 踏莎行：词牌名，又名《柳长春》《喜朝天》等。源于北宋寇准"流觞曲水"时取唐朝诗人韩翃"踏莎行草过春溪"的诗句而作的词牌。

[2] 征辔（pèi）：行人坐骑的缰绳。辔：缰绳。此句化用南朝梁江淹《别赋》"闺中风暖，陌上草薰"而成。

[3] 平芜：平坦地向前延伸的草地。芜：草地。

作品赏析

《踏莎行·候馆梅残》一词抒写早春南方行旅的离愁。

上片写行人客旅的思念。前两句写景：驿站旁的梅花已经衰败，溪桥边的柳树刚刚发出嫩绿的细芽，这是一个冬末初春的季节。作者的情感隐藏在景物之中。随着离别的到来，作者渐行渐远，离愁由隐而显，由浅到浓，"离愁渐远渐无穷"正如一路伴随他往前流淌的春溪，泛滥不止。由写景到抒情，又从抒情到写景。在写景的同时，以流不断的春水隐喻诉不完的离愁。作者的思绪有层次地发展，即景设喻更是体现出才思之敏捷。下片写相思，由近及远，从思妇楼头到山外行人，言想象闺人之怅望。作者想象闺中之人登楼伫立在栏杆旁，远眺自己前行的方向，痴痴凝望、粉泪盈盈、肝肠寸断，从而不由得发出劝慰：楼头之高，不要倚靠在危栏上。你即使望穿秋水、极目天涯，也只能看到茫茫平原尽头连绵起伏的春山，而此时的行人已在那春山之外，又是如何得见呢？全词笔调细腻委婉，寓情于景、含蓄深沉，是为人称道的名篇。

欧词突破了唐、五代以来的男欢女爱的传统题材与极力渲染红香翠软的表现手法，把自己的宦海生涯放到词的创作中，扩大了词的题材内容，提升了词的抒情功能，丰富了词的审美趣味，使词朝着通俗化的方向开拓。而他乐观旷达的人生态度和用词来表现自我情怀的创作方式对后来的苏轼有着直接的影响。

拓展阅读

阅读欧阳修的一首离别词，分析作品中的情感内涵。

浪淘沙·把酒祝东风

欧阳修

把酒祝东风，且共从容。垂杨紫陌洛城东。总是当时携手处，游遍芳丛。

聚散苦匆匆，此恨无穷。今年花胜去年红。可惜明年花更好，知与谁同？

原文

渔家傲·忆端午

五月榴花妖艳[1]烘，绿杨带雨垂垂重。五色新丝缠角粽，金盘送，生绡画扇盘双凤[2]。

正是浴兰[3]时节动，菖蒲酒美清尊共[4]。叶里黄鹂时一弄，犹瞢忪[5]，等闲惊破[6]纱窗梦。

（选自《欧阳修诗文集校笺》，[宋]欧阳修，洪本健校笺，上海古籍出版社2009年版）

注释

[1] 妖艳：红艳似火。

[2] 生绡：未漂煮过的丝织品。古时多用以作画，因亦以指画卷。双凤：指扇上的画饰图案，常盘成圆形。

[3] 浴兰：即用香草水洗澡。古人认为兰草避不祥，故以兰汤洁斋祭祀。《楚辞·九歌·云中君》："浴兰汤兮沐芳，华采衣兮若英。"唐代李白《沐浴子》诗："沐芳莫弹冠，浴兰莫振衣。"唐代元稹《表夏》诗之十："灵均死波后，是节常浴兰。"

[4] 菖蒲酒：用菖蒲叶浸制的药酒。清尊：据《汉语大字典》亦作清樽，酒器。

[5] 瞢忪：刚睡醒迷迷糊糊的样子。

[6] 惊破：打破、惊醒。

作品赏析

欧阳修写了 47 首"渔家傲"词牌的作品。这首词写富贵闲雅的闺中女子的端午节。上片写端午节的风俗。前两句写在闺房中看到的后院的"榴花""杨柳"，把节日特有的景色描绘得很生动，刚下过雨，绿意盎然、清新明丽；后三句，写包粽子活动，精致的器物、手中玩赏的画扇，都透出优雅富贵的女性身份。下片写端午节宴饮，人们沐浴更衣、吃粽子、饮菖蒲酒，觥筹交错、兴尽而醉，表达了驱邪祈福的美好愿望。

吟诵格律分析

双调，62 字。上下片各 5 句，基本上是在七言绝句的基础上增加 3 字句构成。正格为押五仄声韵，句句押韵。此词四句叶韵。按《词林正韵》重、粽、送、凤，动、共、弄、梦属仄声，送韵部；烘：平声，东韵，忪：平声，冬韵。韵脚开口度较大，有后鼻音韵尾，声音响亮。入声：月、绿、色、角、浴、节、叶、一。

由于词的产生与格律诗有千丝万缕的联系，此词在七言基础上增加 3 字而成，吟诵用普通话"依字行腔"，即按声调的音高趋势延长；上下片之间有稍长的停顿，上片分两个层次，前两句稍慢，有画面感，后三句稍快，家人包粽子活动场面热闹，要有现场感；下片两个层次之间有稍长停顿，前两句稍快，表现端午宴饮情景，后三句稍慢，想象醉酒听鸟鸣的迷糊状态。句末韵脚是入声和句中偶数平声，平声音节宜拖长；入声字宜短促跳跃。速度宜前慢后快，第一、二章比兴，写景抒情，要有对象感，眼前要有画面。

渔家傲·忆端午

五月榴花—妖艳烘—	仄仄平平平仄平
绿杨—带雨垂垂—重—	平平仄仄平平仄（韵）
五色新丝—缠角粽—	仄仄平平平仄仄（韵）
金盘—送—	平平仄（韵）
生绡—画扇盘双—凤—	平平仄仄平平仄（韵）
正是浴兰—时节动—	仄仄平平平仄仄（韵）
菖蒲—酒美清尊—共—	平平仄仄平平仄（韵）
叶里黄鹂—时一弄—	仄仄平平平仄仄（韵）
犹瞢忪—	平平平
等闲—惊破纱窗—梦—	平平仄仄平平仄（韵）

渔家傲·忆端午

拓展阅读

阅读欧阳修的《渔家傲·暖日迟迟花袅袅》，欣赏并做出格律分析再吟诵。

渔家傲·暖日迟迟花袅袅

欧阳修

暖日迟迟花袅袅。人将红粉争花好。花不能言惟解笑。金壶倒。花开未老人年少。

车马九门来扰扰。行人莫羡长安道。丹禁漏声衢鼓报。催昏晓。长安城里人先老。

范仲淹词二首

简介

范仲淹（989—1052），字希文，苏州人，谥号文正，世称范文正公。历任兴化县令、秘阁校理、陈州通判、苏州知州等职，因秉公直言屡遭贬斥。曾于仁宗康定元年（1040）出任陕西经略安抚副使兼知延州（今陕西省延安市），采取"屯田久守"的方针，巩固西北边防，抗击西夏。曾上疏《答手诏条陈十事》，提出 10 项改革措施。庆历五年（1045），新政受挫，被贬出京，历任邠州、邓州、杭州、青州知州。军旅生活拓宽了他的艺术视野，丰富了他的人生感受，也形成了他苍凉豪迈的词风。其代表作品有《渔家傲·秋思》《剔银灯·与欧阳公席上分题》等。

原文

渔家傲[1]·秋思

塞下秋来风景异，衡阳雁去无留意[2]。四面边声连角起[3]，千嶂里，长烟落日孤城闭。

浊酒一杯家万里，燕然未勒归无计[4]。羌管悠悠霜满地，人不寐，将军白发征夫泪。

（选自《范仲淹全集》，[清]范能濬编集，薛正兴校点，凤凰出版社 2004 年版）

注释

[1] 渔家傲：又名《吴门柳》《忍辱仙人》《荆溪咏》《游仙关》。

[2] 衡阳雁去：传说秋天北雁南飞，至湖南衡阳回雁峰而止，不再南飞。

[3] 边声：边塞特有的声音，如大风、号角、羌笛、马啸的声音。

[4] 燕然未勒：指战事未平、功名未立。燕然：即燕然山，今名杭爱山，在今蒙古国境内。据《后汉书·窦宪传》记载，东汉窦宪率兵追击匈奴单于，去塞三千余里，登燕然山，刻石勒功而还。

作品赏析

宋仁宗年间，范仲淹被朝廷派往西北前线，承担起北宋西北边疆防卫重任。

《渔家傲·秋思》作于北宋与西夏战争对峙时期。苍茫萧瑟的塞外景象、战争失利的困苦境地、将士们的思归之情，融入词的题材之中，形成了新的审美境界。其沉郁苍凉的风格，具备豪放词典型特征。

上片写塞外风景。"塞下秋来风景异"点明地点、时间，以及让作者面对不同的边地风光时的内心情绪。"异"字既是风景的大相径庭也是作者主观情绪的流露。接着作者具体描写景象之异：寒意袭来，战乱不已的塞外，连大雁也毫不留恋地飞向衡阳。广袤的原野，视野是空旷的，心境是凄凉的，耳边又传来边地特有的声音：战争的号角、风沙的嘶吼、大雁的悲鸣……凄恻悲凉。放眼望去，黄昏时分，孤城紧闭，落日昏黄，与"边声"构成了视觉和听觉上的震撼，充满了萧瑟肃杀之气。

下片抒发将士们无法归去的愁绪。"浊酒一杯"何以能解这"万里"乡愁？"燕然未勒"是说战争没有胜利，将士们没有像窦宪一样在燕然山打败匈奴，得以刻石勒功而还，那归去的时期是几何？归去的希望又有多少呢？浓郁的乡愁在离家万里、胜利遥遥无期的境况下显得更加沉郁浓烈。这样浓烈的乡愁从白天持续到黄昏，又持续到深夜，"羌管悠悠"伴着寒霜遍地，动人情思。最后一句从描写景物、渲染乡愁到直接抒情："人不寐，将军白发征夫泪。"旷日持久的戍边让将士们将青春都奉献在了战场上，留下的只有两鬓斑白，思乡泪流。

这首词上下情景交融，意境浑成，格调遥远，风格壮美。"腹中有数万甲兵"的范仲淹对士兵们的关切、对时局的焦虑在诗中表露无遗。

原文

剔银灯[1]·与欧阳公席上分题

昨夜因看蜀志，笑曹操孙权刘备。用尽机关，徒劳心力，只得三分天地。屈指细寻思，争如共、刘伶[2]一醉？

人世都无百岁。少痴騃、老成尪悴[3]。只有中间，些子少年，忍把浮名牵系？一品与千金，问白发、如何回避？

（选自《范仲淹全集》，[清]范能濬编集，薛正兴校点，凤凰出版社 2004 年版）

注释

[1] 剔银灯：又名《剔灯引》，双调七十五字，前后段各七句五仄韵，此词以柳词、毛词、杜词为正体，若范词、衷词之添字，皆变格。

[2] 刘伶：魏晋名士，嗜酒。

[3] 痴騃（ái）：痴呆；尪（wāng）悴：憔悴。

作品赏析

《剔银灯·与欧阳公席上分题》是范仲淹创作的表达对历史人物、人生态度的戏谑之作，可谓词之别调。仁宗时"景祐党争"，时任开封府吏部员外郎的范仲淹，向仁宗上《百官图》，又上《帝王好尚论》等四论，批评朝政，被反诬"越权言事，荐引朋党，离间君臣"。范仲淹被贬黜出京。欧阳修写了《与高司谏书》，支持范仲淹，也因此被贬夷陵。志同道合的范、欧二人同仇敌忾，

成为盟友。宋仁宗庆历三年（1043），范仲淹推行新政，反对者攻击改革派引用朋党。欧阳修写下了著名的《朋党论》支持范仲淹。范仲淹以此词表达对机关算尽、徒劳心力的蝇营狗苟者的调侃，也是与友人欧阳修共勉。

词的上片写对曹操、刘备机关算尽、劳费心力却只能三分天下的结局表示不屑，认为还不如像魏晋名士刘伶一样"以酒为名"大醉一生，得到精神上的自由。下片指出人生在世，少不经事，老来衰残，怎能被浮名利禄牵绊？

这首词用戏谑之人事抒发自己的议论。魏晋名士刘伶的醉酒是千古奇谈，《世说新语·任诞》中记载他"病酒"，妻子要求他断酒。刘伶准备祝誓于神前，待妻子"供酒肉于神前"后却说自己天生以酒为名，"引酒进肉，隗然已醉"，把誓言抛之脑后。范仲淹用刘伶之事来表明自己"拟把疏狂图一醉"，摆脱万千烦恼丝。拟醉却说明了自己内心是无比清醒的。面对新政的失败，政治理想的破灭，作者陷入苦闷和愤愤不平之中。以酒解忧便是作者故作的洒脱状，这和屈原在《离骚》中的"世人皆浊我独清，众人皆醉我独醒"具有异曲同工之妙，也如李白"赐金放还"后"但愿长醉不复醒""莫使金樽空对月"一样，尽情倾吐郁愤不平之气。

全篇以文为词，通过层层叙写，渐吐胸中愤慨之意。从昨夜看蜀志，得出对刘备等人机关算计，只得三分天下的评论，到对刘伶醉酒于世、貌似洒脱、旷达的向往，再到对"生年不满百，常怀千岁忧"（《古诗十九首·生年不满百》）、"五十已后衰，二十已前痴"（白居易《狂歌词》）的人生困境的呈现，作者把自己的愤慨之意化于历史人事与前人长叹之中。

《剔银灯·与欧阳公席上分题》这首词是范仲淹的牢骚、戏谑之作，也是他与友人共同经历政治风波后的劝慰之作。作者把自己"居庙堂之高则忧其民，处江湖之远则忧其君"的家国情怀藏于杯酒之中。表面上的旷达实际上掩盖的却是一个胸有大志的知识分子对家国的忧心忡忡，可谓："满纸荒唐言，一把辛酸泪。都云作者痴，谁解其中味？"

拓展阅读

阅读范仲淹的作品，体会作者"先天下之忧而忧，后天下之乐而乐"的家国情怀。

无　题

范仲淹

十口相将泛巨川，来时暖热去凄然。

关津若要知名姓，定是孤儿寡妇船。

尧　庙

范仲淹

千古如天日，巍巍与善功。禹终平洚水，舜亦致薰风。

江海生灵外，干坤揖让中。乡人不知此，箫鼓谢年丰。

桂枝香·金陵怀古

简介

王安石（1021—1086），字介甫，号半山，小字獾郎，封荆国公，世人又称王荆公。抚州临川（今江西省南昌市进贤县）人。熙宁三年〔1070〕起，两度任同中书门下平章事，推行新法。熙宁九年（1076）罢相后隐居，谥号文，世称王文公。王安石是"唐宋八大家"之一，创作各体兼擅。他的散文推崇"适用"，避免"巧且华"，多揭露时弊、反映社会矛盾，呈现出雄健简练之态，有《读〈孟尝君〉传》《伤仲永》《游褒禅山记》等。其前期诗歌创作多涉及社会问题，如《河北民》《贾生》，后期以抒发闲恬的情趣为主，"雅丽精绝，脱去流俗"。其词虽仅存29首，但已脱离了晚唐五代以来柔情软调的固定轨道，主要是抒发自我的性情怀抱，并进一步由表现个体人生的感受开始转向对历史和现实社会的反思，使词具有了一定的历史感和现实感，却颇具开创性，代表作有《桂枝香·金陵怀古》《南乡子·自古帝王州》。刘熙载《艺概·词曲概》中评价其词作"瘦削雅素，一洗五代旧习"。欧阳修在《赠王介甫》中称赞王安石："翰林风月三千首，吏部文章二百年。老去自怜心尚在，后来谁与子争先。"传世文集有《王临川集》《临川集拾遗》。

原文

桂枝香[1]·金陵怀古

登临送目。正故国晚秋，天气初肃。千里澄江似练，翠峰如簇。归帆去棹残阳里，背西风、酒旗斜矗。彩舟云淡，星河鹭起，画图难足。

念往昔、繁华竞逐。叹门外楼头[2]，悲恨相续。千古凭高，对此谩嗟荣辱。六朝旧事随流水，但寒烟、芳草凝绿。至今商女，时时犹唱，后庭遗曲[3]。

（选自《王荆文公诗笺注》，[宋]李壁笺注，高克勤点校，上海古籍出版社2010年版）

注释

[1] 桂枝香：词牌名，又名《疏帘淡月》，首见于王安石此作。

[2] 门外楼头：指南朝陈亡国悲剧。杜牧《台城曲》："门外韩擒虎，楼头张丽华。"韩擒虎是隋朝开国大将，统兵伐陈，他已兵临城下，陈后主还与他的宠妃张丽华在结绮楼上寻欢作乐。陈亡于隋。门：朱雀门。楼：结绮楼。

[3] 后庭遗曲：指《玉树后庭花》，传为陈后主所作，其词哀怨绮靡，后人以之为亡国之音。杜牧《泊秦淮》："商女不知亡国恨，隔江犹唱后庭花。"

作品赏析

《桂枝香·金陵怀古》应是王安石出知江宁府时所作。宋英宗治平四年（1067），王安石第一次任江宁知府，写下许多咏史吊古之作。宋神宗熙宁九年（1076）之后王安石被罢相，第二次出知江宁府，这首词当作于这两个时段的其中之一。词人通过对六朝历史兴亡的反思，表现对现实社会危机的忧虑。

上片写作者在深秋傍晚，临江远眺所见金陵壮丽的风景。"登临送目"领起，点出所见之景是登高远眺：故国的晚秋，天气初凉，白练般澄澈的江水蜿蜒向千里之外流淌，连绵起伏的山峰苍翠欲滴。江中船帆飘动，江岸酒旗在风中飘舞，空中白云在精美的画船衬托下淡远飘逸，江面上白鹭振翅盘旋……金陵的美景让作者陶醉，也让作者沉思：建都金陵的六朝帝王，竞相追逐繁华、权利，穷奢极欲，最后无一例外地走向了亡国。千百年来，空自感叹六朝的兴亡又有何用？六朝已成往事，只留下了寒烟迷蒙、碧草凝练作为历史的见证。而到现在，还有人在听着商女所唱的亡国之音——《玉树后庭花》，让作者对时局感叹不已。王安石以一代政治家的视角领略金陵风光，感慨古今盛衰，审视时代格局，立意高远、笔力峭劲、体气刚健、豪气逼人。

此诗多处化用前人诗句，却不着痕迹，显示了作者深厚的功底。"千里澄江似练"化用南朝齐谢朓《晚登三山还望京邑》："余霞散成绮，澄江静如练。"也化用了诗人李白的古诗词作品《金陵城西楼月下吟》名句"解道'澄江净如练'，令人长忆谢玄晖"。

此词抒发金陵怀古人之情，为作者别创一格、非同凡响的杰作，大约写于作者再次罢相、出知江宁府之时。词中流露出王安石失意无聊之时移情自然风光的情怀。

🐚 吟诵格律分析

桂枝香，词牌名，又名"疏帘淡月、桂枝香慢"，正体为双调一百一字，前后段各十句、五仄韵。韵脚"目、肃、簇、矗、足；逐、续、绿、曲"的开口度小，且为入声字押沃韵、屋韵和陌韵，因此词的整体感情并不是激昂的，而是词人怀古思今的无限慨叹之情，其风格是悲壮的。

吟诵用普通话"依字行腔"，即按声调的音高趋势延长，上下片之间有稍长的停顿。上片描绘金陵壮丽景色，下片转入怀古。因此，上片的语调总体是比较轻快、雄浑的，且意境开阔辽远、雄伟壮阔，写景部分吟诵时需要铺展出平面和立体的画面，可以用声音的"远"和"近"（即声音的拉长）来增强表达效果；而从"念往昔"起，情感是沉重和无奈的，语气陡变为深沉的叹息和抑郁，语速变慢，尤其是句末韵脚是仄声和句中偶数平声，平声音节适当拖长，以便表达词人沉重的嗟叹。整体而言，全词雄浑阔大且沉郁悲壮，吟诵时要把握语调随情感的变化。

桂枝香·金陵怀古

登临—送目—	⊕平⊠仄（韵）
正故国晚秋	仄⊠仄⊠平
天气初肃—	⊕⊠平仄（韵）
千里澄江—似练	⊕仄平平仄仄
翠峰—如簇—	仄平平仄（韵）
归帆—去棹残阳—里	⊕平⊠仄平平仄

背西风、酒旗—斜矗—	仄平平、仄平平仄（韵）
彩舟—云淡	仄平平仄
星河—鹭起	平平仄仄
画图—难足—	仄平平仄（韵）
念往昔、繁华—竞逐—	仄仄仄、平平仄仄（韵）
叹门外楼头	仄平仄平平
悲恨相续—	平仄平仄（韵）
千古凭高	平仄平平
对此谩嗟—荣辱—	仄仄仄平平仄（韵）
六朝—旧事随流—水	仄平仄仄平平仄
但寒烟—芳草凝绿—	仄平平平仄平仄（韵）
至今—商女	仄平平仄
时时—犹唱	平平平仄
后庭—遗曲—	仄平平仄（韵）

拓展阅读

阅读王安石的《读〈孟尝君传〉》《浪淘沙令·伊吕两衰翁》，思考作者作品中对社会现象的理性思辨。

读《孟尝君传》

王安石

世皆称孟尝君能得士，士以故归之，而卒赖其力以脱于虎豹之秦。嗟乎！孟尝君特鸡鸣狗盗之雄耳，岂足以言得士？不然，擅齐之强，得一士焉，宜可以南面而制秦，尚何取鸡鸣狗盗之力哉？夫鸡鸣狗盗之出其门，此士之所以不至也。

浪淘沙令·伊吕两衰翁

王安石

伊吕两衰翁，历遍穷通。一为钓叟一耕佣。若使当时身不遇，老了英雄。

汤武偶相逢，风虎云龙。兴王只在笑谈中。直至如今千载后，谁与争功！

鹤冲天·黄金榜上

简介

柳永（987—1053），初名三变，字景庄，后改名永，字耆卿，崇安（今福建省武夷山市）人。仁宗景祐元年（1034）进士。为人落拓不羁，由于失意无聊，常出入于秦楼楚馆，与妓女、乐工往返。柳永是北宋第一个专力写词的作家，他大量创制慢词（87 调 125 首慢词），首创了一百多词调；丰富了词的表

现手法，把铺叙手法运用于词中，以赋为词；语言通俗明快，善用白描，雅、俗兼得。叶梦得《避暑录话》中有："凡有井水饮处，皆能歌柳词。"柳永有《乐章集》传世，存词220多首。

原文

鹤冲天[1]·黄金榜上

黄金榜[2]上，偶失龙头[3]望。明代暂遗贤[4]，如何向。未遂风云便，争不恣狂荡[5]。何须论得丧。才子词人，自是白衣卿相[6]。

烟花巷陌，依约丹青屏障[7]。幸有意中人，堪寻访。且恁[8]偎红翠，风流事、平生畅。青春都一饷[9]。忍把浮名[10]，换了浅斟低唱。

（选自《柳永词选》，过常宝撰，商务印书馆2015年版）

注释

[1] 鹤冲天：此词牌调见柳永《乐章集》，双调八十四字，仄韵格。

[2] 黄金榜：指录取进士的金字题名榜。

[3] 龙头：旧时称状元为龙头。

[4] 明代：圣明的时代。一作"千古"。遗贤：抛弃了贤能之士，指自己为仕途所弃。

[5] 风云：际会风云，指得到好的遭遇。争不：怎不。恣：放纵、随心所欲。

[6] 白衣卿相：指自己才华出众，虽不入仕途，但有卿相一般尊贵。白衣：古代未仕之士着白衣。

[7] 丹青屏障：彩绘的屏风。丹青：绘画的颜料。

[8] 恁：如此。

[9] 饷：片刻，极言青年时期的短暂。

[10] 忍：忍心、狠心。浮名：指功名。

作品赏析

《鹤冲天·黄金榜上》这首词是柳永初次参加进士科考落第，抒发失意的牢骚之语。

据南宋吴曾的《能改斋漫录》卷十六里的记载，宋仁宗留意儒雅，而柳永好为淫冶讴歌之曲，传播四方，尝有《鹤冲天·黄金榜上》词云："忍把浮名，换了浅斟低唱。"及皇帝临轩放榜，特落之，曰："且去浅斟低唱，何要浮名！"可见，柳永初考进士落第，填《鹤冲天·黄金榜上》词以抒不平，为仁宗闻知；后再次应试，本已中士，仁宗故意将其黜落。于是柳永便自称"奉旨填词柳三变"，而长期地流连于坊曲之间，在花柳丛中寻找生活的方向、精神的寄托。

这首词是柳永进士科考落第后的牢骚语，表现出作者的飘零之感，也反映出一定的藐视功名利禄的思想倾向。"黄金榜上"两句，写自己进士无名，但用"偶""暂"二字却表现出柳永狂傲自负的性格，并且自称"明代遗贤"是讽刺仁宗朝号称"清明盛世"，却不能做到"野无遗贤"。"争不恣狂荡"，表示要无拘无束地过那种为一般封建士人所不齿的流连坊曲的狂荡生活。词人从追求功名转向"偎红倚翠""浅斟低唱"的狂荡生活，恃才傲物、无言抗争。全词直抒胸臆，语言自然流畅、平白如话。

拓展阅读

阅读下面的歌伎词，比较其与柳永创作的歌伎词的异同。

满庭芳·初绾云鬟

黄庭坚

初绾云鬟，才胜罗绮，便嫌柳陌花街。占春才子，容易托行媒。其奈风情债负，烟花部、不免差排。刘郎恨，桃花片片，随水染尘埃。

风流，贤太守，能笼翠羽，宜醉金钗。且留取垂杨，掩映厅阶。直待朱辖去后，从伊便、窄袜弓鞋。知恩否，朝云暮雨，还向梦中来。

苏轼诗词二首

简介

苏轼（1037—1101），字子瞻，号东坡居士。四川眉州眉山（今四川省眉州市）人，祖籍河北省石家庄市栾城区。苏轼22岁中进士，由于欧阳修、梅尧臣等前辈的揄扬，名重京华。44岁时，遭遇"乌台诗案"而被贬至黄州；59岁时被贬往惠州；62岁时贬至儋州（海南省儋州市），到65岁才遇赦北归，可谓仕途坎坷。苏轼儒释道思想兼有，尤能以佛道的处世态度来面对人生磨难。苏轼去世前《自题金山画像》述说自己的一生："心似已灰之木，身如不系之舟。问汝平生功业，黄州、惠州、儋州。"对自己的调侃展现出豁达的心境。

苏轼的文学成就很高，其文笔力挥洒纵横、明白畅达，在唐宋八大家中首屈一指，与欧阳修并称"欧苏"，代表作有《前赤壁赋》。其诗清新豪健，多人生、社会之思，艺术表现独具风格，与黄庭坚并称"苏黄"。现存诗3900多首，代表作有《六月二十七日望湖楼醉书》《题西林壁》《屈原塔》等。其词开豪放一派，也提升了婉约词的艺术成就，与辛弃疾并称"苏辛"，代表作有《水调歌头·明月几时有》《浪淘沙·大江东去》《水龙吟·次韵章质夫杨花词》等。著有《苏东坡全集》和《东坡乐府》等。

原文

六月二十日夜渡海[1]

参横斗转[2]欲三更，苦雨终风也解晴。
云散月明谁点缀，天容海色本澄清。
空余鲁叟乘桴[3]意，粗识轩辕奏乐[4]声。
九死南荒吾不恨，兹游奇绝冠平生。

（选自《苏轼诗集》，[清]王文诰辑注，孔凡礼点校，中华书局1982年版）

注释

[1] 六月二十日：苏轼绍圣四年（1097）被贬海南，六月十一日渡海南下，次日至海南岛，元符三年（1100）五月遇赦免，六月二十日渡海北上，量移（被贬到远方的官员，遇赦

酌量移到靠京城较近的地方做官）廉州（今广西合浦、灵山等地），在海南岛稽留时的时间正好是三年零八天。这首诗就是写渡海北上那晚的情景。

[2] 参横斗转：深夜与黎明交替时分，比喻人生的黑暗即将过去。

[3] 鲁叟乘桴：孔子曾慨叹自己的主张无法实现："道不行，乘桴浮于海。"

[4] 轩辕奏乐：古时皇帝演奏过《咸池》这个乐曲，温润如玉，是和平年代的乐声。

作品赏析

《六月二十日夜渡海》是苏轼于元符三年（1100）六月自海南岛返回时所作。哲宗年间，因遭蔡京之流迫害，苏轼一生多次被贬，最远被远放儋州（今海南儋州市）。这首律诗便是宋哲宗病死，诗人遇赦自海南岛渡海返回大陆时的所见所感。诗歌回顾了他在南方流放的经历，表达了他九死不悔的倨傲之心和旷达豪放的襟怀。首联写作者于海上所见，诗人经历了之前的"苦雨终风"，终于得见星空，于是不胜惊喜地说："苦雨终风也解晴。"颔联就"解晴"作细致描写：天空的澄清，星月交辉，一俯一仰之间，仿佛看到了天宇的宽广无垠。颈联用孔子"乘桴浮于海"和"轩辕奏乐"的典故，写出作者在人生、政治道路上的志向。尾联收束全诗，照应诗题。"九死南荒"而"吾不恨"，写出了诗人面对人生风雨的无怨无悔，旷达超逸的胸襟，充满清旷豪放之气，寄寓着独到的人生感悟。纪昀评此诗："前半纯是比体。如此措辞，自无痕迹。"诗人在描写景物的同时抒发了自己的感受和议论：人生的苦风苦雨终将达到尽头，一切都当回归本来的"天容海色""也无风雨也无晴"。抒情、议论和写景紧密结合，贴切自然。诗歌的境界开阔，意蕴深远，给人以美的感受和哲理的启迪。

吟诵格律分析

《六月二十日夜渡海》是一首平起式首句入韵的七言律诗。这首词格律极为工整。押韵的特点是首句入韵，偶句押韵，一韵到底。韵脚"更""晴""清""声""生"押的是上平声"庚"韵。这个韵的开口度较大，发音时加上鼻音的韵尾，响亮空旷又长。这种韵的使用能够将作者这种面对困难的经历仍然乐观豁达的精神表现得淋漓尽致。

吟诵的节奏依据律诗平仄，即"平长仄短"，节奏点偶数音节是平声则拉长，韵脚也要拉长；入声字欲、月、色、乐、绝、识读音短促；字调根据音节的声调调值的高低变化趋势延长，做到"依字行腔"。首联颔联要有画面感，颈联要对典故有含蓄想象，尾联抒发面对窘迫时乐观豁达的精神状态。在吟诵此诗时，句调的起伏变化要符合这种感情抒发的需要。

六月二十日夜渡海

六月二十日
夜渡海

参横—斗转欲三—更—	平平仄仄⊗平⊗
苦雨终风—也解晴—	仄仄平平仄仄平
云散月明—谁点缀	⊕仄⊗平平仄仄
天容—海色本澄清—	平平仄仄仄平平
空余—鲁叟乘桴—意	平平仄仄平平仄

初识轩辕—奏乐声—	平 仄平平仄仄平
九死南荒—吾不恨	仄仄平平平仄仄
兹游—奇绝冠平—生—	平平 仄仄仄平平

拓展阅读

阅读苏轼的《海南万里真吾乡》，体会其贬谪海南时的生活情趣。

原文

水龙吟·次韵章质夫杨花词[1]

似花还似非花，也无人惜从教坠。抛家傍路，思量却是，无情有思[2]。萦损柔肠，困酣娇眼，欲开还闭[3]。梦随风万里，寻郎去处，又还被、莺呼起[4]。

不恨此花飞尽，恨西园、落红难缀。晓来雨过，遗踪何在？一池萍碎[5]。春色三分，二分尘土，一分流水。细看来，不是杨花，点点是、离人泪。

（选自《苏轼词集》，冯应榴辑注，黄任轲、朱怀春校点，上海古籍出版社 2009 年版）

注释

[1] 章楶（jié）（1027—1102），字质夫，建州浦城（今福建省浦城县）人，有《杨花词》。苏轼依章质夫的韵字而作这首杨花词。

[2] 唐代韩愈《晚春》诗："杨花榆荚无才思，唯解漫天作雪飞。"

[3] 唐代白居易《杨柳枝》诗："人言柳叶似愁眉，更有愁肠如柳枝。"

[4] 唐代金昌绪《春怨》诗："打起黄莺儿，莫教枝上啼。啼时惊妾梦，不得到辽西。"

[5] 苏轼自注："杨花落水为浮萍，验之信然。"

作品赏析

《水龙吟·次韵章质夫杨花词》是一首和章质夫《水龙吟·杨花词》的次韵之作，是咏物词史上"压倒古今"的名作。词写柳絮的飘零和春光的流逝，寄托作者对时光、生命的感慨。上片点出柳花的特征和命运，下片是作者情感的深化和升华，由怜惜柳花到怜惜春光，写出离人的感伤。王国维在《人间词话》中评价："东坡杨花词，和韵而似原唱；章质夫词原唱而似和韵。"魏庆之在《诗人玉屑》中说："章质夫咏杨花词，东坡和之，晁叔用以为：'东坡如三嫱、西施，净洗脚面，与天下妇人斗好，质夫岂可比哉！'"

这首词层层铺叙，描绘细致。首句写柳花的特征和命运：像花又不像花，朦胧缥缈，从枝头坠落也无人怜惜。次句写柳花的情思：仿佛无情地离家流离，却又仿佛饱含深情，像闺中女子一样凄美，等待着和郎君在梦中幽会，却又被黄莺儿惊扰，多么让人怜惜。"困酣娇眼，欲开还闭"，细致地描绘出柳花的形神特征：细长柔媚、缠绵悱恻、朦胧迷离。"落红难缀"是作者情感的扩展和深化：从惜柳到惜春再到怨春逝，最后追问杨花的命运：埋于尘土、融于流水，竟是一去不复返。由此作者的情感得到升华：柳花的飘零正是人生的时光流逝，柳花的归宿也正是人间一幕幕无法避免的离别。作者通过层层的铺叙，将柳花的特征和命运呈现于读者面前，表现出对时光、人生的感悟。

中国古代文学

87

苏轼此词咏物拟人，缠绵多姿。对飘飞的柳花的描写，以因郎去远、萦损柔肠的思妇作比，形神兼似。唐圭璋等《唐宋词选注》说："词中刻画了一个思妇的形象。萦损柔肠，困酣娇眼，随风万里，寻郎去处，是写杨花，亦是写思妇，可说是遗貌而得其神。而杨花飞尽化作'离人泪'，更生动地写出她候人不归所产生的幽怨。能以杨花喻人，在对杨花的描写过程中，完成对人物形象的塑造。"苏轼此词以章质夫《水龙吟杨花词》的既定韵脚依次行文，声韵谐婉，完全没有因为次韵而受到束缚，反而较之于章质夫的原调更显得情调幽怨缠绵，形象鲜明、艺术手法精湛。

拓展阅读

阅读苏轼的哲理诗歌，体会其人生态度和哲理意趣。

望江南·超然台作

苏轼

春未老，风细柳斜斜。试上超然台上看，半壕春水一城花。烟雨暗千家。寒食后，酒醒却咨嗟。休对故人思故国，且将新火试新茶。诗酒趁年华。

吟诵格律分析

水龙吟双调102字，上片十一句四仄韵、下片十一句五仄韵。此词上片十一句四仄韵分别为坠、思、闭、起；下片十一句五仄韵分别为尽、缀、碎、水、泪。以四言为主，也有三言、五言、六言、七言。其中坠、思、闭、起；尽、缀、碎、水、泪属于仄声，韵脚开口度较小，声音短促低沉。句调的音高起伏变化要符合伤春思人的悲痛感情的表达。入声字：惜、不、一、落、色、却、欲。

吟诵用普通话"依字行腔"，即按声调的音高趋势延长；上下片之间有稍长的停顿，上片节奏缓慢，场面低沉缓慢，因此语速稍快，要想象出画面；上片前五句应带有感叹惋惜的情感和语气；后六句应声音哽咽低沉表达出自己与丈夫分离的悲痛的思念；下片节奏缓慢，悲痛哽咽。

水龙吟·次韵章质夫杨花词

水龙吟·次韵
章质夫杨花词

似花—还似非花	仄平平仄平平
也无人惜—从教坠—	仄平平平平仄仄（韵）
抛家—傍路	平平仄仄
思量—却是	平平仄仄
无情—有思—	平平仄仄（韵）
萦损柔肠	平仄平平
困酣—娇眼	仄平平仄
欲开—还闭—	仄平平仄（韵）

梦随—风万里　　　　　　仄平平仄仄

寻郎—去处　　　　　　　平平仄仄

又还被、莺呼起—　　　　仄平仄、平平仄（韵）

不恨此花—飞尽　　　　　仄仄仄平平仄（韵）

恨西园、落红—难缀—　　仄平平、仄平平仄（韵）

晓来—雨过　　　　　　　仄平仄仄

遗踪—何在　　　　　　　平平平仄

一池—萍碎—　　　　　　仄平平仄（韵）

春色三分　　　　　　　　平仄平平

二分—尘土　　　　　　　仄平平仄

一分—流水—　　　　　　仄平平仄（韵）

细看来　　　　　　　　　仄仄平

不是杨花　　　　　　　　仄仄平平

点点是、离人—泪—　　　仄仄仄、平平仄（韵）

黄庭坚诗词二首

简介

黄庭坚（1045—1105），字鲁直，号山谷道人，洪州分宁（今江西省九江市修水县）人，被贬官涪陵，任涪州别驾、黔州（今彭水）安置，晚年号涪翁。北宋著名文学家、书法家和政治家。他为盛极一时的江西诗派开山之祖，与杜甫、陈师道和陈与义素有"一祖三宗"（黄庭坚为其中一宗）之称。与张耒、晁补之、秦观都游学于苏轼门下，合称为"苏门四学士"。生前与苏轼齐名，世称"苏黄"。著有《山谷词》，且黄庭坚书法亦能独树一帜，为"宋四家"之一。他善行、草书，楷书亦自成一家。今在重庆市涪陵区的点易洞还留有黄庭坚所题写的"钩深堂"。

《宋史·黄庭坚传》说"庭坚于文章尤长于诗"。宋任渊、史容、史季温注，中华书局出版的《黄庭坚诗集注》存诗39卷。《苕溪渔隐丛话》曾称引黄庭坚的诗说："随人作计终后人。"又说："文章最忌随人后。"可见他在文学创作上是有开辟道路的雄心的，他强调作诗"无一字无来处也""点铁成金""脱胎换骨"，追求"以俗为雅，以故为新"（《答洪驹父书》）。他的诗瘦硬奇峭，在艺术上是杜甫的发展，主要表现在对于字句的锻炼和章法的变化上。有马兴荣、祝振玉校注，上海古籍出版社2001年版的词集《山谷词》传世。

原文

次元明韵寄子由[1]

半世交亲随逝水[2]，几人图画入凌烟[3]？

春风春雨花经眼[4]，江北江南水拍天。

欲解铜章行问道[5]，定知石友许忘年[6]。

脊令[7]各有思归恨，日月相催雪满颠[8]。

（选自《宋诗鉴赏辞典》，缪钺等撰，上海辞书出版社 1987 年版）

注释

[1] 元明：黄庭坚的哥哥黄大临的字。子由：苏轼的弟弟苏辙的字。元明有诗寄与在筠州（今江西省高安市）监盐酒税的子由，庭坚依其用韵次第同作。

[2] 交亲：指相互亲近，友好交往。逝水：暗用《论语》"子在川上曰：'逝者如斯夫，不舍昼夜。'"

[3] 凌烟：阁名，在唐代长安太极宫内。唐太宗曾令著名人物画家阎立本将功臣长孙无忌等二十四人的像画在阁内，以表彰他们的勋劳。这两句是说他们兄弟交好，已有多年，但都在政争中遭到失败，时光像流水般过去了，却没有为国家效力的机会。

[4] 经眼：过目。

[5] 铜章：指县令的印，史容注引《汉官仪》："县令秩五百石，铜章墨绶。"行：将。问道：就是要向子由学道。出自《庄子·在宥》："黄帝闻广成子在空同之上，故往见之，曰：'敢问至道之精。'"

[6] 石友：指志同道合的金石之交，这里指子由。潘岳《金谷诗》："投分寄石友，白首同所归。"（《晋书·潘岳传》）忘年：指朋友投契，不计年岁的大小差别。梁何逊弱冠有才，范云对他很称赏，"因结忘年交好"（《梁书·文学·何逊传》）。苏辙比黄庭坚大七岁。许忘年：是说料想苏辙定会同意自己的要求。

[7] 脊令：借指兄弟。脊令（líng）是一种水鸟，朱熹《集传》："脊令飞则鸣，行则摇，有急难之意，故以起兴。"又写作"鹡鸰"，后人常用"脊令"借指兄弟。《诗经·小雅·常棣》："脊令在原，兄弟急难。"

[8] 雪满颠：比喻白发满头。

作品赏析

《次元明韵寄子由》是元丰四年（1081）黄庭坚知吉州太和县（今江西省泰和县）时所作，年 37 岁。这时苏辙（子由）贬官在筠州（治所在今江西省高安市）监盐酒税。黄庭坚兄黄大临（字元明）寄给苏辙的诗，起二句说："钟鼎功名淹管库，朝廷翰墨写风烟。"黄庭坚次韵作此诗寄苏辙。

黄庭坚喜欢步韵以显露才气，同一韵，他往往赓和四五次之多。他曾经自夸说："见子瞻粲字韵诗和答，三入四返，不困而愈崛奇，辄次韵。"在黄庭坚诗集中，次韵诗占了很大比例，如《戏呈孔毅夫》诗，用的是书、珠等窄韵，叠和了多首，都自然而富有变化，很见功力。但也有不少诗片面追求新巧，卖弄才气，成为后世口实。这首《次元明韵寄子由》是他叠韵诗中的佳篇，全诗四句，都用同一韵，虽是和作，但丝毫不见局促，为人称道。

这首诗抒情跌宕深婉。由上联半世交亲，几人得遂功名的感慨而联想到朋友间聚散无端、相会无期，惆怅心绪淡淡晕染。春雨春花转瞬即逝，怅望江北

江南，春水生波，浪花拍天。诗全用景语，无一字涉情，但自然令人感到兴象高妙，情深无边。黄庭坚诗很喜欢故作奇语，像这样清通秀丽、融情入景的语句不很多，看似自然，实际上费尽炉锤而复归于自然，代表了江西诗派熔词铸句的最高成就。诗人说自己要解下官印，与友人同寻人生的真谛，这两句得赠答诗正体，一方面表示自己对苏辙人品的仰慕，结合首联的"入凌烟"之不易，更是含蓄表明自己的心意志向，欲归不得，空自惆怅，时光飞度，日月催人，二人都是满头白发了。黄庭坚与哥哥黄大临、苏辙与哥哥苏轼，兄弟间感情都很好，诗所以作双收，把共同的感情铸合在一起。

诗歌的结构起承转合，很有法度。诗首联工对，突破律诗常格，有学杜甫《登高》一类诗的痕迹。首句平平而起，感慨年华犹如逝水，笔势很坦荡。次句提出问题，稍见有一丝不平之气透出。诗虽然用对偶，因为用的是流水对，语气直贯，既均齐又不呆板。"春风春雨"二句是名联，在对偶上又改用当句对，语句跳荡轻快。颈联转入议论，以虚词领句作为转折。尾联与题目所说自己是和哥哥原韵相结合，关合自己兄弟和苏辙兄弟情谊。这样收，含蓄不露，又具有独特性，所以方东树称赞说："收别有情事，亲切。"用典切合诗意，关合多个抒情对象，使诗歌具有超常的容量，含蓄隽永。

吟诵格律分析

《次元明韵寄子由》是一首仄起式首句不入韵七言律诗。入声字：入、北、拍、欲、石、各、日、月、雪。忘可平（阳韵）可仄（漾韵）。平仄非常工稳合律。整首诗的四联都对仗严整，突破律诗颈联和领联对仗的常格，有学杜甫《登高》一类诗的痕迹，极具才华。押韵特点是首句不入韵，韵脚"烟、天、年、颠"，下平声"先"韵。这个韵开口度不大，韵头和韵尾都是发音部位靠前的音素，因此抒发淡淡的人生感慨，很传神。

朗诵的节奏依据律诗平仄，即"平长仄短"，节奏点偶数音节是平声则拉长，韵脚也要拉长；入声读音短促；字调根据音节的声调调值的高低变化趋势延长，做到"依字行腔"，首联要有对象感，领联想象眼前要有画面感，尾联的"思归""相催"既在平声音节上，拖长并用重音，把"恨"之情绪加以突出，使句调的声音高低起伏变化适合这首诗的复杂感情抒发的需要。

次元明韵寄子由

半世交亲—随逝水—	仄仄平平平仄仄
几人—图画入凌—烟—	⊘平⊕仄仄平平
春风—春雨花经—眼	平平⊕仄平平仄
江北江南—水拍天—	⊕仄平平仄仄平
欲解铜章—行问道	仄仄平平平仄仄
定知—石友许忘—年—	⊘平仄仄仄平平
脊令—各有思归—恨—	⊘平仄仄平平仄
日月相催—雪满颠—	仄仄平平仄仄平

次元明韵寄子由

拓展阅读

欣赏黄庭坚诗的特色。

题落星寺·其三

黄庭坚

落星开士深结屋，龙阁老翁来赋诗。
小雨藏山客坐久，长江接天帆到迟。
宴寝清香与世隔，画图妙绝无人知。
蜂房各自开户牖，处处煮茶藤一枝。

原文

踏莎行·画鼓催春

画鼓催春，蛮歌走饷[1]。雨前一焙谁争长[2]。低株摘尽到高株，株株别是闽溪样[3]。

碾破春风[4]，香凝午帐。银瓶雪滚翻成浪[5]。今宵无睡酒醒时，摩围影在秋江上[6]。

（选自《山谷词》，马兴荣、祝振玉校注，上海古籍出版社 2001 年版）

注释

[1] 蛮歌：南方少数民族的歌谣。此处指彭水县的歌谣。黄庭坚在北宋绍圣二年乙亥（1095）因修《神宗实录》失实之罪，被朝廷下达《黄庭坚涪州别驾黔州安置》，被贬谪到现重庆市彭水苗族土家族自治县。饷：给在田间里劳动的人送饭。

[2] 雨前：绿茶的一种，用谷雨前采摘的细嫩牙尖制成。《宋史·食货志》散茶出淮南、归州、江南、荆湖，有龙溪、雨前、雨后之类十一等。争长（zhǎng）：争霸。唐魏徵有《赋西汉》诗："受降临轵道，争长趣鸿门。"

[3] 别是：另是、不同于。闽溪：福建省闽江的北源是建溪，流经重要的产茶区武夷山，宋代范仲淹《斗茶歌》："建溪先暖冰微开。溪边奇茗冠天下"。

[4] 春风：指茶。宋代陆游《余邦英惠小山新芽作小诗三首以谢》："谁遣春风入牙颊，诗成忽带小山香。"宋代茶道喜好制成半发酵的膏饼茶，在点茶前要先碾碎。

[5] 银瓶：宋代茶道所用的煎水器具。根据宋徽宗赵佶著《大观茶论》：瓶宜用金银制成，称为"富贵汤"，瓶口要"大而宛直"，便于注汤，瓶嘴要"圆小而峻削"，倾汤才会"有节而不滴沥"。"不滴沥，则茶面不破。"雪滚：煎水的火候，水在瓶中沸腾翻滚。苏东坡在《煎茶歌》中道"蟹眼已过鱼眼生，飕飕欲作松风声"，指水刚沸时小泡泡开始像螃蟹眼，稍大一点儿如鱼眼，再等就听到有松风声时，就说明此时水正好。

[6] 摩围：山名，在今彭水县城西南约 30 千米的乌江边。

作品赏析

《踏莎行·画鼓催春》应是作于绍圣三年（1096）或绍圣四年（1097），黄庭坚被贬于黔州，居住在摩围阁，作者于此地见到少数民族采茶、制茶的过程，激发了作者的爱茶之心，创作此篇来表达作者的喜爱之情，反映了普通平民生活，带有强烈的世俗气息，代表着宋词世俗化的审美走向。

上片前两句从听觉入笔，形象生动地展现了采茶时的热闹景象，敲响画鼓，催促春茶赶紧醒来；唱着民歌，走在田间为采茶人送去饭菜。"画鼓催春"描绘的是采茶前的开茶仪式，冬季已经过去，可是春雷还未响起，为了催醒春季的芽茶，大家擂响画鼓，模仿春雷的响声。"雨前一焙谁争长"，写人们赶在谷雨前，连忙焙制好茶，一较高下。后两句则详写采茶的场景，建溪龙团凤饼是宋代贡茶，堪称茶中绝品，词中把所采之茶与建溪茶作比，称赞茶之珍贵。下片前三句写宋代点茶时的情景。把春茶碾碎，已经满屋茶香，等银瓶的水沸腾入水冲点，可以想象茶色和茶乳一定非常上乘，只有最后"今宵无睡"写饮茶的勃勃兴致。

该词以赋的手法为主，也有形象的比喻，有浓郁的地方特色。咏茶却从采茶、制茶，再到点茶的茶道，色香味形，徐徐展开。句末又以一句衬托，深化了此词的主题和意境。

吟诵格律分析

《踏莎行·画鼓催春》双调 58 字，上下片各五句，基本上是七言绝句的基础上增加两个四字句构成。正格为押三仄韵，隔句押韵。此词三句叶韵。饷、长、样；帐、浪、上属仄声，韵脚开口度大，加上后鼻音韵尾，声音响亮。入声：一、摘、别、雪。

吟诵用普通话"依字行腔"，即按声调的音高趋势延长；上下片之间有稍长的停顿，上片节奏紧凑，场面欢快繁忙，因此语速稍快，要想象出画面；下片两个层次之间有稍长停顿，前三句语速缓慢，碾茶点茶，色香味的徐徐展开，表现宋茶文化的精致优雅，后两句稍慢，眼前想象的空间阔远，融入清远的江面，渐渐模糊，要有画面感。句末韵脚是仄声和句中偶数平声、平声音节宜拖长；入声字宜短促跳跃。速度宜前慢后快，第一、二章比兴，写景抒情，要有对象感和画面感。

踏莎行·画鼓催春

画鼓催春　　　　　　　　　　仄仄平平

蛮歌—走饷—　　　　　　　　平平仄仄（韵）

雨前—一焙谁争—长—　　　　仄平仄仄平平仄（韵）

低株—摘尽到高—株　　　　　平平仄仄仄平平

株株—别是闽溪—样—　　　　平平仄仄仄平仄（韵）

碾破春风　　　　　　　　　　仄仄平平

香凝—午帐—　　　　　　　　平平仄仄（韵）

银瓶—雪滚翻成—浪—　　　　仄平仄仄平平仄（韵）

今宵—无睡酒醒—时，　　　　平平平仄仄平平

摩围—影在秋江—上—　　　　平平仄仄平平仄（韵）

踏莎行·画鼓催春

拓展阅读

欣赏黄庭坚《阮郎归·黔中桃李可寻芳》词所表现的彭水茶文化。

阮郎归·黔中桃李可寻芳

黄庭坚

黔中桃李可寻芳。摘茶人自忙。月团犀腌斗圆方。研膏入焙香。

青箬裹，绛纱囊。品高闻外江。酒阑传碗舞红裳。都濡春味长。

秦观词二首

简介

秦观（1049—1100），字少游，扬州高邮人，号淮海居士，一生仕途舛厄，在新旧党争中受苏轼牵连，先后贬杭州、处州、郴州、横州、雷州。秦观与黄庭坚、晁补之、张耒同称为苏门四学士，诗、词、文皆善，被苏轼赞为："秦观'有屈、宋才'。"其文长于议论，《宋史》评为"文丽而思深"，代表作有《叹二鹤赋》《张安世论》《清和先生传》等；其诗词长于抒情，大多描写男女情爱和抒发仕途失意的哀怨，泪水盈盈、情调悲苦，被称为"女郎诗"。敖陶孙《诗评》说："秦少游如时女游春，终伤婉弱。"王安石评："其诗清新妩媚，鲍、谢似之。"冯煦《蒿庵论词》云："淮海、小山，古之伤心人也。其淡语皆有味，浅语皆在致，求之两宋词人，实罕其匹。"其代表作品有《春日》《秋日三首》《江城子·西城杨柳弄春柔》《鹊桥仙·纤云弄巧》《满庭芳·山抹微云》等。少游创作文字精工，音律谐美，情韵兼胜，是北宋后期婉约词的代表人物。李清照《词论》中有"秦即专主情致，而少故实"。著有《淮海集》《淮海词》《劝善录》《逆旅集》等。

原文

江城子·西城杨柳弄春柔

西城杨柳弄春[1]柔，动离忧，泪难收。犹记多情、曾为系归舟。碧野朱桥当日事，人不见，水空流。

韶华[2]不为少年留，恨悠悠，几时休？飞絮落花时候、一登楼。便作春江都是泪，流不尽，许多愁。

（选自《淮海词》，[明]毛晋辑，中国书店2012年版）

注释

[1] 弄春：谓在春日弄姿。

[2] 韶华：美好的时光，常指春光。

作品赏析

《江城子·西城杨柳弄春柔》描写离别之愁，感叹春逝之悲，是秦观词柔婉凄迷的代表作。上片写初春的离别。首句"弄春柔"写出了柳枝的万种风情，也写出了春日的离别之愁。曾经的离别犹在眼前，现今柳枝新嫩，以又诉离情来表达无限的感伤。下片写登高远眺，将悲春的感慨融入自己仕途不遇、理想落空的人生坎坷中，升华了悲情。

秦观善于描写迷离朦胧的意境，更善于通过比喻、写景等手法，将无形之情写得既形象又富有美感。该词写柳，笔意入微，妥帖自然，把柳树比拟为情，化无情之柳为多情之人；此词写愁，含蓄蕴藉，形象鲜明，最后一句比喻巧妙：清泪、流水和离恨融汇成一股情感流，言尽而情不尽。结句比喻巧妙，将从篇首开始逐渐写出的泪流、水流、恨流化作一江春水，正是："问君能有几多愁，恰似一江春水向东流。"情感抒发流走自然。全词结构布局缜密，从景到事，从物到人，浑然天成，情韵悠长。

原文

满庭芳[1] · 山抹微云

山抹微云，天连[2]衰草，画角声断谯门[3]。暂停征棹，聊共引离尊。多少蓬莱旧事，空回首、烟霭纷纷。斜阳外，寒鸦万点，流水绕孤村。

销魂。当此际，香囊暗解，罗带轻分。谩[4]赢得、青楼薄幸名存。此去何时见也，襟袖上、空惹啼痕。伤情处，高城望断，灯火已黄昏。

（选自《淮海词》，[明]毛晋，中国书店 2012 年版）

注释

[1] 满庭芳：词牌名，因柳宗元"偶此即安居，满庭芳草积"和吴融"满庭芳草易黄昏"而得名。

[2] 连：一作"粘"。

[3] 谯门：城门。

[4] 谩：徒然。

作品赏析

元丰元年（1078），秦观参加进士考试不第，次年至越州，岁暮离越返乡。此词正作于宋神宗元丰二年（1079）岁暮告别之时，创作地点在会稽（今浙江省绍兴市）。

上片写景，点出离别之事：黄昏时分，微微的雾霭笼罩群山，衰草遍野，延伸到天尽头。离别之人引觞话别，回忆往事，无限伤怀。下片详细描写分别场景和别后的伤情：赠香囊、襟沾泪痕、高楼望断。

整首词意境朦胧，情感细腻。"山抹微云"写出了山势之高远、微茫；"天粘衰草"写出了极目天涯，暮霭沉沉的苍茫。"烟霭纷纷"写出了景象的朦胧，也写出了往事之渺茫不可追，为词作增添了空旷渺茫、迷茫怅惘之感。"斜阳外"三句意象典型，点染得当，将天之暮色、天涯望断、羁旅漂泊的感伤措写得淋漓尽致。情绪舒展，风格柔婉。作者从离别之景写出离别之事，再从离别之时写到离别之后，时间的推移和空间的转变都极具节奏感。暮色中山林微云弥漫的傍晚、烟霭纷纷的薄暮到满城灯火的深夜，愁情渐次深重，体现出秦观婉约词的艺术特色。

拓展阅读

阅读秦观的《伤心词》，分析其作品意象的特征。

浣溪沙·漠漠轻寒上小楼

秦观

漠漠轻寒上小楼，晓阴无赖似穷秋。淡烟流水画屏幽。

自在飞花轻似梦，无边丝雨细如愁。宝帘闲挂小银钩。

八六子·倚危亭

秦观

倚危亭。恨如芳草，萋萋划尽还生。念柳外青骢别后，水边红袂分时，怆然暗惊。

无端天与娉婷。夜月一帘幽梦，春风十里柔情。怎奈向、欢娱渐随流水，素弦声断，翠绡香减，那堪片片飞花弄晚，蒙蒙残雨笼晴。正销凝。黄鹂又啼数声。

六丑·蔷薇谢后作

简介

周邦彦（1057—1121），字美成，号清真居士。钱塘（今浙江省杭州市）人。曾因作《汴都赋》描述汴京盛况，歌颂新法，受到宋神宗赵顼提拔。历官太学正、庐州（今安徽省合肥市）教授、溧水（今江苏省南京市溧水区）县令、国子监主簿、校书郎等，后被提举至最高音乐机关大晟府负责谱制词曲，供奉朝廷。

周邦彦的创作情感基调是孤独疲倦和憔悴失意。题材主要以离别相思、羁旅漂泊和咏物为主，饱含身世飘零之感、仕途沦落之悲、情场失意之苦，开辟了南宋咏物词重寄托的道路。周邦彦精通音律，善于创制新曲，词风精雅典丽，尤善长调。其词标志着宋词艺术技巧的成熟，作品在婉约词人中长期被尊为"正宗"。

王国维认为："（周）先生于诗文无所不工……然宋人如欧、苏、秦、黄，高则高矣，至精工博大，殊不逮先生。故以宋词比唐诗，则东坡似太白，欧、秦似摩诘，耆卿似乐天，方回、叔原则大历十子之流。南宋唯一稼轩可比昌黎，而词中老杜，则非先生不可。"意谓周邦彦为北宋词的"集大成者"。有《清真居士集》，已佚，今存《片玉集》。

原文

六丑·蔷薇谢后作[1]

正单衣试酒[2]，怅客里、光阴虚掷。愿春暂留，春归如过翼，一去无迹。为问花何在？夜来风雨，葬楚宫倾国[3]。钗钿堕处遗香泽，乱点桃蹊，轻翻柳陌。多情为谁追惜？但蜂媒蝶使，时叩窗槅。

东园岑寂，渐蒙笼暗碧。静绕珍丛底，成叹息。长条故惹行客，似牵衣待话，别情无极。残英小、强簪巾帻。终不似一朵，钗头颤袅，向人欹侧[4]。漂流处[5]、莫趁潮汐。恐断红、尚有相思字，何由见得？

（选自《清真集笺注》，罗忼烈笺注，上海古籍出版社 2008 年版）

注释

[1] 六丑：周邦彦自制词牌名。"此犯六调，皆声之美者，然绝难歌。昔高阳氏有子六人，才而丑，故以比之。"

[2] 试酒：宋代风俗，农历三月末或四月初尝新酒。

[3] 楚宫倾国：楚国宫中美人。倾国：美人。

[4] 欹侧：斜倚，依恋之态。

[5] 漂流处：用唐人卢渥和宫女在红叶上题诗的典故。《云溪友议》：唐卢渥到长安应试，拾得深宫溪流中漂出的红叶，上有宫女题诗。后卢渥娶遣放宫女为妻，恰好是题诗者。

作品赏析

《六丑·蔷薇谢后作》这首咏物词吟咏落花，表达词人对落花经历风雨、陨落在地的"追惜"之情，更是对自己"光阴虚掷"的"追惜"之情。《蓼园词选》评价此词："自叹年老远宦，意境落寞，借花起兴。以下是花，是自己，己比兴无端，指与物化，奇情四溢，不可方物，人巧极而天生工矣！结处意致尤缠绵无已，耐人寻味。"

上片写作者漂泊异乡，在暮春时节慨叹蔷薇花的飘零如美人之逝，生发出对花的怜惜之意。下片刻画人惜花、花恋人的情景。将对花的怜惜扩展到对春逝的叹息，进而升华为对人生的感伤。

全词构思别致，充分利用慢词铺叙展衍的特点，回环曲折地抒写了自己的"惜花"心情：先以"单衣试酒"句点明时节、词人的身份。再用"春归如过翼"写自己对时光流逝的无可奈何、光阴虚度的惆怅。接着追问蔷薇的遗踪，又写出蔷薇花儿在风中飘零的场景，"蜂媒蝶使"的扣窗之意。词人通过层层铺叙、曲折尽意的艺术手法表现出词人对蔷薇花无限怜惜和对时光荏苒的万般伤感。

这首词借花起兴，惜花、惜春、惜人，构思别致。从对蔷薇花凋落到春天的一去不复返，从蔷薇的飘零到自我的漂泊宦游，从时光的易逝到生命的匆匆，作者逐步深化主题，营造了缠绵深婉、回旋往复的艺术情境。

词的语言典雅精丽，用典含蓄。"无人追惜"隐含词人的身世际遇，把词人飘零之感、韶华空度的苦闷表露无疑。"东园岑寂"营造出朦胧的黄昏园景。"长条故惹行客，似牵衣待话"写出了离别的哀情无限。"强簪巾帻"，表现出

词人对蔷薇盛开时美艳花姿和芬芳气息的回忆，更加深了蔷薇凋谢后的残败景象，有无限珍惜慨叹。"漂流处、莫趁潮汐。恐断红、尚有相思字，何由见得？"用红叶题诗故事，写出了对落花的怜惜，对青春的无限挽留。

拓展阅读

阅读周邦彦的词作，说明其词的情感蕴含。

西河·金陵怀古

周邦彦

佳丽地。南朝盛事谁记。山围故国绕清江，髻鬟对起。怒涛寂寞打孤城，风樯遥度天际。

断崖树，犹倒倚。莫愁艇子曾系。空余旧迹郁苍苍，雾沈半垒。夜深月过女墙来，伤心东望淮水。

酒旗戏鼓甚处市。想依稀、王谢邻里。燕子不知何世。入寻常、巷陌人家，相对如说兴亡，斜阳里。

凤凰台上忆吹箫

简介

李清照（1084—约1155），号易安居士，齐州章丘（今山东省济南市章丘区）人。早年生活优裕，工书能文，通晓音律。婚后与赵明诚共同致力于书画金石的整理，编写了《金石录》，婚姻生活幸福。中原沦陷后，与丈夫南流，过着颠沛流离、凄凉愁苦的生活。赵明诚病死后，其境遇孤苦。

李清照的创作以宋室南迁为界，分为前期和后期。前期词清新秀丽、婉转有致，代表作为《点绛唇·蹴罢秋千》《减字木兰花·卖花担上》《如梦令·常记溪亭日暮》，后期词以凄怆深沉、苍凉悲楚的风格多写离别之情、相思之情、怀旧之情，以愁苦为基调，代表作有《凤凰台上忆吹箫》《一剪梅·红藕香残玉簟秋》《武陵春·春晚》等。李清照的词善于选取日常生活细节，展现特有的内心世界，语言浅显质朴，常以俚俗之语发深婉之情，多哀愁伤感之作，被称为"易安体"。与济南历城人辛弃疾合称"济南二安"。

李清照在词论上颇有建树，她提出词"别是一家"，主张词必须尚文雅、主情致、协音律，有《词论》和《漱玉词》传世。

原文

凤凰台上忆吹箫[1]

香冷金猊[2]，被翻红浪，起来慵自梳头。任宝奁[3]尘满，日上帘钩。生怕离怀别苦，多少事、欲说还休。新来瘦，非干病酒，不是悲秋。

休休。这回去也，千万遍阳关[4]也则难留。念武陵人远，烟锁秦楼[5]。惟有楼前流水，应念我、终日凝眸。凝眸处，从今又添，一段新愁。

（选自《李清照诗词集》，[宋]李清照，上海古籍出版社2014年版）

注释

[1] 凤凰台上忆吹箫：该词牌最早见于晁补之词。《词谱》引《列仙传拾遗》："萧史善吹箫，作鸾凤之响。秦穆公有女弄玉，善吹箫。公以妻之，遂教弄玉作凤鸣。居十数年，凤凰来止。公为作凤台，夫妇止其上。数年，弄玉乘凤，萧史乘龙去。"

[2] 金猊：狮子形的铜香炉。

[3] 宝奁：滑轨的梳妆镜匣。

[4] 阳关：《阳关三叠》，唐宋时的送别曲。

[5] 武陵人：陶渊明《桃花源记》中，武陵渔人误入桃花源。秦楼：秦穆公所建凤凰台。

作品赏析

《凤凰台上忆吹箫》上片写闺中淡漠的场景：熏香炉冷，无人续香，锦被凌乱，在清晨的光线中似波浪起伏。这些闺中之景写出了词人的慵懒无赖，无心妆容，寄托了她沉郁苦闷的愁绪。紧接着点出离别的愁苦。"生怕离怀别苦""多少事、欲说还休"让情绪的表达多了一层波折。下片"念武陵人远，烟锁秦楼"，化用萧史和弄玉典故，把双方别后相思的感情做了极其精确的概括，同时使离别之苦达到了高潮。唯有"楼前流水"印下了钟情凝望的眼神。

李清照的后期词具有凄怆深沉、苍凉悲楚的风格，多写离别之情、相思之情、怀旧之情，以愁苦为基调。词人善于选取自己日常生活中的起居环境，行动细节来展现自我的内心世界。善于将个性化的抒情和完美的意境相结合。语言浅显自然，却又韵味无穷。明代杨慎在《词品》中说："'以故为新，以俗为雅'者，易安先得之矣。"

宋代王灼在《碧鸡漫志》中评价李清照："作长短句，能曲折尽人意，轻巧尖新，姿态百出。闾巷荒淫之语，肆意落笔。自古缙绅之家能文妇女，未见如此无顾藉也。"可见"易安体"的特色。

朗诵指导

《凤凰台上忆吹箫》作于词人新婚不久，丈夫赵明诚离家远游，表现了其对丈夫的深深思念。因此，朗读时应注意带着思念和淡淡的伤感之情，节奏属于低沉型，声音偏暗偏沉，语势多为落潮类，句尾落点多显沉重，语速较缓。

凤凰台上忆吹箫

香冷金猊，被翻红浪，起来/慵自梳头。任/宝奁尘满（↑），日上帘钩（↓）。生怕/离怀别苦，多少事、欲说还休。新来瘦，非干病酒，不是悲秋。

休休。这回去也，千万遍阳关/也则难留。念/武陵人远（↑），烟锁秦楼（↓）。惟有/楼前流水，应念我、终日凝眸。凝眸处，从今又添（↑），一段新愁（↓）。

凤凰台上忆吹箫

拓展阅读

阅读朱淑真的词作，比较其与李清照创作的异同。

蝶恋花·送春

朱淑真

楼外垂杨千万缕。欲系青春，少住春还去。犹自风前飘柳絮。随春且看归何处。

绿满山川闻杜宇。便做无情，莫也愁人苦。把酒送春春不语。黄昏却下潇潇雨。

水龙吟·登建康赏心亭

简介

辛弃疾（1140—1207），字幼安，号稼轩，山东历城（今山东省济南市）人。因生长于金人占领区，自幼就决心为民族复仇雪耻，收复失地。他曾率领50名骑兵直奔有五万之众的金兵营地，生擒张安国，具有非凡的胆略和勇气。由于辛弃疾与当政的主和派政见不合，后被弹劾落职，退隐山居。老年再度出山，参与开禧北伐却并未得到重用，终回铅山故居，含恨而逝。

辛弃疾一生以功业自许，却遭遇排挤、壮志难酬。其创作写尽了爱国士人一生豪放不羁的心境和壮志难酬的境遇，艺术风格多样，而以豪放为主，与苏轼合称"苏辛"，与李清照并称"济南二安"。其代表作有《美芹十论》《九议》《水龙吟·登建康赏心亭》《青玉案·元夕》《破阵子·为陈同甫赋壮词以寄之》等。其诗文豪情满怀、慷慨悲壮、笔力雄厚，称为"辛派词人"之宗。刘克庄在《辛稼轩集序》中评之为："公所作，大声镗鞳，小声铿锵，横绝六合，扫空万古，自有苍生以来所无。其秾纤绵密者，亦不在小晏、秦郎之下。"刘辰翁在《辛稼轩词序》中也评价："及稼轩，横竖烂熳，乃如禅宗棒喝，头头皆是；又如悲笳万鼓，平生不平事并卮酒，但觉宾主酣畅，谈不暇顾。词至此亦足矣。"足以看出辛弃疾的创作特征。现存词600多首，有词集《稼轩长短句》等传世。

原文

水龙吟·登建康赏心亭[1]

楚天千里清秋，水随天去秋无际。遥岑远目，献愁供恨，玉簪螺髻[2]。落日楼头，断鸿声里，江南游子。把吴钩[3]看了，栏杆拍遍，无人会，登临意。

休说鲈鱼堪脍、尽西风、季鹰归未[4]？求田问舍，怕应羞见，刘郎才气[5]。可惜流年，忧愁风雨，树犹如此[6]！倩何人唤取，红巾翠袖，揾英雄泪[7]。

（选自《稼轩词编年笺注》，邓广铭笺注，上海古籍出版社2016年版）

注释

[1] 水龙吟：词牌出自李白诗句"笛奏龙吟水"，又名《龙吟曲》《庄椿岁》《小楼连苑》。建康：今南京市。赏心亭：位于南京市秦淮区水西门广场西侧外，为宋代的金陵胜迹。

[2] 玉簪螺髻：玉做的簪子，螺状的发髻。比喻高矮和形状各不相同的山岭。

[3] 吴钩：古代吴地制造的一种宝刀。李贺《南园》："男儿何不带吴钩，收取关山五十州。"

[4] "鲈鱼"句：用西晋张翰典。《世说新语》记载：张翰在洛阳做官，在秋风起时忽然想到家乡的美味，立即辞官回乡。

[5] "求田"句：用三国许汜典。《三国志》记载：许汜向刘备抱怨陈登看不起他，"久不与相与语，自上大床卧，使客卧下床"。刘备说许汜在国家为难之际只知置地买房，如果是他自己，肯定要"卧百尺楼上，卧君于地"，何止上下床的差距。

[6] "流年"句：用西晋桓温典。《世说新语》载：桓公北征经金城，见以前在此为琅邪内史时种的柳树皆已十围，慨然曰："木犹如此，人何以堪？"

[7] 倩（qìng）：请。揾：擦拭。

作品赏析

《水龙吟·登建康赏心亭》约作于淳熙元年（1174），时辛弃疾在建康任江东安抚使参议官。词人于秋日登上建康赏心亭，远眺祖国山河，慷慨悲歌，写下这首词。黄梨庄："辛稼轩当弱宋末造，负管、乐之才，不能尽展其用，一腔忠愤，无处发泄；观其与陈同父抵掌谈论，是何等人物？故其悲歌慷慨、抑郁无聊之气，一寄之于其词。"清陈廷焯《白雨斋词话》："落落数语，不数王粲《登楼赋》。"可见词人心中的悲慨之气，万人同慨。

这首词上片写作者在赏心亭所见之壮观开阔的景物：楚天千里，空阔辽远，大江滚滚，奔流不息。作者面对大好河山，北望失地，深感收复中原无日，南望半壁江山，慨叹效力无路。下片直接抒发内心的情志：收复山河元望，可归北方遥遥无期；偏安于南土，求田问舍，无颜面对英雄；垂垂老矣，壮志无法实现。

辛弃疾的词用典集中，借典故抒情，情绪自然流走。上片用李贺"男儿何不带吴钩，收取关山五十州"表达自己的壮志，下片用晋人张翰因秋风起，想起家乡的鲈鱼，于是辞官归去的典故，写出自己漂泊南方，无法北归的愤恨。（《晋书·张翰传》）又用三国时许汜埋怨陈登看不起他，被刘备责备忘怀国事，求田问舍的典故，写出自己无力拯救山河的悔恨自责。再用三国桓温慨叹时光流逝的典故写自己迟暮之年，壮志难酬的愤然。

全词将满腔豪情与缠绵无休的感伤进行融合，用"吴钩"写自己的壮志豪情，"栏杆拍遍"写内心的悲痛；用"落日楼头""遥岑""断鸿""西风"写所处时代的状况和自己漂泊江南的无奈；用"玉簪螺髻""红巾翠袖"来写自己眼下貌似安定却让人麻痹的生活，将英雄的气节融于儿女情长的缠绵之中，显得无可奈何、沉重凄凉。

全词抒写了作者面对大好河山，心存恢复中原国土之志，却空怀壮志、报国无门、抑郁悲愤的苦闷心情，展现了词人豪迈与凄凉的心境。词风雄浑豪放、慷慨悲凉，读之有金石之音。

拓展阅读

阅读辛弃疾的下列词作，体会辛词多样化的艺术风格。

丑奴儿·书博山道中壁

辛弃疾

少年不识愁滋味，爱上层楼。爱上层楼。为赋新词强说愁。

而今识尽愁滋味，欲说还休。欲说还休。却道天凉好个秋。

鹧鸪天·送人

辛弃疾

唱彻《阳关》泪未干，功名余事且加餐。浮天水送无穷树，带雨云埋一半山。

今古恨，几千般，只应离合是悲欢？江头未是风波恶，别有人间行路难！

元 明 清

南吕 一枝花·不伏老

简介

关汉卿（约1220—约1300），号已斋叟，元大都人。元代杂剧奠基人，"元曲四大家"之首，被誉为"曲圣"。其生平事迹已无法详考，只知他"生而倜傥，博学能事，滑稽多智，蕴藉风流，为一时之冠"（《析津志》）。在当时的"玉京书会"及表演场所非常活跃。他多才多艺，放荡不羁，追求自由、公正，是中国古典戏剧的奠基人，一生创作了大量剧作，杂剧60多种，流传于世的约18种，代表作有《窦娥冤》《救风尘》《拜月亭》《单刀会》等。关汉卿又工散曲，今存小令50多首，套数十余套。他的散曲内容丰富多彩，格调清新刚劲，具有很高的艺术价值。

原文

南吕 一枝花·不伏老[1]

【一枝花】攀出墙朵朵花，折临路枝枝柳。花攀红蕊嫩，柳折翠条柔，浪子风流。凭着我折柳攀花手，直煞得花残柳败休[2]。半生来折柳攀花，一世里眠花卧柳。

【梁州】我是个普天下郎君领袖，盖世界浪子班头。愿朱颜不改常依旧，花中消遣，酒内忘忧。分茶攧竹[3]，打马藏阄[4]；通五音六律[5]滑熟，甚闲愁到我心头！伴的是银筝女[6]银台前理银筝笑倚银屏，伴的是玉天仙[7]携玉手并玉肩同登玉楼，伴的是金钗客[8]歌《金缕》[9]捧金樽满泛金瓯[10]。你道我老也，暂休。占排场风月功名首[11]，更玲珑又剔透。我是个锦阵花营都帅头[12]，曾玩[13]府游州。

【隔尾】子弟每[14]是个茅草冈、沙土窝初生的兔羔儿乍向围场上走[15]，我是个经笼罩、受索网、苍翎毛老野鸡，蹅踏[16]的阵马儿熟，经了些窝弓冷箭镴枪头[17]，不曾落人后。恰不道"人到中年万事休"，我怎肯虚度了春秋。

【尾】我是个蒸不烂、煮不熟、捶不匾[18]、炒不爆、响珰珰一粒铜豌豆[19]，恁[20]子弟每谁教你钻入他锄不断、斫[21]不下、解不开、顿不脱、慢腾腾千层锦套头[22]？我玩的是梁园[23]月，饮的是东京[24]酒；赏的是洛阳花[25]，攀的是章台柳[26]。我也会围棋、会蹴鞠[27]、会打围[28]、会插科[29]、会歌舞、会吹弹、会咽作[30]、会吟诗、会双陆[31]。你便是落了我牙、歪了我嘴、瘸了我腿、折了我手，天赐与我这几般儿歹症候[32]。尚兀自[33]不肯休。则除是[34]阎王亲自唤，神鬼自来勾。三魂归地府，七魄丧冥幽。天哪，那其间才不向烟花路[35]儿上走。

（选自《元曲鉴赏辞典》，蒋星煜，上海辞书出版社1990年版）

注释

[1] 南吕：宫调名，一枝花和梁州等均属这一宫调的曲牌。把同一宫调的若干曲子连缀起来表达同一主题，就是所谓"套数"。

[2] 煞：拈、弄的意思。休：语助词。

[3] 分茶攧（diān）竹：两种古游戏名。分茶，指把茶均匀地分注在小杯里待客；攧竹，即画竹。

[4] 打马藏阄：两种古游戏名。打马，一种赌博游戏；藏阄，类似猜谜。

[5] 五音六律：五音，亦称"五声"，即中国五声音阶中的宫、商、角、徵、羽五个音阶。六律，古代审定音乐高低的标准，把乐音分为六律和六吕，合称十二律。

[6] 银筝女：指乐妓。

[7] 玉天仙：指妓女。

[8] 金钗客：指歌妓。

[9]《金缕》：即《金缕衣》，乐府曲名。

[10] 金瓯：盛酒器。

[11] 占排场：为首、第一。功名首：功名居第一。

[12] 都帅头：总头领。

[13] 玩：观赏。

[14] 每：们。

[15] 乍：初。围场：打猎场。

[16] 踏（chǎ）踏：踩踏。

[17] 镴（là）枪头：用镴做的枪头，通常用以比喻好看而不实用的样子货。这里借指别人的中伤。镴，锡与铅的合金，比银软得多。

[18] 匾：同"扁"。

[19] 铜豌豆：这里用来比喻作者的性格无比坚强。

[20] 恁（nèn）：那些。

[21] 斫（zhuó）：砍。

[22] 锦套头：锦缎制的套头，喻圈套、陷阱。

[23] 梁园：汉梁孝王所造的花园，也称兔园，又称梁苑，故址在今河南商丘东。梁孝王好宾客，司马相如、枚乘等辞赋家皆曾延居园中，因而有名。这里代指汴京。

[24] 东京：五代至北宋都以汴州（今河南省开封市）为东京。

[25] 洛阳花：指牡丹。古时洛阳以产牡丹花著名。

[26] 章台柳：指妓女。唐代许尧佐传奇《柳氏传》载，韩翃与妓女柳氏有婚姻之约，后因离别阻隔三年，朝翃作《寄柳氏》词说："章台柳，章台柳，昔日青青今在否？纵使长条似旧垂，也应攀折他人手。"章台原为汉时长安中街名。

[27] 蹴鞠（cù jū）：古代一种踢球游戏。

[28] 打围：古代指打猎时合围，后泛称打猎。

[29] 插科：戏曲演员在表演中穿插的引人发笑的动作。常同"打诨"合用，称"插科打诨"。

[30] 咽作：不详，可能是一种表演性的游戏。

[31] 双陆：一种类似下棋的游戏。

[32] 歹症候：恶习、坏毛病。

[33] 兀自：还的意思。

[34] 则除是：除非是。则：同"只"。

[35] 烟花路：指妓女聚居地。

作品赏析

《南吕 一枝花·不伏老》是关汉卿散曲的代表作，由第一人称"我"直接抒写，以通俗、诙谐、洒脱、酣畅的语言，自我介绍、自我赞赏、自我调侃，从而塑造了一个特殊环境中的特殊人物形象，体现"不伏老"的主题。

《南吕 一枝花·不伏老》由四支曲子组成，极其鲜明地反映出关汉卿离经叛道的精神，献身于杂剧事业的决心，并且显示出他多才多艺、风流倜傥的个性。

由于元朝统治者实行民族歧视政策，废置了科举，因而元初大部分知识分子怀才不遇，"沉抑下僚"，甚而落到了"八娼九儒十丐"的地步。在文人群体急遽分化之际，关汉卿却选择了自己独立的生活方式。在《南吕 一枝花·不伏老》里他有两个自况：一曰"我是个经笼罩、受索网、苍翎毛老野鸡，踏踏的阵马儿熟，经了些窝弓冷箭镴枪头"；一曰"我是个蒸不烂、煮不熟、捶不匾、炒不爆、响珰珰一粒铜豌豆"。两种比喻都表现了久经历练、坚韧不拔的性格。在"乱制词曲、恶言犯上"者处死刑的紧箍中，关汉卿执着顽强地从事戏剧事业，并且运用自己所积累的丰富的艺术实践经验和生活斗争经验，采取迂回曲折的方式与统治者周旋。

"铜豌豆"原系元代妓院对老狎客的切口，但此处诗人巧妙地使用双关语，以五串形容植物之豆的衬字来修饰"铜豌豆"，从而赋予了它坚韧不屈、与世抗争的特性。"谁教你"三字典型地表现了关汉卿对风流子弟也是对自己落入妓院"锦套头"（陷阱、圈套）的同情而催发出的一种痛苦的抽搐。正由于诗人对黑暗社会现实的强烈不满，正由于他对统治阶级的坚决不合作态度，关汉卿才用极端的语言来夸示他那完全市民化了的全部生活："我也会围棋、会蹴鞠、会打围、会插科、会歌舞、会吹弹、会咽作、会吟诗、会双陆。"在这大胆又略带夸饰的笔调中，在这才情、诸艺的铺陈中，实际上深蕴着一种豪情，一种在封建观念压抑下对个人智慧和力量的自信。至此，诗人的笔锋又一转，在豪情的基础上全曲的情感基调也达到了最强音："则除是阎王亲自唤，神鬼自来勾。三魂归地府，七魄丧冥幽。天哪，那其间才不向烟花路儿上走。"这种对人生永恒价值的追求，正是诗中诙谐乐观的精神力量所在。

这套曲子艺术上的独创性，在于用第一人称袒露胸怀的方式，塑造了元代社会市民化了的"书会才人"的形象。这首散曲最大的特点就是大量地添加衬字，娴熟地运用排比句、连环句，形成一种活泼、奔放的气势。例如，（尾）曲中"你便是落了我牙"一句，那向前流泻的一组组衬字很自然地引起情感上激越的节奏，急促粗犷、铿锵有声，极为有力地表现出诗人向"烟花路儿上走"的决心。全曲一气直下，然又几见波折，三支曲牌中"暂休""万事休"

等情绪沉思处，也往往是行文顿挫腾挪、劲气暗转处，读来如睹三峡击浪之状，浑然有一种雄健豪宕、富于韵律的美感。这是关汉卿散曲和剧曲的艺术风格。

拓展阅读

1. 阅读《关汉卿传》（乔忠延，北岳文艺出版社 2015 年版）。
2. 赏析关汉卿散曲。

南吕 四块玉·别情

自送别，心难舍，一点相思几时绝？凭阑袖拂杨花雪。溪又斜，山又遮，人去也。

双调 沉醉东风

咫尺的天南地北，霎时间月缺花飞。手执着饯行杯，眼阁着别离泪。刚道得声"保重将息"，痛煞煞教人舍不得。好去者望前程万里！

双调 夜行船·秋思

简介

马致远（约 1250—约 1324），字千里，号东篱，被誉为"马神仙"，大都人。他是元代著名作家、散曲家、戏曲作家，又是"元贞书会"的重要人物，与关汉卿、郑光祖、白朴并称为"元曲四大家"，被尊称为"曲状元"。马致远著有杂剧 15 种，存世的有《江州司马青衫泪》《破幽梦孤雁汉宫秋》《吕洞宾三醉岳阳楼》《半夜雷轰荐福碑》《马丹阳三度任风子》《开坛阐教黄粱梦》《西华山陈抟高卧》7 种。其杂剧内容以神化道士为主，剧本全都涉及全真教的故事，元末明初贾仲明在诗中说"万花丛中马神仙，百世集中说致远""姓名香贯满梨园"。

马致远的散曲极负盛名，弁冕元代，独具风神，涵曲子论曲谓他的词如"朝阳鸣凤""曲雅清丽"，有"振鬣长鸣，万马齐喑之意"，其散曲为元散曲作家中最丰富者之一。其中抒写隐居恬退内容最多。今存小令 115 首，散套 16 篇，残套数篇，近人辑之为《东篱乐府》。马致远的杂剧《汉宫秋》与他的小令《天净沙秋思》和套曲《双调 夜行船·秋思》构成了其艺术创作的三座高峰。

双调 夜行船·秋思

原文

【夜行船】百岁光阴如梦蝶[1]，重回首往事堪嗟！今日春来，明朝花谢，急罚盏夜阑[2]灯灭。

【乔木查】想秦宫汉阙[3]，都做了衰草牛羊野。不恁[4]渔樵无话说。纵荒坟横断碑，不辨龙蛇[5]。

【庆宣和】投至[6]狐踪与兔穴，多少豪杰。鼎足虽坚半腰里折，魏耶？晋耶？

【落梅风】天教富，莫太奢。无多时好天良夜[7]。看钱奴[8]硬将心似铁，空辜负锦堂风月[9]。

【风入松】眼前红日又西斜，疾似下坡车。晓来清镜添白雪[10]，上床与鞋履相别。莫笑鸠巢计拙[11]，葫芦提[12]一向装呆。

【拨不断】利名竭，是非绝。红尘不向门前惹，绿树偏宜屋角遮，青山正补墙头缺，竹篱茅舍。

【离亭宴煞】蛩吟一觉方宁贴，鸡鸣万事无休歇。争名利，何年是彻[13]。密匝匝蚁排兵，乱纷纷蜂酿蜜，闹攘攘蝇争血。裴公绿野堂[14]，陶令白莲社[15]。爱秋来那些：和露摘黄花，带霜烹紫蟹，煮酒烧红叶。人生有限杯，几个登高节。嘱咐俺顽童记者：便北海[16]访吾来，道东篱[17]醉了也。

（选自《元曲鉴赏辞典》，蒋星煜，上海辞书出版社 1990 年版）

注释

[1] 梦蝶：《庄子·齐物论》，"昔者庄周梦为蝴蝶，栩栩然蝴蝶也。……俄然觉，则蘧蘧然周也。"

[2] 夜阑：夜深、夜残。

[3] 秦宫、汉阙：秦代的宫殿和汉代的陵阙。

[4] 不恁（nèn）：不如此、不这般。

[5] 龙蛇：这里指刻在碑上的文字。古人常以龙蛇喻笔势的飞动。李白《草书歌行》："时时只见龙蛇走，左盘右蹙如惊电。"

[6] 投至：及至、等到。

[7] 好天良夜：好日子、好光景。

[8] 看钱奴：元代杂剧家郑廷玉根据神怪小说《搜神记》写了一个姓周的贫民在天帝的恩赐下，以极其悭吝、极其刻薄的手段，变为百万富翁的故事，塑造了一个为富不仁、爱财如命的悭吝形象——看钱奴。

[9] 锦堂风月：富贵人家的美好景色。

[10] 添白雪：添白发。

[11] 鸠巢计拙：指不善于经营生计。《诗经·召南·鹊巢》："维鹊有巢，维鸠居之。"朱熹注："鸠性拙不能为巢，或有居鹊之成巢者。"

[12] 葫芦提：糊糊涂涂。

[13] 彻：了结，到头。

[14] 裴公：唐代的裴度。他历事德宗、宪宗、穆宗、敬宗、文宗五朝，以一身系天下安危者二十年，眼见宦官当权，国事日非，便在洛阳修了别墅叫作"绿野堂"，和白居易、刘禹锡在那里饮酒赋诗。

[15] 陶令：陶潜。因为他曾经做过彭泽令，所以被称为陶令。相传他曾经参加晋代的慧远法师在庐山虎溪东林寺组织的白莲社。

[16] 北海：指东汉的孔融。他曾出任过北海相，所以后世称之为孔北海。他常说："座上客常满，樽中酒不空，吾无忧矣。"

[17] 东篱：指马致远。他羡慕陶潜的隐逸生活，因陶潜《饮酒》诗有"采菊东篱下，悠然见南山"之句，乃自号为"东篱"。

 **作品赏析**

马致远的这首《双调 夜行船·秋思》包孕弘深、独具一格，最能代表其思想倾向和艺术风格。明代文学批评家王世贞在《曲藻》中说："元人称为第一，真不虚也。"

这一套曲将参透名利、离绝是非的处世哲学寄托在叹古讽今、嘲风弄月的牢骚里，浓缩了他在《西华山陈抟高卧》《黄粱梦》等剧目和其他散曲中反复宣泄的内心苦闷，表现了他因半世蹉跎、饱谙世情而形成的纵酒肆志、超然尘外的人生态度。对于人生意义的探索，可以说是文人咏怀的一个永恒的主题。从先秦到两宋，凡是进步的文人，即使处在最黑暗的时代和最坎坷的境遇中，无论怎样昏酣遗世，在内心深处总还多少保留着一点立功立德的理想。但是，任何一个时代都不曾像元代这样善恶颠倒、是非不分，这样把文人打入社会的最底层。因而元代文人对现实大多是彻底绝望的，"青史内不标名""把功名富贵都参破"（张养浩《辞官》），"无是无非快活煞"（孛罗御史《辞官》），仕途顺利的文人尚且作如是之想，压在社会下层的文人也就可想而知了。马致远的《夜行船·秋思》正是将这种看穿一切的普遍情绪提到历史的高度来认识，更集中凝练地反映了元代愤世嫉俗者的共同心理状态。

马致远的《双调 夜行船·秋思》从思想内容上扩大了散曲的表现范围；艺术上最突出的特点是形象鲜明，以景达情。作品议论抒情，述怀言志，全是通过一幅幅鲜明图景显示出来的。散曲充分利用元曲语言俚俗明快、句式节奏自由的特点，从表现艺术上提高了散曲的境界。

马致远《双调 夜行船·秋思》还妙在雅俗之间，辞情高拔而不离本色，淋漓尽致而有味外之旨，用典虽多而无熟滥之弊，布局谨严而不失自在之意，设景造境，尤有独创。七支曲中，雅兴的抒写和俗态的描绘各异其趣，适当的谐谑与悲凉的感慨融为一体，统一在豪放宏丽的基本风格上。而其下字押韵的功夫最为时人称绝。周德清把它附载在《中原音韵》结尾，并评论此曲说："此方是乐府，不重韵，无衬字，韵险，语俊。谚曰百中无一，余曰万中无一。"将入声派入平上去三声，固是北音的特点，但其声调仍有平和从容中暗藏激厉紧促之感，正与套曲在表面的超逸放达中透露出抑塞不平的辞情相吻合。由此看来，前人称这套曲子为元曲之冠，确非溢美之词。

拓展阅读

1. 阅读《西风瘦马——马致远传》（陈计中，作家出版社 2014 年版）。
2. 赏析"秋思"主题的相关作品。

天净沙·秋思

马致远

枯藤老树昏鸦，小桥流水人家，古道西风瘦马。夕阳西下，断肠人在天涯。

中吕 普天乐·西湖即事

简介

张可久（1270—约1350），字小山（《录鬼簿》）；一说名伯远，字可久，号小山（《尧山堂外纪》）；一说名可久，字伯远，号小山（《词综》）；又一说字仲远，号小山（《四库全书总目提要》），庆元（治所今浙江省宁波市鄞州区）人，元代著名散曲家、剧作家，与乔吉并称"双璧"，与张养浩合称"二张"。

张可久毕生致力于词曲的创作，是元代最为多产的散曲大家，也是元曲的集大成者之一，其在世时便享有盛誉。其作品风格多样，或咏自然风光，或述颓放生活，或为酬作，或写闺情，是元代散曲中"清丽派"的代表作家。其散曲，元代已有《今乐府》《苏堤渔唱》《吴盐》三种行于世（见曹本《录鬼簿》），且胡正臣子胡存善已编有《小山乐府》。今存散曲，据隋树森《全元散曲》所辑，共小令855首，套数9套，其数量为元人之冠。

原文

中吕 普天乐·西湖即事

蕊珠宫[1]，蓬莱[2]洞。青松影里，红藕香中。千机云锦重[3]，一片银河冻。缥缈[4]佳人双飞凤，紫箫[5]寒月满长空。阑干晚风，菱歌上下，渔火西东。

（选自《元曲鉴赏辞典》，蒋星煜，上海辞书出版社1990年版）

注释

[1] 蕊珠宫：道教传说中的仙宫。

[2] 蓬莱：传说中的海上仙山。

[3] 千机云锦重：形容天上的云和彩霞像织女用织机织出的千重云锦。

[4] 缥缈：隐隐约约。

[5] 紫箫：古人多截紫竹制箫笛，故称紫箫。

作品赏析

张可久一生喜欢游山玩水，杭州西湖是他流连时间最长、吟咏最多的地方。他写下了百余首以西湖为题材的散曲作品，《中吕 普天乐·西湖即事》就是其中之一。

中国民间早有"上有天堂，下有苏杭"的说法。这首曲子首尾写现实中的西湖景色，中间展开瑰丽的想象，把人们引入仙境，云锦遍布、银河倒映、仙女飞升、月下吹箫。读者既可看到西湖月夜的清丽、缥缈，又可产生如临人间仙境之感。此曲是咏西湖夜景的名篇，很有特色。想象丰富多彩，比喻新颖独特，幻想与现实相融合，使西湖夜景更加柔媚动人。

此曲在写作手法方面很有特色。一是富有想象力。"缥缈佳人双飞凤，紫箫寒月满长空"，湖上的箫声引起作者的遐想。前句写作者隐约地好像看到萧史与弄玉这一对佳人乘着飞凤长空飘逸而去，这是虚写。后句写湖上的箫声与

天空的寒月引起诗人的遐想，这是想象丰富多彩。二是虚幻与现实、古与今的交杂。虚景：蕊珠宫——天宫、蓬莱洞——海上仙山；实景：青松——钱塘十景之一、红藕——西湖十景之一。镜头从虚幻的仙境转移至地面的真实情景。精致美妙与仙府的奇异美景融为一体。三是善用修辞。曲中用了比喻、夸张和衬托手法。"蕊珠宫"是道教传说中的天宫，"蓬莱"则是传说中的海上仙山。作者把西湖的美比喻成美不胜收的天宫和仙山，让人联想到西湖的美。"千机云锦重"，形容天上的云和彩霞像织女用织机织出的千重云锦，幻想与现实相融合，使西湖夜景更加柔媚动人。阵阵晚风给人带来湖面的清凉，使人舒适而惬意。上下菱歌打破了西湖寂静，更显出四周的安恬。全曲以景托情，作者选用了阑干、菱歌、渔火来概括西湖秋夜之美。作者通过星星点点的渔火，时断时续的晚风，上上下下的菱歌，把秋夜西湖的朦胧、隐约、诗意表现得生动传神。四是视觉、听觉、嗅觉、触觉和幻觉的交错。光线明暗的变化，色彩浓淡的搭配，时间空间的转换，跳宕多姿，尽显西湖之美。

全曲语言华丽，风格典雅，用字雅正，声韵和谐、对仗工整，不愧为清丽派的杰作。

拓展阅读

1. 阅读李商隐的《碧城》和秦观的《鹊桥仙·纤云弄巧》写景的诗词，学习写景笔法，体悟借景抒情的写作手法。

2. 品味元曲与诗词的不同。

西厢记（节选）

简介

王实甫（1260—1336），名德信，大都（今北京市）人，定兴（今河北省保定市定兴县）人。元代著名戏曲作家，杂剧《西厢记》的作者，生平事迹不详。著有杂剧14种，现存《西厢记》《丽春堂》《破窑记》3种。另有《贩茶船》《芙蓉亭》二种，各传有曲文一折。《录鬼簿》将王实甫列为"前辈已死名公才人"而位于关汉卿之后，据此推断他大约与关汉卿同时或稍后。从贾仲明对他的悼词来看，他似乎是混迹于教坊勾栏的一个风流落拓的文人，"作词章风韵美，士林中等辈伏低"，在当时有很高的声望。王实甫可以说以一部《西厢记》"天下夺魁"（贾仲明所作悼词）。

原文

第四本第三折

[夫人长老上云]今日送张生赴京，十里长亭，安排下筵席。我和长老先行，不见张生小姐来到。[旦、末、红同上][旦云]今日送张生上朝取应，早是离人伤感，况值那暮秋天气，好烦恼人也呵！悲欢聚散一杯酒，南北东西万里程。

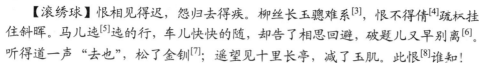

【正宫】【端正好】碧云天，黄花地[1]，西风紧。北雁南飞。晓来谁染霜林醉？总是离人泪[2]。

【滚绣球】恨相见得迟，怨归去得疾。柳丝长玉骢难系[3]，恨不得倩[4]疏林挂住斜晖。马儿迍[5]迍的行，车儿快快的随，却告了相思回避，破题儿又早别离[6]。听得道一声"去也"，松了金钏[7]；遥望见十里长亭，减了玉肌。此恨[8]谁知！

【叨叨令】见安排着车儿、马儿，不由人熬熬煎煎的气；有甚么心情将花儿、靥儿[9]，打扮得娇娇滴滴的媚；准备着被儿、枕儿，则索昏昏沉沉的睡；从今后衫儿、袖儿，都揾做重重叠叠的泪。兀的不闷杀人也么哥，兀的不闷杀人也么哥！久已后书儿、信儿，索与我恓恓惶惶的寄。

[做到][见夫人科][夫人云]张生和长老坐，小姐这壁坐，红娘将酒来。张生，你向前来，是自家亲眷，不要回避。俺今日将莺莺与你，到京师休辱没了俺孩儿，挣揣[10]一个状元回来者。[末云]小生托夫人余荫，凭着胸中之才，视得官如拾芥耳[11]。[洁云]夫人主张不差，张生不是落后的人。[把酒了，坐][旦长吁科][唱]

【脱布衫】下西风黄叶纷飞，染寒烟衰草萋迷。酒席上斜签着坐[12]的，蹙愁眉死临侵地[13]。

【小梁州】我见他阁泪[14]汪汪不敢垂，恐怕人知；猛然见了把头低，长吁气，推[15]整素罗衣。

【幺篇】虽然久后成佳配，奈时间[16]怎不悲啼。意似痴，心如醉[17]，昨宵今日，清减了小腰围。

[夫人云]小姐把盏者！[红递酒，旦把盏长吁科云]请吃酒！[唱]

【上小楼】合欢未已，离愁相继。想着俺前暮私情，昨夜成亲，今日别离。我谂[18]知这几日相思滋味，却原来此别离情更增十倍。

【幺篇】年少呵轻远别，情薄呵易弃掷[19]。全不想腿儿相挨，脸儿相偎，手儿相携。你与俺崔相国做女婿，妻荣夫贵[20]，但得一个并头莲，煞强如状元及第。

[红云]姐姐不曾吃早饭，饮一口儿汤水。[旦云]红娘，甚么汤水咽得下！[唱]

【满庭芳】供食太急，须臾对面，顷刻别离。若不是酒席间子母每当回避，有心待与他举案齐眉。

【幺篇】虽然是厮守得一时半刻，也合着俺夫妻每共桌而食。眼底空留意[21]，寻思起就里，险化做望夫石。

[夫人云]红娘把盏者！[红把酒科][旦唱]

【快活三】将来的酒共食，尝着似土和泥；假若便是土和泥，也有些土气息，泥滋味。

【朝天子】暖溶溶玉醅[22]，白泠泠似水，多半是相思泪。眼面前茶饭怕不待要[23]吃，恨塞满愁肠胃。"蜗角虚名[24]，蝇头微利[25]"，拆鸳鸯在两下里。一个这壁，一个那壁，一递一声长吁气。

[夫人云]辆[26]起车儿，俺先回去，小姐随后和红娘来。[下][末辞洁科][洁云]此一行别无话说，贫僧准备买登科录[27]看，做亲的茶饭少不得贫僧的。先生在意，鞍马上保重者！从今经忏无心礼，专听春雷第一声[28]。[下][旦唱]

【四边静】霎时间杯盘狼籍，车儿投东，马儿向西，两意徘徊，落日山横翠。知他今宵宿在那里？有梦也难寻觅。

[旦云]张生，此一行得官不得官，疾便回来。[末云]小生这一去，白夺一个状元，正是"青霄有路终须到，金榜无名誓不归"[29]。[旦云]君行别无所谓，口占一绝[30]，为君送行："弃掷今何道，当时且自亲。还将旧来意，怜取眼前人。"[末云]小姐之意差矣，张珙更敢怜谁？谨赓[31]一绝，以剖寸心："人生长远别，孰与最关亲？不遇知音者，谁怜长叹人？"[旦唱]

【耍孩儿】淋漓襟袖啼红泪，比司马青衫更湿。伯劳东去燕西飞，未登程先问归期。虽然眼底人千里，且尽生前酒一杯。未饮心先醉，眼中流血，心内成灰。

【五煞】到京师服水土，趁程途[32]节饮食，顺时自保揣身体[33]。荒村雨露宜眠早，野店风霜要起迟！鞍马秋风里，最难调护，最要扶持。

【四煞】这忧愁诉与谁？相思只自知，老天不管人憔悴。泪添九曲黄河溢，恨压三峰华岳低[34]。到晚来闷把西楼倚，见了些夕阳古道，衰柳长堤。

【三煞】笑吟吟一处来，哭啼啼独自归。归家若到罗帏里，昨宵个绣衾香暖留春住，今夜个翠被生寒有梦知。留恋你别无意，见据鞍[35]上马，阁不住泪眼愁眉。

[末云]有甚言语嘱咐小生咱？[旦唱]

【二煞】你休忧"文齐福不齐[36]"，我则怕你"停妻再娶妻"。你休要"一春鱼雁无消息"！我这里青鸾有信频须寄，你却休"金榜无名誓不归"。此一节君须记，若见了那异乡花草，再休似此处栖迟[37]。

[末云]再谁似小姐？小生又生此念。小姐放心，小生就此告辞。[旦唱]

【一煞】青山隔送行，疏林不做美，淡烟暮霭相遮蔽。夕阳古道无人语，禾黍秋风听马嘶。我为甚么懒上车儿内，来时甚急，去后何迟[38]？

[红云]夫人去好一会，姐姐，咱家去！[旦唱]

【收尾】四围山色中，一鞭残照里。遍人间烦恼填胸臆，量这些大小车儿如何载得起？

[旦、红下][末云]仆童赶早行一程儿，早寻个宿处。泪随流水急，愁逐野云飞[39]。[下]

[选自《中国戏曲选》（上），王起，人民文学出版社 1986 年版]

🌿 注释

[1] 碧云天，黄花地：范仲淹《苏幕遮》词："碧云天，黄叶地，秋色连波，波上寒烟翠。"黄花：指菊花，菊花秋天开放。

[2] "晓来"二句：意谓是离人带血的泪，把深秋早晨的枫林染红了。霜林醉：深秋的枫林经霜变红，就像人喝醉酒脸色红晕一样。

[3] "柳丝长"句：玉骢（cōng）是一种青白色的骏马，此指张生赴试所乘之马。古人有折柳送别之习惯，故写别情多借助于柳，此言柳丝虽长却系不住玉骢，犹言情虽长却留不住张生。

[4] 倩：古音为"qìng"，请人代己做事之谓。

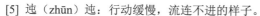

[5] 迍（zhūn）迍：行动缓慢，流连不进的样子。

[6] "却告"二句：却，恰；破题，唐宋诗赋多于开头几句点破题意，元曲中用于比喻开端、起始或第一次。

[7] 钏：古代称臂环为钏，今谓之手镯。

[8] 恨：遗憾、不满意。与今天"仇恨""怨恨"的恨相别。

[9] 花儿、靥儿：即花钿。

[10] 挣揣：争取、夺得。

[11] 视得官如拾芥：把取得官职看得像从地上拾取一根草棍那样容易。

[12] 斜签着坐：侧身半坐，封建时代晚辈在长辈面前不能实坐。

[13] 死临侵地：呆呆的，没精打采的样子。

[14] 阁泪：含泪。

[15] 推：借口，这里有"假装"的意思。

[16] 时间：目下，眼前。

[17] 意似痴，心如醉：《乐府新声》无名氏《骂玉郎带感皇恩采茶歌》"心似烧，意似痴，情如醉。"

[18] 谂：知道。

[19] 弃掷：本指抛弃，此指撇下莺莺而远离。

[20] 妻荣夫贵：本指妻子可以依靠丈夫的爵位而尊贵，这里反其义用之，意谓说你与崔相国家做女婿，本已因妻而贵，大可不必再去求取功名了。

[21] 眼底空留意：意谓母亲在座，有所避忌，不得与张生同桌共食以诉衷曲，只能以眉眼传情表达心意。

[22] 玉醅（pēi）：美酒。

[23] 怕不待要：难道不想、何尝不想之意。

[24] 蜗角虚名：蜗角极细极微，喻微小之浮名。

[25] 蝇头微利：比喻因小利而忘危难。

[26] 辆：动词，驾好、套好。

[27] 登科录：登载录取进士姓名的名册。

[28] 春雷第一声：进士试于春正、二月举行，故称中第消息为春雷第一声。

[29] "青霄"二句：青霄路，通往青天的道路，喻高位或谋求高位的通途。

[30] 口占一绝：随口吟出一首绝句诗。不打草稿，随口成文叫作口占。

[31] 赓（gēng）：续作。

[32] 趁：赶。趁程途：赶路。

[33] 自保：自己保重；揣：估量。

[34] "泪添"二句：上句以水喻愁之多，下句以山喻愁之重。华岳三峰，即西岳华山的莲花峰、玉女峰、落雁峰。

[35] 据鞍：跨鞍。

[36] 文齐福不齐：意谓有文才而缺少福分，不能考中。

[37] 栖迟：流连、逗留。

[38] 来时甚急，去后何迟：时与后都为语气词，相当于"呵"或"啊"。

[39] "泪随"二句：互文见义，谓睹秋云、见流水都引起对莺莺的思念而愁生泪落。

作品赏析

《西厢记》全名《崔莺莺待月西厢记》，全剧共五本二十一折，是中国戏曲史上成就最高、影响最大、流传最广的爱情戏曲。其取材于唐代元稹的《莺莺传》，以金代董解元《西厢记诸宫调》为蓝本改写而成。

"愿天下有情人都成了眷属"是中国古代文学爱情观念的飞跃，《西厢记》被郭沫若誉为"是超越时空的艺术品，有永恒而普遍的生命"。

《西厢记》在情节结构安排、矛盾冲突设置等方面有新的突破。人物形象鲜明，曲白优美动人。作者描写了崔、张爱情的曲折历程，揭露和嘲讽了封建礼教的虚伪和不合理，歌颂了青年男女反对封建礼教束缚，追求爱情自由、婚姻自主所进行的斗争，表达了"愿天下有情人都成了眷属"的进步思想。

第四本第三折通常称为《长亭送别》，又称"哭宴"。这一折写张生赴京赶考，莺莺送别的情景，刻画了莺莺离别时的痛苦心情和怨恨情绪，表现了张生和莺莺之间的真挚爱情，突出了莺莺的叛逆性格。这一折也是全剧的高潮，重头戏。这折戏中，不仅自由恋爱与封建礼教、自主婚姻与男尊女卑这两大主要矛盾空前激化，戏曲冲突也达到高潮；而且在艺术上生动表现了王实甫的"花间美人"风格。王实甫的戏曲语言以富于文采为特色，曲词之美，与剧作的故事之美、人物之美、意境之美和谐统一。全折可分为送别、宴别、话别、惜别四部分。细腻的心理描写传神地描绘了人物形象，形成了此折独有的艺术风格。《长亭送别》充分表现出《西厢记》作为一部抒情诗剧的艺术特色。

拓展阅读

1. 阅读元杂剧《西厢记》[《中国戏曲选》（上），王起，人民文学出版社1986年版]。

2. 观看京剧、越剧版《西厢记》。

赵氏孤儿（节选）

简介

纪君祥（约元世祖至元年间在世），元代杂剧、戏曲作家。字、号、生平及生卒年均不详，名一作纪天祥。大都人，与李寿卿、郑廷玉同时。作有杂剧6种，现存《赵氏孤儿大报仇》一种及《陈文图悟道松阴梦》残曲。

原文

第 三 折

[屠岸贾领卒子上，云] 兀的不走了赵氏孤儿也。某已曾张挂榜文，限三日之内，不将孤儿出首者，即将普国内小儿，但是半岁以下、一月以上，都拘刷[1]到我帅府中，尽行诛戮。令人，门首觑者，若有首告[2]之人，报复某家知道。[程婴上，云] 自家程婴是也。昨日将我的孩儿送与公孙杵臼去了，我今日到屠岸贾跟前首告去来。令人，报复去：道有了赵氏孤儿也！[卒子云] 你

则在这里，等我报复去。[报科，云]报的元帅得知，有人来报赵氏孤儿有了也。[屠岸贾云]在那里？[卒子云]现在门首哩。[屠岸贾云]着他过来。[卒子云]着过来。[做见科，屠岸贾云]兀那厮，你是何人？[程婴云]小人是个草泽医士程婴。[屠岸贾云]赵氏孤儿今在何处？[程婴云]在吕吕太平庄上公孙杵臼家藏着哩。[屠岸贾云]你怎生知道来？[程婴云]小人与公孙杵臼曾有一面之交。我去探望他，谁想卧房中锦绣褥上，躺着一个小孩儿。我想公孙杵臼年纪七十，从来没儿没女，这个是那里来的？我说道这小的莫非是赵氏孤儿么？只见他登时变色，不能答应。以此知孤儿在公孙杵臼家里。[屠岸贾云]咄！你这匹夫，你怎瞒的过我？你和公孙杵臼往日无仇，近日无冤，你因何告他藏着赵氏孤儿？你敢是知情么，说的是万事全休，说的不是，令人，磨的剑快，先杀了这个匹夫者。[程婴云]告元帅，暂息雷霆之怒，略罢虎狼之威，听小人诉说一遍咱。我小人与公孙杵臼原无仇隙，只因元帅传下榜文，要将普国内小儿拘刷到帅府，尽行杀坏。我一来为救普国内小儿之命；二来小人四旬有五，近生一子，尚未满月，元帅军令，不敢不献出来，可不小人也绝后了。我想有了赵氏孤儿，便不损坏一国生灵，连小人的孩儿也得无事，所以出首。[诗云]告大人暂停嗔怒，这便是首告缘故。虽然救普国生灵，其实怕程家绝户。[屠岸贾笑科，云]哦，是了。公孙杵臼元与赵盾一殿之臣，可知有这事来。令人，则今日点就本部人马，同程婴到太平庄上，拿公孙杵臼走一遭去。[同下][正末公孙杵臼上，云]老夫公孙杵臼是也。想昨日与程婴商议救赵氏孤儿一事，今日他到屠岸贾府中首告去了。这早晚屠岸贾这厮必然来也呵。[唱]

【双调·新水令】我则见荡征尘飞过小溪桥，多管是损忠良贼徒来到。齐臻臻[3]摆着士卒，明晃晃列着枪刀。眼见的我死在今朝，更避甚痛笞掠。

[屠岸贾同程婴领卒子上，云]来到这吕吕太平庄上也。令人，与我匝了太平庄者！程婴，那里是公孙杵臼宅院？[程婴云]则这个便是。[屠岸贾云]拿过那老匹夫来。公孙杵臼，你知罪么？[正末云]我不知罪。[屠岸贾云]我知个老匹夫和赵盾是一殿之臣，你怎敢掩藏着赵氏孤儿？[正末云]老元帅，我有熊心豹胆，怎敢掩藏着赵氏孤儿！[屠岸贾云]不打不招。令人，与我拣大棒子着实打者！[卒子做打科][正末唱]

【驻马听】想着我罢职辞朝，曾与赵盾名为刎颈交[4]。[云]这事是谁见来？[屠岸贾云]现有程婴首告着你哩。[正末唱]是那个埋情[5]出告？原来这程婴舌是斩身刀！[云]你杀了赵家满门良贱三百余口，则剩下这孩儿，你又要伤他性命！[唱]你正是狂风偏纵扑天雕，严霜故打枯根草。不争把孤儿又杀坏了。可着他三百口冤仇甚人来报？

[屠岸贾云]老匹夫，你把孤儿藏在那里？快招出来，免受刑法。[正末云]我有甚么孤儿藏在那里，谁见来？[屠岸贾云]你不招？令人，与我采下去[6]着实打者！[做打科][屠岸贾云]这老匹夫赖肉顽皮，不肯招承，可恼可恼！程婴，这原是你出首的，就着你替我行杖者！[程婴云]元帅，小人是个草泽医士，撮药尚然腕弱，怎生行的杖？[屠岸贾云]程婴，你不行杖，敢怕指攀[7]出你么？[程婴云]元帅，小人行杖便了。[做拿杖子科，屠岸贾云]程婴，

我见你把棍子拣了又拣，只拣着那细棍子，敢怕打的他疼了，要指攀下你来？[程婴云]我就拿大棍子打者。[屠岸贾云]住者。你头里只拣着那细棍子打，如今你却拿起大棍子来，三两下打死了呵，你就做的个死无招对。[程婴云]着我拿细棍子又不是，拿大棍子又不是，好着我两下做人难也。[屠岸贾云]程婴，你只拿着那中等棍子打。公孙杵臼老匹夫，你可知道行杖的就是程婴么？[程婴行杖科，云]快招了者！[三科[8]][正末云]哎哟，打了这一日，不似这几棍子打的我疼。是谁打我来？[屠岸贾云]是程婴打你来。[正末云]程婴，你划的[9]打我那！[程婴云]元帅，打的这老头儿兀的不胡说哩。[正末唱]

【雁儿落】是那一个实丕丕将着粗棍敲，打的来痛杀杀精皮掉。我和你狠程婴有甚的仇？却教我老公孙受这般虐！

[程婴云]快招了者。[正末云]我招，我招！[唱]

【得胜令】打的我无缝可能逃，有口屈成招，莫不是那孤儿他知道，故意的把咱家指定了？[程婴做慌科][正末唱]我委实的难熬，尚兀自强着牙根儿闹[10]；暗地里偷瞧，只见他唬的腿脡儿摇[11]。

[程婴云]你快招罢，省得打杀你。[正末云]有，有，有。[唱]

【水仙子】俺二人商议救这小儿曹。[屠岸贾云]可知道指攀下来也。你说二人，一个是你了，那一个是谁？你实说将出来，我饶你的性命。[正末云]你要我说那一个？我说我说。[唱]哎，一句话来到我舌尖上却咽了。[屠岸贾云]程婴，这桩事敢有你么？[程婴云]兀那老头儿，你休妄指平人[12]！[正末云]程婴，你慌怎么？[唱]我怎生把你程婴道，似这般有上稍无下稍[13]。[屠岸贾云]你头里说两个，你怎生这一会儿可说无了？[正末唱]只被你打的来不知一个颠倒。[屠岸贾云]你还不说，我就打死你个老匹夫！[正末唱]遮莫[14]便打的我皮都绽，肉尽销，休想我有半字儿攀着。

[卒子抱俫儿[15]上科，云]元帅爷贺喜，土洞中搜出个赵氏孤儿来了也。[屠岸贾科，云]将那小的拿近前来，我亲自动手，剁做三段！兀那老匹夫，你道无有赵氏孤儿，这个是谁？[正末唱]

【川拨棹】你当日演神獒[16]，把忠臣来扑咬。逼的他走死荒郊，刎死钢刀，缢死裙腰，将三百口全家老小尽行诛剿，并没那半个儿剩落，还不厌你心苗[17]？

[屠岸贾云]我见了这孤儿，就不由我不恼也！[正末唱]

【七兄弟】我只见他左瞧、右瞧、怒咆哮，火不腾[18]改变了狰狞貌，按狮蛮拽札起锦征袍[19]，把龙泉扯离出沙鱼鞘[20]。

[屠岸贾怒云]我拔出这剑来，一剑、两剑、三剑。[程婴做惊疼科][屠岸贾云]把这一个小业种剁了三剑，兀的不称了我平生所愿也。[正末唱]

【梅花酒】呀，见孩儿卧血泊。那一个哭哭号号，这一个怨怨焦焦，连我也战战摇摇。直恁般歹做作，只除是没天道！呀，想孩儿离褓草[21]，到今日恰十朝，刀下处怎耽饶，空生长枉劬劳[22]，还说甚要防老。

【收江南】呀，兀的不是家富小儿骄。[程婴掩泪科][正末唱]见程婴心似热油浇，泪珠儿不敢对人抛。背地里搵了，没来由割舍的亲生骨肉吃三刀。

［云］屠岸贾那贼，你试觑者，上有天哩，怎肯饶过的你？我死打甚么不紧[23]！［唱］

【鸳鸯煞】我七旬死后偏何老[24]，这孩儿一岁死后偏何小[25]。俺两个一处身亡，落的个万代名标。我嘱咐你个后死的程婴，休别了横亡的赵朔[26]。畅道是光阴过去的疾，冤仇报复的早。将那厮万剐千刀，切莫要轻轻的素放了[27]。

［正末撞科，云］我撞阶基，觅个死处。［下］［卒子报科，云］公孙杵臼撞阶基身死了也。［屠岸贾笑科］那老匹夫既然撞死，可也罢了。［做笑科，云］程婴，这一桩里多亏了你。若不是你呵，如何杀的赵氏孤儿。［程婴云］元帅，小人原与赵氏无仇。一来救普国内众生，二来小人跟前也有个孩儿，未曾满月，若不搜的那赵氏孤儿出来，我这孩儿也无活的人也。［屠岸贾云］程婴，你是我心腹之人，不如只在我家中做个门客，抬举你那孩儿成人长大，在你跟前习文，送在我跟前演武。我也年近五旬，尚无子嗣，就将你的孩儿与我做个义儿。我偌大年纪了，后来我的官位，也等你的孩儿讨个应袭。你意下如何？［程婴云］多谢元帅抬举。［屠岸贾诗云］则为朝纲中独显赵盾，不由我心中生忿；如今削除了这点萌芽，方才是永无后衅[28]。［同下］

（选自《中国十大古典悲剧集》，王季思，齐鲁书社2002年版）

注释

[1] 拘刷：全部逮捕。刷：有"一概"之意。

[2] 首告：出首。

[3] 齐臻臻：齐整整。

[4] 刎颈交：生死之交。

[5] 埋情：昧情、隐瞒真相。

[6] 采下去：拉下去、拖下去。

[7] 指攀：招供、牵扯别人。

[8] 三科了：演员重复三遍动作完毕。科：戏曲用语，舞台表演规定的表情动作和效果。

[9] 划的：平白无故的、怎么。

[10] 闹：叫喊、喧嚷。

[11] 腿脡儿摇：腿在颤抖。腿脡：腿肚子、小腿。

[12] 平人：旁人、不相干的人。

[13] 有上稍无下稍：有始无终、有头无尾。

[14] 遮莫：尽管、即使。

[15] 俫儿：扮演小孩子的角色。

[16] 神獒：神犬。獒：高大的猛犬。

[17] 还不厌你心苗：你仍不满足。厌：满足。心苗：心愿。

[18] 火不腾：怒气冲天的样子。

[19] 按狮蛮拽札起锦征袍：形容撸袖揎拳、怒不可遏的样子。狮蛮：腰带。拽札：紧束，整理。拽：同"掖"，把袍襟掖进腰带，准备动武。

[20] 把龙泉扯离出沙鱼鞘：拔剑出鞘。龙泉：宝剑名。

[21] 褥草：产妇的垫褥。

[22] 劬（qú）劳：劳累。

[23] 打甚么不紧：不打紧。

[24] 偏何老：已经知足了。

[25] 偏何小：过于小了，有遗憾、惋惜之意。

[26] 休别了横亡的赵朔：不要忘了屈死的赵朔。别了：忘记了。横亡：横死，非正常死亡。

[27] 素放了：平白放过、轻易饶恕。

[28] 后衅：后患。衅：祸患。

作品赏析

元杂剧《赵氏孤儿》的全名是《冤报冤赵氏孤儿》，又名《赵氏孤儿大报仇》，是一部历史剧，相关的历史事件记载最早见于《左传》，到司马迁《史记·赵世家》、刘向《新序》《说苑》才有详细记载。戏剧情节叙春秋时期晋贵族赵氏被奸臣屠岸贾陷害而惨遭灭门，幸存下来的赵氏孤儿赵武长大后为家族复仇的故事。杂剧围绕搜孤、救孤线索展开矛盾，安排情节，波澜迭起、惊心动魄、扣人心弦。

杂剧《赵氏孤儿》是中国古代戏曲十大悲剧之一，比较集中地反映了中国悲剧文化精神。王国维在《宋元戏曲考》里将此剧与关汉卿的《窦娥冤》并提，指出："剧中虽有恶人交构其间，而其蹈汤赴火者，仍出于其主人翁之意志，即列之于世界大悲剧中，亦无愧色也。"洵为切中肯綮之论。剧本最后以除奸报仇结局，则鲜明地表达了中国人民"善有善报，恶有恶报"的传统观念，完成了复仇的主题。

《赵氏孤儿》也是关于"道"和"义"的故事，中国人之所以对《赵氏孤儿》怀有特殊的情结，是因为对"道"和"义"所含价值观与美学观孜孜不倦的探求。

第三折是全剧的高潮，作者将戏剧矛盾组织得紧凑而有节奏。一折戏九支曲子，道白也不多，却能调动观众情绪，引人入胜。这一折对人物心理的刻画非常细腻，有效使用人物内心"情感的错位"（即人物的意图与人物的利害相逆，人物的命运与观众的情感倾向相悖），把丰富复杂的内心转化为戏剧冲突和人物动作，掀起一波又一波戏剧高潮。

伏尔泰将其改编为五幕剧本（名：*L'orphelin de la Maison de Tchao*，1735年出版），是中国最早传至欧洲的戏曲作品。英国剧作家威廉·赫察特改编为《中国孤儿》，在英国文化界引起重大反响。他在献词中说："其中有些合理的东西，英国名剧也比不上。"《赵氏孤儿》在国际上是很有名的一部杂剧，有人赞之为"来自东方之神"。

拓展阅读

1. 阅读元杂剧《赵氏孤儿》（《中国十大古典悲剧集》，王季思，齐鲁书社2002年版）。

2. 观看京剧、电影、话剧版《赵氏孤儿》。

牡丹亭（节选）

简介

汤显祖（1550—1616），字义仍，号海若、若士，别署清远道人。江西临川（今江西省抚州市临川区）人。他出身书香门第，为人耿直，敢于直言，曾任南京太常寺博士、南京礼部主事，49岁时弃官回家。此后十多年致力于创作。善诗文词曲，在戏曲方面成就尤为卓著，是我国继关汉卿之后的又一位伟大的戏剧家。他的戏剧创作现存的主要有5种，即"玉茗堂四梦"及《紫箫记》。"玉茗堂四梦"又名"临川四梦"[《紫钗记》、《牡丹亭》（亦名《还魂记》）、《邯郸记》、《南柯记》]。另外，还有《玉茗堂文集》等传世。

原文

惊　梦

【绕池游】[旦上]梦回莺啭，乱煞年光遍[1]。人立小庭深院。[贴]炷尽沉烟，抛残绣线，恁今春关情似去年[2]？〔乌夜啼〕

"[旦]晓来望断梅关[3]，宿妆残[4]。

[贴]你侧着宜春髻子[5]恰凭阑。[旦]翦不断，理还乱[6]，闷无端。[贴]已分付催花莺燕借春看。"[旦]春香，可曾叫人扫除花径？[贴]分付了。[旦]取镜台衣服来。[贴取镜台衣服上]"云髻罢梳还对镜，罗衣欲换更添香。"镜台衣服在此。

【步步娇】[旦]袅晴丝吹来闲庭院[7]，摇漾春如线[8]。停半晌、整花钿[9]。没揣菱花[10]，偷人半面，迤逗的彩云偏[11]。[行介]步香闺怎便把全身现！[贴]今日穿插的好。

【醉扶归】[旦]你道翠生生出落的裙衫儿茜[12]，艳晶晶花簪八宝填[13]，可知我常一生儿爱好是天然，恰三春[14]好处无人见。不隄防沉鱼落雁鸟惊喧，则怕的羞花闭月花愁颤[15]。[贴]早茶时了，请行。[行介]你看："画廊金粉半零星，池馆苍苔一片青。踏草怕泥新绣袜，惜花疼煞小金铃[16]。"[旦]不到园林，怎知春色如许！

【皂罗袍】原来姹紫嫣红开遍，似这般都付与断井颓垣[17]。良辰美景奈何天[18]，赏心乐事谁家院！恁般景致，我老爷和奶奶再不提起[19]。[合]朝飞暮卷，云霞翠轩；雨丝风片，烟波画船——锦屏人忒看的这韶光贱[20]！[贴]是花都放了，那牡丹还早。

【好姐姐】[旦]遍青山啼红了杜鹃，荼蘼外烟丝醉软[21]。春香啊，牡丹虽好，他春归怎占的先！[贴]成对儿莺燕呵。[合]闲凝眄[22]，生生燕语明如翦[23]，呖呖莺歌溜的圆[24]。[旦]去罢。[贴]这园子委是观之不足[25]也。[旦]提他怎的！

[行介]

【隔尾】观之不足由他缱[26]，便赏遍了十二亭台是枉然，到不如兴尽回家闲过遣[27]。[作到介][贴]开我西阁门，展我东阁床[28]。瓶插映山紫[29]，炉添沉水香。

小姐，你歇息片时，俺瞧老夫人去也。[下][旦叹介]"默地游春转，小试宜春面[30]。"春啊，得和你两留连，春去如何遣？咳！恁般天气，好困人也。春香那里？[作左右瞧介][又低首沉吟介]天呵，春色恼人，信有之乎！常观诗词乐府，古之女子，因春感情，遇秋成恨，诚不谬矣。吾今年已二八[31]，未逢折桂之夫[32]；忽慕春情，怎得蟾宫之客[33]？昔日韩夫人得遇于郎[34]，张生偶逢崔氏[35]，曾有《题红记》、《崔徽传》[36]二书。此佳人才子，前以密约偷期[37]，后皆得成秦晋[38]。[长叹介]吾生于宦族，长在名门。年已及笄[39]，不得早成佳配，诚为虚度青春，光阴如过隙耳。

[泪介]可惜妾身颜色如花，岂料命如一叶乎！

【山坡羊】没乱里春情难遣，蓦地里怀人幽怨。则为俺生小婵娟[40]，拣名门一例、一例里神仙眷。甚良缘，把青春抛的远！俺的睡情谁见？则索因循腼腆[41]。想幽梦谁边，和春光暗流转？迁延[42]，这衷怀那处言！淹煎[43]，泼残生[44]。除问天！

（选自《牡丹亭》，[明]汤显祖，徐朔方、杨笑梅校注，人民文学出版社1963年版）

注释

[1] 乱煞年光遍：到处都是大好春光。

[2] 恁：为何。关情：牵动人的情怀。似：胜似、胜过。

[3] 梅关：即大庾岭，宋代在这里设有梅关。

[4] 宿妆残：隔夜的残妆。

[5] 宜春髻子：相传立春那天，妇女剪彩做燕子状，戴在髻上，上贴"宜春"二字。

[6] "剪不断"二句：语出南唐后主李煜词《相见欢》。

[7] 袅：细长的。晴丝：游丝、飞丝，虫类所吐的丝缕，常在空中飘游。

[8] 摇漾春如线：春光如晴丝一般摇荡撩人。

[9] 花钿：古代妇女头上戴的首饰。

[10] 没揣：不意、没想到。菱花：借指镜子。古时所用铜镜的背面一般铸有菱花，故称。

[11] "迤逗"句：谓杜丽娘照镜子害羞，将头发弄偏。迤逗：引惹、挑逗。彩云：头发的代称。

[12] 翠生生：颜色极鲜艳。出落的：显出、衬托出。茜：红色。

[13] 艳晶晶：光彩夺目的样子。花簪八宝填：镶嵌着多种宝石的簪子。

[14] 三春：孟春、仲春、季春。

[15] "不隄防"二句：极言美貌。

[16] "惜花"句：《开元天宝遗事》："天宝初，宁王……于后园中纫红丝为绳，密缀金铃，掣于花梢之上。每有鸟鹊翔集，则令园吏置铃索以掣之。盖惜花之故也。"疼，因惜花常常掣铃，连小金铃都被拉得疼煞了。

[17] 断井：废弃了的井。颓垣：倒了的墙。

[18] 奈何天：无可奈何的时光。

[19] 老爷、奶奶：这里指杜丽娘的父母。

[20] 锦屏人：闺中人，这里杜丽娘自指。忒：太。韶光：大好春光。

[21] 荼蘼：一种花名。烟丝：即上文所说的晴丝。

[22] 凝眄：眼睛紧盯着。

[23] "生生"句：谓燕子的叫声清脆明快。生生：形容叫声清脆。明如翦：明快如剪刀。

[24] "呖呖"句：形容莺啼声圆润动听。

[25] 不足：不厌。

[26] 缱：留恋、牵挂。

[27] 过遣：清遣、排遣。

[28] "开我西阁门"二句：语本《木兰诗》"开我东阁门，坐我西阁床"。

[29] 映山紫：映山红（杜鹃）的一种。

[30] 宜春面：梳有宜春髻的脸容，常以指少女的青春容貌。

[31] 二八：即十六岁。

[32] 折桂：古代常以比科举及第。

[33] 蟾宫之客：比喻科举及第之人。

[34] 韩夫人得遇于郎：唐传奇《流红记》载，唐僖宗时，宫女韩氏以红叶题诗，从御沟中流出，被于祐拾到。于祐也以红叶题诗，投入上流，寄给韩氏。

[35] 张生偶逢崔氏：即唐代元稹《会真记》（《莺莺传》）中描写的张生和崔莺莺的爱情故事。

[36] 《崔徽传》：疑是《莺莺传》之误。《崔徽传》写的是崔徽和裴敬中的恋爱故事。

[37] 偷期：幽会。

[38] 得成秦晋：得成夫妇。春秋时期，秦晋两国世代联姻，后世称联姻为秦晋。

[39] 及笄：古代女子十五岁时，即以笄（簪）束发，叫及笄。这是女子成年的标志。

[40] 婵娟：美好的姻缘。

[41] 则索：只得。索：要、须。腼腆：害羞。

[42] 迁延：耽误青春。

[43] 淹煎：受熬煎、遭磨折。

[44] 泼残生：苦命儿。泼：表示厌恶，原来是骂人的话。

作品赏析

《牡丹亭》是汤显祖的代表作，是中国戏剧史上一部杰出的爱情悲喜剧，是《西厢记》后的一部里程碑式的作品。它一问世，在现实社会中就产生了巨大的影响。沈德符《顾曲杂言》云："《牡丹亭梦》一出，家传户诵，几令《西厢》减价。"

《牡丹亭》通过杜丽娘和柳梦梅离奇的爱情故事，精心塑造了杜丽娘这位敢于背叛封建礼教，大胆追求婚姻自主与自由幸福的典型形象；细腻地描写了她在现实生活中的悲剧命运和在理想世界中的喜剧结局的全过程；歌颂了在中国资本主义萌芽时期，青年一代反抗封建礼教，要求个性解放，追求自由爱情社会所做的不屈不挠的斗争；揭露了封建礼教对青年男女在精神上的迫害与虐

杀，以及封建统治阶级家庭关系的冷酷和虚伪。全剧贯穿着"情"与"理"的矛盾斗争。"情"表现为杜丽娘、柳梦梅对自由爱情、幸福生活的向往和追求；"理"表现为封建礼教、理学禁欲主义和封建家长的专横。

惊梦选自《牡丹亭》第十出，包括游园和惊梦两部分内容。游园主要写杜丽娘为了排遣愁闷，走出深闺，看到了一个崭新的天地。通过赏春—感春—伤春的感情变化，透露出杜丽娘青春的苦闷与精神的压抑，同时大自然的无限春光也触动了她内心深处对美的渴望，唤起她青春意识的觉醒。惊梦主要写杜丽娘由思春而感梦，由感梦而生情，终于在梦境中幽会了意中人，通过对二人欢会时"千般爱惜，万种温存"的极力渲染，充分肯定了作为人的本性的男女之情的合理性与正当性，同时也为以后的情节发展做了铺垫。

惊梦由《绕池游》和《山坡羊》两套组成，这里只选了《绕池游》一套。从这几支曲子里，可以看到封建社会妇女内心的痛苦和对自由的向往。

惊梦的艺术特点：第一，入木三分的心理刻画。作品通过景物描写、动作描写、梦境描写、直抒胸臆等多种方式写出了杜丽娘青春的苦闷、情思的荡漾以及她的向往和追求、抗议和斗争，把她微妙复杂的内心世界描绘得既委婉曲折，又真实生动；既刻镂入微，又层次分明。第二，真幻交织的艺术构思。这出戏构思新奇，匠心独运，之前的所有笔墨都是为它而巧作安排，之后的情节又都围绕它而展开，无此一出，便无《牡丹亭》。游园部分运用了现实主义的笔法，具有写实性；惊梦部分富于浪漫主义的色彩，充满理想性。第三，富丽工巧的语言风格。这出戏充分展现了作者文辞的华美，用笔的工巧，曲辞绚烂多彩，而且意境邈绵深远，富于诗情画意，可谓曲曲美玉、字字珠玑，实为全剧精髓，曲中绝唱，一洗剧坛上尚文采则流于雕琢堆砌，尚本色则流于稚率生硬的弊病。

🪷 拓展阅读

1. 阅读明传奇《牡丹亭》（《中国十大古典悲剧集》，王季思，齐鲁书社 2002 年版）。

2. 观看昆曲青春版《牡丹亭》。

红楼梦（节选）

🪷 简介

曹雪芹（约 1715—约 1763），名霑，字梦阮，号雪芹，又号芹溪、芹圃。籍贯沈阳（一说辽阳），生于南京，约 13 岁时迁回北京。曹雪芹出身清代内务府正白旗包衣世家，是江宁织造曹寅之孙，曹颙之子（一说曹𬱟之子）。

曹雪芹早年在南京江宁织造府亲历了一段锦衣纨绔、富贵风流的生活。至雍正六年（1728），曹家因亏空获罪被抄家，曹雪芹随家人迁回北京老宅。后又移居北京西郊，靠卖字画和朋友救济为生。曹雪芹素性放达，爱好广泛，对金石、诗书、绘画、园林、中医、织补、工艺、饮食等均有所研究。他以坚韧

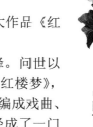

不拔的毅力，历经多年艰辛，终于创作出极具思想性、艺术性的伟大作品《红楼梦》。

《红楼梦》的出现，标志着中国古典长篇小说的创作达到了高峰。问世以后，出现了"家家喜阅，处处争购"的盛况。甚至有"开谈不说《红楼梦》，读尽诗书是枉然"的说法。以后《红楼梦》的续书大量出现，还被改编成戏曲、电影、电视，为人们所欣赏，成为千古绝唱。而研究《红楼梦》已经成了一门专门的学问——红学。鲁迅先生说："自有《红楼梦》以来，传统的思想和写法都打破了。"《红楼梦》是中华民族珍贵的文化遗产，已被译为多种文字，传播到世界各国，成为世界人民共同的精神财富。

原文

宝黛共读西厢

那一日正当三月中浣，早饭后，宝玉携了一套《会真记》，走到沁芳闸桥边桃花底下一块石上坐着，展开《会真记》，从头细看。正看到"落红成阵"，只见一阵风过，把树头上桃花吹下一大斗来，落的满身满书满地皆是花片。宝玉要抖将下来，恐怕脚步践踏了，只得兜了那花瓣，来至池边，抖在池内。那花瓣浮在水面，飘飘荡荡，竟流出沁芳闸去了。

回来只见地下还有许多花瓣，宝玉正踟蹰间，只听背后有人说道："你在这里作什么？"宝玉一回头，却是林黛玉来了：肩上担着花锄，花锄上挂着纱囊，手内拿着花帚。宝玉笑道："好，好，来把这个花扫起来，撂在那水里去罢。我才撂了好些在那里呢。"黛玉道："撂在水里不好，你看这里的水干净，只一流出去，有人家的地方什么没有？仍旧把花遭塌了。那畸角上我有一个花冢，如今把他扫了，装在这绢袋里，埋在那里，日久随土化了，岂不干净。"

宝玉听了，喜不自禁，笑道："待我放下书，帮你来收拾。"黛玉道："什么书。"宝玉见问，慌的藏之不迭，便说道："不过是《中庸》《大学》。"黛玉笑道："你又在我跟前弄鬼。趁早儿给我瞧，好多着呢。"宝玉道："好妹妹，若论你，我是不怕的。你看了，好歹别告诉别人。真正这是好文章！你若看了，连饭也不想吃呢。"一面说，一面递了过去。黛玉把花具放下，接书来瞧，从头看去，越看越爱看，不顿饭时，将十六出俱已看完，但觉词句警人，余香满口。虽看完了，却只管出神，心内还默默记诵。宝玉笑道："妹妹，你说好不好。"林黛玉笑道："果然有趣。"宝玉笑道："我就是个'多愁多病身'，你就是那'倾国倾城貌'。"林黛玉听了，不觉带腮连耳通红，登时直竖起两道似蹙非蹙的眉，瞪了两只似睁非睁的眼，桃腮带怒，薄面含嗔，指宝玉道："你这该死的胡说！好好的把这淫词艳曲弄了来，说这些混话来欺负我。我告诉舅舅、舅母去。"说到"欺负"二字，就把眼圈儿红了，转身就走。

宝玉着了忙，向前拦住道："好妹妹，千万饶我这一遭，原是我说错了。若有心欺负你，明儿我掉在池子里，叫个癞头鼋吃了去，变个大王八，等你明儿做了'一品夫人'病老归西的时候，我往你坟上替你驮一辈子的碑去。"说

的林黛玉"扑嗤"的一声笑了，一面揉着眼，一面笑道："一般唬的这么个调儿，还只管胡说。呸，原来也是个银样蜡枪头。"宝玉听了，笑道："你说说，你这个呢？我也告诉去。"林黛玉笑道："你说你会过目成诵，难道我就不能一目十行么？"宝玉一面收书，一面笑道："正经快把花埋了罢，别提那些个了。"二人便收拾落花。

正才掩埋妥协，只见袭人走来，说道："那里没找到？摸在这里来。那边大老爷身上不好，姑娘们都过去请安，老太太叫打发你去呢，快回去换衣服罢。"宝玉听了，忙拿了书，别了黛玉，同袭人回房换衣不提。

这里林黛玉见宝玉去了，听见众姐妹也不在房中，自己闷闷的。正欲回房，刚走到梨香院墙角外，只听墙内笛韵悠扬，歌声婉转。林黛玉便知是那十二个女孩子演习戏文。虽未留心去听，偶然两句吹到耳内，明明白白一字不落道："原来姹紫嫣红开遍，似这般都付与断井颓垣。"林黛玉听了，倒也十分感慨缠绵，便止住步侧耳细听，又唱道是："良辰美景奈何天，赏心乐事谁家院！"听了这两句，不觉点头自叹，心下自思："原来戏上也有好文章。可惜世人只知看戏，未必能领略其中的趣味。"想毕，又后悔不该胡想，耽误了听曲子。再听时，恰唱道"为你如花美眷，似水流年……"黛玉听了这两句，不觉心动神摇。又听道"你在幽闺自怜"等句，越发如醉如痴，站立不住，便一蹲身坐在一块山子石上，细嚼"如花美眷，似水流年"八个字的滋味。忽又想起前日见古人诗中有"水流花谢两无情"之句，再词中又有"流水落花春去也，天上人间"之句，又兼方才所见《西厢记》中"花落水流红，闲愁万种"之句，都一时想起来，凑聚在一处。仔细忖度，不觉心痛神驰，眼中落泪。正没个开交，忽觉背后有人击他一下，及回头看时，原来是个女子，未知是谁，下回分解。正是：

妆晨绣夜心无矣，对月临风恨有之。

（选自《红楼梦》，[清]曹雪芹，启功等整理、校订，中华书局2011年版）

作品赏析

本文选自《红楼梦》第二十三回。春光明媚，宝黛在一片桃林中共读《西厢记》。这件事现在看来平常，但在当时却是极不平常的事情。《西厢记》是当时的禁书，宝玉看这种书也是偷着看，但在桃林中，宝黛二人却是一起看西厢，这就具有不同寻常的意义。这段文字不但有极强的审美情趣，而且是有象征意义的。这一场景美好而浪漫，有一对年轻男女在树下耳鬓厮磨，共同沉浸在带有唯美意境的爱情故事中。《西厢记》《牡丹亭》都是当时的禁书。宝钗说过，会"移了性情"，黛玉听了后"暗服"。一方面，黛玉作为一个有身份的贵族小姐，认为是要遵守礼教的；另一方面，她又对人性自由不由自主地充满了向往。在这里，作者通过宝黛共读西厢一节表明了对人性自由的向往和对礼教的反抗。

《红楼梦》里的爱情故事，情和欲、灵和肉、情爱和性爱、爱情和婚姻，恰好是分离而不是合一的。《红楼梦》里的婚姻，大都是失败的、残缺的，尤其少有与爱情的结合。最典型的是男女主人公贾宝玉和林黛玉，他们是真爱，爱得如醉如痴，但就是不能结合。只好镜花水月，咫尺天涯。换言之，在曹雪芹看来，真正的爱情也许是永远无法结合在一起的，只不过是一种空幻。他摒弃了以往戏曲小说"有情人终成眷属"的老套。

在作者无法超越现实世界时，他的思维走向想象的世界，正因为作者感到宝黛之恋是很纯情的，所以不肯用肉欲来亵渎。作者在追求精神自由，但纯精神之恋却是非现实的。最优美的宝黛爱情所表现出的是那种含而不露、欲说还休、欲罢不能、牵肠挂肚的审美情结。这种纯真的、心灵相通的、幽微灵秀的情感，处在无可奈何的境遇中，才会产生感人肺腑的力量。作者感叹于这样的情感，美妙却只是镜花水月，今生若遇此知己也了无遗憾了。

这段情节是描写艺术欣赏达致共鸣境界的绝妙文字。小说采用了诗化的表现手法。读者与其说是看小说，不如说是赏诗。文中写景、叙事、抒情，意境的营造，主题的表达无不以诗化的手法表现。"只见一阵风过，把树头上桃花吹下一大半来，落的满身满书满地皆是花片"，"那花瓣浮在水面，飘飘荡荡，竟流出沁芳闸去了"，"一片桃林中俊男靓女共读《西厢记》"，"含而不露、欲说还休、欲罢不能、牵肠挂肚的优美爱情"，"笛韵悠扬，歌声婉转"，"感慨缠绵，心动神摇，心痛神痴"哪一处不是诗呢？

拓展阅读

1．阅读《曹雪芹（上卷）》（端木蕻良，北京出版社 1980 年出版）和《曹雪芹（中卷）》（端木蕻良钟耀群，北京出版社 1985 年出版）。

2．阅读《红楼梦》（曹雪芹，启功等整理、校订，中华书局 2011 年版）。

3．观看与《红楼梦》有关的电影、戏曲、电视剧、舞剧、画展。

老残游记（节选）

简介

刘鹗（1857—1909），原名孟鹏，后更名鹗，字铁云，又字公约，号老残，祖籍江苏，清末著名小说家。他出身于封建官僚家庭，从小得名师传授学业。学识博杂，精于考古，并在算学、医道、治河等方面均有成就，被称为中国近代史上的"通才"。他因创作了《老残游记》，被称为"文学家"；他因拓印第一部甲骨文字的《铁云藏龟》，被称为"古文字研究家"；又因他引进外资、创办实业，而被称为"实业家"。他所著的《老残游记》备受世人赞誉，是十大古典白话长篇小说之一，又是中国四大讽刺小说之一。

《老残游记》是刘鹗帮朋友解决经济困难的"游戏"之作，署名"洪都百炼生"。小说主人公老残是作者自寓。小说通过老残的游历见闻，书写了对家世、社会、国家等各方面的感受和体会，主要塑造了晚清社会上层封建官僚群像和一些社会下层小人物形象，着力刻画了号称"清官"的酷吏形象。揭露了当时官吏昏庸残暴的行径，反映了社会的黑暗和人民的痛苦，也表现出作者反对革命运动，主张维新图强、科学救国的政治态度。小说采取现实主

义创造手法，精心设计了"老残"这一人物，以其游历顺序为线索，展开情节，加强故事真实性，开辟了在小说中表现自我形象的新路子。小说写景状物，别开生面，颇为传神，是一部悲天悯人的哭泣之书，是"四大谴责小说"的佼佼者。

原文

明湖居听书

老残从鹊华桥往南，缓缓向小布政司街走去。一抬头，见那墙上贴了一张黄纸，有一尺长，七八寸宽的光景。居中写着"说鼓书"三个大字；旁边一行小字是"二十四日明湖居"。那纸还未十分干，心知是方才贴的，只不知道这是甚么事情，别处也没有见过这样招子。一路走着，一路盘算，只听得耳边有两个挑担子的说道："明儿白妞说书，我们可以不必做生意，来听书罢。"又走到街上、听铺子里柜台上有人说道："前次白妞说书是你告假的，明儿的书，应该我告假了。"一路行来，街谈巷议，大半都是这话，心里诧异道："白妞是何许人？说的是何等样书，为甚一纸招贴，侵举国若狂如此？"信步走来，不知不觉已到高升店口。

进得店去，茶房便来回道："客人，用什么夜膳？"老残一一说过，就顺便问道："你们此地说鼓书是个甚么顽意儿，何以惊动这么许多的人？"茶房说："客人，你不知道。这说鼓书本是山东乡下的土调，同一面鼓，两片梨花简，名叫'梨花大鼓'，演说些前人的故事，本也没甚稀奇。自从王家出了这个白妞、黑妞妹妹两个，这白妞名字叫做王小玉，此人是天生的怪物！他十二三岁时就学会了这说书的本事。他却嫌这乡下的调儿没甚么出奇，他就常到戏园里看戏，所有甚么西皮、二簧、梆子腔等唱，一听就会；甚么余三胜、程长庚、张二奎等人的调子，他一听也就会唱。仗着他的喉咙，要多高有多高；他的中气，要多长有多长。他又把那南方的甚么昆腔、小曲，种种的腔调，他都拿来装在这大鼓书的调儿里面。不过二三年工夫，创出这个调儿，竟至无论南北高下的人，听了他唱书，无不神魂颠倒。现在已有招子，明儿就唱。你不信，去听一听就知道了。只是要听还要早去，他虽是一点钟开唱，若到十点钟去，便没有坐位的。"老残听了，也不甚相信。

次日六点钟起，先到南门内看了舜井。又出南门，到历山脚下，看看相传大舜昔日耕田的地方。及至回店，已有九点钟的光景，赶忙吃了饭，走到明湖居，才不过十点钟时候。那明湖居本是个大戏园子，戏台前有一百多张桌子。那知进了园门，园子里面已经坐的满满的了，只有中间七八张桌子还无人坐，桌子却都贴着"抚院定"、"学院定"等类红纸条儿。老残看了半天，无处落脚，只好袖子里送了看坐儿的二百个钱，才弄了一张短板凳，在人缝里坐下。看那戏台上，只摆了一张半桌，桌子上放了一面板鼓，鼓上放了两个铁片儿，心里知道这就是所谓梨花简了，旁边放了一个三弦子，半桌后面放了两张椅子，并无一个人在台上。偌大的个戏台，空空洞洞，别无他物，看了不觉有些好笑。园子里面，顶着篮子卖烧饼油条的有一二十个，都是为那不吃饭来的人买了充饥的。

到了十一点钟，只见门口轿子渐渐拥挤，许多官员都着了便衣，带着家人，陆续进来。不到十二点钟，前面几张空桌俱已满了，不断还有人来，看坐儿的也只是搬张短凳，在夹缝中安插。这一群人来了，彼此招呼，有打千儿的，有作揖的，大半打千儿的多。寓谈阔论，说笑自如。这十几张桌子外，看来都是做生意的人；又有些像是本地读书人的样子：大家都喊喊喳喳的在那里说闲话。因为人大多了，所以说的甚么话都听不清楚，也不去管他。

到了十二点半钟，看那台上，从后台帘子里面，出来一个男人：穿了一件蓝布长衫，长长的脸儿，一脸疙瘩，仿佛风干福橘皮似的，甚为丑陋，但觉得那人气味到还沉静。出得台来，并无一语，就往半桌后面左手一张椅子上坐下。慢慢的将三弦子取来，随便和了和弦，弹了一两个小调，人也不甚留神去听。后来弹了一枝大调，也不知道叫什么牌子。只是到后来，全用轮指，那扣扬顿挫，入耳动心，恍若有几十根弦，几百个指头，在那里弹似的。这时台下叫好的声音不绝于耳，却也压不下那弦子去，这曲弹罢，就歇了手，旁边有人送上茶来。

停了数分钟时，帘子里面出来一个姑娘，约有十六七岁，长长鸭蛋脸儿，梳了一个抓髻，戴了一副银耳环，穿了一件蓝布外褂儿，一条蓝布裤子，都是黑布镶滚的。虽是粗布衣裳，到十分洁净。来到半桌后面右手椅子上坐下。那弹弦子的便取了弦子，铮铮鈥鈥弹起。这姑娘便立起身来，左手取了梨花简，夹在指头缝里，便丁了当当的敲，与那弦子声音相应；右手持了鼓捶子，凝神听那弦子的节奏。忽羯鼓一声，歌喉遽发，字字清脆，声声宛转，如新莺出谷，乳燕归巢，每句七字，每段数十句，或缓或急，忽高忽低；其中转腔换调之处，百变不穷，觉一切歌曲腔调俱出其下，以为观止矣。

旁坐有两人，其一人低声问那人道："此想必是白妞了罢？"其一人道："不是。这人叫黑妞，是白妞的妹子。他的调门儿都是白妞教的，若比白妞，还不晓得差多远呢！他的好处人说得出，白妞的好处人说不出；他的好处人学的到，白妞的好处人学不到。你想，这几年来，好顽耍的谁不学他们的调儿呢？就是窑子里的姑娘，也人人都学，只是顶多有一两句到黑妞的地步。若白妞的好处，从没有一个人能及他十分里的一分的。"说着的时候，黑妞早唱完，后面云了。这时满园子里的人，谈心的谈心，说笑的说笑。卖瓜子、落花生、山里红、核桃仁的，高声喊叫着卖，满园子里听来都是人声。

正在热闹哄哄的时节，只见那后台里，又出来了一位姑娘，年纪约十八九岁，装束与前一个毫无分别，瓜子脸儿，白净面皮，相貌不过中人以上之姿，只觉得秀而不媚，清而不寒，半低着头出来，立在半桌后面，把梨花简了当了几声，然是奇怪：只是两片顽铁，到他手里，便有了五音十二律的。又将鼓捶子轻轻的点了两下，方抬起头来，向台下一盼。那双眼睛，如秋水，如寒星，如宝珠，如白水银里头养着两丸黑水银，左右一顾一看，连那坐在远远墙角子里的人，都觉得王小玉看见我了；那坐得近的，更不必说。就这一眼，满园子里便鸦雀无声，比皇帝出来还要静悄得多呢，连一根针跌在地下都听得见响！

　　王小玉便启朱唇，发皓齿，唱了几句书儿。声音初不甚大，只觉入耳有说不出来的妙境：五脏六腑里，像熨斗熨过，无一处不伏贴；三万六千个毛孔，像吃了人参果，无一个毛孔不畅快。唱了十数句之后，渐渐的越唱越高，忽然拔了一个尖儿，像一线钢丝抛入天际，不禁暗暗叫绝。那知他于那极高的地方，尚能回环转折。几啭之后，又高一层，接连有三四叠，节节高起。恍如由傲来峰西面攀登泰山的景象：初看傲来峰削壁千仞，以为上与天通；及至翻到傲来峰顶，才见扇子崖更在傲来峰上；及至翻到扇子崖，又见南天门更在扇子崖上：愈翻愈险，愈险愈奇。

　　那王小玉唱到极高的三四叠后，陡然一落，又极力骋其千回百折的精神，如一条飞蛇在黄山三十六峰半中腰里盘旋穿插。顷刻之间，周匝数遍。从此以后，愈唱愈低，愈低愈细，那声音渐渐的就听不见了。满园子的人都屏气凝神，不敢少动。约有两三分钟之久，仿佛有一点声音从地底下发出。这一出之后，忽又扬起，像放那东洋烟火，一个弹子上天，随化作千百道五色火光，纵横散乱。这一声飞起，即有无限声音俱来并发。那弹弦子的亦全用轮指，忽大忽小，同他那声音相和相合，有如花坞春晓，好鸟乱鸣。耳朵忙不过来，不晓得听那一声的为是。正在撩乱之际，忽听霍然一声，人弦俱寂。这时台下叫好之声，轰然雷动。

　　停了一会，闹声稍定，只听那台下正座上，有一个少年人，不到三十岁光景，是湖南口音，说道："当年读书，见古人形容歌声的好处，有那'余音绕梁，三日不绝'的话，我总不懂。空中设想，余音怎样会得绕梁呢？又怎会三日不绝呢？及至听了小玉先生说书，才知古人措辞之妙。每次听他说书之后，总有好几天耳朵里无非都是他的书，无论做什么事，总不入神，反觉得'三日不绝'，这'三日'二字下得太少，还是孔子'三月不知肉味'，'三月'二字形容得透彻些！"旁边人都说道："梦湘先生论得透辟极了！'于我心有戚戚焉'！"

　　说着，那黑妞又上来说了一段，底下便又是白妞上场。这一段，闻旁边人说，叫做"黑驴段"。听了去，不过是一个士子见一惊人，骑了一个黑驴走过去的故事。将形容那美人，先形容那黑驴怎样怎样好法，待铺叙到美人的好处，不过数语，这段书也就完了。其音节全是快板，越说越快。白香山诗云："大珠小珠落玉盘。"可以尽之。其妙处，在说得极快的时候，听的人仿佛都赶不上听，他却字字清楚，无一字不送到人耳轮深处。这是他的独到，然比着前一段却未免逊了一筹了。

　　这时不过五点钟光景，算计王小玉应该还有一段。不知那一段又是怎样好法。

（选自《老残游记》，刘鹗，上海古籍出版社 2005 年版）

作品赏析

　　本文节选自《老残游记》第二回，原题为"历山山下古帝遗踪，明湖湖边美人绝调"。这部小说刻画人物、描写自然景物比较生动形象，在语言运用和表现手法上颇具特色。鲁迅先生在《中国小说史略》中评论这部作品："叙景

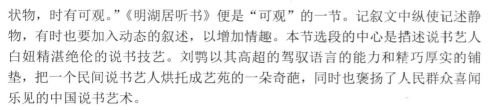

状物，时有可观。"《明湖居听书》便是"可观"的一节。记叙文中纵使记述静物，有时也要加入动态的叙述，以增加情趣。本节选段的中心是措述说书艺人白妞精湛绝伦的说书技艺。刘鹗以其高超的驾驭语言的能力和精巧厚实的铺垫，把一个民间说书艺人烘托成艺苑的一朵奇葩，同时也褒扬了人民群众喜闻乐见的中国说书艺术。

作者运用多种艺术手法，把王小玉的说书艺术写得绘声绘色、惟妙惟当，给人一种如闻其声、如见其人、如临其境的真实现场感。作者调动语言的手段驾轻就熟。首先信笔写来，其铺垫之势、设悬之招让读者心神随之而动；其次对音乐的描写也是荡气回肠、不绝如缕。作者深谙乐律、精通乐理，又擅长文字表达，善于巧妙地运用各种比喻、夸张、移情和通感，生动形象地再现了音乐不同层次的美感，遂为绝唱，与白居易的《琵琶行》堪称古代文学作品□描绘音乐之双璧。

拓展阅读

1．阅读《老残游记》（刘鹗，上海古籍出版社 2005 年版）。
2．阅读《儒林外史》（吴敬梓，上海古籍出版社 2005 年版）。

中国现代文学

中国现代文学史概述

中国现当代文学史在汉语言文学专业中是一个只有开端没有结尾的概念。近些年学术界也有一种新的认识，所谓中国现当代文学史其实是指 20 世纪文学史。这一提法，实际包含了 21 世纪新时代文学。目前我国高校汉语言文学专业中国现当代文学课程按照学科教学的传统做法，一般分为中国现代文学和中国当代文学。

文学革命的开始以 1917 年 1 月《新青年》杂志刊出胡适的《文学改良刍议》为标志。文学革命在中国文学史上树起一个鲜明的界碑，标志着古典文学的结束、现代文学的起始。什么是现代文学？所谓"现代文学"，不仅仅是时间概念上所划定的 1917—1949 年这一通常所说的"现代"阶段的文学，更是"现代"意义新文学，即用现代文学语言与文学形式，表达现代中国人的思想、感情、心理的文学。从性质上来看，"现代"是相对于"传统"中国文学而言。"现代"作为时间标志，表明了中国现代文学与中国传统文学的联系性，说明中国现代文学是中国文学发展到 20 世纪出现的一种文学的形态；"现代"作为性质的标志，则表明中国现代文学是与中国传统文学有着本质区别的一种新型文学。

从 1917 年开始到 1949 年为止的现代文学，大体上每十年为一个发展阶段。

20 世纪 20 年代文学。第一阶段是 1917—1927 年的文学，也叫作 20 世纪 20 年代文学。因其间最重要的文化事件是"五四新文化运动"，故也称为"五四文学"。五四文学的主要特点是文学革命和文化启蒙。从整体上看，五四文学具有一种活跃、开放的青春气息。

在这一阶段，中国现代文学经历了从文言文写作到白话文写作的跨越，其中诗歌的变化最大。诗歌作为中国古典文学成就最高的艺术体裁都用文言文写成，而白话文诗歌的产生、发展和成熟标志着"五四文学"先驱之一胡适所提倡的"国语的文学、文学的国语"的胜利。20 世纪 20 年代的白话诗歌发展，首先是以胡适、郭沫若为代表的自由体诗歌，打破了传统诗歌的表达形式。胡适的《尝试集》成为现代白话新诗的第一本诗集，而郭沫若的《女神》开一代浪漫主义新风。随后，以徐志摩、闻一多为代表的新月诗派重新提倡格律，弥补了自由体诗歌过于浅显的问题，同时提出"音乐美、绘画美、建筑美"的"三美"理论。此外，20 年代诗坛因李金发将象征主义思潮引入中国，掀起了一股象征主义诗歌的创作潮流，李金发的《弃妇》是其中的代表作。随后，穆木天、冯乃超等人提出"纯诗"理论，强调应该用诗歌自己的方式表现诗歌自己独有的内容，并进一步提出诗歌的"音乐性"，穆木天的《落花》正是其"纯诗"理论的体现。如果说自由体诗歌、格律诗、象征主义诗歌、纯诗是在探索诗歌新的表达形式，那么 20 年代后期出现的无产阶级早期抒情诗，则是在诗歌内容上进行的创新。无产阶级早期抒情诗以革命为书写内容，强调诗歌的工具

性和功利性，殷夫的《别了，哥哥》是其中的代表作。

　　20世纪20年代成就最大的文学体裁是散文。20年代散文名家辈出、作品风格多样。如周作人的《故乡的野菜》《乌篷船》，朱自清的《背影》《桨声灯影里的秦淮河》等。而20年代文学产生的新的文学样式——现代白话话剧，以田汉、洪昇、丁西林等为典型代表作家，在话剧领域进行了开拓性的探索。

　　20世纪20年代文学最引人瞩目的体裁是白话小说。鲁迅作为"中国现代白话小说之父"，以《狂人日记》一文开启了中国现代文学的白话小说时代，也开启了中国文学的启蒙传统。其创作的三本短篇小说集《呐喊》《彷徨》《故事新编》，几乎每一篇都尝试了不同的创作方法，极大拓展了中国现代白话小说的写作领域。而相继成立的文学研究会和创造社，一个强调为人生而写作，开拓了中国现代白话小说现实主义的创作道路；一个强调为艺术而写作，拓展了中国现代白话小说浪漫主义的创作道路。前者有叶圣陶的《潘先生在难中》、许地山的《命命鸟》，后者如郁达夫的《沉沦》等都是现代白话小说的经典作品。

　　20世纪30年代文学。第二阶段是1928—1937年的文学，也叫作20世纪30年代文学，其整体特点是走向成熟。具体标志有两个：一是文学多元化；二是出现了一批优秀作家和作品，如巴金的《家》、老舍的《骆驼祥子》、茅盾的《子夜》、沈从文的《边城》、萧红的《生死场》、丁玲的《莎菲女士的日记》等。

　　20世纪30年代文学成熟的多元化体现在形成了三个稳定的文学流派。一是京派文学。这个以北京为核心、以学者为主体的文学群体，追求文学的理想化。文学风格简约、淡雅，并尝试以传统的方式进行现代化的探索。其代表作家为沈从文，而《边城》也是京派文学的扛鼎之作。二是新感觉派。该文学流派以上海为核心，擅长描写都市题材，常采用弗洛伊德的心理分析来描写人性异化主题。其代表作家为穆时英、刘呐鸥、施蛰存等人。三是左翼文学。该文学流派作家以工人阶级代言人的身份，以马克思主义创作方法作为指导，其中最典型的创作方法是社会剖析法，其代表作家为茅盾。

　　20世纪30年代的诗歌经过20年代诗歌十年的发展，由现实主义诗歌创作转向现代主义诗歌创作，戴望舒是典型代表。正如戴望舒在创作其诗歌《雨巷》时所言，他找到了这个时代新的情绪和表达这情绪的方式。此外，卞之琳的诗歌，上承新月，下启九叶诗派，也展示了诗歌创作的现代主义倾向。在此阶段，话剧也得到极大发展，曹禺创作的"生命三部曲"——《雷雨》《日出》《原野》，以及《北京人》，成为话剧舞台上的经典。最后，30年代的散文稳步发展，佳篇频出。

　　20世纪40年代文学。总体而言，这一阶段的文学分为东北沦陷区文学、国统区文学、解放区文学和上海孤岛区文学。东北沦陷区文学以反抗日本侵略者的殖民统治为主要表现题材。国统区文学继承30年代文学，对人生和社会进行深入探讨。解放区文学以革命为题材，文学风格硬朗、阳刚。上海孤岛区文学虽然存在时间不长，但出现了40年代文坛非常重要的作家和作品，如张爱玲的《金锁记》、钱钟书的《围城》等。

　　20世纪40年代小说的典型特点是雅俗融合。中国现代白话小说在一以贯之的启蒙传统之下，因为市民阶层的兴起和通俗文学的发展，也开始走向大众化的道路。其中典型代表是上海作家张爱玲。她擅长用鸳鸯蝴蝶派熟悉的故事架构，灌注现代化的人性探讨，深得新派读者和旧派读者的喜欢。而她作品中呈现的日常生活审美化倾向为中国现代白话小说开辟了新的道路。40 年代的诗歌有两个重要流派，一个是以艾青为精神领袖、以胡风为引导者的七月诗派；另一个是以穆旦为中心的九叶诗派。前者代表中国现代白话诗歌现实主义诗歌的高峰，后者代表现代主义诗歌的高峰。

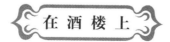

在 酒 楼 上

简介

鲁迅（1881—1936），浙江绍兴人，原名周樟寿，后改名周树人，字豫才、豫亭，出身封建官僚家庭。1918 年 5 月，首次用"鲁迅"的笔名，发表中国现代文学史上第一篇白话小说《狂人日记》。

鲁迅创作广泛，作品涉及翻译、散文、杂文、小说、小说史等，其中小说集共三部，包括《呐喊》《彷徨》《故事新编》，前两部以现实主义创作手法为主，后一部融合了诙谐与荒诞。值得一提的是，鲁迅白话小说虽然篇数不多，共计 33 篇，但涉及的题材多样、创作手法多变，包括现实主义、浪漫主义、心理分析、诗意小说等，可以说每一篇都有新意。鲁迅的白话小说开创了中国现代文学的重要模式，即启蒙文学模式。鲁迅白话小说的启蒙性主要体现在他对国民劣根性的批判上，并塑造了一系列典型的人物形象。《在酒楼上》选自鲁迅小说集《彷徨》。

原文

我从北地向东南旅行，绕道访了我的家乡，就到 S 城。这城离我的故乡不过三十里，坐了小船，小半天可到，我曾在这里的学校里当过一年的教员。深冬雪后，风景凄清，懒散和怀旧的心绪联结起来，我竟暂寓在 S 城的洛思旅馆里了；这旅馆是先前所没有的。城圈本不大，寻访了几个以为可以会见的旧同事，一个也不在，早不知散到那里去了，经过学校的门口，也改换了名称和模样，于我很生疏。不到两个时辰，我的意兴早已索然，颇悔此来为多事了。

我所住的旅馆是租房不卖饭的，饭菜必须另外叫来，但又无味，入口如嚼泥土。窗外只有渍痕斑驳的墙壁，帖着枯死的莓苔；上面是铅色的天，白皑皑的绝无精采，而且微雪又飞舞起来了。我午餐本没有饱，又没有可以消遣的事情，便很自然的想到先前有一家很熟识的小酒楼，叫一石居的，算来离旅馆并不远。我于是立即锁了房门，出街向那酒楼去。其实也无非想姑且逃避客中的无聊，并不专为买醉。一石居是在的，狭小阴湿的店面和破旧的招牌都依旧；但从掌柜以至堂倌却已没有一个熟人，我在这一石居中也完全成了生客。然而我终于跨上那走熟的屋角的扶梯去了，由此径到小楼上。上面也依然是五张小板桌；独有原是木棂的后窗却换嵌了玻璃。

"一斤绍酒。——菜？十个油豆腐，辣酱要多！"

我一面说给跟我上来的堂倌听，一面向后窗走，就在靠窗的一张桌旁坐下了。楼上"空空如也"，任我拣得最好的坐位：可以眺望楼下的废园。这园大概是不属于酒家的，我先前也曾眺望过许多回，有时也在雪天里。但现在从惯于北方的眼睛看来，却很值得惊异了：几株老梅竟斗雪开着满树的繁花，仿佛毫不以深冬为意；倒塌的亭子边还有一株山茶树，从暗绿的密叶里显出十几朵红花来，赫赫的在雪中明得如火，愤怒而且傲慢，如蔑视游人的甘心于远行。我这时又忽地想到这里积雪的滋润，著物不去，晶莹有光，不比朔雪的粉一般干，大风一吹，便飞得满空如烟雾。……

"客人，酒。……"

堂倌懒懒的说着，放下杯，筷，酒壶和碗碟，酒到了。我转脸向了板桌，排好器具，斟出酒来。觉得北方固不是我的旧乡，但南来又只能算一个客子，无论那边的干雪怎样纷飞，这里的柔雪又怎样的依恋，于我都没有什么关系了。我略带些哀愁，然而很舒服的呷一口酒。酒味很纯正；油豆腐也煮得十分好；可惜辣酱太淡薄，本来 S 城人是不懂得吃辣的。

大概是因为正在下午的缘故罢，这虽说是酒楼，却毫无酒楼气，我已经喝下三杯酒去了，而我以外还是四张空板桌。我看着废园，渐渐的感到孤独，但又不愿有别的酒客上来。偶然听得楼梯上脚步响，便不由的有些懊恼，待到看见是堂倌，才又安心了，这样的又喝了两杯酒。

我想，这回定是酒客了，因为听得那脚步声比堂倌的要缓得多。约略料他走完了楼梯的时候，我便害怕似的抬头去看这无干的同伴，同时也就吃惊的站起来。我竟不料在这里意外的遇见朋友了，——假如他现在还许我称他为朋友。那上来的分明是我的旧同窗，也是做教员时代的旧同事，面貌虽然颇有些改变，但一见也就认识，独有行动却变得格外迂缓，很不像当年敏捷精悍的吕纬甫了。

"阿，——纬甫，是你么？我万想不到会在这里遇见你。"

"阿阿，是你？我也万想不到……"

我就邀他同坐，但他似乎略略踌躇之后，方才坐下来。我起先很以为奇，接着便有些悲伤，而且不快了。细看他相貌，也还是乱蓬蓬的须发；苍白的长方脸，然而衰瘦了。精神很沉静，或者却是颓唐；又浓又黑的眉毛底下的眼睛也失了精采，但当他缓缓的四顾的时候，却对废园忽地闪出我在学校时代常常看见的射人的光来。

"我们，"我高兴的，然而颇不自然的说，"我们这一别，怕有十年了罢。我早知道你在济南，可是实在懒得太难，终于没有写一封信。……"

"彼此都一样。可是现在我在太原了，已经两年多，和我的母亲。我回来接她的时候，知道你早搬走了，搬得很干净。"

"你在太原做什么呢？"我问。

"教书，在一个同乡的家里。"

"这以前呢？"

"这以前么？"他从衣袋里掏出一支烟卷来，点了火衔在嘴里，看着喷出的烟雾，沉思似的说，"无非做了些无聊的事情，等于什么也没有做。"

他也问我别后的景况；我一面告诉他一个大概，一面叫堂倌先取杯筷来，使他先喝着我的酒，然后再去添二斤。其间还点菜，我们先前原是毫不客气的，但此刻却推让起来了，终于说不清那一样是谁点的，就从堂倌的口头报告上指定了四样菜：茴香豆，冻肉，油豆腐，青鱼干。

"我一回来，就想到我可笑。"他一手擎着烟卷，一只手扶着酒杯，似笑非笑的向我说。"我在少年时，看见蜂子或蝇子停在一个地方，给什么来一吓，即刻飞去了，但是飞了一个小圈子，便又回来停在原地点，便以为这实在很可笑，也可怜。可不料现在我自己也飞回来了，不过绕了一点小圈子。又不料你也回来了。你不能飞得更远些么？"

"这难说，大约也不外乎绕点小圈子罢。"我也似笑非笑的说。"但是你为什么飞回来的呢？"

"也还是为了无聊的事。"他一口喝干了一杯酒，吸几口烟，眼睛略为张大了。"无聊的。——但是我们就谈谈罢。"

堂倌搬上新添的酒菜来，排满了一桌，楼上又添了烟气和油豆腐的热气，仿佛热闹起来了；楼外的雪也越加纷纷的下。

"你也许本来知道，"他接着说，"我曾经有一个小兄弟，是三岁上死掉的，就葬在这乡下。我连他的模样都记不清楚了，但听母亲说，是一个很可爱念的孩子，和我也很相投，至今她提起来还似乎要下泪。今年春天，一个堂兄就来了一封信，说他的坟边已经渐渐的浸了水，不久怕要陷入河里去了，须得赶紧去设法。母亲一知道就很着急，几乎几夜睡不着，——她又自己能看信的。然而我能有什么法子呢？没有钱，没有工夫：当时什么法也没有。

"一直挨到现在，趁着年假的闲空，我才得回南给他来迁葬。"他又喝干一杯酒，看着窗外，说，"这在那边那里能如此呢？积雪里会有花，雪地下会不冻。就在前天，我在城里买了一口小棺材，——因为我豫料那地下的应该早已朽烂了，——带着棉絮和被褥，雇了四个土工，下乡迁葬去。我当时忽而很高兴，愿意掘一回坟，愿意一见我那曾经和我很亲睦的小兄弟的骨殖：这些事我生平都没有经历过。到得坟地，果然，河水只是咬进来，离坟已不到二尺远。可怜的坟，两年没有培土，也平下去了。我站在雪中，决然的指着他对土工说，'掘开来！'我实在是一个庸人，我这时觉得我的声音有些希奇，这命令也是一个在我一生中最为伟大的命令。但土工们却毫不骇怪，就动手掘下去了。待到掘着圹穴，我便过去看，果然，棺木已经快要烂尽了，只剩下一堆木丝和小木片。我的心颤动着，自去拨开这些，很小心的，要看一看我的小兄弟。然而出乎意外！被褥，衣服，骨骼，什么也没有。我想，这些都消尽了，向来听说最难烂的是头发，也许还有罢。我便伏下去，在该是枕头所在的泥土里仔仔细细的看，也没有。踪影全无！"

我忽而看见他眼圈微红了，但立即知道是有了酒意。他总不很吃菜，单是把酒不停的喝，早喝了一斤多，神情和举动都活泼起来，渐近于先前所见的吕纬甫了。我叫堂倌再添二斤酒，然后回转身，也拿着酒杯，正对面默默的听着。

"其实，这本已可以不必再迁，只要平了土，卖掉棺材，就此完事了的。我去卖棺材虽然有些离奇，但只要价钱极便宜，原铺子就许要，至少总可以捞回几文酒钱来。但我不这样，我仍然铺好被褥，用棉花裹了些他先前身体所在的地方的泥土，包起来，装在新棺材里，运到我父亲埋着的坟地上，在他坟旁埋掉了。因为外面用砖墩，昨天又忙了我大半天：监工。但这样总算完结了一件事，足够去骗骗我的母亲，使她安心些。——阿阿，你这样的看我，你怪我何以和先前太不相同了么？是的，我也还记得我们同到城隍庙里去拔掉神像的胡子的时候，连日议论些改革中国的方法以至于打起来的时候。但我现在就是这样了，敷敷衍衍，模模胡胡。我有时自己也想到，倘若先前的朋友看见我，怕会不认我做朋友了。——然而我现在就是这样。"

他又掏出一支烟卷来，衔在嘴里，点了火。

"看你的神情，你似乎还有些期望我，——我现在自然麻木得多了，但是有些事也还看得出。这使我很感激，然而也使我很不安：怕我终于辜负了至今还对我怀着好意的老朋友。……"他忽而停住了，吸几口烟，才又慢慢的说，"正在今天，刚在我到这一石居来之前，也就做了一件无聊事，然而也是我自己愿意做的。我先前的东边的邻居叫长富，是一个船户。他有一个女儿叫阿顺，你那时到我家里来，也许见过的，但你一定没有留心，因为那时她还小。后来她也长得并不好看，不过是平常的瘦瘦的瓜子脸，黄脸皮；独有眼睛非常大，睫毛也很长，眼白又青得如夜的晴天，而且是北方的无风的晴天，这里的就没有那么明净了。她很能干，十多岁没了母亲，招呼两个小弟妹都靠她；又得服侍父亲，事事都周到；也经济，家计倒渐渐的稳当起来了。邻居几乎没有一个不夸奖她，连长富也时常说些感激的话。这一次我动身回来的时候，我的母亲又记得她了，老年人记性真长久。她说她曾经知道顺姑因为看见谁的头上戴着红的剪绒花，自己也想有一朵，弄不到，哭了，哭了小半夜，就挨了她父亲的一顿打，后来眼眶还红肿了两三天。这种剪绒花是外省的东西，S城里尚且买不出，她那里想得到手呢？趁我这一次回南的便，便叫我买两朵去送她。

"我对于这差使倒并不以为烦厌，反而很喜欢；为阿顺，我实在还有些愿意出力的意思的。前年，我回来接我母亲的时候，有一天，长富正在家，不知怎的我和他闲谈起来了。他便要请我吃点心，荞麦粉，并且告诉我所加的是白糖。你想，家里能有白糖的船户，可见决不是一个穷船户了，所以他也吃得很阔绰。我被劝不过，答应了，但要求只要用小碗。他也很识世故，便嘱咐阿顺说，'他们文人，是不会吃东西的。你就用小碗，多加糖！'然而等到调好端来的时候，仍然使我吃一吓，是一大碗，足够我吃一天。但是和长富吃的一碗比起来，我的也确乎算小碗。我生平没有吃过荞麦粉，这回一尝，实在不可口，却是非常甜。我漫然的吃了几口，就想不吃了，然而无意中，忽然间看见阿顺远远的站在屋角里，就使我立刻消失了放下碗筷的勇气。我看她的神情，是害怕而且希望，大约怕自己调得不好，愿我们吃得有味。我知道如果剩下大半碗来，一定要使她很失望，而且很抱歉。我于是同时决心，放开喉咙灌下去了，几乎吃得和长富一样快。我由此才知道硬吃的苦痛，我只记得还做孩子时候的吃尽一碗拌着驱除蛔虫药粉的沙糖才有这样难。然而我毫不抱怨，因为她过来收拾空碗时候的忍着的得意的笑容，已尽够赔偿我的苦痛而有余了。所以我这一夜虽然饱胀得睡不稳，又做了一大串恶梦，也还是祝赞她一生幸福，愿世界为她变好。然而这些意思也不过是我的那些旧日的梦的痕迹，即刻就自笑，接着也就忘却了。

"我先前并不知道她曾经为了一朵剪绒花挨打，但因为母亲一说起，便也记得了荞麦粉的事，意外的勤快起来了。我先在太原城里搜求了一遍，都没有；一直到济南……"

窗外沙沙的一阵声响，许多积雪从被他压弯了的一枝山茶树上滑下去了，树枝笔挺的伸直，更显出乌油油的肥叶和血红的花来。天空的铅色来得更浓；小鸟雀啾唧的叫着，大概黄昏将近，地面又全罩了雪，寻不出什么食粮，都赶早回巢来休息了。

"一直到了济南，"他向窗外看了一回，转身喝干一杯酒，又吸几口烟，接着说。"我才买到剪绒花。我也不知道使她挨打的是不是这一种，总之是绒做的罢了。我也不知道她喜欢深色还是浅色，就买了一朵大红的，一朵粉红的，都带到这里来。

"就是今天午后，我一吃完饭，便去看长富，我为此特地耽搁了一天。他的家倒还在，只是看去很有些晦气色了，但这恐怕不过是我自己的感觉。他的儿子和第二个女儿——阿昭，都站在门口，大了。阿昭长得全不像她姊姊，简直像一个鬼，但是看见我走向她家，便飞奔的逃进屋里去。我就问那小子，知道长富不在家。'你的大姊呢？'他立刻瞪起眼睛，连声问我寻她什么事，而且恶狠狠的似乎就要扑过来，咬我。我支吾着退走了，我现在是敷敷衍衍……

"你不知道，我可是比先前更怕去访人了。因为我已经深知道自己之讨厌，连自己也讨厌，又何必明知故犯的去使人暗暗地不快呢？然而这回的差使是不能不办妥的，所以想了一想，终于回到就在斜对门的柴店里。店主的母亲，老发奶奶，倒也还在，而且也还认识我，居然将我邀进店里坐去了。我们寒暄几句之后，我就说明了回到S城和寻长富的缘故。不料她叹息说：

'可惜顺姑没有福气戴这剪绒花了。'

"她于是详细的告诉我，说是'大约从去年春天以来，她就见得黄瘦，后来忽而常常下泪了，问她缘故又不说；有时还整夜的哭，哭得长富也忍不住生气，骂她年纪大了，发了疯。可是一到秋初，起先不过小伤风，终于躺倒了，从此就起不来。直到咽气的前几天，才肯对长富说，她早就像她母亲一样，不时的吐红和流夜汗。但是瞒着，怕他因此要担心。有一夜，她的伯伯长庚又来硬借钱，——这是常有的事，——她不给，长庚就冷笑着说：你不要骄气，你的男人比我还不如！她从此就发了愁，又怕羞，不好问，只好哭。长富赶紧将她的男人怎样的挣气的话说给她听，那里还来得及？况且她也不信，反而说：好在我已经这样，什么也不要紧了。'

"她还说，'如果她的男人真比长庚不如，那就真可怕呵！比不上一个偷鸡贼，那是什么东西呢？然而他来送殓的时候，我是亲眼看见他的，衣服很干净，人也体面；还眼泪汪汪的说，自己撑了半世小船，苦熬苦省的积起钱来聘了一个女人，偏偏又死掉了。可见他实在是一个好人，长庚说的全是谎。只可惜顺姑竟会相信那样的贼骨头的诳话，白送了性命。——但这也不能去怪谁，只能怪顺姑自己没有这一份好福气。'

"那倒也罢，我的事情又完了。但是带在身边的两朵剪绒花怎么办呢？好，我就托她送了阿昭。这阿昭一见我就飞跑，大约将我当作一只狼或是什么，我实在不愿意去送她。——但是我也就送她了，对母亲只要说阿顺见了喜欢的了不得就是。这些无聊的事算什么？只要模模胡胡。模模胡胡的过了新年，仍旧教我的'子曰诗云'去。"

"你教的是'子曰诗云'么？"我觉得奇异，便问。

"自然。你还以为教的是 ABCD 么？我先是两个学生，一个读《诗经》，一个读《孟子》。新近又添了一个，女的，读《女儿经》。连算学也不教，不是我不教，他们不要教。"

"我实在料不到你倒去教这类的书，……"

"他们的老子要他们读这些；我是别人，无乎不可的。这些无聊的事算什么？只要随随便便，……"

他满脸已经通红，似乎很有些醉，但眼光却又消沉下去了。我微微的叹息，一时没有话可说。楼梯上一阵乱响，拥上几个酒客来：当头的是矮子，拥肿的圆脸；第二个是长的，在脸上很惹眼的显出一个红鼻子；此后还有人，一叠连的走得小楼都发抖。我转眼去着吕纬甫，他也正转眼来看我，我就叫堂倌算酒账。

"你借此还可以支持生活么？"我一面准备走，一面问。

"是的。——我每月有二十元，也不大能够敷衍。"

"那么，你以后豫备怎么办呢？"

"以后？——我不知道。你看我们那时豫想的事可有一件如意？我现在什么也不知道，连明天怎样也不知道，连后一分……"

堂倌送上账来，交给我；他也不像初到时候的谦虚了，只向我看了一眼，便吸烟，听凭我付了账。

我们一同走出店门，他所住的旅馆和我的方向正相反，就在门口分别了。我独自向着自己的旅馆走，寒风和雪片扑在脸上，倒觉得很爽快。见天色已是黄昏，和屋宇和街道都织在密雪的纯白而不定的罗网里。

一九二四年二月一六日

（选自《呐喊　彷徨　故事新编：丁聪插图本》，鲁迅著；
丁聪绘，人民文学出版社 2013 年版）

作品赏析

鲁迅以《狂人日记》一文投身新文化运动，与陈独秀、胡适、钱玄同一起成为《新青年》四大编辑。在此期间写成的白话小说结集为《呐喊》出版。正如书名所示，《呐喊》收录小说是鲁迅为新文化运动、为革命鼓气和呐喊的作品。随着新文化运动陷入低潮，《新青年》众人产生分化，有的人革命了，有的人高升了，唯剩鲁迅还坚守在笔耕的战场。这一时期，鲁迅的小说作品也从为革命和新文化运动高声呐喊转为彷徨、犹疑和对新文化运动的思考。《在酒楼上》正是这一时期的作品。

《在酒楼上》以"我"与友人吕纬甫在家乡酒楼的偶遇为线索，以对话的形式展开故事。整篇文章营造的氛围在看得见废园的小酒楼里、在飘着雪片刮着寒风的夜色中晕染，充满忧郁之感的同时也充满诗意。不仅小说中的环境氛围带着浓厚的忧郁情绪，"我"与吕纬甫对话的内容围绕吕纬甫过往生活经历，使整个小说呈现回忆视角，时间流逝之感跃然纸上。吕纬甫不断的离开与归来后的虚无感，也正是鲁迅此一时期的情感体验。

需要注意的是，吕纬甫与"我"的身份皆为知识分子，这篇文章既是鲁迅知识分子主题的延续，同时也展现了当时知识分子的普遍情绪。文中的"我"虽然未处于叙事的核心地位，但"我"同吕纬甫一样，经历了离开家乡、回到家乡、再次离开的过程，是鲁迅小说典型的"离开—归来—离开"模式。此外，文中虽以吕纬甫的生活经历为核心内容，但"我"未展现在文本中的生活经历其实与吕纬甫大同小异，"我"既是吕纬甫生活的旁观者也是这种生活的亲历者，这种写作形式同样展现了鲁迅小说典型的"看与被看"模式。

拓展阅读

1. 阅读鲁迅小说《孤独者》。
2. 观看丁萌楠导演的电影《鲁迅》。

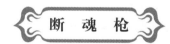

断 魂 枪

简介

老舍（1899—1966），北京满族正红旗人，原名舒庆春，字舍予，另有笔名絜青、鸿来、非我等。中国现代小说家、作家，语言大师，新中国第一位获得"人民艺术家"称号的作家。

老舍一生写了计800余万字的作品，体裁涉及小说、话剧、散文等，代表作有长篇小说《骆驼祥子》《四世同堂》，剧本《茶馆》。北京小市民的早期人生经历使老舍的小说作品专注刻画小人物形象，特别是城市下层小市民形象，为中国现代文学长廊贡献了丰富的"市民形象"系列。而留洋经历又使老舍既延续了鲁迅关于国民劣根性的探索，又能从国际视野出发对比思考中国文化，从而形成了独有的民族文化小说风格。此外，老舍作品中所描写的自然风光、世态人情、习俗时尚及运用的群众口语等，都呈现出浓郁的"京味"。老舍是"京味小说"的开创者。

原文

沙子龙的镖局已改成客栈。

东方的大梦没法子不醒了。炮声压下去马来与印度野林中的虎啸。半醒的人们，揉着眼，祷告着祖先与神灵；不大会儿，失去了国土、自由与主权。门外立着不同面色的人，枪口还热着。他们的长矛毒弩，花蛇斑彩的厚盾，都有

什么用呢；连祖先与祖先所信的神明全不灵了啊！龙旗的中国也不再神秘，有了火车呀，穿坟过墓破坏着风水。枣红色多穗的镖旗，绿鲨皮鞘的钢刀，响着串铃的口马，江湖上的智慧与黑话，义气与声名，连沙子龙，他的武艺、事业，都梦似的变成昨夜的。今天是火车、快枪，通商与恐怖。听说，有人还要杀下皇帝的头呢！

这是走镖已没有饭吃，而国术还没被革命党与教育家提倡起来的时候。

谁不晓得沙子龙是短瘦、利落、硬棒，两眼明得象霜夜的大星？可是，现在他身上放了肉。镖局改了客栈，他自己在后小院占着三间北房，大枪立在墙角，院子里有几只楼鸽。只是在夜间，他把小院的门关好，熟习熟习他的"五虎断魂枪"。这条枪与这套枪，二十年的工夫，在西北一带，给他创出来："神枪沙子龙"五个字，没遇见过敌手。现在，这条枪与这套枪不会再替他增光显胜了；只是摸摸这凉、滑、硬而发颤的杆子，使他心中少难过一些而已。只有在夜间独自拿起枪来，才能相信自己还是"神枪沙"。在白天，他不大谈武艺与往事；他的世界已被狂风吹了走。

在他手下创练起来的少年们还时常来找他。他们大多数是没落子的，都有点武艺，可是没地方去用。有的在庙会上去卖艺：踢两趟腿，练套家伙，翻几个跟头，附带着卖点大力丸，混个三吊两吊的。有的实在闲不起了，去弄筐果子，或挑些毛豆角，赶早儿在街上论斤吆喝出去。那时候，米贱肉贱，肯卖膀子力气本来可以混个肚儿圆；他们可是不成：肚量既大，而且得吃口管事儿的，干饽饽辣饼子咽不下去。况且他们还时常去走会：五虎棍，开路，太狮少狮……虽然算不了什么——比起走镖来——可是到底有个机会活动活动，露露脸。是的，走会捧场是买脸的事，他们打扮的得象个样儿，至少得有条青洋绉裤子，新漂白细市布的小褂，和一双鱼鳞洒鞋——顶好是青缎子抓地虎靴子。他们是神枪沙子龙的徒弟——虽然沙子龙并不承认——得到处露脸，走会得赔上俩钱，说不定还得打场架。没钱，上沙老师那里去求。沙老师不含糊，多少不拘，不让他们空着手儿走。可是，为打架或献技去讨教一个招数，或是请给说个"对子"——什么空手夺刀，或虎头钩进枪——沙老师有时说句笑话，马虎过去："教什么？拿开水浇吧！"有时直接把他们赶出去。他们不大明白沙老师是怎么了，心中也有点不乐意。

可是，他们到处为沙老师吹腾，一来是愿意使人知道他们的武艺有真传授，受过高人的指教；二来是为激动沙老师：万一有人不服气而找上老师来，老师难道还不露一两手真的吗？所以：沙老师一拳就砸倒了个牛！沙老师一脚把人踢到房上去，并没使多大的劲！他们谁也没见过这种事，但是说着说着，他们相信这是真的了，有年月，有地方，千真万确，敢起誓！

王三胜——沙子龙的大伙计——在土地庙拉开了场子，摆好了家伙。抹了一鼻子茶叶末色的鼻烟，他抡了几下竹节钢鞭，把场子打大一些。放下鞭，没向四围作揖，叉着腰念了两句："脚踢天下好汉，拳打五路英雄！"向四围扫了一眼："乡亲们，王三胜不是卖艺的；玩意儿会几套，西北路上走过镖，会过绿林中的朋友。现在闲着没事，拉个场子陪诸位玩玩。有爱练的尽管下来，王三胜以武会友，有赏脸的，我陪着。神枪沙子龙是我的师傅；玩意地道！诸位，有愿下来的没有?"他看着,准知道没人敢下来,他的话硬,可是那条钢鞭更硬,十八斤重。

王三胜,大个子,一脸横肉,努着对大黑眼珠,看着四围。大家不出户。他脱了小褂,紧了紧深月白色的"腰里硬",把肚子煞进去。给手心一口唾沫,抄起大刀来:

"诸位,王三胜先练趟瞧瞧。不白练,练完了,带着的扔几个;没钱,给喊个好,助助威。这儿没生意口。好,上眼!"

大刀靠了身,眼珠努出多高,脸上绷紧,胸脯子鼓出,像两块老桦木根子。一跺脚,刀横起,大红缨子在肩前摆动。削砍劈拨,蹲越闪转,手起风生,呼呼直响。忽然刀在右手心上旋转,身弯下去,四围鸦雀无声,只有缨铃轻叫。刀顺过来,猛的一个"踩泥",身子直挺,比众人高着一头,黑塔似的。收了势:"诸位!"一手持刀,一手叉腰,看着四围。稀稀地扔下几个铜钱,他点点头。"诸位!"他等着,等着,地上依旧是那几个亮而削薄的铜钱,外层的人偷偷散去。他咽了口气:"没人懂!"他低声地说,可是大家全听见了。

"有功夫!"西北角上一个黄胡子老头儿答了话。

"啊?"王三胜好似没听明白。

"我说:你——有——功——夫!"老头子的语气很不得人心。

放下大刀,王三胜随着大家的头往西北看。谁也没看重这个老人:小干巴个儿,披着件粗蓝布大衫,脸上窝窝瘪瘪,眼陷进去很深,嘴上几根细黄胡,肩上扛着条小黄草辫子,有筷子那么细,而绝对不像筷子那么直顺。王三胜可是看出这老家伙有功夫,脑门亮,眼睛亮——眼眶虽深,眼珠可黑得像两口小井,深深地闪着黑光。王三胜不怕:他看得出别人有功夫没有,可更相信自己的本事,他是沙子龙手下的大将。

"下来玩玩,大叔!"王三胜说得很得体。

点点头,老头儿往里走。这一走,四外全笑了。他的胳臂不大动;左脚往前迈,右脚随着拉上来,一步步地往前拉扯,身子整着,像是患过瘫痪病。蹭到场中,把大衫扔在地上,一点没理会四围怎样笑他。

"神枪沙子龙的徒弟,你说?好,让你使枪吧;我呢?"老头子非常的干脆,很像久想动手。

人们全回来了,邻场耍狗熊的无论怎么敲锣也不中用了。

"三截棍进枪吧?"王三胜要看老头子一手,三截棍不是随便就拿得起来的家伙。

老头子又点点头,拾起家伙来。

王三胜努着眼,抖着枪,脸上十分难看。

老头子的黑眼珠更深更小了,像两个香火头,随着面前的枪尖儿转,王三胜忽然觉得不舒服,那俩黑眼珠似乎要把枪尖吸进去!四外已围得风雨不透,大家都觉出老头子确是有威。为躲那对眼睛,王三胜耍了个枪花。老头子的黄胡子一动:"请!"王三胜一扣枪,向前躬步,枪尖奔了老头子的喉头去,枪缨打了一个红旋。老人的身子忽然活展了,将身微偏,让过枪尖,前把一挂,后把撩王三胜的手。啪,啪,两响,王三胜的枪撒了手。场外叫了好。王三胜连脸带胸口全紫了，抄起枪来；一个花子，连枪带人滚了过来，枪尖奔了老人的中部。老头子的眼亮得发着黑光；腿轻轻一屈，下把掩裆，上把打着刚要抽回的枪杆；啪，枪又落在地上。

场外又是一片彩声。王三胜流了汗，不再去拾枪，努着眼，木在那里。老头子扔下家伙，拾起大衫，还是拉拉着腿，可是走得很快了。大衫搭在臂上，他过来拍了王三胜一下："还得练哪，伙计！"

"别走！"王三胜擦着汗，"你不离，姓王的服了！可有一样，你敢会会沙老师？"

"就是为会他才来的！"老头子的干巴脸上皱起点来，似乎是笑呢，"走，收了吧，晚饭我请！"

王三胜把兵器拢在一处，寄放在变戏法二麻子那里，陪着老头子往庙外走。后面跟着不少人，他把他们骂散了。

"你老贵姓？"他问。

"姓孙哪。"老头子的话与人一样，都那么干巴，"爱练，久想会会沙子龙。"

沙子龙不把你打扁了！王三胜心里说。他脚底下加了劲，可是没把孙老头落下。他看出来，老头子的腿是老走着查拳门中的连跳步；交起手来，必定很快。但是，无论他怎么快，沙子龙是没对手的。准知道孙老头要吃亏，他心中痛快了些，放慢了些脚步。

"孙大叔贵处？"

"河间的，小地方。"孙老者也和气了些，"月棍年刀一辈子枪，不容易见功夫！说真的，你那两手就不坏！"

王三胜头上的汗又回来了，没言语。

到了客栈，他心中直跳，唯恐沙老师不在家，他急于报仇。他知道老师不爱管这种事，师弟们已碰过不少回钉子，可是他相信这回必定行，他是大伙计，不比那些毛孩子；再说，人家在庙会上点名叫阵，沙老师还能丢这个脸么？

"三胜，"沙子龙正在床上看着本《封神榜》，"有事吗？"

三胜的脸又紫了，嘴唇动着，说不出话来。

沙子龙坐起来："怎么了，三胜？"

"栽了跟头！"

只打了个不甚长的哈欠，沙老师没别的表示。

王三胜心中不平，但是不敢发作；他得激动老师："姓孙的一个老头儿，门外等着老师呢；把我的枪，枪，打掉了两次！"他知道"枪"字在老师心中有多大分量。没等吩咐，他慌忙跑出去。

客人进来，沙子龙在外间屋等着呢。彼此拱手坐下，他叫三胜去泡茶。三胜希望两个老人立刻交了手，可是不能不沏茶去。孙老者没话讲，用深藏着的眼睛打量沙子龙。沙很客气：

"要是三胜得罪了你，不用理他，年纪还轻。"

孙老者有些失望，可也看出沙子龙的精明。他不知怎样好了，不能拿一个人的精明断定他的武艺。"我来领教领教枪法！"他不由得说出来。

沙子龙没接茬儿。王三胜提着茶壶走进来——急于看二人动手，他没管水开了没有，就沏在壶中。

"三胜，"沙子龙拿起个茶碗来，"去找小顺们去，天汇见，陪孙老者吃饭。"

"什么！"王三胜的眼珠几乎掉出来。看了看沙老师的脸，他敢怒而不敢言地说了声"是啦！"，走出去，噘着大嘴。

"教徒弟不易！"孙老者说。

"我没收过徒弟。走吧，这个水不开！茶馆去喝，喝饿了就吃。"沙子龙从桌子上拿起缎子褡裢，一头装着鼻烟壶，一头装着点钱，挂在腰带上。

"不，我还不饿！"孙老者很坚决，两个"不"字把小辫从肩上抢到后边去。

"说会子话儿。"

"我来为领教领教枪法。"

"功夫早搁下了，"沙子龙指着身上，"已经放了肉！"

"这么办也行，"孙老者深深地看了沙老师一眼，"不比武，教给我那趟五虎断魂枪。"

"五虎断魂枪？"沙子龙笑了，"早忘干净了！早忘干净了！告诉你，在我这儿住几天，咱们各处逛逛，临走，多少送点盘缠。"

"我不逛，也用不着钱，我来学艺！"孙老者立起来，"我练趟给你看看，看够得上学艺不够！"一屈腰已到了院中，把楼鸽都吓飞起去。拉开架子，他打了趟查拳：腿快，手飘洒，一个飞脚起去，小辫儿飘在空中，像从天上落下来一个风筝；快之中，每个架子都摆得稳、准、利落；来回六趟，把院子满都打到，走得圆，接得紧，身子在一处，而精神贯穿到四面八方。抱拳收势，身儿缩紧，好似满院乱飞的燕子忽然归了巢。

"好！好！"沙子龙在台阶上点着头喊。

"教给我那趟枪！"孙老者抱了抱拳。

沙子龙下了台阶，也抱着拳："孙老者，说真的吧，那条枪和那套枪都跟我入棺材，一齐入棺材！"

"不传？"

"不传！"

孙老者的胡子嘴动了半天，没说出什么来。到屋里抄起蓝布大衫，拉拉着腿："打搅了，再会！"

"吃过饭走！"沙子龙说。

孙老者没言语。

沙子龙把客人送到小门，然后回到屋中，对着墙角立着的大枪点了点头。

他独自上了天汇，怕是王三胜们在那里等着。他们都没有去。

王三胜和小顺们都不敢再到土地庙去卖艺，大家谁也不再为沙子龙吹胜；反之，他们说沙子龙栽了跟头，不敢和个老头儿动手；那个老头子一脚能踢死

个牛。不要说王三胜输给他，沙子龙也不是他的对手。不过呢，王三胜到底和老头子见了个高低，而沙子龙连句硬话也没敢说。"神枪沙子龙"慢慢似乎被人们忘了。

夜静人稀，沙子龙关好了小门，一气把六十四枪刺下来；而后，挂着枪，望着天上的群星，想起当年在野店荒林的威风。叹一口气，用手指慢慢摸着凉滑的枪身，又微微一笑："不传！不传！"

（选自《我这一辈子——老舍中短篇小说精选》，老舍，

生活·读书·新知三联书店2014年版）

作品赏析

《断魂枪》是1935年老舍创作的一部短篇小说，该小说展现了老舍深沉而凝重的文化情结，是其名篇之一。

《断魂枪》讲述了沙子龙这一武林高手改变身份当客栈老板后的境遇，串联王三胜卖艺、孙老者与王三胜比武、孙老者献技3个小片段。其中沙子龙从侠客到客栈老板的身份改变铸满了作者深沉而凝重的文化情结，也表现了社会转型时期传统文化的衰落这一主题。

《断魂枪》具有老舍作品的共有艺术特色。从小说语言看，行文通俗易懂，细节中充满京味儿。这篇作品是老舍典型的京味小说。京味小说是指用俗白、风趣的北京话书写北京城的人物、故事，表现具有浓郁京华色彩的风俗文化、人情世态。《断魂枪》的语言以北京方言为基础，选择既具有地方特色又浅俗易懂的词汇进行创作，在书面白话语中融合口语特色，使小说充满浓郁的北京气息。从小说人物身份看，人物具有独特的北京市井身份。小说行文围绕人物的活动展开，自然呈现了具有北京特色的地点、风俗、事物等。而小说人物的市井身份也展现了相应的语言、行为、性格和心理等。这样的人物选择，塑造了《断魂枪》中北京城形象的典型性。老舍身处的北京城，既有北京大学为代表的精英文化，也有紫禁城等统治阶级的上层阶级文化，但老舍独独选择了以胡同为代表的下层阶级文化。这是老舍的视角选择，是老舍民间立场的表现。从鲁迅开始的中国现代白话小说传统暗含典型的启蒙立场，知识分子肩负启迪民智的责任外，也与被启蒙的民众不可避免地产生隔膜。而老舍关于国民劣根性的思考是基于民间立场，浅俗易懂的语言背后是老舍对下层阶级的熟悉、理解与反思。

此外，《断魂枪》更集中体现了老舍对行将消失的俗文化的关注与思考。小说开头很精彩，寥寥几笔将现代中国的特殊性生动而富有画面感地展现了出来：随着国门的被迫打开，中国不仅被卷入了世界殖民战争，也卷入了现代化的滚滚洪流中；不仅是主流的意识形态被改变，俗文化也同样面临着改变。老舍关注的正是民间俗文化在这样一个特殊转型时期的变化，而作者理解之同情的无可奈何使小说充满了浓郁的文化气息。

拓展阅读

阅读老舍的《柳家大院》。

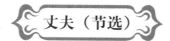

丈夫（节选）

简介

沈从文（1902—1988），湖南凤凰人，原名沈岳焕，乳名茂林，字崇文，笔名休芸芸、甲辰、上官碧、璇若等。沈从文是现代著名作家、历史文物研究家、京派小说代表人物。

沈从文是京派文学的重要作家之一，撰写出版了《边城》《长河》等小说，以及《唐宋铜镜》《龙凤艺术》《战国漆器》《中国古代服饰研究》等学术专著。京派文学是指20世纪30年代以北方城市为中心的文学创作流派，追求文学艺术的独立与自由，既反对文学从属于政治，也反对文学商业化，具有理想主义特征。京派文学以乡土文化、中国传统文化为表现对象，作品风格淡雅、简约。沈从文的作品以家乡湖南为表现对象，建构了极具特色的湘西世界。沈从文的作品在价值取向上，认可中国传统的农业文明和文化；在创作倾向上，关注人性的恒常；在作品结构上，融合了散文笔法，结构舒朗；在作品意境上，采用一种近乎田园牧歌的表现形式。

原文

落了春雨，一共有七天，河水涨大了。

河中涨了水，平常时节泊在河滩的烟船妓船，离岸极近，船皆系在吊脚楼下的支柱上。

在四海春茶馆楼上喝茶的闲汉子，伏身在临河一面窗口，可以望到对河的宝塔"烟雨红桃"好景致，也可以知道船上妇人陪客烧烟的情形。因为那么近，上下都方便，有喊熟人的声音，从上面或从下面喊叫，到后是互相见到了，谈话了，取了亲昵样子，骂着野话粗话，于是楼上人会了茶钱，从湿而发臭的甬道走去，从那些肮脏地方走到船上了。

上了船，花钱半元到五块，随心所欲吃烟睡觉，同妇人毫无拘束的放肆取乐，这些在船上生活的大臀肥身年青女人，就用一个妇人的好处，服侍男子过夜。

船上人，她们把这件事也像其余地方一样称呼，这叫做"生意"。她们都是做生意而来的。在名分上，那名称与别的工作同样，既不与道德相冲突，也并不违反健康。她们从乡下来，从那些种田挖园的人家，离了乡村，离了石磨同小牛，离了那年青而强健的丈夫，跟随到一个熟人，就来到这船上做生意了。做了生意，慢慢的变成为城市里人，慢慢的与乡村离远，慢慢的学会了一些只有城市里才需要的恶德，于是这妇人就毁了。但那毁，是慢慢的，因为需要一些日子，所以谁也不去注意了。而且也仍然不缺少在任何情形下还依然会好好的保留着那乡村纯朴气质的妇人，所以在市的小河妓船上，决不会缺少年青女子的来路。

　　事情非常简单，一个不疲疲于生养孩子的妇人，到了城市，能够每月把从城市里两个晚上所得的钱，送给那留在乡下诚实耐劳种田为生的丈夫处去，在那方面就可以过了好日子，名分不失，利益存在，所以许多年青的丈夫，在娶妻以后，把妻送出来，自己留在家中耕田种地安分过日子，也竟是极其平常的事。

　　这种丈夫，到什么时候，想及那在船上做生意的年青的媳妇，或逢年过节，照规矩要见见媳妇的面了，自己便换了一身浆洗干净的衣服，腰带上挂了那个工作时常不离口的短烟袋，背了整箩整篓的红薯糍粑之类，赶到市上来，像访远亲一样，从码头第一号船上问起，一直到认出自己女人所在的船上为止。问明白了，到了船上，小心小心的把一双布鞋放到舱外护板上，把带来的东西交给了女人，一面便用着吃惊的眼睛，搜索女人的全身。这时节，女人在丈夫眼下自然已完全不同了。

　　大而油光的发髻，用小镊子扯成的细细眉毛，脸上的白粉同绯红胭脂，以及那城市里人神气派头，城市里人的衣裳，都一定使从乡下来的丈夫感到极大的惊讶，有点手足无措。那呆像是女人很容易清楚的。女人到后开了口，或者问："那次五块钱得了么？"或者问："我们那对猪养儿子了没有？"女人说话时口音自然也完全不同了，变成象城市里做太太的大方自由，完全不是在乡下做媳妇的神气了。

　　听女人问到钱，问到家乡豢养的猪，这作丈夫的看出自己做主人的身分，并不在这船上失去，看出这城里奶奶还不完全忘记乡下，胆子大了一点，慢慢的摸出烟管同火镰。第二次惊讶，是烟管忽然被女人夺去，即刻在那粗而厚大的掌握里，塞了一枝哈德门香烟的缘故。吃惊也仍然是暂时的事，于是这做丈夫的，一面吸烟一面谈话，……

　　到了晚上，吃过晚饭，仍然在吸那有新鲜趣味的香烟。来了客，一个船主或一个商人，穿生牛皮长统靴子，抱兜一角露出粗而发亮的银链，喝过一肚子烧酒，摇摇荡荡的上了船。一上船就大声的嚷要亲嘴要睡，那洪大而含胡的声音，那势派，都使这作丈夫的想起了村长同乡绅那些大人物的威风，于是这丈夫不必指点，也就知道怯生生的往后舱钻去，躲到那后梢舱上去低低的喘气，一面把含在口上那枝卷烟摘下来，毫无目的的眺望河中暮景。夜把河上改变了，岸上河上已经全是灯火，这丈夫到这时节一定要想起家里的鸡同小猪，仿佛那些小小东西才是自己的朋友，仿佛那些才是亲人，如今与妻接近，与家庭却离得很远，淡淡的寂寞袭上了身，他愿意转去了。

　　当真转去没有？不。三十里路路上有豺狗，有野猫，有查夜的放哨的团丁，全是不好惹的东西，转去自然做不到。船上的大娘自然还得留他上三元宫看夜戏，到四海春去喝清茶，并且既然到了市上，大街上的灯同城市中的人更不可不去看看。于是留下了，坐到后舱看河中景致，等候大娘的空暇。到后要上岸了，就由小阳桥上扳篷架到船头；玩过后，仍然由那旧地方转到船上，小心小心使声音放轻，省得留在舱里躺到床上烧烟的人发怒。

　　到要睡觉的时候，城里起了更，西梁山上的更鼓冬冬响了一会，悄悄的从板缝里看看客人还不走，丈夫没有什么话可说，就在梢舱上新棉絮里一个人睡了。半夜里，或者已睡着，或者还在胡思乱想，那媳妇抽空爬过了后舱，问是不是想吃一点糖。本来非常欢喜口含冰糖的脾气，是做媳妇的记得清楚明白，所以即或说已经睡觉，已经吃过，也仍然还是塞了一小片冰糖在口里。媳妇用着略略抱怨自己那种神气走去了，丈夫把冰糖含在口里，正象仅仅为了这一点理由，就得原谅媳妇的行为，尽她在前舱陪客，自己也仍然很和平的睡觉了。

这样的丈夫在黄庄多着，那里出强健女子同忠厚男人。地方实在太穷了，一点点收成照例要被上面的人拿去一大半，手足贴地的乡下人，任你如何勤省耐劳的干做，一年中四分之一时间，即用红薯叶子拌和糠灰充饥，总还不容易对付下去。地方虽在山中，离大河码头只三十里，由于习惯，女子出乡讨生活，男人通明白这做生意的一切利益。他懂事，女子名分上仍然归他，养得儿子归他，有了钱，也总有一部分归他。

……

男子一早起来就要走路，沉默的一句话不说，端整了自己的草鞋，找到了自己的烟袋。一切归一了，就坐到那矮床边沿，象是有话说又说不出口。

老七问他，"你不是昨晚上答应过干爹，今天到他家中吃中饭吗？"

"……"摇摇头，不作答。

"人家特意为你办了酒席，好意思不领情？"

"……"

"戏也不看看么？"

"……"

"满天红的荤油包子，到半日才上笼，那是你欢喜的包子。"

"……"

一定要走了，老七很为难，走出船头呆了一会，回身从荷包里掏出昨晚上那兵士给的票子来，点了一下数，一共四张，捏成一把塞到男子左手心里去。男子无话说，老七似乎懂到那意思了，"大娘，你拿那三张也把我。"大娘将钱取出，老七又把这钱塞到男子右手心里去。

男子摇摇头，把票子撒到地下去，两只大而粗的手掌捣着脸孔，象小孩子那样莫名其妙的哭了起来。

五多同大娘看情形不好，一齐逃到后舱去了。五多心想这真是怪事，那么大的人会哭，好笑。可是她并不笑。她站在船后梢舵，看见挂在梢舱顶梁上的胡琴，很愿意唱一个歌，可是不知为什么也总唱不出声音来。

水保来船上请远客吃酒，只有大娘同五多在船上。问到时，才明白两夫妇一早都回转乡下去了。

1930年4月作于吴淞

（选自《短篇小说百年经典（1917—2015）》，
李朝全主编，沈从文著，中央编译出版社2016年版）

作品赏析

沈从文的作品依题材分为"湘西系列"和"都市系列"。"湘西系列"描绘沈从文心目中的乡村景致，有远山近水、宁静时光、悠闲农家及美好的传统文明；"都市系列"叙述了城市里的文化精英或上层知识分子在都市文明的浸染下人性的退化和原始生命力的衰退。而在原始美好的乡村文明与衰败丑陋的城市文明之间，沈从文还有一个系列，即被城市文明浸染的乡村世界。《丈夫》正是其中的代表。

文章一开始用细碎又画面感十足的笔调描绘了介于城市和乡村之间的特殊经济模式：生活在城市周边小船上的乡村妓女，以为城里人卖身的形式贴补在乡村以务农为主业的丈夫。沈从文最后点明在这类特殊经济模式中，乡村女子在经济地位的巨大悬殊中甘愿抛弃乡村的美德，染上城市恶德的普遍性与必然性。这句话正是作者写作的意图，而随后的情节，在同样被日常细节铺满的文字里，城乡对比好似一条线索贯穿全文。同时，作者安排这样的对比是通过来自乡间丈夫的视角，通过丈夫眼中对这个边缘世界的认知，通过丈夫眼中妻子的变化，通过丈夫自己的认知变化展现。

此外，妓女和水手是沈从文此类作品喜欢表达的对象，在其代表作《边城》里面也出现了妓女和水手的爱情。不仅是因为这两类人更好地展现了城市文明侵袭下传统农业经济的被动适应，也因为作者独特的视角和从人性出发的道德观。《丈夫》一文用笔含蓄，情感内蕴，是典型的沈从文式情感表达。例如，小说结尾，在丈夫和妻子之间的分歧、冲突即将达到最顶峰时，沈从文选择了戛然而止，避开了随后的妥协、纠结，甚至相拥而泣。而丈夫和妻子的去向通过旁人的偶然询问告知读者，中间空白留下的想象空间丰富了文本层次，也呼应了整篇文章的内蕴风格。

朗诵指导

1. 在朗读本节选作品时，要注意画面感和细节的展现。通过"情景再现四步走"（理清头绪、设身处地、触景生情、现身说法）的方式，生动形象地展现图景。

2. 本节选作品情节很简单，主要应体会其中的心理展现。因此，在朗读过程中，要揣摩文章中人物的心境，正确地对寓意性内在语做生动形象的展示，正确把握情感色彩。

例：船上人，他们把这件事也像其余地方一样称呼，这叫做"生意"。她们都是做生意而来的。在名分上，那名称与别的工作同样，既不与道德相冲突，也并不违反健康。她们从乡下来，从那些种田挖园的人家，离了乡村，离了石磨同小牛，离了那年青而强健的丈夫，跟随到一个熟人，就来到这船上做生意了。做了生意，慢慢的变成为城市里人，慢慢的与乡村离远，慢慢的学会了一些只有城市里才需要的恶德，于是这妇人就毁了。但那毁，是慢慢的，因为需要一些日子，所以谁也不去注意了。而且也仍然不缺少在任何情形下还依然会好好地保留着那乡村纯朴气质的妇人，所以在市的小河妓船上，决不会缺少乡青女子的来路。（内在语：这种热闹、舒坦、愉悦的氛围，任谁都会陶醉其中，连从乡下到城里来做生意的妓女自己也是忘乎所以，真是可悲。）

这种丈夫，到什么时候，想及那在船上做生意的年青的媳妇，或逢年过节，照规矩要见见媳妇的面了，自己便换了一身浆洗干净的衣服，腰带上挂了那个工作时常不离口的短烟袋，背了整箩整篓的红薯糍粑之类，赶到市上来，像访远亲一样，从码头第一号船上问起，一直到认出自己女人所在的船上为止。问明白了，到了船上，小心小心地把一双布鞋放到舱外护板上，把带来的东西交给了女人，一面便用着吃惊的眼睛，搜索女人的全身。这时节，女人在丈夫眼下自然已完全不同了。

大而油光的发髻，用小镊子扯成的细细眉毛，脸上的白粉同绯红胭脂，以及那城市里人神气派头，城市里人的衣裳，都一定使从乡下来的丈夫感到极大的惊讶，有点手足无措。那呆像是女人很容易清楚的。（内在语：自己的女人去给别人做女人，男性的尊严在这里丧失殆尽，屈辱只是为了钱，这些不合理的现象实在是泯灭了人性。另外还要注意对比蒙太奇表现："自己便换了一身浆洗干净的衣服"——"小心小心的"——"吃惊的眼睛，搜索女人的全身"——"大而油光的发髻，用小镊子扯成的细细眉毛，脸上的白粉同绯红胭脂"透过加重音量、拖长音节、改变音调与音色等方式，将对比与言外之意体现出来。）

拓展阅读

阅读沈从文的《边城》。

金锁记（节选）

简介

张爱玲（1920—1995），河北丰润人，本名张煐，后因入学需要，英文名Eileen 译音，易名爱玲。上海沦陷时期，陆续发表《沉香屑·第一炉香》《倾城之恋》《心经》《金锁记》等中、短篇小说。

张爱玲是海派文学最重要的女作家，她笔下构建的上海成为想象 20 世纪30～40 年代上海形象的典范。张爱玲以上海和女性作为主要创作对象，在时代的滚滚潮流中，刻画了一系列停留在过去的遗老遗少形象，描绘了时间夹缝中的城市样貌。她的小说虽多以爱情题材为故事架构，但作品讲述的重点是多样的人性。张爱玲精通英文，熟悉西方文学样式，同时又深受中国古典文学，特别是《红楼梦》的影响，其小说既有旧文学的样式，又有新文学的内核，受众面很广。

原文

三十年前的上海，一个有月亮的晚上……我们也许没赶上看见三十年前的月亮。年轻的人想着三十年前的月亮该是铜钱大的一个红黄的湿晕，像朵云轩信笺上落了一滴泪珠，陈旧而迷糊。老年人回忆中的三十年前的月亮是欢愉的，比眼前的月亮大、圆、白；然而隔着三十年的辛苦路望回看，再好的月色也不免带点凄凉。

月光照到姜公馆新娶的三奶奶的陪嫁丫头凤箫的枕边。凤箫睁眼看了一看，只见自己一只青白色的手搁在半旧高丽棉的被面上，心中便道："是月亮光么？"凤箫打地铺睡在窗户底下。那两年正忙着换朝代，姜公馆避兵到上海来，屋子不够住的，因此这一间下房里横七竖八睡满了底下人。

凤箫恍惚听见大床背后有窸窸窣窣的声音，猜着有人起来解手，翻过身去，果见布帘子一掀，一个黑影趿着鞋出来了，约摸是伺候二奶奶的小双，便轻轻叫了一声"小双姐姐"。小双笑嘻嘻走来，踢了踢地上的褥子道："吵醒了你了。"她把两手抄在青莲色旧绸夹袄里，下面系着明油绿裤子。凤箫伸手捻了捻裤脚，笑道："现在颜色衣服不大有人穿了，下江人时兴的都是素净的。"小双笑道："你不知道，我们家哪比得旁家？我们老太太古板，连奶奶小姐们尚且做不得主呢，何况我们丫头？给什么，穿什么——一个个打扮得庄稼人似的！"她一蹲身坐在地铺上，拣起凤箫脚头一件小袄来，问道："这是你们小姐出阁，给你们新添的？"凤箫摇头道："三季衣裳，就只外场上看见的两套是新制的，余下的还不是拿上头人穿剩下的贴补贴补！"小双道："这次办喜事，偏赶着革命党造反，可委屈了你们小姐！"凤箫叹道："别提了。就说省俭些罢，总得有个谱子！也不能太看不上眼的。我们那一位，嘴里不言语，心里岂有不气的？"小双道："也难怪三奶奶不乐意。你们那边的嫁妆，也还凑付着，我们这边的排场，可太凄惨了。就连那一年娶咱们二奶奶，也还比这一趟强些！"凤箫愣了一愣道："怎么？你们二奶奶……"

小双脱下了鞋，赤脚从凤箫身上跨过去，走到窗户跟前，笑道："你也起来看看月亮。"凤箫一骨碌爬起身来，低声问道："我早就想问你了，你们二奶奶……"小双弯腰拾起那件小袄来替她披上了，道："仔细着了凉。"凤箫一面扣钮子，一面笑道："不行，你得告诉我！"小双笑道："是我说话不留神，闯了祸！"凤箫道："咱们这都是自家人了，干嘛这么见外呀？"小双道："告诉你，你可别告诉你们小姐去！咱们二奶奶家里是开麻油店的。"凤箫哟了一声道："开麻油店！打哪儿想起的？像你们大奶奶，也是公侯人家的小姐，我们那一位虽比不上大奶奶，也还不是低三下四的人——"小双道："这里头自然有个缘故。咱们二爷你也见过了，是个残废，做官人家的女儿谁肯给他？老太太没奈何，打算替二爷置一房姨奶奶，做媒的给找了这曹家的，是七月里生的，就叫七巧。"凤箫道："哦，是姨奶奶。"小双道："原来是姨奶奶的，后来老太太想着，既然不打算替二爷另娶了，二房里没个当家的媳妇，也不是事，索性聘了来做正头奶奶，好教她死心塌地服侍二爷。"凤箫把手扶着窗台，沉吟道："怪道呢！我虽是初来，也瞧料了两三分。"小双道："龙生龙，凤生凤，这话是有的。你还没听见她的谈吐呢！当着姑娘们，一点忌讳也没有。亏得我们家一向内言不出，外言不入，姑娘们什么都不懂。饶是不懂，还臊得没处躲！"凤箫噗嗤一笑道："真的？她这些村话，又是从哪儿听来的？就连我们丫头——"小双抱着胳膊道："麻油店的活招牌，站惯了柜台，见多识广的，我们拿什么去比人家？"凤箫道："你是她陪嫁过来的么？"小双冷笑说："她也配！我原是老太太跟前的人，二爷成天的吃药，行动都离不了人，屋里几个丫头不够使，

把我拨了过去。怎么着？你冷哪？"凤箫摇摇头。小双道："瞧你缩着脖子这娇模样儿！"一语未完，凤箫打了个喷嚏，小双忙推她道："睡罢！睡罢！快窝一窝。"凤箫跪了下来脱袄子，笑道："又不是冬天，哪儿就至于冻着了？"小双道："你别瞧这窗户关着，窗户眼儿里吱溜溜的钻风。"

两人各自睡下，凤箫悄悄的问道："过来了也有四五年了罢？"小双道："谁？"凤箫道："还有谁？"小双道："哦，她，可不是有五年了。"凤箫道："也生男育女的——倒没闹出什么话柄儿？"小双道："还说呢！话柄儿就多了！前年老太太领着合家上下到普陀山进香去，她坐月子没去，留着她看家。舅爷脚步儿走得勤了些，就丢了一票东西。"凤箫失惊道："也没查出个究竟来？"小双道："问得出什么好的来？大家面子上下不去！那些首饰左不过将来是给大爷二爷三爷的。大爷大奶奶碍着二爷，没好说什么。三爷自己在外头流水似的花钱，欠了公账上不少，也说不响嘴。"

她们俩隔着丈来远交谈。虽是极力的压低了喉咙，依旧有一句半句声音大了些，惊醒了大床上睡着的赵嬷嬷。赵嬷嬷唤道："小双。"小双不敢答应。赵嬷嬷道："小双，你再混说，让人家听见了，明儿仔细揭你的皮！"小双还是不作声。赵嬷嬷又道："你别以为还是从前住的深堂大院哪，由得你疯疯癫癫！这儿可是挤鼻子挤眼睛的，什么事瞒得了人？趁早别讨打！"屋里顿时鸦雀无声。赵嬷嬷害眼，枕头里塞着菊花叶子，据说是使人眼目清凉的。她欠起头来按了一按髻上横绾的银簪，略一转侧，菊叶便沙沙作响。赵嬷嬷翻了个身，吱吱格格牵动了全身的骨节，她唉了一声道："你们懂得什么！"小双与凤箫依旧不敢接嘴。久久没有人开口，也就一个个的朦胧睡去了。

天就快亮了。那扁扁的下弦月，低一点，低一点，大一点，像赤金的脸盆，沉了下去。天是森冷的蟹壳青，天底下黑漆漆的只有些矮楼房，因此一望望得很远。地平线上的晓色，一层绿，一层黄，又一层红，如同切开的西瓜——是太阳要上来了。渐渐马路上有了小车与塌车辘辘推动，马车蹄声得得。卖豆腐花的挑着担子悠悠吆喝着，只听见那漫长的尾声："花……呕！花……呕！"再去远些，就只听见"哦……呕！哦……呕！"

屋子里丫头老妈子也起身了，乱着开房门、打脸水、叠铺盖、挂帐子、梳头。凤箫伺候三奶奶兰仙穿了衣裳，兰仙凑到镜子前面仔细望了一望，从腋下抽出一条水绿洒花湖纺手帕，擦了擦鼻翅上的粉，背对着床上的三爷道："我先去替老太太请安罢。等你，准得误了事。"正说着大奶奶玳珍来了，站在门槛上笑道："三妹妹，咱们一块儿去。"兰仙忙迎了出去道："我正担心着怕晚了，大嫂原来还没上去。二嫂呢？"玳珍笑道："她还有一会儿耽搁呢。"兰仙道："打发二哥吃药？"玳珍四顾无人，便笑道："吃药还在其次——"她把大拇指抵着嘴唇，中间的三个指头握着拳头，小指头翘着，轻轻的"嘘"了两声。兰仙诧异道："两人都抽这个？"玳珍点头道："你二哥是过了明路的，她这可是瞒着老太太的，叫我们夹在中间为难，处处还得替她遮盖遮盖，其实老太太有什么不知道？有意的装不晓得，照常的派她差使，零零碎碎给她罪受，无非是不肯让她抽个痛快罢了。其实也是的，年纪轻轻的妇道人家，有什么了得的心事，要抽这个解闷儿？"

玳珍兰仙手挽手一同上楼，各人后面跟着贴身丫鬟，来到老太太卧室隔壁的一间小小的起坐间里。老太太的丫头榴喜迎了出来，低声道："还没醒呢。"玳珍抬头望了望挂钟，笑道："今儿老太太也晚了。"榴喜道："前两天说是马路上人声太杂，睡不稳。这现在想是惯了，今儿补足了一觉。"

紫榆百龄小圆桌上铺着红毡条，二小姐姜云泽一边坐着，正拿着小钳子磕核桃呢，因丢下了站起来相见。玳珍把手搭在云泽肩上，笑道："还是云妹妹孝心，老太太昨儿一时高兴，叫做糖核桃，你就记住了。"兰仙玳珍便围着桌子坐下了，帮着剥核桃衣子。云泽手酸了，放下了钳子，兰仙接了过来。玳珍道："当心你那水葱似的指甲，养得这么长了，断了怪可惜的！"云泽道："叫人去拿金指甲套子去。"兰仙笑道："有这些麻烦的，倒不如叫他们拿到厨房里去剥了！"

众人低声说笑着，榴喜打起帘子，报道："二奶奶来了。"兰仙云泽起身让坐，那曹七巧且不坐下，一只手撑着门，一只手撑住腰，窄窄的袖口里垂下一条雪青洋绉手帕，身上穿着银红衫子，葱白线镶滚，雪青闪蓝如意小脚裤子，瘦骨脸儿，朱口细牙，三角眼，小山眉，四下里一看，笑道："人都齐了。今儿想必我又晚了！怎怪我不迟到——摸着黑梳的头！谁教我的窗户冲着后院子呢？单单就派了那么间房给我，横竖我们那位眼看是活不长的，我们净等着做孤儿寡妇了——不欺负我们，欺负谁？"玳珍淡淡的并不接口，兰仙笑道："二嫂住惯了北京的屋子，怪不得嫌这儿憋闷得慌。"云泽道："大哥当初找房子的时候，原该找个宽敞些的，不过上海像这样，只怕也算敞亮的了。"兰仙道："可不是！家里人实在多，挤是挤了点——"七巧挽起袖口，把手帕子掖在翡翠镯子里，瞟了兰仙一眼，笑道："三妹妹原来也嫌人太多了。连我们都嫌人多，像你们没满月的自然更嫌人多了！"兰仙听了这话，还没有怎么，玳珍先红了脸，道："玩是玩，笑是笑，也得有个分寸。三妹妹新来乍到的，你让她想着咱们是什么样的人家？"七巧扯起手绢子的一角掩住了嘴唇道："知道你们都是清门净户的小姐，你倒跟我换一换试试，只怕你一晚上也过不惯。"玳珍啐道："不跟你说了，越说你越上头上脸的。"七巧索性上前拉住玳珍的袖子道："我可以赌得咒——这五年里头我可以赌得咒！你敢赌么？你敢赌么？"玳珍也撑不住噗哧一笑，咕噜了一句道："怎么你孩子也有了两个？"七巧道："真的，连我也不知道这孩子是怎么生出来的！越想越不明白！"玳珍摇手道："够了，够了，少说两句罢。就算你拿三妹妹当自己人，没有什么背讳，现放着云妹妹在这儿呢，待会儿老太太跟前一告诉，管叫你吃不了兜着走！"

（选自《倾城之恋》，张爱玲，北京十月文艺出版社 2012 年版）

作品赏析

张爱玲出身显赫，祖母为李鸿章之女，祖父也是晚清名流。父辈虽有所沦落，但旧式上流阶层的生活方式，特别是旧式文人的生活方式依然保留得很完整，给年幼的张爱玲很多文化上的补养。张爱玲的母亲出身优渥，接受并认同西方文化，是一名典型的新女性，同样对张爱玲的成长影响颇大。此外，就张爱玲受教育经历而言，中西文化的碰撞是其突出特点。这些独特经历也呈现在张爱玲的文学创作中。《金锁记》是张爱玲的代表作，虽然描绘了一个旧上海的老故事，但骨子里却是现代文学的内核。

从外在形式看，《金锁记》提供了一个怀旧和猎奇的窗口。甚至在小说第一次发表时，文本讲述的已经是 30 年前的故事了。小说中的人物身着质地精致细腻的旧时代衣饰，生活的环境、使用的家具同样来自传统的旧中国。小说中深宅大院严苛的等级制度、后院女人的钩心斗角、豪门子孙的荒淫无度，它们既符合旧式读者对过去时光的怀念，也满足了新式读者对神秘中国的窥探。

但是回到《金锁记》的意义层面，它又与传统的鸳鸯蝴蝶派拉开了距离。以五四新文学传统看，《金锁记》展现了一个亘古不变的话题——人性。七巧这样一个鲜活的、充满了生命力的女人，在压抑的环境中，如何一步步变成了恶魔本身，这其中人性的嬗变、灵魂的拷问、原始的欲望和压抑，形成了一部非常精彩的心理分析小说。而以左翼文学传统看，来自小市民阶层的七巧，为了金钱嫁入封建阶级的大家庭，七巧的遭遇正是有权、有钱阶级对无产阶级的压迫，金钱正是一切罪恶的根源。

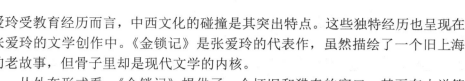 **朗诵指导**

小说是通过完整的故事情节和具体的环境描写，塑造典型鲜明而又丰富多样的人物形象，多方面地反映社会生活的一种文学样式。要想把小说播讲得"引人入胜"，就要求我们不仅要具备良好的基本功，如语音规范、吐字清晰、气息控制自如且富有弹性等，还要有准确而深刻的理解能力，丰富而细腻的感受能力，以及生动形象的表现能力等。在进行小说播讲时要注意以下几点。

1. 体验与表现的结合统一。播讲者既要生活于小说的情境之中，具有角色的真挚感情；同时又要有高度的控制力。小说演播时一般可分为旁白、对白、独白等部分，旁白超脱于外，对白融入其中，独白内化于心，播讲者需要做到自如转换。

2. 把握好人物的特点。人物的特点，即人物最本质、最核心的方面和人物思想个性的主要特色。在《金锁记》朗读选段中出现了凤箫和小双两个人物，我们通过阅读大致可以了解，凤箫性格相对沉稳，而小双性格活泼、口无遮拦，在塑造人物形象时，便可以用声音的明暗、节奏的快慢来区别两人。

3. 把握分寸。"节制"，不要"流于过火"也不要"太平淡"，既不能"表演得过分"又不能"太懈怠"，这都属于分寸感的问题。少则偷工减料，多则庞杂臃肿；欠则意犹未尽，过则失真走味。

4. 用语言塑造形象。作为小说，要通过播讲充分表露、揭示人物的思想意愿、感情起伏、情绪变化，语言上要有鲜明的动作性，语言要性格化，体现出人物的性格特征。

凤箫恍惚听见/大床背后/有窸窸窣窣的声音，猜着/有人起来解手，翻过身去，果见布帘子一掀，一个黑影/趿着鞋出来了（读出神秘感），约摸/是伺候二奶奶的小双，便轻轻叫了一声"小双姐姐"（压低声音）。小双笑嘻嘻走来，踢了踢地下的褥子道："吵醒了你了。（压低声音，语调明快）"她把双手/抄在青莲色旧绸夹袄里，下面系着/明油绿裤子。凤箫伸手/捻了捻裤脚，笑道："现在颜色衣服/不大有人穿了，下江人/时兴的都是素净的。"小双笑道："你不知道，我们家/哪比得旁家？我们老太太古板，连奶奶小姐们/尚且做不得主呢，何况我们丫头？给什么，穿什么——一个个打扮得庄稼人似的！（抱怨的口吻）"她一蹲身/坐在地铺上，拣起凤箫脚头/一件小袄来，问道："这是你们小姐出阁，给你们新添的？"凤箫摇头道："三季衣裳，就只外场上看见的两套/是新制的，余下的/还不是拿上头人穿剩下的/贴补贴补！"小双道："这次办喜事，偏赶着革命党造反，可委屈了你们小姐！"凤箫叹道："别提了！就说省俭些罢，总得有个谱子！也不能太看不上眼了。我们那一位，嘴里/不言语，心里/岂有不气的？"小双道："也难怪三奶奶不乐意。你们那边的嫁妆，也还凑付着，我们这边的排场，可太凄惨了。就连那一年/娶咱们二奶奶，也还比这一趟强些！"凤箫愣了一愣道："怎么？你们二奶奶……"

拓展阅读

阅读张爱玲的《小团圆》。

北京的茶食

简介

周作人（1885—1967），浙江绍兴人，原名櫆寿（后改为奎绶），字星杓，又名启明、启孟、起孟，笔名遐寿、仲密、岂明，号知堂、药堂、独应等，是鲁迅（周树人）之弟、周建人之兄，中国现代著名散文家、文学理论家、评论家、诗人、翻译家、思想家，中国民俗学开拓人，新文化运动的杰出代表。

在五四文学初期，周作人积极参与新文化运动，其《人的文学》《平民文学》等理论文章推动了五四文学的创作，廓清了五四文学核心——"人"的观念。周作人另一篇理论文章《美文》也推动了现代散文概念的成型。此外，周作人的现代白话新诗《小河》被胡适称为新诗的第一首杰作。周作人最为人称道的是其散文。

原文

在东安市场的旧书摊上买到一本日本文章家五十岚力的《我的书翰》，中间说起东京的茶食店的点心都不好吃了，只有几家如上野山下的空也，还做得好点心，吃起来馅和糖及果实浑然融合，在舌头上分不出各自的味来。想起德川时代江户的二百五十年的繁华，当然有这一种享乐的流风余韵留传到今日，虽然比起京都来自然有点不及。北京建都已有五百余年之久，论理于衣食住方面应有多少精微的造就，但实际似乎并不如此，即以茶食而论，就不曾知道什么特殊的有滋味的东西。固然我们对于北京情形不甚熟悉，只是随便撞进一家饽饽铺里去买一点来吃，但是就撞过的经验来说，总没有很好吃的点心买到过。难道北京竟是没有好的茶食，还是有而我们不知道呢？这也未必全是为贪口腹之欲，总觉得住在古老的京城里吃不到包含历史的精炼的或颓废的点心是一个很大的缺陷。北京的朋友们，能够告诉我两三家做得上好点心的饽饽铺么？

我对于20世纪的中国货色，有点不大喜欢，粗恶的模仿品，美其名曰国货，要卖得比外国货更贵些。新房子里卖的东西，便不免都有点怀疑，虽然这样说好像遗老的口吻，但总之关于风流享乐的事我是颇迷信传统的。我在丙四牌楼以南走过，望着异馥斋的丈许高的独木招牌，不禁神往，因为这不但表示他是义和团以前的老店，那模糊阴暗的字迹又引起我一种焚香静坐的安闲而丰腴的生活的幻想。我不曾焚过什么香，却对于这件事很有趣味，然而终于不敢进香店去，因为怕他们在香盒上已放着花露水与日光皂了。我们于日用必需的东西以外，必须还有一点无用的游戏与享乐，生活才觉得有意思。我们看夕阳，看秋河，看花，听雨，闻香，喝不求解渴的酒，吃不求饱的点心，都是生活上必要的——虽然是无用的装点，而且是愈精炼愈好。可怜现在的中国生活，却是极端的干燥粗鄙，别的不说，我在北京彷徨了十年，终未曾吃到好点心。

（选自《周作人代表作·雨天的书》，周作人，华夏出版社2011年版）

作品赏析

《北京的茶食》全文不到八百字，放在《雨天的书》里也是不那么起眼的一篇。然而读完《雨天的书》，如果要找最有代表性的一篇，《北京的茶食》还是当得起的。

从日本的书引到东京的茶食，转到北京的茶食，"总觉得住在古老的京城里吃不到包含历史的精炼的或颓废的点心是一个很大的缺陷"。北京的茶食至此结束，第二段写的全是"20世纪的中国货色"。文中言及"我们于日用必需的东西以外，必须还有一点无用的游戏与享乐，生活才觉得有意思"，虽与《故乡的野菜》《喝茶》《苍蝇》之类篇什一脉相承，但结构写法迥异——后者起码花了不少笔墨在"无用"的野菜、喝茶与苍蝇上。

为何要这样写《北京的茶食》？结尾的重笔可透露一二消息——"可怜现在的中国生活，却是极端的干燥粗鄙，别的不说，我在北京彷徨了十年，终未曾吃到好点心。"周作人在《自序二》里讲到，"我近来作文极慕平淡自然的景地"，《故乡的野菜》《喝茶》《苍蝇》之类的闲适小品确是平淡自然的代表，以至于后来的散文选里总是少不了这几篇。但周作人又在《自序二》里强调"我原来乃是道德家"，正提示我们不要忽略艺术风格的多重性与复杂性。

总的来说，《雨天的书》最可显示周作人前期随笔平淡自然的风格特色，但集中文章并不都如此，也有《我们的敌人》《教训之无用》这样的"道德家"文章。而这一篇短短的《北京的茶食》，就正好容纳了"闲适"与"道德"两种风格。

朗诵指导

1. 文章的篇幅不是很长，但特点鲜明，朗读时应该正确理解文章含义，把握主旨思想，用具体的声音形式表达思想感情。

2. 根据思想感情的不同，应适当地调整口腔的松紧、开合，吐字力度的强弱，声音的高低、强弱、长短等使语流呈现波澜起伏的状态。如"北京建都

已有五百余年之久，论理于衣食住方面应有多少精微的造就，但实际似乎并不如此，即以茶食而论，就不曾知道什么特殊的有滋味的东西。"读这句话时，应口腔状态较紧，吐字力度加强，声音加大，表现出作者的讽刺与不满。

3．揣摩作者表达的意图，注意语句本质与语句表层意思的差异，不被文字表面所迷惑和诱导，正确揭示语句的内在语。

4．内在语是指那些在语言表达中所不便表露、不能表露或没有完全表露出来及没有直接表露出来的语句关系和语句本质。（括号中的句子为内在语，朗读时要表达出意图。）

在东安市场的旧书摊上买到一本日本文章家五十岚力的《我的书翰》（想知道这本书说了什么吗？），中间说起东京的茶食店的点心都不好吃了，只有几家如上野山下的空也，还做得好点心，吃起来馅和糖及果实浑然融合，在舌头上分不出各自的味来。想起德川时代江户的二百五十年的繁华，当然有这一种享乐的流风余韵留传到今日，虽然比起京都来自然有点不及。北京建都已有五百余年之久（这么久的时间，应该有很多造诣），论理于衣食住方面应有多少精微的造就，（可是，事实并非如此，很失望）但实际似乎并不如此，即以茶食而论，就不曾知道什么特殊的有滋味的东西。固然我们对于北京情形不甚

北京的茶食

熟悉，只是随便撞进一家饽饽铺里去买一点来吃，但是就撞过的经验来说，总没有很好吃的点心买到过。难道北京竟是没有好的茶食，还是有而我们不知道呢？（看来确实没有，不过很希望有）这也未必全是为贪口腹之欲，总觉得住在古老的京城里吃不到包含历史的精炼的或颓废的点心是一个很大的缺陷。北京的朋友们，能够告诉我两三家做得上好点心的饽饽铺么？

拓展阅读

阅读周作人的《故乡的野菜》《乌篷船》。

我 的 记 忆

简介

戴望舒（1905—1950），浙江杭州人，名承，字朝安，小名海山，后曾用笔名梦鸥、梦鸥生、信芳、江思等，中国现代派诗人、翻译家等。

戴望舒是继徐志摩之后、艾青之前的著名诗人，一首《雨巷》让他蜚声文坛，获得"雨巷诗人"的称号。戴望舒的诗歌创作经历了浪漫主义时期、现实主义时期和现代主义时期，他本人也在 20 世纪 20 年代末和 30 年代初因其风格独特的新诗被视为现代诗派"诗坛领袖"。1927 年，他的诗《雨巷》显示了新月派向现代派过渡的趋向，而 1929 年所创作的《我的记忆》则成为现代诗派的起点。戴望舒诗集有《我的记忆》《望舒草》《望舒诗稿》《灾难的岁月》《戴望舒诗选》《戴望舒诗集》等。

原文

我的记忆是忠实于我的，
忠实甚于我最好的友人。

它生存在燃着的烟卷上，
它生存在绘着百合花的笔杆上，
它生存在破旧的粉盒上，
它生存在颓垣的木莓上，
它生存在喝了一半的酒瓶上，
在撕碎的往日的诗稿上，在压干的花片上，
在凄暗的灯上，在平静的水上，
在一切有灵魂没有灵魂的东西上，
它在到处生存着，像我在这世界一样。

它是胆小的，它怕着人们的喧嚣，
但在寂寥时，它便对我来作密切的拜访。
它的声音是低微的，
但它的话却很长，很长，
很多，很琐碎，而且永远不肯休；
它的话是古旧的，老讲着同样的故事，
它的音调是和谐的，老唱着同样的曲子，
有时它还模仿着爱娇的少女的声音，
它的声音是没有气力的，
而且还夹着眼泪，夹着太息。

它的拜访是没有一定的，
在任何时间，在任何地点，
时常当我已上床，朦胧地想睡了；
或是选一个大清早，
人们会说它没有礼貌，
但是我们是老朋友。

它是琐琐地永远不肯休止的，
除非我凄凄地哭了，
或者沉沉地睡了，
但是我永远不讨厌它，
因为它是忠实于我的。

（选自《戴望舒作品新编》，王文彬，人民文学出版社 2009 年版）

作品赏析

《我的记忆》一诗是戴望舒现代诗歌风格中成熟的一首。

戴望舒曾经在论述自己的诗歌创作时提到，他感觉自己找到了"新的情绪和表现这情绪的形式"。所谓"新的情绪"是指诗人敏锐地抓住了 20 世纪 30 年代中国的时代情绪，这是一种从传统中国挣脱汇入全球化潮流的情绪，这是与时代相结合的情绪，这也是一种现代人的情绪，这是低沉、抑郁，转向内心和自我感受的情绪。

而所谓"表达这情绪的方式"在戴望舒诗歌中看来，是东方审美与西方审美的结合。戴望舒的诗歌资源自中国晚唐温庭筠、李商隐始，同时受法国浪漫派作品影响，一开始呈现浪漫主义风格特征。后转向法国象征派诗歌艺术，魏尔伦、福尔、果尔蒙、耶麦、爱吕雅、苏佩维埃、洛尔迦、瓦雷里、波德莱尔等诗人对其创作都有不同程度的影响。故而戴望舒的诗歌具有东方化的审美品格和西方化的表达方式与内在情绪。

《我的记忆》这首诗歌，从外在形式看，它摆脱了中国传统诗词的格律，甚至也摆脱了以徐志摩、闻一多为代表的现代格律诗形式。诗歌使用近乎散文化的语言，不追求押韵、对仗，而是借助诗歌内在的音乐性建构诗歌的形式，以诗歌表现形象的流动性来呈现诗歌的内在逻辑。无怪乎叶圣陶评价戴望舒的诗歌"替新诗的音节开了一个新纪元"。从内在表达看，《我的记忆》从日常生活中寻觅抒情意象，将无形的、普通的却又个人化的"记忆"作为表达对象，将抽象的"记忆"附着在有形的事物中，如"烟卷、绘着百合花的笔杆、破旧的粉盒、颓垣的木莓、喝了一半的酒瓶上、撕碎的往日的诗稿、压干的花片、凄暗的灯、平静的水、有灵魂没有灵魂的东西"，这些事物它是每个人都可能会拥有的，也是独属于诗人的，附着之上的"记忆"模糊了诗人与读者之间的差异，它似乎表达了普世的共同情绪，又似乎表达了诗人独特的情绪，产生了共鸣的朦胧美感。

而不断强调的"我的记忆"，它同样也展现了诗人对"我"的自我形象的建构，这个"我"不再是郭沫若笔下的时代的"大我"，而是属于个人的"小我"，是作为知识分子的诗人戴望舒对日常生活的审美的展现。

朗诵指导

1. 《我的记忆》从日常生活中寻觅抒情意象，将无形的、普通的却又个人化的"记忆"作为表达对象，将抽象的"记忆"附着在有形的事物中，产生了一种共鸣的朦胧美感。在朗诵表达时，要注意把握好螺旋式推进的情感基调，努力做到情真意切，以表达作品丰满的内在情感，语言要柔中有刚、意境悠远。

2. 掌握好重音停连、语气节奏，特色鲜明地表达作品，示例如下：

我 的 记 忆
戴望舒

我的记忆（↑→）/是（↓∽）/<u>忠实</u>于我的，
（偷换气）忠实（↓）/甚于我（↓∽）/<u>最好的友人</u>。

（停顿3秒）它生存在（↑→）/<u>燃着的烟卷上</u>，
（停顿2秒）它生存在（↑→）/绘着百合花的（↓∽）/<u>笔杆上</u>，
（停顿1秒）它生存在（↑→）/破旧的粉盒上^，
（明换气）它生存在（↑→）/<u>颓垣的木莓上</u>，
（偷气，快速连接）它（↓∽）/生存在喝了一半的（↓∽）/<u>酒瓶上</u>，
（停顿5秒）在撕碎的往日的/<u>诗稿上</u>^，（停顿2秒）在压干的/<u>花片上</u>，
（偷气，快速连接）在<u>凄暗</u>的/<u>灯上</u>^，（偷气，快速连接）在/<u>平静的水上</u>，
（偷气，快速连接）在一切（↑→）/有灵魂没有灵魂的（↓∽）/<u>东西上</u>^，
它在/<u>到处</u>/生存着，像我（↓）/在这世界（↓）/一样。

它是/<u>胆小的</u>，（偷气）它怕着人们的/<u>喧嚣</u>，
但在寂寥时^，（偷气）它便对我/来作密切的/<u>拜访</u>。
（停顿2秒）它的声音/是低微的，
但它的话却很长^，很长^，
很多^，很琐碎，而且/<u>永远</u>/不肯休；
（停顿3秒）它的话/是古旧的^，老讲着/<u>同样的故事</u>，（↓）
（停顿1秒）它的音调/<u>是和谐的</u>^，（偷气，快速连接）老唱着/<u>同样的曲子</u>，
有时它还模仿着（↑→）/<u>爱娇的</u>/少女的声音，
它的声音/（↑→）是没有气力的，
而且（↑→）/还夹着眼泪，夹着太息。

（停顿3秒）它的拜访/是没有一定的，
在（↑→）/任何时间^，在/任何地点^，
（偷气，快速连接）时/常当我已上床，朦胧地（↑→）/<u>想睡了</u>；
或是（↓∽）/选一个<u>大清早</u>，
人们会说（↓∽）/它没有礼貌，
但是（↓∽）/我们是<u>老朋友</u>。

（停顿3秒）它是（↓∽）/琐琐地永远不肯休止的，
除非我（↓∽）/<u>凄凄地哭了</u>^，
（偷气，快速连接）或者（↓∽）/<u>沉沉地睡了</u>，
但是我（↓∽）/永远不讨厌它，
因为（↑→）/它是/忠实（↑→）/于我的。

🌿 **拓展阅读**

阅读戴望舒的《灾难的岁月》。

我的记忆

中国当代文学

中国当代文学史概述

"中国当代文学"是指自1949年中华人民共和国成立之后在一段相当长的历史时期内发生、发展、消长、繁荣于整个中国大地上的文学。

当代文学的历史分期大体分为5个阶段：十七年时期（1949—1966年）、"文化大革命"时期（1966—1976年）、新时期（1976—1989年）、20世纪90年代文学（1990—1999年）、新世纪文学（2000年至今）。中国当代文学的发展演变大致经历了两大阶段。

一体化阶段。一体化阶段是1949—1976年，毛泽东《在延安文艺座谈会上的讲话》是中华人民共和国成立后全部文艺工作尤其是当代文学写作与批评的总纲领、总方针。毛泽东的文艺思想（延安时期文学理论）在当时有着积极作用，也有一定的局限性。就积极作用而言，这一思想适应了文学表现中华人民共和国成立后现实生活的需要，适应了文学表现革命历史斗争的需要。不过受特殊年代环境的制约，这一文艺思想也有一定的局限性：在理论上过于强调文学与政治的关系；对文学功能的认识存在着片面性；挫伤了文学创作的积极性和主动性。

此阶段的文学特色是"社会主义文学"。这一阶段文学的题材、主题更多的是书写、聚焦社会主义建设、土地改革、"文化大革命"等相对政治化革命化的话题。这时期的文学更偏于思想性，艺术性反而在其次。

在小说方面，十七年文学期间的主要文学题材分为两类，一类是农村题材，一类是革命历史题材。十七年文学的代表作品可以总结为"三红一创""青山保林"，包括《红旗谱》《红日》《红岩》《创业史》《青春之歌》《山乡巨变》《保卫延安》《林海雪原》。除此之外，十七年文学期间因为两次政策调整，一次是1956年的"双百方针"，另一次是1962年的政策调整，涌现了一批"干预生活"的文学作品，包括王蒙的《组织部新来的青年人》、茹志鹃的《百合花》、陈翔鹤的《陶渊明写〈挽歌〉》等作品，同样具有较强的文学价值和文学史价值。在诗歌方面，此一时期的诗歌经历了由颂歌转向战歌的变化，代表作家有贺敬之、郭小川、闻捷等。在散文方面，报告文学是此一时期的特色。散文三大家（秦牧、刘白羽和杨朔），特别是杨朔的抒情散文，引领了诗化散文的写作潮流。在戏剧方面，老舍的《茶馆》是此时期的名篇，被称为"东方舞台上的奇迹"。

值得注意的是，此时期的文学在文学批评运动的制度规范下，渐渐形成了统一的题材和文学表达方式，这个过程正是文学的一体化过程，而一体化达到顶峰便是在"文化大革命"时期。"文化大革命"时期，文学作品只剩下了八个样板戏，文学的创作方式被总结为"三突出"，即在所有人物里面突出正面人物，在正面人物里面突出英雄人物，在英雄人物里面突出主要英雄人物。

多元化阶段。多元化阶段是1976年10月至今。其文艺主导思想是"为人民服务，为社会主义服务"。思想文化界空前活跃，文学创作也空前繁荣。

20 世纪 80 年代文学呈现"两个回归"，即"文学的回归"与"人的回归"。这一时期的文学创作变化有：一是文学作品的题材范围和主题指向发生了变化；二是人物形象、艺术典型的塑造发生了明显的变化；三是文体形式发生了变化。同时，值得注意的是，20 世纪 80 年代文学思潮变动频繁，主要的文学思潮包括伤痕、反思、改革文学，寻根文学、先锋文学和新现实主义文学思潮。

就小说而言，伤痕小说以控诉"文化大革命"中"四人帮"带给人民的灾难为主题，代表作品包括卢新华的《伤痕》和刘心武的《班主任》；而反思小说在伤痕小说的基础上，进一步反思"文化大革命"产生的历史和社会原因，代表作品包括高晓声的《李顺大造屋》《漏斗户主》等；改革文学又将写作视野拉回当下，描写改革开放和国企改制，代表作品包括蒋子龙的《乔厂长上任记》。事实上，伤痕、反思、改革文学紧紧跟随 20 世纪 70 年代末 80 年代初期的"思想解放、改革开放"的总体思路，仍然具有一定的政治性。而到了 80 年代中期，随着社会的发展、文学思想的进一步积累，文学再一次开始自觉。此间，汪曾祺陆续发表了《受戒》《大淖记事》等文化风俗小说，上承京派文学，下启 80 年代非常重要的小说潮流——寻根小说。寻根小说是由批评家和作家自发兴起的小说潮流，强调文学作品应当承担寻找民族文化的责任，既包括对原始野蛮文化的反思，也包括探寻儒释道文化在日常生活中的浸润等，代表作品包括韩少功的《爸爸爸》、阿城的《棋王》、王安忆的《小鲍庄》等。除了寻根小说之外，与之相隔不久产生的先锋小说同样非常重要。先锋小说受西方现代主义文学思潮影响较深，重视文学表达的独特性，代表作品包括余华的《现实一种》、马原的《拉萨河女神》等。而随着先锋小说放弃文学内容的探寻，先锋小说的探索凝滞，于是转向了向现实主义创作的回归，即新现实主义小说潮流。与单纯的现实主义小说不同，新现实主义小说强调还原生活和零度叙事，代表作品包括方方的《风景》、刘恒的《狗日的粮食》、刘震云的《一地鸡毛》等。

20 世纪 80 年代的诗歌以朦胧诗派和新生代诗派为最典型的代表。朦胧诗派以北岛、舒婷、顾城为代表，强调诗歌回归对人性的探索和对自由的尊重；而新生代诗派则以反抗朦胧诗派为特点，强调口语化、反智化和日常生活审美化，代表作家包括韩东、于坚等。

20 世纪 90 年代，随着市场经济制度的转型，社会文化更加多元化，商品文化、消费文化和大众文化得到巨大发展。文学由宏大叙事走向商业化写作，关注人性欲望，身体写作成为流行话题，与此同时，文学的商品化与多元化特色显著，长篇小说、学者散文成为文学热点。2010 年至今，网络传媒发达，全球化、数字化、图像时代来临，中西方文化交流频繁，网络文学、影视改编文学兴盛，纯文学叙事日益边缘化。

此外，在中国当代文学史领域，还需要关注中国港澳台文学及海外华人文学领域。海外华人文学指除中国大陆和港澳台地区以外的中国人，或采用中文书写，或采用别国语言书写，但描写的文学内容与中国相关的文学。大体而言，海外华人文学分为新马泰地区、美国地区和欧洲地区等，这些文学构成了中国当代文学的一道独特风景。

受戒（节选）

简介

汪曾祺（1920—1997），江苏高邮人，中国当代作家、散文家、戏剧家、京派作家的代表人物，被誉为"抒情的人道主义者，中国最后一个纯粹的文人，中国最后一个士大夫"。主要作品有短篇小说《受戒》《大淖记事》《鸡鸭名家》《异秉》等，小说集《邂逅集》《晚饭花集》《茱萸集》等，散文集《逝水》《蒲桥集》《孤蒲深处》《人间草木》等，京剧剧本《沙家浜》（主要编者之一）、《范进中举》。

汪曾祺的散文没有结构的苦心经营，也不追求题旨的玄奥深奇，而是平淡质朴，娓娓道来，如话家常；不注重观念的灌输，但发人深思。汪曾祺的小说表达了对传统文化的挚爱，在语言上着力运用中国味儿的语言。汪曾祺继承光大了沈从文开辟的中国小说的抒情精神、风俗画笔法和对人性的悲悯情怀，但他对中国文学和文化传统的传承还是美学意义上的，在价值观上并不是一味地膜拜和称赞。正如汪曾祺所说："我希望能做到融奇崛于平淡，纳外来于传统。不今不古，不中不西。"

原文

明子老往小英子家里跑。

小英子的家像一个小岛，三面都是河，西面有一条小路通到荸荠庵。独门独户，岛上只有这一家。岛上有六棵大桑树，夏天都结大桑椹，三棵结白的，三棵结紫的；一个菜园子，瓜豆蔬菜，四时不缺。院墙下半截是砖砌的，上半截是泥夯的。大门是桐油油过的，贴着一副万年红的春联：

向阳门第春常在

积善人家庆有余

门里是一个很宽的院子。院子里一边是牛屋、碓棚；一边是猪圈、鸡窠，还有个关鸭子的栅栏。露天地放着一具石磨。正北面是住房，也是砖基土筑，上面盖的一半是瓦，一半是草。房子翻修了才三年，木料还露着白茬。正中是堂屋，家神菩萨的画像上贴的金还没有发黑。两边是卧房。隔扇窗上各嵌了一块一尺见方的玻璃，明亮亮的，——这在乡下是不多见的。房檐下一边种着一棵石榴树，一边种着一棵栀子花，都齐房檐高了。夏天开了花，一红一白，好看得很。栀子花香得冲鼻子。顺风的时候，在荸荠庵都闻得见。

这家人口不多，他家当然是姓赵。一共四口人：赵大伯、赵大妈，两个女儿，大英子、小英子。老两口没得儿子。因为这些年人不得病，牛不生灾，也没有大旱大水闹蝗虫，日子过得很兴旺。他们家自己有田，本来够吃的了，又租种了庵上的十亩田。自己的田里，一亩种了荸荠，——这一半是小英子的主意，她爱吃荸荠，一亩种了茨菇。家里喂了一大群鸡鸭，单是鸡蛋鸭毛就够一年的油盐了。赵大伯是个能干人。他是一个"全把式"，不但田里场上样样精通，还会罾鱼、洗磨、凿磨、修水车、修船、砌墙、烧砖、箍桶、劈篾、绞麻绳。他不咳嗽，不腰疼，结结实实，像一棵榆树。人很和气，一天不声不响。赵大伯是一棵摇钱树，赵大娘就是个聚宝盆。大娘精神得出奇。五十岁了，两个眼睛还是清亮亮的。不论什么时候，头都是梳得滑溜溜的，身上衣服都是格挣挣的。像老头子一样，她一天不闲着。煮猪食，喂猪，腌咸菜，——她腌的咸萝卜干非常好吃，舂粉子，磨小豆腐，编蓑衣，织芦席。她还会剪花样子。这里嫁闺女，陪嫁妆，磁坛子、锡罐子，都要用梅红纸剪出吉祥花样，贴在上面，讨个吉利，也才好看："丹凤朝阳"呀、"白头到老"呀、"子孙万代"呀、"福寿绵长"呀。二三十里的人家都来请她："大娘，好日子是十六，你哪天去呀？"——"十五，我一大清早就来！""一定呀！"——"一定！一定！"

两个女儿，长得跟她娘像一个模子里托出来的。眼睛长得尤其像，白眼珠鸭蛋青，黑眼珠棋子黑，定神时如清水，闪动时像星星。浑身上下，头是头，脚是脚。头发滑溜溜的，衣服格挣挣的。——这里的风俗，十五六岁的姑娘就都梳上头了。这两个丫头，这一头的好头发！通红的发根，雪白的簪子！娘女三个去赶集，一集的人都朝她们望。

姐妹俩长得很像，性格不同。大姑娘很文静，话很少，像父亲。小英子比她娘还会说，一天咭咭呱呱地不停。大姐说："你一天到晚咭咭呱呱——"

"像个喜鹊！"

"你自己说的！——吵得人心乱！"

"心乱？"

"心乱！"

"你心乱怪我呀！"

二姑娘话里有话。大英子已经有了人家。小人她偷偷地看过，人很敦厚，也不难看，家道也殷实，她满意。已经下过小定，日子还没有定下来。她这二年，很少出房门，整天赶她的嫁妆。大裁大剪，她都会。挑花绣花，不如娘。她可又嫌娘出的样子太老了。她到城里看过新娘子，说人家现在绣的都是活花活草。这可把娘难住了。最后是喜鹊忽然一拍屁股："我给你保举一个人！"

这人是谁？是明子。明子念"上孟下孟"的时候，不知怎么得了半套《芥子园》，他喜欢得很。到了荸荠庵，他还常翻出来看，有时还把旧账簿子翻过来，照着描。小英子说："他会画！画得跟活的一样！"

小英子把明海请到家里来，给他磨墨铺纸，小和尚画了几张，大英子喜欢得了不得："就是这样！就是这样！这就可以乱孱！"——所谓"乱孱"是绣花的一种针法：绣了第一层，第二层的针脚插进第一层的针缝，这样颜色就可由深到淡，不露痕迹，不像娘那一代绣的花是平针，深浅之间，界限分明，一道一道的。小英子就像个书童，又像个参谋："画一朵石榴花！"

"画一朵栀子花！"

她把花掐来，明海就照着画。

到后来，凤仙花、石竹子、水蓼、淡竹叶、天竺果子、腊梅花，他都能画。

大娘看着也喜欢，搂住明海的和尚头："你真聪明！你给我当一个干儿子吧！"

小英子捺住他的肩膀，说："快叫！快叫！"

小明子跪在地下磕了一个头，从此就叫小英子的娘做干娘。

大英子绣的三双鞋，三十里方圆都传遍了。很多姑娘都走路坐船来看。看完了，就说："啧啧啧，真好看！这哪是绣的，这是一朵鲜花！"她们就拿了纸来央大娘求了小和尚来画。有求画帐檐的，有求画门帘飘带的，有求画鞋头花的。每回明子来画花，小英子就给他做点好吃的，煮两个鸡蛋，蒸一碗芋头，煎几个藕团子。

因为照顾姐姐赶嫁妆，田里的零碎生活小英子就全包了。她的帮手，是明子。

这地方的忙活是栽秧、车高田水，薅头遍草，再就是割稻子、打场子。这几茬重活，自己一家是忙不过来的。这地方兴换工。排好了日期，几家顾一家，轮流转。不收工钱，但是吃好的。一天吃六顿，两头见肉，顿顿有酒。干活时，敲着锣鼓，唱着歌，热闹得很。其余的时候，各顾各，不显得紧张。

薅三遍草的时候，秧已经很高了，低下头看不见人。一听见非常脆亮的嗓子在一片浓绿里唱：栀子哎开花哎六瓣头哎……姐家哎门前哎一道桥哎……明海就知道小英子在哪里，三步两步就赶到，赶到就低头薅起草来，傍晚牵牛"打汪"，是明子的事。——水牛怕蚊子。这里的习惯，牛卸了轭，饮了水，就牵到一口和好泥水的"汪"里，由它自己打滚扑腾，弄得全身都是泥浆，这样蚊子就咬不透了。低田上水，只要一挂十四轧的水车，两个人车半天就够了。明子和小英子就伏在车杠上，不紧不慢地踩着车轴上的拐子，轻轻地唱着明海向三师父学来的各处山歌。打场的时候，明子能替赵大伯一会，让他回家吃饭。——赵家自己没有场，每年都在荸荠庵外面的场上打谷子。他一扬鞭子，喊起了打场号子：

"格当嘚——"

这打场号子有音无字，可是九转十三弯，比什么山歌号子都好听。赵大娘在家，听见明子的号子，就侧起耳朵："这孩子这条嗓子！"

连大英子也停下针线："真好听！"

小英子非常骄傲地说："一十三省数第一！"

晚上，他们一起看场。——荸荠庵收来的租稻也晒在场上。他们并肩坐在一个石磙子上，听青蛙打鼓，听寒蛇唱歌，——这个地方以为蝼蛄叫是蚯蚓叫，而且叫蚯蚓叫"寒蛇"，听纺纱婆子不停地纺纱，"唦——"，看萤火虫飞来飞去，看天上的流星。

"呀！我忘了在裤带上打一个结！"小英子说。

这里的人相信，在流星掉下来的时候在裤带上打一个结，心里想什么好事，就能如愿。

……

"抠"荸荠，这是小英子最爱干的生活。秋天过去了，地净场光，荸荠的叶枯了，——荸荠的笔直的小葱一样的圆叶子里是一格一格的，用手一捋，哔哔地响，小英子最爱捋着玩，——荸荠藏在烂泥里。赤了脚，在凉浸浸滑溜溜

的泥里踩着，——哎，一个硬疙瘩！伸手下去，一个红紫红紫的荸荠。她自己爱干这生活，还拉了明子一起去。她老是故意用自己的光脚去踩明子的脚。

她挎着一篮子荸荠回去了，在柔软的田埂上留了一串脚印。明海看着她的脚印，傻了。五个小小的趾头，脚掌平平的，脚跟细细的，脚弓部分缺了一块。明海身上有一种从来没有过的感觉，他觉得心里痒痒的。这一串美丽的脚印把小和尚的心搞乱了。

……

（选自《受戒》，汪曾祺，原载《北京文学》1980 年第 10 期）

作品赏析

《受戒》是汪曾祺创作的短篇小说，发表于《北京文学》1980 年第 10 期，获 1980 年度《北京文学》奖。它出现于伤痕文学和反思文学的潮涌之际，促使了 20 世纪 80 年代沈从文式田园牧歌小说的兴起。作品描写了小和尚明海与农家女小英子之间天真无邪的朦胧爱情，展现了南方水乡人们自由自在、率性自然、不受约束的风土习俗和人情之美，蕴含着对生活、对人生的热爱，洋溢着人性和人情的欢歌。此片段节选于《受戒》中间 1/3 部分，写小英子一家及其生活，明海与小英子一家的关系，明海与小英子天真、纯朴、朦胧的爱情的萌芽。

该作品的艺术特色之一是语言清新自然、朴实明快。用"全把式""榆树""摇钱树"描写勤劳能干、健壮持家的赵大伯，贴切而清新。"清亮亮""滑溜溜""格挣挣"等口语化的词汇，短而精的对话，增强了描述效果，突出了人物性格。人物语言与人物身份、性格高度吻合，小英子抢过姐姐的话说自己"像个喜鹊！"表现了小英子"比她娘还会说，一天咭咭呱呱地不停"的特点。作者的叙述语言就直接用"喜鹊"借代小英子，突出了小英子聪明伶俐、能言善辩、招人喜爱的性格特点。表现明海与小英子的爱情时，既没有写如火如荼的情感冲突，也没有写悱恻缠绵的爱情纠葛，而是让人物植根于平凡的生活沃土，明海和小英子一起劳动、一起嬉戏，自然而然地产生了朦胧的爱情。这种清新纯洁的爱情，呈现出人性中健康、美好、天真的一面。例如，写到小英子在田埂上留下一串脚印，"五个小小的趾头，脚掌平平的，脚跟细细的，脚弓部分缺了一块"，明海看到后，"觉得心里痒痒的。这一串美丽的脚印把小和尚的心搞乱了"。语言朴实自然，令人回味。

该作品的艺术特色之二是散文化的结构特征。《受戒》结构松散，情节之间联系较弱，多生活场景、细节、经验、掌故、风俗等，有一种随笔式的自由和亲切。每个事件的叙述娓娓道来、不急不躁，没有激烈的矛盾冲突。人物形象的塑造平平淡淡，没有细致入微的工笔。这样松散的结构与作品着力讴歌自由自在、率性自然的人性美和人情美高度契合，平淡中蕴含动人的魅力。

拓展阅读

1. 阅读《受戒》（汪曾祺，《北京文学》1980 年第 10 期）。
2. 阅读《大淖记事》（汪曾祺，《北京文学》1981 年第 7 期）。

许三观卖血记（节选）

简介

余华，1960 年 4 月 3 日生于浙江杭州，中国当代著名作家，中国作家协会第九届全国委员会委员。余华的代表作品有《活着》《许三观卖血记》。《活着》和《许三观卖血记》同时入选百位批评家和文学编辑评选的 20 世纪 90 年代最具有影响力的十部作品。1998 年，余华获意大利格林扎纳·卡佛文学奖。

余华的作品以精致见长，作品以纯净细密的叙述为基点，建构真实的文本世界。20 世纪 90 年代以后，他寻求现实力量，极力描写社会现实，他的批判题材写作极具洞察力、吸引力，因此他被誉为中国的查尔斯·狄更斯。他擅长从社会生活取材，用最朴素的语言展现最朴素的社会现实，用幽默的笔触进行苦难书写，用博大的温情描绘不幸的人生，从而形成了朴素温情的创作风格。

原文

许三观一家人从这天起，每天只喝两次玉米稀粥了，早晨一次，晚上一次，别的时间全家都躺在床上，不说话也不动。一说话一动，肚子里就会咕咚咕咚响起来：就会饿。

不说话也不动，静静地躺在床上，就会睡着了。于是许三观一家人从白天睡到晚上，又从晚上睡到白天，一睡睡到了这一年的十二月六日……这一天晚上，许玉兰煮玉米稀粥时比往常多煮了一碗，而且玉米粥也比往常稠了很多，她把许三观和三个儿子从床上叫起来，笑嘻嘻地告诉他们：

"今天有好吃的。"

许三观和一乐、二乐、三乐坐在桌前，伸长了脖子看着许玉兰端出来什么？结果许玉兰端出来的还是他们天天喝的玉米粥，先是一乐失望地说：

"还是玉米粥。"

二乐和三乐也跟着同样失望地说：

"还是玉米粥。"

许三观对他们说："你们仔细看看，这玉米粥比昨天的，比前天的，比以前的可是稠了很多。"

许玉兰说："你们喝一口就知道了。"

三个儿子每人喝了一口以后，都眨着眼睛一时间不知道是什么味道，许三观也喝了一口，许玉兰问他们：

"知道我在粥里放了什么吗？"

三个儿子都摇了摇头，然后端起碗呼呼地喝起来，许三观对他们说：

"你们真是越来越笨了，连甜味道都不知道了。"

这时一乐知道粥里放了什么了，他突然叫起来：

"是糖，粥里放了糖。"

二乐和三乐听到一乐的喊叫以后，使劲地点起了头，他们的嘴却没有离开碗，边喝边发出咯咯的笑声。许三观也哈哈笑着，把粥喝得和他们一样响亮。

许玉兰对许三观说："今天我把留着过春节的糖拿出来了，今天的玉米粥煮得又稠又粘，还多煮了一碗给你喝，你知道是为什么？今天是你的生日。"

许三观听到这里，刚好把碗里的粥喝完了，他一拍脑袋叫起来：

"今天就是我妈生我的那一天。"

然后他对许玉兰说："所以你在粥里放了糖，这粥也比往常稠了很多，你还为我多煮了一碗，看在我自己生日的份上，我今天就多喝一碗了。"

当许三观把碗递过去的时候，他发现自己晚了。一乐、二乐、三乐的三只空碗已经抢在了他的前面，朝许玉兰的胸前塞过去，他就挥挥手说：

"给他们喝吧。"

许玉兰说："不能给他们喝，这一碗是专门为你煮的。"许三观："谁喝了都一样，都会变成屎，就让他们去多屙一些屎出来。给他们喝。"

然后许三观看着三个孩子重新端起碗来，把放了糖的玉米粥喝得哗啦哗啦响，他就对他们说：

"喝完以后，你们每人给我叩一个头，算是给我的寿礼。"

说完心里有些难受了，他说：

"这苦日子什么时候才能完？小崽子们苦的忘记什么是甜，吃了甜的都想不起来这就是糖。"

这天晚上，一家人躺在床上时，许三观对儿子们说：

"我知道你们心里最想的是什么？就是吃，你们想吃米饭，想吃用油炒出来的菜，想吃鱼啊肉啊的。今天我过生日，你们都跟着享福了，连糖都吃到了，可我知道你们心里还想吃，还想吃什么？看在我过生日的份上，今天我就辛苦一下，我用嘴给你们每人炒，你们就用耳朵听着吃了，你们别用嘴，用嘴连个屁都吃不到，都把耳朵竖起来，我马上就要炒菜了。想吃什么，你们自己点。一个一个来，先从三乐开始。三乐，你想吃什么？"

三乐轻声说："我不想再喝粥了，我想吃米饭。"

"米饭有的是，"许三观说，"米饭不限制，想吃多少就有多少，我问的是你想吃什么菜？"

三乐说："我想吃肉。"

"三乐想吃肉，"许三观说，"我就给三乐做一个红烧肉。肉，有肥有瘦，红烧肉的话，最好是肥瘦各一半，而且还要带上肉皮，我先把肉切成一片一片的。有手指那么粗，半个手掌那么大，我给三乐切三片……"

三乐说："爹，给我切四片肉。"

"我给三乐切四片肉……"

三乐又说："爹，给我切五片肉。"

许三观说："你最多只能吃四片，你这么小一个人，五片肉会把你撑死的。我先把四片肉放到水里煮一会，煮熟就行，不能煮老了，煮熟后拿起来晾干，晾干以后放到油锅里一炸，再放上酱油，放上一点五香，放上一点黄酒，再放上水，就用文火慢慢地炖，炖上两个小时，水差不多炖干时，红烧肉就做成了……"

许三观听到了吞口水的声音。"揭开锅盖，一股肉香是扑鼻而来，拿起筷子，夹一片放到嘴里一咬……"

许三观听到吞口水的声音越来越响。"是三乐一个人在吞口水吗？我听声音这么响，一乐和二乐也在吞口水吧？许玉兰你也吞上口水了，你们听着，这道菜是专给三乐做的，只准三乐一个人吞口水，你们要是吞上口水，就是说你们在抢三乐的红烧肉吃，你们的菜在后面，先让三乐吃得心里踏实了，我再给你们做。三乐，你把耳朵竖直了……夹一片放到嘴里一咬，味道是，肥的是肥而不腻，瘦的是丝丝饱满。我为什么要用文火炖肉？就是为了让味道全部炖进去。三乐的这四片红烧肉是……三乐，你可以慢慢品尝了。接下去是二乐，二乐想吃什么？"

二乐说："我也要红烧肉，我要吃五片。"

"好，我现在给二乐切上五片肉，肥瘦各一半，放到水里一煮，煮熟了拿出来晾干，再放到……"

二乐说："爹，一乐和三乐在吞口水。"

"一乐，"许三观训斥道，"还没轮到你吞口水。"

然后他继续说："二乐是五片肉，放到油锅里一炸，再放上酱油，放上五香……"

二乐说："爹，三乐还在吞口水。"

许三观说："三乐吞口水，吃的是他自己的肉，不是你的肉，你的肉还没有做成呢……"

许三观给二乐做完红烧肉以后，去问一乐：

"一乐想吃什么？"

一乐说："红烧肉。"

许三观有点不高兴了，他说：

"三个小崽子都吃红烧肉，为什么不早说？早说的话，我就一起给你们做了……我给一乐切了五片肉……"

一乐说："我要六片肉。"

"我给一乐切了六片肉，肥瘦各一半……"

一乐说："我不要瘦的，我全要肥肉。"

许三观说："肥瘦各一半才好吃。"

一乐说："我想吃肥肉，我想吃的肉里面要没有一点是瘦的。"

二乐和三乐这时也叫道："我们也想吃肥肉。"

许三观给一乐做完了全肥的红烧肉以后，给许玉兰做了一条清炖鲫鱼。他在鱼肚子里面放上几片火腿，几片生姜，几片香菇，在鱼身上抹上一层盐，浇上一些黄酒，撒上一些葱花，然后炖了一个小时，从锅里取出来时是清香四溢……

许三观绘声绘色做出来的清炖鲫鱼，使屋子里响起一片吞口水的声音，许三观就训斥儿子们：

"这是给你们妈做的鱼，不是给你们做的，你们吞什么口水？你们吃了那么多的肉，该给我睡觉了。"

最后，许三观给自己做一道菜，他做的是爆炒猪肝，他说：

"猪肝先是切成片，很小的片，然后放到一只碗里，放上一些盐，放上生粉，生粉让猪肝鲜嫩，再放上半盅黄酒，黄酒让猪肝有酒香，再放上切好的葱丝，等锅里的油一冒烟，把猪肝倒进油锅，炒一下，炒两下，炒三下……"

"炒四下……炒五下……炒六下。"

一乐，二乐，三乐接着许三观的话，一人跟着炒了一下，许三观立刻制止他们：

"不，只能炒三下，炒到第四下就老了，第五下就硬了，第六下那就咬不动了，三下以后赶紧把猪肝倒出来。这时候不忙吃，先给自己斟上二两黄酒，先喝一口黄酒，黄酒从喉咙里下去时热乎乎的，就像是用热毛巾洗脸一样，黄酒先把肠子洗干净了，然后再拿起一双筷子，夹一片猪肝放进嘴里……这可是神仙过的日子……"

屋子里吞口水的声音这时是又响成一片，许三观说：

"这爆炒猪肝是我的菜，一乐，二乐，三乐，还有你许玉兰，你们都在吞口水，你们都在抢我的菜吃。"

说着许三观高兴地哈哈大笑起来，他说：

"今天我过生日，大家都来尝尝我的爆炒猪肝吧。"

（选自《许三观卖血记》，余华，作家出版社 2011 年版）

作品赏析

《许三观卖血记》是余华于 1995 年创作的一部长篇小说，共 29 章，讲述了一个叫许三观的丝厂送茧工在生活困难的年代多次卖血求生的故事。自 20 世纪 90 年代以后，余华在现实主义的感召下，创作了《许三观卖血记》等作品，并通过对这类文本温情的书写，回击了文学界对于先锋作家所谓的现实失语和玩弄形式的指责，形成了幽默朴素的创作风格，同时也确立了自己独特的文学价值。此片段节选于《许三观卖血记》第十九章"自然灾害过后，许三观家天天吃玉米粥"，描写了三年困难时期过后，家里揭不开锅的情况下，许三观带领全家进行美妙"口头炒"的情景。

小说是在"苦难"母题下展示开来的，全书没有刻意的渲染、没有曲折的情节，简单的一个故事，一个民间的民族的故事：一个讲述普通底层家庭从中华人民共和国成立到"大跃进"到"文化大革命"，一直到改革开放时代，反复承受磨难、消解磨难的故事。余华笔下的许三观尝试着在命运袭来的长河里进行反抗，可是卖血成为唯一的方式，这使他的生命笼罩在浓郁的悲剧之中，整部小说传达出一种"放弃抗辩，逆来顺受"的宿命观，但也正是这种宿命观念，作者更自然地为我们展示了生存的真实与残酷。

《许三观卖血记》是一部用喜剧情节构成的悲剧。许三观的 12 次卖血构成了小说的主要线索，将我国 20 世纪五六十年代的社会生活状态展示在读者面前，反映出愚昧、无奈但又崇高温暖的人性。余华没有对苦难进行刻意渲染，而是让它以自己的方式去呈现，苦难就是苦难本身的样子；也没有对人物进行有意的塑造，许三观就是许三观本身的样子，他的品质、气质、思想、行为都是最广大"许三观"们共同的样子。

同时这部小说采用独特的艺术手法进行创作。第一，采用顺时叙述：在叙述情节方面，小说完全采用的是以时间为顺序的第三人称叙述，没有一处倒叙、插叙。四十年的故事，全部按照顺时发展，并且采用细写生活的策略展开，"文化大革命""三年困难时期"等社会历史，仅作为背景出现，一切为人物人生经历推进服务。第二，叙述方式新颖：小说中 70% 是对话。许三观的故事背景、场景、人物内心描写，基本上完全由对话组成、展开，这种表现形式是少见的。第三，语言风格洋溢着强烈的生活气息：作品中多用短句，不用繁复的词汇，采用乡土化语言，通篇洋溢着一种浓郁的小城镇生活气息。第四，重复叙事：许三观的一生遇到许许多多的困难，而每次战胜困难的方法都是卖血。灾难不断发生，卖血不断发生，不断重复、不断积累，这就形成了一种悲剧的气氛和震撼心灵的效果，让读者回味无穷、感慨万千。

拓展阅读

1．阅读《活着》（余华，作家出版社 2017 年版）。

2．阅读《麦田的守望者》（J. D. 塞林格，施咸荣译，译林出版社 2017 年版）。

长恨歌（节选）

简介

王安忆，1954 年 3 月生于江苏南京，原籍福建省同安县（现为同安区），中国当代著名女性作家。王安忆 1976 年发表散文处女作《向前进》。其个人代表作为《长恨歌》《小鲍庄》《流逝》，其中《长恨歌》获得第五届茅盾文学奖。王安忆 2013 年获法兰西文学艺术骑士勋章，现为中国作协副主席、上海市作家协会主席、复旦大学教授。

王安忆是一位创作风格多变的当代作家。梁永安教授曾点评王安忆，说她属于那种很难"追踪"的作家，她的小说题材山重水复，永远看不清她的下一个里程。她所创作的作品类型很多，伤痕文学、知青文学、寻根文学等都有涉及。王安忆在作品题材上与张爱玲偶有相似，善写上海的风情与女人，但更多采用平淡的、同情的态度来进行讲述，而并非讽刺。同时，她善于捕捉蕴含丰富的主题意象，并且笔触细腻、结构圆润。

原文

　　上海的弄堂是形形种种，声色各异的。它们有时候是那样，有时候是这样，莫衷一是的模样。其实它们是万变不离其宗，形变神不变的，它们是倒过来倒过去最终说的还是那一桩事，千人手面，又万众一心的。那种石窟门弄堂是上海弄堂里最有权势之气的一种，它们带有一些深宅大院的遗传，有一副官邸的脸面。它们将森严壁垒全做在一扇门和一堵墙上。一旦开进门去，院子是浅的，客堂也是浅的，三步两步便走穿过去，一道木楼梯在了头顶。木楼梯是不打弯的，直抵楼上的闺阁，那二楼的临了街的窗户便流露出了风情。上海东区的新式里弄是放下架子的，门是镂空雕花的矮铁门，楼上有探身的窗还不够，还要做出站脚的阳台，为的是好看街市的风景。院里的夹竹桃伸出墙外来，锁不住的春色的样子。但骨子里头却还是防范的，后门的锁是德国造的弹簧锁，底楼的窗是有铁栅栏的，矮铁门上有着尖锐的角，天井是围在房中央，一副进得来出不去的样子。西区的公寓弄堂是严加防范的，房间都是成套，一扇门关死，一夫当关万夫莫开的架势，墙是隔音的墙，鸡犬声不相闻的。房子和房子是隔着宽阔地，老死不相见的。但这防范也是民主的防范，欧美风的，保护的是做人的自由，其实是想做什么就做什么，谁也拦不住的。那种棚户的杂弄倒是全面敞开的样子，牛毛毡的屋顶是漏雨的，板壁墙是不遮风的，门窗是关不严的。这种弄堂的房屋看上去是鳞次栉比，挤挤挨挨，灯光是如豆的一点一点，虽然微弱，却是稠密，一锅粥似的。它们还像是大河一般有着无数的支流，又像是大树一样，枝枝杈杈数也数不清。它们阡陌纵横，是一张大网。它们表面上是袒露的，实际上却神秘莫测，有着曲折的内心。黄昏时分，鸽群盘桓在上海的空中，寻找着各自的巢。屋脊连绵起伏，横看成岭竖成峰的样子。站在制高点上，它们全都连成一片，无边无际的，东南西北有些分不清。它们还是如水漫流，见缝就钻，看上去有些乱，实际上却是错落有致的。它们又辽阔又密实，有些像农人撒播然后丰收的麦田，还有些像原始森林，自生自灭的。它们实在是极其美丽的景象。

　　上海的弄堂是性感的，有一股肌肤之余似的。它有着触手的凉和暖，是可感可知，有一些私心的。积着油垢的厨房后窗，是专供老妈子一里一外扯闲篇的；窗边的后门，是供大小姐提着书包上学堂读书，和男先生幽会的；前边大门虽是不常开，开了就是有大事情，是专为贵客走动，贴了婚丧嫁娶的告示的。它总是有一点按捺不住的兴奋，跃跃然的，有点絮叨的。晒台和阳台，还有窗畔，都留着些窃窃私语，夜间的敲门声也是此起彼落。还是要站一个制高点，再找一个好角度：弄堂里横七竖八晾衣竹竿上的衣物，带有点私情的味道；花盆里栽的凤仙花，宝石花和青葱青蒜，也是私情的性质；屋顶上空着的鸽笼，是一颗空着的心；碎了和乱了的瓦片，也是心和身子的象征。那沟壑般的弄底，有的是水泥铺的，有的是石卵拼的。水泥铺的到底有些隔心隔肺，石卵路则手心手背都是肉的感觉。两种弄底的脚步声也是两种，前种是清脆响亮的，后种却是吃进去，闷在肚里的；前种说的是客套，后种是肺腑之言，两种都不是官面文章，都是每日里免不了要说的家常话。上海的后弄更是要钻进人心里去的样子，那里的路面是饰着裂纹的，阴沟是溢水的，水上浮着鱼鳞片和老菜叶的，还有灶间的油烟气的。这里是有些脏兮兮，不整洁的，最深最深的那种隐私也裸露出来的，有点不那么规矩的。因此，它便显得有些阴沉。太阳是在午后三点的时候才照进来，不一会儿就夕阳西下了。这一点阳光反给它罩上一层暧昧的色彩，墙是黄黄的，面上的粗粝都凸现起来，沙沙的一层。窗玻璃也是黄的，有着污迹，看上去有一些花的。这时候的阳光是照久了，有些压不住的疲累的，将最后一些沉底的光都迸出来照耀，那光里便有了许多沉积物似的，是黏稠滞重，也是有些不干净的。鸽群是在前边飞的，后弄里飞着的是夕照里的一些尘埃，野猫也是在这里出没的。这是深入肌肤，已经谈不上是亲是近，反有些起腻，暗底里生畏的，却是有一股蚀骨的感动。

……

王琦瑶是典型的上海弄堂的女儿。每天早上，后弄的门一响，提着花书包出来的，就是王琦瑶；下午，跟着隔壁留声机哼唱《四季歌》的，就是王琦瑶；结伴到电影院看费雯丽主演的《乱世佳人》，是一群王琦瑶；到照相馆去泊小照的，则是两个特别要好的王琦瑶。每间偏厢房或者亭子间里，几乎都坐着一个王琦瑶。王琦瑶家的前客堂里，大都有着一套半套的红木家具。堂屋里的光线有点暗沉沉，太阳在窗台上画圈圈，就是进不来。三扇镜的梳妆桌上，粉缸里粉总像是受了潮，有点黏湿的，生发膏却已经干了底。樟木箱上的铜锁锃亮的，常开常关的样子。收音机是供听评弹，越剧，还有股票行情的，波段都有些难调，丝丝拉拉地响。王琦瑶家的老妈子，有时是睡在楼梯下三角间里，只够放一张床。老妈子是连东家洗脚水都要倒，东家使唤她好像要把工钱的利息用足的。这老妈子一天到晚地忙，却还有工夫出去讲她家的坏话，还是和邻家的车夫有什么私情的。王琦瑶的父亲多半是有些惧内，被收服得很服帖，为王琦瑶树立女性尊严的榜样。上海早晨的有轨电车里，坐的都是王琦瑶的上班的父亲，下午街上的三轮车里，坐的则是王琦瑶的去剪旗袍料的母亲。王琦瑶家的地板下面，夜夜是有老鼠出没的，为了灭鼠抱来一只猫，房间里便有了淡淡的猫臊臭。王琦瑶往往是家中的老大，小小年纪就做了母亲的知己，和母亲套裁衣料，陪伴走亲访友，听母亲们唱叹男人的秉性，以她们的父亲作活教材的。

……

上海的弄堂里，每个门洞里，都有王琦瑶在读书，在绣花，在同小姊妹窃窃私语，在和父母怄气掉泪。上海的弄堂总有着一股小女儿情态，这情态的名字就叫王琦瑶。这情态是有一些优美的，它不那么高不可攀，而是平易近人，可亲可爱的。它比较谦虚，比较温暖，虽有些造作，也是努力讨好的用心，可以接受的。它是不够大方和高尚，但本也不打算谱写史诗，小情小调更可人心意，是过日子的情态。它是可以你来我往，但也不可随便轻薄的。它有点缺少见识，却是通情达理的。它有点小心眼儿，小心眼儿要比大道理有趣的。它还有点耍手腕，也是有趣的，是人间常态上稍加点装饰。它难免有些村俗，却已经过文明的淘洗。它的浮华且是有实用作底的。弄堂墙上的绰绰月影，写的是王琦瑶的名字；夹竹桃的粉红落花，写的是王琦瑶的名字；纱窗帘后头的婆娑灯光，写的是王琦瑶的名字；那时不时窜出一声的苏州腔的柔糯的沪语，念的也是王琦瑶的名字。叫卖桂花粥的梆子敲起来了，好像是给王琦瑶的夜晚数更；三层阁里吃包饭的文艺青年，在写献给王琦瑶的新诗；露水打湿了梧桐树，是王琦瑶的泪痕；出去私会的娘姨悄悄溜进了后门，王琦瑶的梦却已不知做到了什么地方。上海弄堂因有了王琦瑶的缘故，才有了情味，这情味有点像是从日常生计的间隙中迸出的，墙缝里的开黄花的草似的，是稍不留意遗漏下来的，无心插柳的意思。这情味却好像会洇染和化解，像那种苔藓类的植物，沿着墙壁蔓延滋长，风餐露饮，也是个满眼绿，又是星火燎原的意思。其间那一股挣扎与不屈，则有着无法消除的痛楚。上海弄堂因为了这情味，便有了痛楚，这痛楚的名字，也叫王琦瑶。上海弄堂里，偶尔会有一面墙上，积满了郁郁葱葱的爬山虎，爬山虎是那些垂垂老矣的情味，是情味中的长寿者。它们的长寿也是长痛不息，上面写满的是时间的字样，日积月累的光阴的残骸，压得喘不过气来的。这是长痛不息的王琦瑶。

（选自《长恨歌》，王安忆，人民文学出版社 2014 年版）

作品赏析

李欧梵教授说："王安忆的《长恨歌》描写的不只是一座城市，而是将这座城市写成一个在历史研究或个人经验上很难感受到的一种视野。这样的大手笔，在目前的小说界是非常罕见的，它可说是一部史诗。"这就是《长恨歌》的独特之处。此片段节选于《长恨歌》第一部的第一章"弄堂"和第五章"王琦瑶"部分，第一章为读者呈现了上海弄堂的全景，第五章则呈现了上海弄堂里像王琦瑶一样的女孩子们。王安忆的《长恨歌》发表于 1996 年，讲述了上海女人王琦瑶 40 年的情与爱。她的一生坎坷多舛，曾做过"金丝雀"，也回归过普通百姓，但始终身处与不同男人的复杂关系当中，最后被自己女儿同学的男朋友杀死，结束了令人哀婉的一生。《长恨歌》展现了时代变迁中的人和城市，被誉为"现代上海史诗"，并于 2000 年获得我国第五届茅盾文学奖。

《长恨歌》的思想内容是建构在"人与城的双重历史"之上的，从俯瞰上海弄堂写起，分为三部，从"繁华如梦"到"繁华如梦"的破灭，王琦瑶是这个历史命运的承受者，王安忆通过对王琦瑶一生的描写，让她成为故事中心人物的同时，也让她成了一个文化符号、一个象征，她既是一种生活方式、精神方式的象征，也是一段上海历史的象征。一个人、一座城、一段历史、一腔怀旧的热情，这便是王安忆真正想要诉说的。

小说整体上结构清晰，叙事有条理，按时间顺序，分为三部，分别描写了中华人民共和国成立前的王琦瑶；中华人民共和国成立到"文化大革命"结束时期的王琦瑶；改革开放时期的王琦瑶。三个时期，叙述清晰，叙述平静，在流转变换的时代里讲述了一个上海女人悲欢浮沉的一生。

婉转的语言，为整部作品提供了散文化享受。王安忆在作品中运用大量的比喻句，虽然比喻常用于文本实践中，但大多数的作者都采用比较简短的比喻句式和比较单一的喻指意象，很少有像王安忆一样采用一大段一大段的比喻话语，叠加一个又一个的比喻意象的，可以说，她把比喻语言挥洒到了淋漓尽致之境。语言的婉转旖旎，使作品本身充满了抒情的诗意。同时作者还常用跳跃的笔触，弄堂也好、爱丽丝公寓也好，跳跃的书写，极具散文特色，为上海"日常生活"描写做补充讲解。

作品最成功的地方在于人生经历与城市的紧密联系上，王安忆将视角聚焦在"旧上海"，正如她自己所说的那样："《长恨歌》是一部非常非常写实的作品，在那里我写了一个女人的命运……我要写的是一个城市的故事。"这样独特的书写方式，无不令人称赞。王安忆借王琦瑶的一生展现上海城的风采与魅力，同时也通过这样一个形象表现出了自己对这座城市过去的怀旧，对自己精神的寻根。

朗诵指导

1. 这段节选作品的语言特点是含蓄温婉，充满了日常生活的审美趣味。因此在朗读时心中要构建还原图景，生动形象地表达作者的意图。声音要稳，亲和含蓄，通过采用实声（大嗓发音）与虚声（小嗓气声）相结合的方式，生动阐释内容。例如：

这种弄堂的房屋看上去是（实声）鳞次栉比，挤挤挨挨（虚声），灯光是如豆的一点一点，虽然微弱，却是稠密，一锅粥似的。它们还像是大河一般有着无数的支流，又像是大树一样，枝枝杈杈数也数不清。它们阡陌纵横，是一张大网。它们表面上是袒露的，实际上却神秘莫测，有着曲折的内心。

2. 本段节选作品，笔触细腻，结构圆润。作者通过详细地描绘上海弄堂的建筑细节、细小的装饰品，以及周边生长的植物，充满了色彩和画面感，因此在朗读的过程中，要注意画面和细节、方位的呈现。朗诵时朗诵者要善于从文本的语言中发掘形象和画面，把它们转化为自己的内心视像，给读者一种身临其境的感觉。我们可以运用漂浮的声音把这种画面感表现出来。例如：

窗边的后门，是供大小姐提着书包上学堂读书，和男先生幽会的；前边大门虽是不常开，开了就有大事情，是专为贵客走动，贴了婚丧嫁娶的告示的。它总是有一点按捺不住的兴奋，跃跃然的，有点絮叨的。晒台和阳台，还有窗畔，都留着些窃窃私语，夜间的敲门声也是此起彼落。还是要站一个至高点，再找一个好角度：弄堂里横七竖八晾衣竹竿上的衣物，带有点私情的味道；花盆里栽的凤仙花，宝石花和青葱青蒜，也是私情的性质；屋顶上空着的鸽笼，是一颗空着的心；碎了和乱了的瓦片，也是心和身子的象征。那沟壑般的弄底，有的是水泥铺的，有的是石卵拼的。

这段文字描写可以选择用语调或字调的变化加重方位感和画面感，如窗边的后门—前边大门—晒台和阳台，还有窗畔—弄堂里—花盆里—屋顶上。通过特殊处理，方位感和画面感会更加明显，脉络层次更清晰。

拓展阅读

1. 《小鲍庄》（王安忆，花城出版社 2009 年版）。
2. 《流逝》（王安忆，浙江文艺出版社 2011 年版）。

透明的红萝卜（节选）

简介

莫言，原名管谟业，1955 年 2 月 17 日出生于山东高密，中国作家协会副主席，中国当代著名小说家。2012 年，莫言获诺贝尔文学奖，他是第一个获得诺贝尔文学奖的中国籍作家。其获诺贝尔文学奖的理由：通过幻觉现实主义将民间故事、历史与当代社会融合在一起。莫言的代表作有《红高粱》《透明的红萝卜》《蛙》。

莫言因其一系列充满"怀乡""怨乡"复杂情感的乡土作品，被称为"寻根文学"作家。他的小说植根于古老深厚的文明，具有严密而丰富的想象空间，其写作思维新颖独特，以激烈澎湃和柔情似水的语言，凸显了我国文化在近现代史上经历的悲剧、战争，反映了一个时代的生活。并且，在莫言的小说中，可以很容易发现西方现代主义文学的影响，擅长不断地场景切换和时空颠倒，具有魔幻主义色彩。

原文

刘副主任的话，黑孩一句也没听到。他的两根细胳膊拐在石栏杆上，双手夹住羊角锤。他听到黄麻地里响着鸟叫般的音乐和音乐般的秋虫鸣唱。逃逸的雾气碰撞着黄麻叶子和深红或是淡绿的茎秆，发出震耳欲聋的声响。蚂蚱剪动翅羽的声音像火车过铁桥。他在梦中见过一次火车，那是一个独眼的怪物，趴着跑，比马还快，要是站着跑呢？那次梦中，火车刚站起来，他就被后娘的扫炕笤帚打醒了。后娘让他去河里挑水。笤帚打在他屁股上，不痛，只有热乎乎的感觉。打屁股的声音好像在很远的地方有人用棍子抽一麻袋棉花。他把扁担钩儿挽上去一扣，水桶刚刚离开地皮。担着满满两桶水，他听到自己的骨头"咯崩咯崩"地响。肋条跟胯骨连在了一起。爬陡峭的河堤时，他双手扶着扁担，摇摇晃晃。上堤的小路被一棵棵柳树扭得弯弯曲曲。柳树干上像装了磁铁，把铁皮水桶吸得摇摇摆摆。树撞了桶，桶把水撒在小路上，很滑，他一脚踏上去，像踩着一块西瓜皮。不知道用什么姿势他趴下了，水像瀑布一样把他浇湿了。他的脸碰破了路，鼻子尖成了一个平面，一根草梗在平面上印了一个小沟沟。几滴鼻血流到嘴里，他吐了一口，咽了一口。铁桶一路欢唱着滚到河里去了。他爬起来，去追赶铁桶。两个桶一个歪在河边的水草里，一个被河水载着向前漂。他沿着水边追上去，脚下长满了四个棱的他和一班孩子们称之为"狗蛋子"的野草。尽管他用脚指头使劲扒着草根，还是滑到河里。河水温暖，没到了他的肚脐。裤头湿了，漂起来，围在他的腰间，像一团海蜇皮。他呼呼隆隆蹚着水追上去，抓住水桶，逆着水往回走。他把两只胳膊参煞开、一只手拖着桶，另一只手一下一下划着水。水很硬，顶得他趔趔趄趄。他把身体斜起来，弓着脖子往前用力。好像有一群鱼把他包围了，两条大腿之间有若干温柔的鱼嘴在吻他。他停下来，仔细体会着，但一停住，那种感觉顿时就消逝了。水面忽地一暗，好像鱼群惊惶散开。一走起来，愉快的感觉又出现了，好像鱼儿又聚拢过来。于是他再也不停，半闭着眼睛，向前走啊，走……

"黑孩！"

"黑孩！"

他猛然惊醒，眼睛大睁开，那些鱼儿又忽地消失了。羊角铁锤从他手中挣脱了，笔直地钻到闸下的绿水里，溅起了一朵白菊花一样的水花。

"这个小瘦猴，脑子肯定有毛病。"刘太阳上闸去，拧着黑孩的耳朵，大声说，"过去，跟那些娘们砸石子去，看你能不能从里边认个干娘。"

小石匠也走上来，摸摸黑孩凉森森的头皮，说："去吧，去摸上你的锤子来。砸几块算几块，砸够了就耍耍。"

"你敢偷奸磨滑我就割下你的耳朵下酒。"刘太阳张着大嘴说。

黑孩哆嗦了一下。他从栏杆空里钻出去，双手勾住最下边一根石杆，身子一下子挂在栏杆下边。

"你找死！"小石匠惊叫着，猫腰去扯孩子的手。黑孩往下一缩，身体贴在桥墩菱状突出的石棱上，轻巧地溜了下去。黑孩子贴在白桥墩上，像粉墙上一只壁虎。他哧溜到水槽里，把羊角锤摸上来，然后爬出水槽，钻进桥洞不见了。

"这小瘦猴！"刘太阳摸着下巴说，"他妈的这个小瘦猴！"

黑孩从桥洞里钻出来，畏畏缩缩地朝着那群女人走去。女人们正在笑骂着。话很脏，有几个姑娘夹杂在里边，想听又怕听，脸儿一个个红扑扑的像鸡冠子花。男孩黑黑地出现在她们面前时，她们的嘴一下子全封住了。愣了一会儿，有几个咬着耳朵低语，看着黑孩没反应，声音就渐渐大了起来。

"瞧瞧，这个可怜样儿！都什么节气了还让孩子光着。"

"不是自己腔里养出来的就是不行。"

"听说他后娘在家里干那行呢……"

黑孩转过身去，眼睛望着河水，不再看这些女人。河水一块红一块绿，河南岸的柳叶像蜻蜓一样飞舞着。

一个蒙着一条紫红色方头巾的姑娘站在黑孩背后，轻轻地问："哎，小孩，你是哪个村的？"

黑孩歪歪头，用眼角扫了姑娘一下。他看到姑娘的嘴上有一层细细的金黄色的茸毛，她的两眼很大，但由于眼睫毛太多，毛茸茸的，显出一副睡眼惺忪的样子。

"小孩，你叫什么名字？"

黑孩正和沙地上一棵老蒺藜作战，他用脚指头把一个个六个尖或是八个尖的蒺藜撕下来，用脚掌去捻。他的脚像骡马的硬蹄一样，蒺藜尖一根根断了，蒺藜一个个碎了。

姑娘愉快地笑起来："真有本事，小黑孩，你的脚像挂着铁掌一样。哎，你怎么不说话？"姑娘用两个手指戳着孩子的肩头说："听到了没有，我问你话呢！"

黑孩感觉到那两个温暖的手指顺着他的肩头滑下去，停到他背上的伤疤上。

"哎，这，是怎么弄的？"

孩子的两个耳朵动了动。姑娘这才注意到他的两耳长得十分夸张。

"耳朵还会动，哟，小兔一样。"

黑孩感觉到那只手又移到他的耳朵上，两个指头在捻着他漂亮的耳垂。

"告诉我，黑孩，这些伤疤，"姑娘轻轻地扯着男孩的耳朵把他的身体调转过来，黑孩齐着姑娘的胸口。他不抬头，眼睛平视着，看见的是一些由红线交叉成的方格，有一条梢儿发黄的辫子躺在方格布上。"是狗咬的？生疮啦？上树拉的？你这个小可怜……"

黑孩感动地仰起脸来，望着姑娘浑圆的下巴。他的鼻子吸了一下。

……

黑孩走出桥洞，爬上河堤，钻进黄麻地。黄麻地里已经有了一条依稀可辨的小径，麻秆儿都向两边分开。走着走着，他停住脚。这儿一片黄麻倒地，像有人打过滚。他用手背揉揉眼睛，抽泣了一声，继续向前走。走了一会，他趴下，爬进萝卜地。那个瘦老头不在，他直起腰，走到萝卜地中央，蹲下去，看到萝卜垄里点种的麦子已经钻出紫红的锥芽，他双膝跪地，拔出了一个萝卜，萝卜的细根与土壤分别时发出水泡破裂一样的声响。黑孩认真地听着这声响，一直追着它飞到天上去。天上纤云也无，明媚秀丽的秋阳一无遮拦地把光线投下来。黑孩把手中那个萝卜举起来，对着阳光察看。他希望还能看到那天晚上从铁砧上看到的奇异景象，他希望这个萝卜在阳光照耀下能像那个隐藏在河水中的萝卜一样晶莹剔透，泛出一圈金色的光芒。但是这个萝卜使他失望了。它不剔透也不玲珑，既没有金色光圈，更看不到金色光圈里苞孕着的活泼的银色液体。他又拔出一个萝卜，又举出阳光下端详，他又失望了。以后的事情就变得很简单了。他膝行一步。拔两个萝卜。举起来看看。扔掉。又膝行一步，拔，举，看，扔……

看菜园的老头子眼睛像两滴混浊的水，他蹲在白菜地里捉拿钻心虫儿。捉一个用手指捏死，再捉一个还捏死。天近中午了，他站起来，想去叫醒正在看院屋子里睡觉的队长。队长夜里误了觉，白天村里不安宁，难以补觉，看院屋子里只能听到秋虫浅吟，正好睡觉。老头儿一直起腰，就听到脊椎骨"叭唛叭唛"响。他恍然看到阳光下的萝卜地一片通红，好像遍地是火苗子。老头打起眼罩，急步向前走，一直走到萝卜地里，他才看得那遍地通红的竟是拔出来的还没有完全长成的萝卜。

（选自《透明的红萝卜》，莫言，青海人民出版社 2002 年版）

作品赏析

《透明的红萝卜》是莫言的成名作，于 1985 年发表在《中国作家》第二期上，这部小说包含着浓厚的想象成分，充满了梦幻的色彩，呈现出一种魔幻现实主义的风格。著名作家张洁曾形容《透明的红萝卜》是一个天才作家诞生的重要信号。此片段节选于《透明的红萝卜》，分别展示了主人公黑孩的受虐经

历和最后在胡萝卜地里痴狂拔萝卜的场景。这个顶着大脑袋的黑孩，从小受继母虐待，因为沉默寡言，经常对着事物发呆，并对大自然有着超强的触觉、听觉等奇异功能。

这是一部充满丰富内涵的作品，莫言赋予了这个故事许多主题和思想情感，大致可概括为饥饿、爱与精神。莫言对饥饿的阐释是基于整个社会现实的，他只字未提故事背景，却为我们展示了一个生产队、集体劳动、大锅饭的故事背景，可见处于物质贫乏的年代。故事从黑孩儿为了吃饭而做小工引发，这是一个基于解决饥饿而产生效用的故事。爱是黑孩儿在苦痛生命中偶然遇见的，他不曾体会过温暖，黑孩对菊子的爱，与其说是男女之情，不如说更像是病态的占有欲。莫言塑造了一个从小缺乏家庭关爱并饱受虐待的形象，遇见母亲般的菊子又失去。他极力写黑孩的悲惨身世，更像是为了突出他那种倔强的精神，整部作品饱含着莫言本人对黑孩儿悲痛而哀婉的情感，还有那份对苦难人民的深切同情。

整部作品给人的第一感觉便是魔幻，莫言最擅长的便是构建魔幻意象，小说主人公黑孩便是这部小说的主题型魔幻意象。学者曾利君在她的著作中评论莫言的魔幻现实主义作品是借助奇异的感觉描写来取得魔幻效果的。正如选文第一段，黑孩儿在打水的时候有着奇妙的感觉，他听到空气的歌唱、动物的鸣叫，即便寒冷又痛苦，可是这些声音、画面都是美好的、纯净的，就如他在水中能感受到鱼群对他的温柔一样。莫言能在故事情节残忍的时候话锋一转，做出美丽的比喻，正负相抵，形成一种无处消解的魔幻气质。

作品语言加入了民间口语。《透明的红萝卜》里人们对黑孩的嘲笑、队长的话语等，都做到了最真实地还原他们本身所应有的特色，话语直接、粗俗，夹杂着大量的方言俚语或是城市里的流行话语，这样的方式，还原了莫言心中的故土形象，也彰显着乡土特色。

值得一提的是作品营造出的独特审美体验，《透明的红萝卜》给人一种迷离恍惚之感。它描写东西，感觉是真实的，又像虚假的，似乎是源于经验的，又似乎是超乎经验的，透明又好像不透明，写实又充满了童话性，这样的方式给读者一种陌生而奇异的审美体验。

拓展阅读

1.《丰乳肥臀》（莫言，浙江文艺出版社 2017 年版）。

2.《蛙》（莫言，人民文学出版社 2015 年版）。

苏东坡与东坡肉

简介

王小波（1952—1997），中国当代学者、著名小说家、散文家。1952 年 5 月 13 日，王小波出生于北京，他先后当过知青、民办教师、工人。1980 年，王小波与李银河结婚，同年发表处女作《地久天长》。王小波代表作有《黄金时代》《白银时代》《青铜时代》《黑铁时代》等。

王小波在杂文创作中始终以一个"观察家"的姿态关注着我们社会普通民众面临的问题。他的关注点很多，具体涵盖了国民性、知识分子命运、传统文化、文学艺术等方面。王小波总能明确提出自己独特的观点，有着自己鲜明的艺术特色。他的作品被誉为"当代文坛最美的收获"。

原文

我父亲是教逻辑的教授，我哥哥是修逻辑的 Ph. D.。我自己对逻辑学也有兴趣，这种兴趣是从对逻辑学家的兴趣发展来的：本世纪初年，罗素发现了以自己名字命名的悖论，连忙写信告诉弗雷泽，顺便通知弗雷泽，他经营了半生的体系，因为这个悖论的发现有了重大的漏洞。弗雷泽考虑了一番，回信说：我要是知道什么是正确的结论就好了……我觉得这个弗雷泽简直逗死了，他要是有女儿，我一定要娶了做老婆，让他做我的老岳丈。话又说回来，就算弗雷泽有女儿，做我的姥姥一定比做老婆合适得多。这样弗雷泽就不是我的老岳丈，而是我的曾外公啦。我在美国上学时还遇见过一件类似的事：有一回在课堂上，有个胖乎乎的女同学在打瞌睡，忽然被老师叫起来提问。可怜她根本没听，怎么能答得上来。在美国，不但老师可以问学生，学生也可以问老师。万一老师被问住，就说一句：问得好！不回答问题，接着讲课。这位女同学迷迷糊糊，拖着长声说道：This is a good question（问得好）……差点把大家的肚皮笑破。下课后，我打量了她好半天，发现她太胖，又有狐臭，这才打消了不轨之心——弗雷泽就有这么逗。让我们书归正传，另一个有趣的逻辑学家是维特根斯坦，罗素请他来英国，研究一下出书的问题。维特根斯坦没有路费，又不肯朝罗素借。最后罗素买下了维特根斯坦留在剑桥的一些旧家具——我觉得他们俩都很逗。受这种浅薄的幽默感驱使，我学过数理逻辑，开头还有兴趣，后来学到了烦难的东西，就学不进去了。

我对数学也有过兴趣，这种兴趣是从对方程的兴趣发展来的。人们老早就知道二次方程有公式解，但二次以上的方程呢？在十九世纪以前，人们是不知道的。在十七世纪，有个意大利数学家，又是一位教授，他对三次方程的解法有点心得。有天下午，外面下着雨，在教室里，他准备对学生讲讲这些心得。忽听"喀嚓"一声巨响，天上打下来个落地雷，擦着教室落在花园里——青色的电光从狭窄的石窗照进来，映得石墙上一片惨白。教授手捂着心口，对学生们转过身来，说道：先生们，我们触及了上帝的秘密……我读到这个故事时，差点把肠子笑断了。三次方程算个啥，还值得打雷——教授把上帝看成个小心眼了。数学我也学了不少，学来学去没了兴趣，也搁下了。类似的学科还有物理学、化学，初学时兴趣都很大，后来就没兴趣了，现在未必记得多少。

总而言之，我对研究学问这件事和研究学问的人有兴趣，对这门学问本身没什么兴趣。所有的功课我都是这么学的，但我的成绩竟都是五分。只有一门功课例外，那就是计算机编程。我学的时候还要穿纸带，没意思透了。这一门学科里没有名人轶事，除了这门科学的奠基人图林先生是同性恋，败露后自杀了。我既不是同性恋，也不想自杀，所以我对计算机没兴趣，得的全是三分。但我现在时常用得着它，所以还要买书看看，关心一下最新的进展，以免用时

抓瞎。这是因为我写文章的软件是自己编的，别人编的软件我既使不惯，也信不过，就这么点原因。但就因为这点小原因，我在编程序这件事上，还真正有点修为。由此可见，对研究某种学问这件事感兴趣和对这门学问本身感兴趣可以完全是两回事。

这篇小文章想写我的心路历程，但有一件别人的事情越过了这个历程，我决定也把它写上。"文革"中期，我哥哥去看一位多年不见的高中同学。走进那间房子，我哥哥被惊呆了：这间房子有整整的一面被巨幅的世界地图占满了。这位同学身着蓝布大褂，足蹬布底的黑布鞋，手掂红蓝铅笔，正在屋里踱步，而且对家兄的出现视而不见。据家兄说，这位先生当时梳了个中分头，假如不拿红蓝铅笔，而是挟着把雨伞，就和那张伟大领袖去安源的画一模一样了。我哥哥耐心地等待了一会儿，才小声问道：能不能请教一下……你这是在干吗呢？他老人家不理我哥哥，又转了两圈，才把手指放到嘴上，说道：嘘，我在考虑世界革命的战略问题。然后我哥哥就回家来，脸皮乌紫地告诉我此事。然后我们哥俩就捧腹大笑，几乎笑断了肠子……

罗素、弗雷泽研究逻辑，是对逻辑本身感兴趣，要解决逻辑领域的问题，正如毛主席投身革命事业，也是对革命本身感兴趣，要解决中国社会的问题。在解决问题的过程中，这些先辈自然会有些事迹，让人很感兴趣。如果把对问题本身的兴趣抹去，只追求这些事迹，就显得多少有点不对头。所以，真正有出息的人是对名人感兴趣的东西感兴趣，并且在那上面做出成就，而不是仅仅对名人感兴趣。

古时候有位书生，自称是苏东坡的崇拜者。有人问他：你是喜欢苏东坡的诗词呢，还是喜欢他的书法？书生答道：都不是的。我喜欢吃东坡肉……东坡肉炖得很烂，肥而不腻，的确很好吃。但只为东坡肉来崇拜苏东坡，这实在是个太小的理由。

（选自《王小波散文》，王小波，人民文学出版社 2008 年版）

作品赏析

王小波的散文和他的小说一样，具有戏谑、自嘲、犀利、黑色幽默的风格。选文《苏东坡与东坡肉》讲述了王小波自己经历的小趣事和一些传闻，直接而大声地喊出："所以，真正有出息的人是对名人感兴趣的东西感兴趣，并且在那上面做出成就，而不是仅仅对名人感兴趣。"在幽默中讽刺，在讽刺中标榜自己。这篇文章选自王小波的杂文集《我的精神家园》，这是一部王小波的杂文自选集，全书分文化篇、艺术篇、社会篇三部分，针对不同的现象，用幽默轻松的方式，表明了自己的坦诚，直率地揭示残忍的不为人所动的生活，让读者体会着这世界的智慧与趣味。

《我的精神家园》这部书的每一篇皆是他与社会思潮直接对话的结果，涉及文化、艺术、生活等许多方面。王小波提出"面向未来，取得成就"，表明了自己对知识分子环境与责任的看法，他明确知识分子的任务与职责，表述了自己对精神事业的生死相许，表达了个人信念；他严厉地批判中国传统文化的根本弊病，也毫不避讳地指出荒谬的"文革"经验，指出这一事件对个人价值、

自由、智慧和道德的戕害，勇敢地倡议个人自由、平等和创造；他用幽默的方式，表达出自己对文学的看法与观点——智慧、性爱和有趣。

整部作品体现出了王小波杂文的批判性、思维的跳跃性、语言的幽默性。王小波始终以"观察家"的姿态关注社会普通民众面临的问题，所以他观照社会、发现社会，也无所畏惧地批判着社会，但是他杂文的批判性有别于鲁迅的杂文，他不是用一双冷眼去识别中国社会和中国文化中存在的弊病，而是用自由化的文字去表达自己理性的精神。在这部杂文集里，他用了大量篇幅关注知识分子的命运，在字眼里寄托着对这一群体的期望，批判社会弊病，也抒发着自己的情感。

王小波的思维非常跳跃而有趣，正如选文部分当他提到对名人事迹追求的现象时，思维在古今中外自由跳跃着，有意思的例子信手拈来，最后用苏东坡与东坡肉做了个巧妙的结尾。他总能迅速地将古今中外相似的案例联系在一起，从中得出有助于提出问题、解决问题的精华，让读者清晰地找出共同点，增强说服力与影响力。

语言的幽默性，是王小波杂文最显著的特征，无论是批判，还是抒情叙述，他的语言都给人以自由、幽默之感，不像鲁迅般那么冷峻，而且带有一些感慨同情的元素。尤其是他的幽默讽刺类文章，主要是对当时社会的一种反讽，夹杂着少许的自嘲，这种较为平易的方式更贴近于读者。网络上曾有人这样点评道：读王小波的杂文，会发现文化和精神这类话题并不只是书生或学究们正襟危坐的清谈，它也可以是"痞子"们"坐在马桶上去反对到底有没有效力"。可见其作品的现实意义与语言艺术魅力的融合的精妙。

朗诵指导

《苏东坡与东坡肉》是王小波的一篇散文作品，在散文朗诵表达中，有以下一些要旨需要把握。

1. 摸准神韵。找到画龙点睛之笔，抓住全文的情感线索，步步跟进，在理解情感的基础之上进行加工。

2. 表达细腻。散文的语言跳跃性不大，从总体上讲应内在、真切、自然、细腻。注意素材的运用和表达。散文多用第一人称表达，一切都是自己的所见、所闻、所感、所悟。将这一切都娓娓道来，只能用内在、真切、自然的声音语言和语调，情深意挚地表达，方使人听起来真切、自然、舒服。一是感觉上具体、细腻；二是语言处理上细腻。

3. 点染得体。正确的做法是在散文表达具体内容的时候，心中积累起拥有的情感及由此生成的认识、态度，自然而然、顺势而上地将其带入点睛句的表达中。语言、用声不必过于悬殊，而重在内心感觉到位，形成外话点睛之句的有力支撑，这样的表达使人听起来有机、自然、顺畅，又有一定的深度和内涵。

我对<u>数学</u>也有过兴趣，这种兴趣/是从对<u>方程</u>的兴趣/发展来的。人们老早就知道/<u>二次</u>方程有公式解，<u>但二次以上的方程呢？</u>在十九世纪以前，人们/是<u>不知道</u>的。在十七世纪，有个<u>意大利</u>数学家，又是一位<u>教授</u>，他对三次方程的解法/有点心得。有天下午，外面下着雨，在教室里，他准备对学生/讲讲这些心得。忽听"喀嚓"一声巨响，天上/打下来个落地雷，擦着教室/落在花园里——青色的电光/从狭窄的石窟/照进来，映得石墙上/一片惨白。教授手捂着心口，对学生们/转过身来，说道：先生们，我们触及了上帝的秘密……我读到这个故事时，差点把肠子笑断了。三次方程算个啥，还值得打雷——教授把上帝/看成个小心眼了。数学我也学了不少，学来学去/没了兴趣，也搁下了。类似的学科/还有物理学、化学，初学时/兴趣都很大，后来就没兴趣了，现在/未必记得多少（注意王小波语言的幽默感）。

拓展阅读

1. 《王小波散文》（王小波，人民文学出版社 2008 年版）。
2. 《时代三部曲》（王小波，长江文艺出版社 2016 年版）。

回　答

简介

北岛，原名赵振开，祖籍浙江湖州，1949 年生于北京，中国当代诗人，朦胧诗代表人物之一。北岛曾获诺贝尔文学奖提名、瑞典笔会文学奖、美国西部笔会中心自由写作奖、古根海姆奖学金、《钟山》杂志当代（1979—2009 年）十大中国诗人之首等荣誉，并被选为美国艺术文学院终身荣誉院士，现任香港中文大学讲座教授。著有诗集《北岛诗歌集》《太阳城札记》《陌生的海滩》等，散文集《失败之书》和小说《波动》等，作品被译成 20 余种文字。

北岛是"文化大革命"后期兴起的朦胧诗派的重要代表，他的诗歌曾经震撼了无数国人，表达了在"文化大革命"中成长的一代人信仰失落后的批判与否定、怀疑与茫然。北岛的诗歌冷峻、思辨，有很强的批判性和思想能量，总是在悖论与断裂中探寻乃至拷问着人类、时代乃至自我的真理与价值。北岛旅居异域近 20 年，他这一时期的作品表现了虽孤苦无依却心有所属的异域生存状态，在离散文学中很有代表性。

原文

回　答

卑鄙是卑鄙者的通行证，
高尚是高尚者的墓志铭。
看吧，在镀金的天空中，
飘满了死者弯曲的倒影。

冰川纪过去了，
为什么到处都是冰凌？
好望角发现了，
为什么死海里千帆相竞？

我来到这个世界上，
只带着纸、绳索和身影。
为了在审判之前，
宣读那些被判决的声音：

告诉你吧，世界，
我——不——相——信！
如果你脚下有一千名挑战者，
那就把我算作第一千零一名。

我不相信天是蓝的；
我不相信雷的回声；
我不相信梦是假的；
我不相信死无报应。

如果海洋注定要决堤，
就让所有的苦水都注入我心中；
如果陆地注定要上升，
就让人类重新选择生存的峰顶。

新的转机和闪闪星斗，
正在缀满没有遮拦的天空。
那是五千年的象形文字，
那是未来人们凝视的眼睛。

（选自《诗刊》1979 年第 3 期）

作品赏析

《回答》作于 1976 年清明前后，刊载于《诗刊》1979 年第 3 期。《回答》
反映了一代青年觉醒的心声，是与已逝的一个历史时代彻底告别的"宣言书"。
诗人以强烈的历史责任感和对民族生存的忧患，面对黑暗和荒谬，以挑战者的
身份发出"我不相信"的回答。同时，在挑战和摧毁现存世界的声音背后，诗
人从历史和未来之中捕捉到希望和"转机"，显示了具有 5000 年历史的中华民
族的强大再生力。北岛的诗"抒发集体性的情感，写一个时代的记忆和对整个
时代苦难的反思"（李怡）。

《回答》一诗显示了北岛深沉、冷峻和凝重的艺术风格和较强的现代主义
特征。诗人借助几组新异奇特的意象：通行证展示卑鄙者的畅行无阻，墓志铭
表明高尚者被摧残葬送，镀金暗示粉饰的虚假，弯曲的倒影暗指死者的冤屈，
把主旨直说明言变为象征暗示，赋予这首主旨相当明确的政治抒情诗几分朦胧
色彩，从而加大了诗句的张力，扩展了作品的艺术容量。开篇"卑鄙是卑鄙者

的通行证，高尚是高尚者的墓志铭"以悖论式警句斥责是非颠倒的荒谬时代。第四节"我——不——相——信！"破折号和感叹号加重了语气，突出了勇敢无畏的挑战者形象。第五节用4个排比句强化"我不相信"，表现了强烈的否定和怀疑精神。

🎵 朗诵指导

1.《回答》是一首朦胧诗，诗歌意象中隐藏了许多不便表达、不能表达的内在语，朗诵诗歌时需要把握诗歌背景，充分理解诗人的"弦外之音""话中之意"，并用有声语言将其表达出来。

2.《回答》反映了一代青年觉醒的心声，是与已逝的一个历史时代彻底告别的"宣言书"。因此，在朗诵时应注意把握激昂决绝的语气。

3. 朗诵时需要注意诗歌几个层次间的情感转换，第一层（第一、二段）情感是忧患和焦虑，应表现出诗人强烈的历史责任感和对民族生存的忧患，第二层（第三、四、五段）是质疑和挑战，面对黑暗和荒谬，以挑战者的身份发出"我不相信"的回答。第三层（第六、七段）是希望和转机，在挑战和摧毁现存世界的声音背后，诗人从历史和未来之中捕捉到希望和"转机"，显示了具有5000年历史的中华民族的强大再生力。

回　　答

卑鄙/是卑鄙者的<u>通行证</u>，
高尚/是高尚者的<u>墓志铭</u>。
看吧，在<u>镀金</u>的天空中，
飘满了死者/<u>弯曲</u>的倒影。

冰川纪<u>过去了</u>，
<u>为什么</u>到处都是冰凌？
好望角<u>发现了</u>，
<u>为什么</u>死海里千帆相竞？
（情感内核：忧患、焦虑）

我/<u>来到</u>这个世界上，
只带着<u>纸、绳索</u>和身影。
为了在审判之前，
宣读那些/<u>被判决</u>的声音：

告诉你吧，<u>世界</u>，
我——不——相——信！
如果你脚下/有<u>一千名挑战者</u>，
那就把我算作/<u>第一千零一名</u>。

我<u>不相信</u>/天是<u>蓝</u>的；

我不相信/雷的回声；
我不相信/梦是假的；
我不相信/死无报应。
（情感内核：质疑、挑战）

如果海洋/注定要决堤，
就让所有的苦水/都注入我心中；
如果陆地/注定要上升，
就让人类/重新选择/生存的峰顶。

新的转机/和闪闪星斗，
正在缀满/没有遮拦的天空。
那是五千年的/象形文字，
那是未来/人们/凝视的眼睛。
（情感内核：希望、转机）

回答

拓展阅读

1.《北岛诗歌集》（北岛，南海出版社 2003 年版）。

2.《中国现代新诗与古典诗歌传统》（李怡，西南师范大学出版社 1999 年版）。

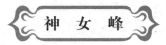

简介

舒婷，女，1952 年出生于福建石码镇，中国当代著名女诗人，新时期朦胧诗派的代表人物。舒婷原名龚佩瑜，从小随父母定居于厦门，1969 年下乡插队，1972 年返城当工人，1979 年开始发表诗歌作品。舒婷的代表作是朦胧诗《致橡树》。

舒婷创作擅长于抒发自我情感，也擅长捕捉生活中复杂而细致的情感体验，尽显女性特色。她的诗歌饱含着对祖国、对爱情、对生活的爱，富有浪漫主义色彩。她擅长在诗歌创作中运用比喻、象征、联想等艺术手法，构建朦胧的诗歌氛围，又常常在朦胧、浪漫中彰显自己的理性思考、平等自由。

原文

神　女　峰

在向你挥舞的各色花帕中
是谁的手突然收回
紧紧捂住了自己的眼睛
当人们四散离去，谁
还站在船尾

衣裙漫飞，如翻涌不息的云
江涛
高一声
低一声

美丽的梦留下美丽的忧伤
人间天上，代代相传
但是，心
真能变成石头吗
为眺望远天的杏鹤
错过无数次春江月明

沿着江岸
金光菊和女贞子的洪流
正煽动新的背叛
与其在悬崖上展览千年
不如在爱人肩头痛哭一晚

（选自《舒婷的诗》，舒婷，人民文学出版社 2012 年版）

作品赏析

　　《神女峰》是舒婷创作于 1981 年 6 月、原载《绿洲》1982 年第一期的诗作，是一首表现女性觉醒意识的抒情诗。这首诗是诗人游历三峡经过神女峰时，有感而创作的作品。在巫山神女的世代传说中，人们已经赋予了"神女"这一原型忠贞不渝、哀婉多情的特征，它隐含的是传统观念对女性的要求和准则，舒婷则用这一首诗歌，赋予了神女峰不一样的意义，表现了女性觉醒的意识。舒婷擅长于自我情感律动的内省、擅于捕捉复杂细致的情感体验，呈现出女性特有的敏感。其诗作充盈着浪漫主义和理想的特质，表达对祖国、人生、爱情、土地的挚爱，温馨平和、不乏激情。她的诗擅长运用比喻、象征、联想等艺术手法表达内心感受，在朦胧的氛围中流露出理性的思考，朦胧而不晦涩，是浪漫主义和现代主义风格相结合的产物。舒婷又能在一些常常被人们漠视的常规现象中发现尖锐深刻的诗化哲理。

　　整首诗充斥着浓郁的女性主义气氛，体现了对封建思想的解析、对传统女性观念的唾弃、对现代女性意识的充分张扬和释放。诗人在最后发出"与其在悬崖上展览千年，不如在爱人肩头痛哭一晚"的呼唤，大胆地对传统的爱情观提出了质疑，追求纯真的爱情，反映了社会女性对生命本体自由和解放的追求与宣告，对人性复归的呼唤。

　　舒婷的这首诗情感丰富细腻，而又始终保持着一种清纯明净的气息，具有极高的审美价值。这是一首自由体式的抒情诗歌，写景与抒情融为一体，尽显朦胧诗歌特色。从诗歌形式上来看，是十分自由灵活的，全诗句式自由，韵脚灵活，但是自由又不失美感，在诗歌第一部分结尾"江涛/高一声/低一声"三

句，工整独立，具有建筑美，"一声"二字的重复使用，使得诗歌还具有了韵律美和节奏美。

诗歌的着笔角度十分新颖，借写神女峰，表现女性意识的觉醒，肯定人的自我价值与尊严，注重情感的抒发和感染力。表达情感时细腻而深入，从观神女峰开始"突然收回""紧紧捂住"等一系列的动作，推动情感的深入，引入对神女峰的感伤，引入对女性传统地位的感伤和反抗，凸显女性的自我价值和社会地位，整个过程自然流畅，但又保持着诗歌含义的隐约含蓄，实为朦胧诗歌之典范。

诗歌语言清新自然而极富感染力，诗歌第二部分写道"金光菊和女贞子的洪流/正煽动新的背叛"巧妙地用"洪流"与"背叛"相关联，点明神女峰的万物正引发着女性的觉醒，使得诗意表达铿锵有力；诗人还擅长选取具有对比意义的意象，诗歌第二部分"为眺望远天的杳鹤/错过无数次春江月明"与诗歌最后"与其在悬崖上展览千年/不如在爱人肩头痛哭一晚"几句，分别用遥不可及的"杳鹤"与近在咫尺的"春江月明"相对，展现出女性的自我追求，最后用一句"与其……不如"与之相呼应，大胆表现出女性对爱情的追求。

朗诵指导

在朗诵《神女峰》时，首先要注意体会作者的思想感情。诗歌借写神女峰，表现女性意识的觉醒，肯定人的自我价值与尊严，注重情感的抒发和感染力。朗诵时要注意体会作者的情感变化，从一开始的从众，到"手突然收回"，表现出作者的思考，也反映出女性意识的觉醒和抗争。这种牺牲自己的"忠贞"真的值得歌颂千载吗？与其将幸福孤注一掷，不如多爱自己一些。同时注意诗歌三个段落的三层情绪：第一段开始思考；第二段设身处地感受神女的情感故事；第三段推翻对这种不幸的感动，得出自己的结论。该作品的节奏类型为舒缓偏低沉型。

神 女 峰

在向你挥舞的/（↗，偷气）各色花帕中
是谁的手/（↗，抢气）突然收回
紧紧捂住了/自己的眼睛（停顿1秒）
当人们/四散离去，谁（↗）
（抢气）还站在船尾
衣裙漫飞，（抢气）如翻涌不息的云（停1秒）
江涛
高一声（↗）
低一声（↘）

美丽的梦/留下/（偷气）美丽的忧伤
人间天上，代代相传（停1秒）
但是，心

真能变成石头吗（↑）
为眺望/远天的杳鹤
错过无数次/春江月明（停 3 秒）

沿着江岸
金光菊/（偷气）和女贞子的洪流
正煽动/新的背叛（停 1 秒）
与其在悬崖上/展览千年（↑）
不如/在爱人肩头/痛哭一晚（↓）

神女峰

🌿 拓展阅读

1．《舒婷的诗》（舒婷，人民文学出版社 2012 年版）。
2．《顾城精选集》（顾城，北京燕山出版社 2015 年版）。
3．《北岛诗歌集》（北岛，南海出版社 2003 年版）。

面朝大海，春暖花开

🌿 简介

　　海子（1964—1989），原名查海生，出生于安徽省怀宁县高河镇查湾村，中国当代著名青年诗人。海子在农村长大，1979 年 15 岁时考入北京大学法律系，1982 年大学期间开始诗歌创作，1983 年自北大毕业后分配至北京口国政法大学哲学教研室工作，1989 年 3 月 26 日在山海关附近自杀，年仅 25 岁。海子的代表作品是《黑夜的献诗——献给黑夜的女儿》《亚洲铜》《麦地》《以梦为马》。

　　海子的诗歌世界是非常复杂的，他的诗歌观念综合了古代史诗、近代抒情诗、浪漫主义诗歌和现代主义诗歌理念。海子曾说过，抒情就是血。他深受尼采、海德格尔等人的影响，相信"大地"的原始力量，又有着同梵·高一样的疯狂气质。他的诗歌精神是无比浪漫的。

🌿 原文

面朝大海，春暖花开

从明天起，做一个幸福的人
喂马、劈柴，周游世界
从明天起，关心粮食和蔬菜
我有一所房子，面朝大海，春暖花开

从明天起，和每一个亲人通信
告诉他们我的幸福
那幸福的闪电告诉我的

我将告诉每一个人

给每一条河每一座山取一个温暖的名字
陌生人，我也为你祝福
愿你有一个灿烂的前程
愿你有情人终成眷属
愿你在尘世获得幸福
我只愿面朝大海，春暖花开

（选自《海子经典诗歌》，海啸，中国画报出版社 2010 年版）

作品赏析

《面朝大海，春暖花开》是海子于 1989 年所写的一首抒情诗。全诗共 3 节，第一节表现了诗人对质朴、单纯而自由的人生境界的向往；第二节抒发找到幸福后无法抑制的喜悦之情；第三节直抒对世界的祝福。创作这首诗时距诗人卧轨自杀只有两个多月的时间，这首诗也成为海子诗篇中最明朗、最温暖的一首。

整首诗既清澈又深厚，既明朗又含蓄，抒发了诗人向往幸福之情。海子在诗歌里坦言，想要做"一个幸福的人"，愿意把"幸福的闪电"告诉每一个人，即使是陌生人他都会真诚地祝愿他"在尘世获得幸福"。诗歌里追求的幸福感，却又恰恰体现着海子人生痛苦的体验。

整首诗歌从语言上来看都是朴素明朗但又清新隽永，字句简单明了，诗韵回味无穷；结构上分为 3 段，分别用祈使句开头，祈使的对象只有自己，第一段"从明天起，做一个幸福的人"开篇点明，幸福的人每天劈柴喂马，关心粮食和蔬菜，还有一间房子，面朝大海，春暖花开；第二段"从明天起，和每一个亲人通信"将自己的喜悦告诉他们；第三段"给每一条河每一座山取一个温暖的名字"，诗人推己及人，祝愿山河、祝愿每一个人、祝愿陌生的人，最后的最后，祝愿所有，而"我只愿面朝大海，春暖花开"简单的一句，回归开始，整体结构圆润有致，句式灵活，段内又相对统一，前后呼应，明了地展现了诗人的情感。

诗人在情感表达上采用层层递进与意象结合的方式，诗中的"大海"意象，象征着美好与自然，也是诗人一心想要追求的东西，但是这一切都在梦想的"明天"。从期待"明天"到享受"明天"到分享"明天"到祝愿"明天"，诗人一步步勾勒美好的愿景最后取"大海"作为自己唯一的愿望，只愿明天拥有像大海般的自由、广阔与美好。诗中反复出现"明天"，将诗人的愿望一步步拔高，把强烈的内心情感展现出来，与自己的现在形成鲜明对比，使这首诗成为集美好与悲伤于一体的佳作。

朗诵指导

1. 这首诗以朴素明朗而又隽永清新的语言，唱出一个诗人的真诚善良。朗诵时语言要清新明朗，不拖泥带水。抒情主人公想要做"一个幸福的人"，

愿意把"幸福的闪电"告诉每一个人，即使是陌生人，他也会真诚地祝愿他"在尘世获得幸福"。诗人想象中的尘世，一切都那样新鲜可爱，充满生机与活力，字里行间透出积极、昂扬的情感。朗读的整体感受应该是淳朴、欢快的，并且对世人发出真诚的祝愿。

2. 虽然诗人在诗中想象着尘世的幸福生活，并用平白、温暖的话语表达了对每一个人的真挚祝福，但我们分明仍旧感到在那份坦诚的语气中隐含的忧伤。朗读时要将这种忧伤体现出来。

3. 表现节奏时要掌握四种方法：第一，欲扬先抑、欲抑先扬；第二，欲停先连、欲连先停；第三，欲轻先重、欲重先轻；第四，欲快先慢、欲慢先快。

"愿你有一个灿烂的前程/愿你有情人终成眷属/愿你在尘世获得幸福"，却以一句"我只愿面朝大海，春暖花开"，最终把自己隔绝到了尘世生活之外。这个地方就可以采取以上的方法控制节奏。

4. 示例分析。

面朝大海，春暖花开

从（↓∽）/明天起（↑→），/做一个（↑→）/幸福的人

（明换气）喂马（↓∽）、/劈柴（↓∽），周游世界

（停顿5秒）从（↓∽）/明天起（↑→），/关心/粮食和蔬菜^

我有（↑→）/一所（↑→）/房子，/面朝/大海（↑→），春暖/花开（↓）

从（↑→）/明天起，和/每一个亲人（↑→）/通信^

（偷换气）告诉/他们/我的/幸福^

（停顿2秒）那/幸福的（↑→）/闪电（↑→）/告诉我的

（补气，连接紧凑）我将告诉（↑→）/每一个人

给（↑→）/每一条河（↑→）/每一座山/取一个（↑→）/温暖的/名字^

陌生人（↑→），/我也/为你/祝福

（停顿2秒）愿你/有一个/灿烂的/前程^

（停顿1秒）愿你/有情人/终成/眷属^

（偷气，连接紧凑）愿你/在尘世/获得/幸福^

我（↑→）/只愿（↑→）/面/朝/大海，春暖

（↑→）/花开

面朝大海，春暖花开

拓展阅读

1.《海子经典诗歌》，（海啸，中国画报出版社2010年版）。

2.《北岛诗歌集》，（北岛，南海出版社2003年版）。

你见过大海

简介

韩东，1961年5月生于南京，新时期著名诗人、作家。韩东8岁随父母下放苏北农村，1982年毕业于山东大学哲学系。韩东曾任陕西财经学院、南京审

计学院等高校教师，1992 年辞职成为自由写作者，现为职业作家。韩东 1980年开始发表作品，1990 年加入中国作家协会，著有小说集《西天上》《我的柏拉图》《我们的身体》，长篇小说《扎根》《我和你》，诗集《吉祥的老虎》《爸爸在天上看我》。韩东是当代"第三代诗歌"的主要代表。其代表作是诗歌《你见过大海》。

　　韩东的诗歌呈现出反理性、反崇高、反英雄倾向，倡导小人物，有一种平民意识；重视流派与理论建设；在创作中展现了高度的语言意识，用口语化的语言拓展了当代新诗发展的空间。先锋诗派，也称先锋诗歌，是从 20 世纪 80年代中后期至今颇为流行的一个新诗流派。"先锋派"的艺术特征表现为反对传统文化，刻意违反约定俗成的创作原则，追求艺术形式和风格上的新奇；注重发掘内心世界，细腻描绘梦境和神秘抽象的瞬间世界。其技巧上广泛采用暗示、隐喻、象征、联想等手法。我国诗歌界对其独特的艺术创作风格存在较大争议。

原文

你见过大海

你见过大海
你想象过大海
你想象过大海
然后见到它
就是这样
你见过了大海
并想象过它
可你不是
一个水手
就是这样
你想象过大海
你见过大海
也许你还喜欢大海
顶多是这样
你见过大海
你也想象过大海
你不情愿让海水给淹死
就是这样
人人都这样

（选自《你见过大海：韩东集 1982—2014》，韩东，作家出版社 2015 年版）

作品赏析

　　韩东的这首《你见过大海》（写于 1982—1984 年）在消解"朦胧诗"及开启"后朦胧"诗潮等方面具有"革命性"意义。在韩东描写"大海"之前，文

学界已经存在两种"海"的形象：一是古典"海"，象征平凡普遍的大海，如曹操的"东临碣石，以观沧海"；二是西方"大海"，象征先进的他者，自由、民主、解放，显然西方"大海"的诱惑正引领着时代。针对这一情况，韩东创作了这首《你见过大海》。

诗人把"你想象的大海"与"你见过的大海"相对比，把理想与现实关联，他对"大海"的"想象"性的拆穿，实际直指西方的话语霸权，在一定程度上来看，韩东这样的一种方式实际是对传统中国文化中心的维护。

这首诗从篇章上看，篇幅短小，结构简洁而意蕴丰富，在口语式语言的运用上堪称经典。本诗采用极少的字词，简单的句式构成了富有节奏而和谐的整体，特别在语音上，通过"你""见""想象"等词语的反复使用，呈现快速的节奏和回还的旋律，在大意上直指中心。

这首诗结构非常精巧，诗人在原诗中，标注了 1～21 的序号，我们可以简单拆分来看，1～3 句，发出疑问，是见过大海还是想象大海；4～6 句，进行回答，是先想象大海再促使去见到大海；7～11 句，见到大海，但不是一名水手，所以你回来了，结束了见大海的动作；12～15 句，见过大海之后，似乎产生了些许动摇，也许你还喜欢大海；16～21 句，还原真相，见过也想象过，但是你绝不愿被它淹死，因为人总是趋利避害的。整首诗结构清晰，意蕴深厚。

朗诵指导

1. 该作品结构简洁而意蕴丰富，作者用冷峻的态度批判了当时追求、向往"大海"的人们，朗读时，声音形式要注意变化，虽以强控制为主，任不能大声喊叫，破坏作品的意图。在叙述事实的过程中，批评的语气色彩应较为鲜明，声音稳而有力，气息较沉。

2. 对比式语言的体现要层次清晰。"你见过大海""你想象过大海"等多次出现，朗读时要根据不同的意思，选择不同的语气与态度，鲜明地表达作者的意图。

你见过大海

你（↑→）/见过（↓∽）/大海

你/想象过^（停顿 1 秒）大海

你想象过大海^

（明换气）然后/见到它

（停顿 2 秒）就是这样

（停顿 5 秒）你（↓∽）/见过了（↑→）/大海

（偷气，快速连接）并想象过它

可你不是^

（明换气）一个水手

（停顿 2 秒）就是这样

你（↓∽）/想象过（↓∽）/大海

（偷气，快速连接）你/见过大海^

也许（↑→）/你还喜欢大海

（明换气）顶多是这样

你见过大海^

（偷气，快速连接）你也/想象过大海

（偷气，快速连接）你/不情愿^（偷气，快速连接）

让海水/给淹死

　　就是这样

　　人人/都这样

你见过大海

拓展阅读

《你见过大海：韩东集 1982—2014》（韩东，作家出版社 2015 年版）。

港台作家及侨居海外的华人文学

游园惊梦（节选）

简介

白先勇（1937— ），台湾当代著名作家，生于广西桂林。毕业于中国的台湾大学、美国的艾奥瓦大学，后在加利福尼亚大学圣塔巴巴拉分校教授中国语文及文学，并从此在那里定居。现任香港中文大学博文讲座教授、香港中文大学"昆曲研究推广计划"荣誉主任。

白先勇著有短篇小说集《台北人》《寂寞的十七岁》《纽约客》等，长篇小说《孽子》，散文集《蓦然回首》《第六只手指》《树犹如此》等，以及舞台剧《游园惊梦》。其中《台北人》入选 20 世纪中文小说 100 强，是台湾文学精美的文学作品集之一。《台北人》包括 14 个短篇，以《永远的尹雪艳》开始，以《国葬》结束，描写了那些离开大陆的国民党人在台北的日子。小说集囊括了台北都市社会的各阶层，书中的人物都背负着一段沉重的、斩不断的往事，印刻上了那段忧患重重的时代的印记。

原文

钱夫人到达台北近郊天母窦公馆的时候，窦公馆门前两旁的汽车已经排满了，大多是官家的黑色小轿车，钱夫人坐的计程车开到门口她便命令司机停了下来。窦公馆的两扇铁门大敞，门灯高烧，大门两侧一边站了一个卫士，门口有个随从打扮的人正在那儿忙着招呼宾客的司机。钱夫人一下车，那个随从便赶紧迎了上来，他穿了一身藏青哔叽的中山装，两鬓花白。钱夫人从皮包里掏出了一张名片递给他，那个随从接过名片，即忙向钱夫人深深地行了一个礼，操了苏北口音，满面堆着笑容说道：

"钱夫人，我是刘副官，夫人大概不记得了？"

"是刘副官吗？"钱夫人打量了他一下，微带惊愕地说道，"对了，那时在南京到你们大悲巷公馆见过你的。你好，刘副官。"

"托夫人的福。"刘副官又深深地行了一礼，赶忙把钱夫人让了进去，然后抢在前面用手电筒照路，引着钱夫人走上一条水泥砌的汽车过道，绕着花园直往正屋里行去。

……

钱夫人环视了一下，第二桌的客人都站在那儿带笑瞅着她。钱夫人赶忙含糊地推辞了两句，坐了下去，一阵心跳，连她的脸都有点发热了。倒不是她没经过这种场面，好久没有应酬，竟有点不惯了。从前钱鹏志在的时候，筵席之间，十有八九的主位，倒是她占先的。钱鹏志的夫人当然上坐，她从来也不必推让。南京那起夫人太太们，能僭过她辈分的，还数不出几个来。她可不能跟

那些官儿的姨太太们去比，她可是钱鹏志明公正道迎回去做填房夫人的。可怜桂枝香那时出面请客都没份儿，连生日酒还是她替桂枝香做的呢。到了台湾，桂枝香才敢这么出头摆场面，而她那时才冒二十岁，一个清唱的姑娘，一夜间便成了将军夫人了。卖唱的嫁给小户人家还遭多少议论，又何况是入了侯门？连她亲妹子十七月月红还刻薄过她两句：姊姊，你的辫子也该铰了，明日你和钱将军走在一起，人家还以为你是他的孙女儿呢！钱鹏志娶她那年已经六十靠边了，然而怎么说她也是他正正经经的填房夫人啊。她明白她的身份，她也珍惜她的身份。跟了钱鹏志那十几年，筵前酒后，哪次她不是捏着一把冷汗，任是多大的场面，总是应付得妥妥帖帖的？走在人前，一样风华翩跹，谁又敢议论她是秦淮河得月台的蓝田玉了？

"难为你了，老五。"

钱鹏志常常抚着她的腮对她这样说道。她听了总是心里一酸，许多的委屈却是没法诉的。难道她还能怨钱鹏志吗？是她自己心甘情愿的。钱鹏志娶她的时候就分明和她说清楚了：他是为着听了她的《游园惊梦》才想把她接回去伴他的晚年的。可是她妹子月月红说的呢，钱鹏志好当她的爷爷了，她还要希冀什么？到底应了得月台瞎子师娘那把铁嘴：五姑娘，你们这种人只有嫁给年纪大的，当女儿一般疼惜算了，年轻的，哪里靠得住？可是瞎子师娘偏偏又捏着她的手，眨巴着一双青光眼叹息道：荣华富贵你是享定了，蓝田玉，只可惜你长错了一根骨头，也是你前世的冤孽！不是冤孽还是什么？除却天上的月亮摘不到，世上的金银财宝，钱鹏志怕不都设法捧了来讨她的欢心。她体验得出钱鹏志那番苦心。钱鹏志怕她念着出身低微，在达官贵人面前气馁胆怯，总是百般怂恿着她，讲排场，耍派头。梅园新村钱夫人宴客的款式怕不噪反了整个南京城，钱公馆里的酒席钱，"袁大头"就用得罪过花啦。单就替桂枝香请生日酒那天吧，梅园新村的公馆里一摆就是十台，搋笛的是仙霓社里大江南北第一把笛子吴声豪，大厨师却是花了十块大洋特别从桃叶渡的绿柳居接来的。

"窦夫人，你们大师傅是哪儿请来的呀？来到台湾我还是头一次吃到这么讲究的鱼翅呢。"赖夫人说道。

"他原是黄钦之黄部长家在上海时候的厨子，来台湾才到我们这儿的。"窦夫人答道。

"那就难怪了，"余参军长接口道，"黄钦公是有名的美食家呢。"

"哪天要能借到府上的大师傅去烧个翅，请起客来就风光了。"赖夫人说道。

"那还不容易？我也乐得去白吃一餐呢！"窦夫人说，客人们都笑了起来。

"钱夫人，请用碗翅吧。"程参谋盛了一碗红烧鱼翅，加了一匙羹镇江醋，搁在钱夫人面前，然后又低声笑道：

"这道菜，是我们公馆里出了名的。"

······

杜丽娘唱的这段"昆腔"便算是昆曲里的警句了。连吴声豪也说：钱夫人，您这段《皂罗袍》便是梅兰芳也不能过的。可是吴声豪的笛子却偏偏吹得那么高（吴师傅，今晚让她们灌多了，嗓子靠不住，你换枝调门低一点儿的笛子吧）。吴声豪说，练嗓子的人，第一要忌酒；然而月月红十七却端着那杯花雕过来说

道：姊姊，我们姊妹俩儿也来干一杯。她穿得大金大红的，还要说：姊姊，你不赏脸。不是这样说，妹子，不是姊姊不赏脸，实在为着他是姊姊命中的冤孽。瞎子师娘不是说过：荣华富贵——蓝田玉，可惜你长错了一根骨头。冤孽呵。他可不就是姊姊命中招的冤孽了？懂吗？妹子，冤孽。然而他也奉着酒杯过来叫道：夫人。他笼着斜皮带，戴着金亮的领章，腰杆扎得挺细，一双带白铜刺的长筒马靴乌光水滑地啪哒一声靠在一起，眼皮都喝得泛了桃花，却叫道：夫人。谁不知道南京梅园新村的钱夫人呢？钱鹏公，钱将军的夫人啊。钱鹏志的夫人。钱鹏志的随从参谋。钱将军的夫人。钱将军的参谋。钱将军。难为你了，老五，钱鹏志说道，可怜你还那么年轻。然而年轻人哪里会有良心呢？瞎子师娘说，你们这种人，只有年纪大的才懂得疼惜啊。荣华富贵——只可惜长错了一根骨头。懂吗？妹子，他就是姊姊命中招的冤孽了。钱将军的夫人。钱将军的随从参谋。将军夫人。随从参谋。冤孽。我说。冤孽，我说（吴师傅，换枝低一点的笛子吧，我的嗓子有点不行了。哎，这段《山坡羊》）。

> 没乱里春情难遣
>
> 蓦地里怀人幽怨
>
> 则为俺生小婵娟
>
> 拣名门一例一例里神仙眷
>
> 甚良缘把青春抛的远
>
> 俺的睡情谁见——

那团红火焰又熊熊地冒了起来了，烧得那两道飞扬的眉毛，发出了青湿的汗光。两张醉红的脸又渐渐地靠拢在一处，一起咧着白牙，笑了起来。笛子上那几根玉管子似的手指，上下飞跃着。那袅袅娜娜的身影儿，在那档雪青的云母屏风上，随着灯光，仿仿佛佛地摇曳起来。笛子声愈来愈低沉，愈来愈凄咽，好像把杜丽娘满腔的怨情都吹了出来似的。杜丽娘快要入梦了，柳梦梅也该上场了。可是吴声豪却说，《惊梦》里幽会那一段，最是露骨不过的。（吴师傅，低一点儿吧，今晚我喝多了酒）然而他却偏捧着酒杯过来叫道：夫人。他那双乌光水滑的马靴啪哒一声靠在一处，一双白铜马刺扎得人的眼睛都发疼了。他喝得眼皮泛了桃花，还要那么叫道：夫人，我来扶你上马，夫人，他说道，他的马裤把两条修长的腿子绷得滚圆，夹在马肚子上，像一双钳子。他的马是白的，路也是白的，树干子也是白的，他那匹白马在猛烈的太阳底下照得发了亮。他们说：到中山陵的那条路上两旁种满了白桦树。他那匹白马在桦树林子里奔跑起来，活像一头麦秆丛中乱窜的白兔儿。太阳照在马背上，蒸出了一缕缕的白烟来。一匹白的，一匹黑的——两匹马都在淌着汗了。而他身上却沾满了触鼻的马汗。他的眉毛变得碧青，眼睛像两团烧着了的黑火，汗珠子一行行从他额上流到他鲜红的颧上来。太阳，我叫道。太阳照得人的眼睛都睁不开了。那些树干子，又白净，又细滑，一层层的树皮都卸掉了，露出里面赤裸裸的嫩肉来。他们说：那条路上种满了白桦树。太阳，我叫道，太阳直射到人的眼睛上来了。于是他便放柔了声音唤道：夫人。钱将军的夫人。钱将军的随从参谋。钱将军的——老五，钱鹏志叫道，他的喉咙已经咽住了。老五，他喑哑地喊道，你要珍重嘛。他的头发乱得像一丛枯白的茅草，他的眼睛坑出了两只黑窟窿，

他从白床单下伸出他那只瘦黑的手来，说道，珍重嚇，老五。他抖索索地打开了那只描金的百宝匣儿，这是祖母绿，他取出了第一层抽屉。这是猫儿眼。这是翡翠叶子。珍重嚇，老五，他那乌青的嘴皮颤抖着，可怜你还这么年轻。荣华富贵——只可惜你长错了一根骨头。冤孽，妹子，他就是姊姊命中招的冤孽了。你听我说，妹子，冤孽呵。荣华富贵——可是我只活过那么一次。懂吗？妹子，他就是我的冤孽了。荣华富贵——只有那一次。荣华富贵——我只活过一次，懂吗？妹子，你听我说，妹子。姊姊不赏脸，月月红却端着酒过来说道，她的眼睛亮得剩了两泡水。姊姊到底不赏妹子的脸，她穿得一身大金大红的，像一团火一般，坐到了他的身边去。（吴师傅，我喝多了花雕）

迁延，这衷怀那处言

淹煎，泼残生除问天——

就是那一刻，泼残生——就在那一刻，她坐到他身边，一身大金大红的，就是那一刻，那两张醉红的面孔渐渐地凑拢在一起，就在那一刻，我看到了他们的眼睛：她的眼睛，他的眼睛。完了，我知道，就在那一刻，除问天——（吴师傅，我的嗓子）完了，我的喉咙，你摸摸我的喉咙，在发抖吗？完了，在发抖吗？天——（吴师傅，我唱不出来了）天——完了，荣华富贵——可是我只活过一次——冤孽、冤孽、冤孽——天——（吴师傅，我的嗓子）——就在那一刻，就在那一刻，哑掉了——天——天——天——

（选自《台北人》，白先勇，广西师范大学出版社 2015 年版）

作品赏析

　　白先勇的小说集《台北人》是其 20 世纪 60 年代的作品。彼时的白先勇在经历了台湾文坛从全面西化的现代主义潮流转向中国传统表达后，形成了极具特色的文学表达方式。《台北人》不仅在表达上是白先勇西化和中国化结合的典范，在人物选择上也极具白先勇的特色。白先勇曾经提到："《台北人》对我比较重要一点。我觉得再不快写，那些人物，那些故事，那些已经慢慢消逝的中国人的生活方式，马上就要成为过去，一去不复返了。"在他笔下，这些去往台湾的大陆人，夹杂着离愁别绪，镌刻了时代印记。

　　《游园惊梦》是小说集《台北人》中精美的作品之一。小说由钱夫人的视角展开，以在台北的生日赴宴为叙事线索，通过意识流创作方式，将钱夫人在台北生日宴上的经历与在南京的过往融合，展现了钱夫人的前尘往事和当下境遇。原来钱夫人本是昆曲女伶蓝田玉，因一出《游园惊梦》的清唱打动了将领钱鹏志的心，并被钱将军迎娶为填房夫人，在她二十多岁的年纪享尽荣华富贵。但正如蓝田玉的师娘所言，蓝田玉可惜"长错了一根骨头"，恋上了钱将军的参谋郑彦青，发生超友谊行为。后来钱夫人的亲妹月月红把郑彦青抢去，令钱夫人伤心不已。不久，钱鹏志撒手西归。在参加桂枝香（窦夫人）生日宴会中，钱夫人重逢旧故，有人清唱昆曲《游园惊梦》，使她触景生情，满怀感伤，往事历历重现。

　　《游园惊梦》在艺术表达上很好地融合了西方化的表达和中国传统文学的表达。首先在小说的整体结构安排上，采用了典型的西方意识流艺术表达手法。

意识流是 20 世纪 20 年代在欧美兴起的一种思潮流派，主要特点是随着人的意识活动来叙述故事，从而使故事的安排和情节的衔接具有时间、空间的跳跃、多变等特点。在小说中，钱夫人从正厅到饭厅，然后到客厅，最后到露台，陆续遇见了刘副官、窦夫人、赖夫人、余参军长、天辣椒蒋碧月、徐太太、程参谋等人，而与这些人的相遇触发了钱夫人回忆起相应的人生经历。这样的行文方式，使小说以钱夫人赴宴的空间活动为结构线索，以钱夫人的人生经历为展现内容，实现了时间和空间的融合。此外，在文本层次的展现上，《游园惊梦》复合了三个层次：台北当下的宴会、南京过去的经历和昆剧剧本《游园惊梦》。而这三个层次指向了白先勇的一条主旋律的精神内涵——怀旧，或者说乡愁：一则是对过去生活的怀恋与追忆，二则是对故国心理情感的眷念，三则是对故旧文化传统的依恋。

拓展阅读

1. 阅读白先勇小说《永远的尹雪艳》。
2. 观看杨凡导演的电影《游园惊梦》。
3. 观看白先勇监制的青春版《牡丹亭》。

霸王别姬（节选）

简介

李碧华，原名李白，出生于 1959 年，祖籍广东台山，香港当代著名女性作家。李碧华出生、成长于香港，毕业于香港著名女子学校香港真光中学。李碧华曾任小学教师，同时担任人物专访记者、电视编剧、电影编剧及舞剧策划，先后在刊物撰写专栏及小说。李碧华的代表作品有《霸王别姬》《青蛇》《秦俑》《胭脂扣》《生死桥》《饺子》《诱僧》等。

李碧华是香港极富传奇色彩的女作家，她的作品经过电影、电视、话剧等现代传媒工具演绎，广为人知。李碧华擅长写辛辣、凄艳、悲凉的故事，文笔流畅，观点独到。她曾坦言写作是为了自娱，如果本身不喜欢写，只是为了名利，到头来是会很伤心的。她相信自己的灵感，她创作"从来没有刻意怎么写，所有的景象、联想，见到什么，想到什么，都是在下笔的时候不知不觉地出来的"。

原文

蝶衣急忙把前尘细认。那么遥远的日子，不可思议的神秘，一幕一幕，他的时刻终于到来了。他带兴奋地激动：

"最想吃的是盆儿糕。蘸白糖吃，又甜、又黏、又香……"

"嗳，我不是说把钱存起来，咱哥儿狠狠吃一顿？——我这是钱没存起来，存了也买不到盆儿糕。香港没这玩意。"

"其实盆儿糕也没什么特别。"

"吃不到就特别。"小楼道。

"是，得不到的总是最好的，真不宽心。"蝶衣无意一句。

"话说回来，"小楼问："现在老戏又可以唱了，那顶梁柱是谁？"

"没什么人唱戏了，小生都歌厅唱时代曲去。京剧团出国赚外汇倒行。"蝶衣侃侃而道："还有，最近琉璃厂改样儿了，羊肉馆翻修了。香港的财主投资建大酒店。春节联欢会中，有人跳新派交际舞，电视台还播映出来呢，就是破四旧时两个人搂着跳那种。开始搞舞会，搞什么舞小姐、妓女——"

流水账中说到"妓女"，蝶衣急急住嘴。他不要有一丝一毫的提醒，提醒早已忘掉的一切。

小楼眼神一变。

啊，他失言了。

蝶衣心头怦然乱跳。他恨自己，恨到不得了。

小楼三思：

"我想问——"

他要问什么？他终于要问了。

蝶衣无言地望定他。身心泛白。

小楼终于开口：

"师弟，我想问问，不我想托你一桩事儿，无论如何，你替我把菊仙的骨灰给找着了，捎来香港，也有个落脚地。好吗？"

蝶衣像被整池的温水淹没了。他恨不得在没听到这话之前，一头淹死在水中，躲进去，永远都不答他。疲倦袭上心头。他坚决不答。

一切都胡涂了，什么都记不起。他过去的辉煌令他今时今日可当上了"艺术指导"；他过去的感情，却是孤注一掷全军覆没。

他坚决不答。

"师弟——"小楼讲得很慢，很艰涩很诚恳："有句话——我不知道该不该对你说——"

"说吧。"

"我——我和她的事，都过去了。请你——不要怪我！"

小楼竭尽全力把这话讲出来。是的。他要在有生之日，讲出来，否则就没机会。蝶衣吃了一惊。

他是知道的！他知道他知道他知道！这一个阴险毒辣的人，在这关头，抬抬手就过去了的关头，他把心一横，让一切都揭露了。像那些老干部的万千感慨："革命革了几十年，一切回到解放前！"

谁愿意面对这样震惊的真相？谁甘心？蝶衣痛恨这次的重逢。否则他往后的日子会因这永恒的秘密而过得跌宕有致。

蝶衣千方百计阻止小楼说下去。

千方百计。

千方百计……

他笑。

"我都听不明白，什么怪不怪的？别说了。来，'饱吹饿唱'，唱一段吧？"

小楼道:

"词儿都忘了。"

"不会忘的!"

蝶衣望着他:

"唱唱就记得了,真的——戏,还是要唱下去的。来吧?"

他深沉地,向自己一笑:

"我这辈子就是想当虞姬!"

舞台方丈地,一转万重山。

转呀转,又回来了。

夜。

"北京京剧团"的最后一场过去了。空寂的舞台,曲终人已散。没有切末,没有布景,没有灯光,没有其他闲人。

戏院池座,没有观众。

没有音乐,没有掌声。

——是一个原始的方丈地。

已经上妆的两张脸,咦,油彩一盖,硬是看不出龙钟老态。一个清瘦倨傲,一个抖擞得双目炯灼。只要在台上,就得有个样儿。

扮戏的历程,如同生命,一般繁琐复杂。

记得吗?——搽油彩、打底色、拍红(荷花胭脂!)、揉红、画眉、勾眼、敷粉定妆,再搽红、再染眉、涂唇,在脖子、双手、小臂搽水粉,掌心揉红。化好妆后,便吊眉、勒头、贴片子、梳扎、条子裹扎、插戴(软头面六大类,硬头面三大类。各类名下各五十件……)。

看小楼,他那年逾花甲的笨手,有点抖,在勾脸,先在鼻子一点白,自这儿开始……奇怪吧,经典脸谱里头,只有中年丧命的,反而带个"寿"字。早死的叫"寿",长命的唤什么?抑或是后人一种凭吊的补偿?项羽冉冉重现了。

蝶衣一瞟,不大满意,他拈起笔,给他最后勾一下,再端详。这是他的霸王,他当年的霸王。

时空陡地扑朔迷离,疑幻疑真。

蝶衣把那几经离乱,穗儿已烧焦了的宝剑——反革命罪证,平反后发还给他——默默地挂在小楼腰间,又理理他的黑靠。

于是,挽了霸王好上场去。

身子明显的衰老了,造功只得一半,但他兴致高着呢:

"大王请!"

小楼把蝶衣献来的酒干了,"咳"的一声,杯子向后一扔,他扯着嘶哑的嗓子,终于唱了。在这重温旧梦的良夜。

"想俺项羽——

力拔山兮气盖世,

时不利兮骓不逝,

骓不逝兮可奈何,

虞兮虞兮,

奈若何？"

蝶衣持剑，边舞边唱"二六"：

"劝君王饮酒听虞歌，

解君忧闷舞婆娑。

嬴秦无道把江山破。

英雄四路起干戈。

自古常言不欺我。

成败兴亡一刹那。

宽心饮酒宝帐坐。"

蝶衣剑影翻飞，但身段蹒跚，腰板也硬了，缓缓而弯，就是下不了腰。终于这已是一阕挽歌。虞姬抚慰霸王，但谁来抚慰虞姬？他唱得很凄厉：

"汉兵已略地，

四面楚歌声，

君王意气尽，

贱妾何聊生？"

就用手中宝剑，把心一横，咬牙，直向脖子抹去。

血滴……

小楼完全措手不及，马上忘形地扶着他，急得用手搭着他的伤口，把血胡乱地，"拨回去"，堵进去……

剑光刺目。

蝶衣望定小楼。他在他怀中。

他俩的脸正正相对。

停住。"蝶衣！"

血，一滴一滴一滴……

蝶衣非常非常满足。掌声在心头热烈轰起。

红尘孽债皆自惹，何必留痕？互相拖欠，三生也还不完。回不去。也罢。不如了断。死亡才是永恒的高潮。听见小楼在唤他。

"师弟——小豆子——"

啊，是遥远而童稚的喊嗓声。某一天清晨，在陶然亭。他生命中某一天，回荡着：

"咿——呀——啊——呜——"

天真原始的好日子。

在中国、北平……的好日子。

童音缭绕于空寂的舞台和戏院中。

……

"师弟！"

小楼摇撼他："戏唱完了。"

蝶衣惊醒。

戏，唱，完，了。

灿烂的悲剧已然结束。

华丽的情死只是假象。

他自妖梦中，完全醒过来。是一回戏弄。

太美满了！

强撑着爬起来。拍拍灰尘。嘴角挂着一朵诡异的笑。

"我这辈子就是想当虞姬！"

他用尽了力气。再也不能了。

后来，蝶衣随团回国去了。

后来，小楼路过灯火昏黄的弥敦道，见到民政司署门外盘了长长的人龙，旋旋绕绕，熙熙攘攘，都是来取白色小册子的：一九八四年九月二十六日。"中英协议草案"的报告。香港人至为关心的，是在一九九七年之后，会剩余多少的"自由"。

小楼无心恋战，他实在也活不到那一天。

什么家国恨？儿女情？不，最懊恼的，是找他看屋的主人，要收回楼宇自住了，不久，他便无立锥之地。

整个的中国，整个的香港，都离弃他了，只好到澡堂泡一泡。

到了该处，只见"芬兰浴"三个字。啊连浴德池，也没有了。

（选自《霸王别姬》，李碧华，人民文学出版社 1999 年版）

作品赏析

李碧华擅长言情，勾勒人物复杂丰富的心灵世界，表达作者对爱情的不懈追求，其作品融入了丰富的历史、社会、美学、哲学等方面的深沉意蕴。李碧华的人物书写别具特色，故事往往别出心裁、瑰奇诡异、雅俗共赏，有"天下言情第一人"的称号。《霸王别姬》最初完成于 1979 年，以梨园师兄弟程蝶衣和段小楼的人生经历和情感纠葛为线索，讲述了一段哀艳悲烈的往事。文学虚构与国粹经典、个体命运与时代变迁巧妙融合，曲折动人，发人深省。

这部作品围绕两位京剧伶人半个世纪的悲欢离合，展现了对传统文化、人的生存状态及人性的思考与领悟。小说依托从民国到改革开放跌宕起伏的几十年背景，推动情节发展和任务矛盾冲突。整部小说的主题，主要是关于"依恋"与"背叛"，讲述的是蝶衣、小楼和菊仙三人间的爱恨情仇。李碧华着方突出人在复杂感情关系中的自私与软弱，悲哀与无奈，饱含了对现实人生的无限哀悯——"人间，只是抹去了脂粉的脸"。

李碧华在这部小说中的语言是具有散文特征的，多用短句，简练优美而又荡气回肠，同时小说以京剧发展为背景，以三人感情为线索，利用语言特色和京剧台词艺术丰富了作品内涵。小说中，常用环境渲染法。"民国十八年（一九二九年），冬。天寒日短，大风刮起，天已奄奄地冷了"，这两句环境描写出现在小说的开头，作者用简短的一句交代了时代背景与自然环境背景，渲染故事环境，推进情节发展。

《霸王别姬》是一部优秀的命运悲剧作品，具有较高的悲剧艺术水准，展现了爱情的悲剧、艺术的悲剧及时代的悲剧。小说中的蝶衣是坚贞的"虞姬"，坚持爱情，不畏强权；小楼是男权社会里软弱与无奈的象征，人物设定的方向

本就是不可逆转的爱情悲剧走向。蝶衣和小楼与京剧共同经历风雨飘摇的日子，通过小楼的改变、蝶衣的绝望，展现了社会、政治给艺术及艺术工作者带来的悲剧与无奈。蝶衣最后放弃了他的"霸王"，也是对艺术坚守无果的直接体现，李碧华巧妙地将爱情与艺术的双重毁灭赋予蝶衣，使其命运滑入悲剧的齿轮，也使整部剧的悲剧性得到升华。

拓展阅读

1. 《胭脂扣》（李碧华，新星出版社 2013 年版）。
2. 《生死桥》（李碧华，新星出版社 2013 年版）。

木心诗二首

简介

木心，原名孙璞（1927—2011），字仰中，号牧心，美术家、作家和音乐家，生于浙江桐乡乌镇东栅，毕业于上海美术专科学校。1946 年，进入由刘海粟创办的上海美术专科学校学习油画，但随后又转到与他的美术理念更为接近的林风眠门下，入国立杭州艺术专科学校继续探讨中西绘画。木心曾任杭州绘画研究社社长，上海工艺美术家协会秘书长，上海市工艺美术中心总设计师，《美化生活》期刊主编，以及交通大学美学理论教授。自 1982 年起，木心长居美国纽约，并盘桓南北欧，游历甚广，从事美术及文学创作。1983 年，林肯中心举行木心水墨画展。1984 年，哈佛大学举行彩墨画展、收藏仪式。2002 年，木心举办"木心的艺术"大型博物馆级全美巡回展。现在浙江乌镇有"木心美术馆"。木心还有 30 多首音乐手稿正在整理。木心的文学作品被翻译成英语，作为美国大学文学史课程范本读物，因此成为与福克纳、海明威等人的作品编在同一教材中的中国作家。

木心的散文集有《琼美卡随想录》《散文一集》《即兴判断》《素履之往》《马拉格计画》《鱼丽之宴》《同情中断录》，诗集有《西班牙三棵树》《巴珑》《我纷纷的情欲》《云雀叫了一整天》《会吾中》《伪所罗门书》等，小说集有《温莎墓园日记》等。

原文

从　前　慢

记得早先少年时
大家诚诚恳恳
说一句是一句

清早上火车站
长街黑暗无行人
卖豆浆的小店冒着热气

　　从前的日色变得慢

　　车，马，邮件都慢

　　一生只够爱一个人

　　从前的锁也好看

　　钥匙精美有样子

　　你锁了人家就懂了

（选自《木心诗选》，木心，童明选编，广西师范大学出版社 2015 年版）

作品赏析

　　《从前慢》写作者回忆中的情景，回不去的童年记忆。从中看到了乡愁，看到了一生漂泊，看到了把逃亡作为美学根基的文化赤子。在第一章明白表述"诚诚恳恳"的刻骨印记之后，作者描绘了三幅图：黑暗底色衬托中的亮光和冒着热气的动感画面，这是需要时间慢慢磨制的，慢中透出对待顾客的压心本分，也是诚恳待客；交流活动传递信息中的慢，是诚诚恳恳对待友情、亲情和爱情关系；精美的锁和钥匙，是物件的做工精美，诚诚恳恳做手艺，更重要的是锁住的是"君子"，是自律诚信的小镇居民关系。这种诗画合一、意境含蓄是中国诗歌的优秀传统，充满了形而上的哲思。

　　这首诗浸透的那种慢的时间感和细部观察的剖析感让人印象深刻，掩卷深思再三；三句一章的诗意结构显然迥异于中国传统的对称美学追求。木心明显借鉴了英诗三行诗节的特征；散文化的、洗练到平白如话的语言，而这种书写语言背后的世界性观念，一旦翻译，便能赢得西方读者的深刻共鸣——美国文学评论家罗伯特·坎图教授给翻译者童明写信说："现在是星期六深夜，实际上已是星期日清晨，不过这个世界必须停下来，让我讲几句对木心表示钦佩的话。"

原文

我们也曾有过青春

　　年轻时候，那光景

　　我们人生模仿艺术

　　不是艺术模仿人生

　　窗外二次大战刚过

　　窗内十九世纪至尊

　　音乐是我的命

　　爱情是我的病

　　贝多汶[1]是我的神

　　肖邦是我的心

　　谁美貌，谁就是我的死灵魂

　　兰心[2]，法国小剧场气氛

后排学生廉价票，请进
我们没有晚礼服、望远镜
照样衣履光鲜，黑白分明
整个夜晚气氛一派康乃馨

我是小规模地博大精深
我们的流浪还只限于路角街心
一天接连看四场电影
不要泰山、出水芙蓉
只看卡萨布兰卡、血泪孤星

我们从不上下其手
十九岁不懂接吻
二十岁只敢印在眉中心
好像神甫亲教徒
将"我爱你"说成了"阿门"

[选自《木心研究专号（2016）：木心美术馆特辑》，
木心作品编辑部编，广西师范大学出版社 2016 年版]

注释

[1] 贝多汶：德国作曲家贝多芬，旧译名。

[2] 兰心：即兰心大剧院，位于上海的茂名南路的西式剧院，建于 1930 年，与花园饭店、锦江饭店、新锦江大酒店相毗邻，环境优雅、交通方便，是驰名中外的资深剧场，主要演出话剧、音乐、歌舞、戏曲等节目并兼放电影。1952 年 10 月，"兰心"更名为上海艺术剧场。

作品赏析

《我们也曾有过青春》是木心的遗作，写回忆中的片段。1946—1948 年，木心在上海美术专科学校，刚好 20 岁左右。陈丹青说："他常私下说起，证明他暮年仍然保留着早岁的趣味，或者说，趣味的记忆，这记忆，根植于 40 年代的上海美专与杭州艺专。"在第一、二章，木心回忆 20 岁"人生模仿艺术"的岁月，也即学习 19 世纪的西方艺术。他认定音乐高于一切艺术，试将音乐的神意注入他的诗文和绘画。他早年习奏钢琴，曾在上海育民中学兼授音乐课。在囚禁中，他自绘琴键，默然练习。他有 30 多页未经整理，因而未能付诸演奏的音乐手稿。木心曾说："我在童年、少年、青年这样长的岁月中，因为崇敬音乐，爱屋及乌，忍受种种以音乐的名义而存在的东西，烦躁不安，以至中年，方始有点明白自己是枉屈了，便开始苛刻于择'屋'，凡'乌'多者，悄悄而过，再往'乌'少的'屋'走近去。……"（陈丹青）

这首诗的韵律和谐，押韵便是非常突出的特征。韵脚密集，第一章是偶句押，首句入韵，第二、三章是句句押韵，第一、四、五章有五句有三、四句押韵。带来的效果是相同相近的韵回环往复的听觉美感，韵的开口度适中，表现平和深婉的情韵，节奏感强。诗的结构仍然有特点：第一章的概括点题后分别描写，语言的锋利幽默、直白又含蓄总让人心领神会间产生共鸣。

拓展阅读

木心诗《肉体是一部圣经》入选中国台湾《1999 年诗选》，选编者诗人鸿鸿说："这是全年最深刻、因而也是最美的一首情诗。"试写出读诗心得。

肉体是一部圣经

你是，啊，一架
稀世珍贵的金琴
无数美妙的乐曲
弹奏过，我曾
你如花的青春
我似水的柔情
我俩合而为神
生活是一种飞行
四季是爱的衬景
肉体是一部圣经

二十年后我回来了
仍然是一见倾心
往昔的乐曲又起清音
曲罢你踏上归家的路程
你又成了饭桌
成了床铺，成了矮凳
谁也不知道那倚着的
躺着的，坐着的
是一架稀世珍贵的金琴
全家时时抱怨还不如四邻

久等你再度光临
这是你从前爱喝的酒
爱吃的鱼，爱对的灯
这是波斯的鞋，希腊的枕
这是你贪得无厌的姿式
灵魂的雪崩，乐极的吞声
圣经虽已蔫黄
随处有我的钤印
切齿痛恨而
切肤痛惜的才是情人

（选自木心诗集《我纷纷的情欲》）

埃伦诗集二首

简介

美国麦礼谦（Him Mark Lai）、林小琴（Genny Lim）、杨碧芳（Judy Yung）出版的中英文对照《埃伦诗集》，收录了1910—1940年无名华人诗作。

美国旧金山在19世纪以盛产黄金闻名，吸引了无数怀揣梦想的中国人。然而1882年的《排华法案》把他们困于天使岛，等待繁杂的身体检查和苛刻的移民局审查认可后才能离开。于是他们在木屋墙壁刻下或写下了许多诗歌，被收录整理为《埃伦诗集》，正文70首，附录66首，加上一篇《木屋拘囚序》，共137篇。其中的诗歌有的表达思乡心切，有的表达壮志难酬，有的悲愤感慨，有的控诉种族歧视，有的忧国忧民……所有这些纠缠在一起的情绪，与20世纪初的中国爱国意识高涨的时代背景遥相呼应。大多数诗歌为格律诗，侧重用典，有很多立意深远、含蓄隽永、用典贴切、音韵谐美的佳作，有鲜明的艺术特色，因而具有较高的文学价值。

原文

【正文第38首】

木屋闲来把窗开，晓风明月共徘徊。

故乡远忆云山[1]断，小岛微闻寒雁哀。

失路英雄空说剑，穷途骚士[2]且登台。

应知国弱人心死，何事囚困此处来？

【正文第15首】

四壁虫唧唧，居人多叹息。

思及家中事，不觉泪沾滴。

［选自《埃伦诗集》（ISLAND Poetry and History of Chinese Immigrants on Angel Island，1910—1940），Him Mark Lai，Genny Lim，Judy Yung，University of Washington Press，Seattle，1980 ］

注释

[1] 云山：高耸入云之山。

[2] 骚士：文人、诗人。骚：忧愁。

作品赏析

1990年，保罗·劳特（Paul Lauer）选编的《希斯美国文学选集》中选录了13首《埃伦诗集》英译作品，正式列为美国文学的经典。本文选的两首诗抒发的都是作者思念家乡和亲人的极端愁苦愤懑的心情。第38首自称"骚士"，足见其受过良好教育。

两首诗都有很明显的结构特征：现实—忆（思）—现实，情感由淡淡愁思到浓浓的忧愤。第38首是一首仄起式七言律诗。自然意象非常繁密并且有明

显的审美倾向性，意境情景交融，有很强的抒情作用。这首诗的前两联在眼前实景和想象中的故乡来回交叉：小岛已经进入"微寒"的秋季，"晓风、明月"的留恋徘徊，写月夜的美好，意境清幽，大雁叫声凄哀地在上空盘旋，令人不由自主地在脑海里勾勒出记忆中的故乡；"云山、寒雁"是有几千年审美积淀的意象，所渲染的孤寂的气氛加剧了作者的思乡之情。第三、四联着重写诗人的动作"说剑""登台"，传神的"空"和"且"刻画无法排解作者而登台眺望家乡的方向，反而更加愁苦愤懑的感情。作者忍不住思考国家积贫积弱而受困海外的困境。根据《诗经•豳风•七月》"七月在野，八月在宇，九月在户，十月蟋蟀入我床下"所叙写的蟋蟀随天气迁移地方的习性，第 15 首是诗人描写了一个秋天的夜景。此诗所写的环顾四壁，唯有虫鸣格外催人感伤；囚禁的时光中，思念远在大洋彼岸的家中亲人，泪水夺眶而出。两首诗声情并茂，具有非常感人的力量。

吟诵格律分析

押韵有很强的抒情作用。尤、灰、支、微等韵各字的韵母是齐齿呼、合口呼和撮口呼韵母，是窄元音，发音时口腔开度较窄小，上下齿间缝隙小，或者双唇向前拢成圆形，气息和声波从小圆孔中流出；虽然有复元音的动程开口度较大，但韵尾的开口度仍然很窄小。因此，韵脚给人以郁结难吐的感觉，适宜表达缠绵深微、感叹不已等感情。

【正文第 38 首】

木屋闲来一把窗开一	仄仄平平仄平平
晓风一明月共徘一徊一	ⓧ平ⓟ仄仄平平
故乡一远忆云山一断	ⓧ平仄仄平平仄
小岛微闻一寒雁哀一	仄仄平平ⓟ仄平
失路英雄一空说剑	仄仄平平平仄仄
穷途一骚士且登一台一	平平ⓟ仄仄平平
应知一国弱人心死	平平仄仄平平仄
何事囚困此处来一	ⓟ仄平仄仄仄平（第四字 应该是平声，此处是仄声）

【正文第 38 首】

诗的平仄除末句第四音节外均工稳，押灰韵一韵到底，首句入韵，韵字韵腹开口度不大且韵尾收尾窄。对仗极其工整，结构上起承转合，很有法度。颈联、颔联工对，平仄与对仗谐美，是一首深情感人、音韵谐美的佳作。

吟诵用普通话"依字行腔"，即按声调的音高趋势延长；现实一忆（思）一现实的结构层次处有明显的停顿，句内节奏遵循偶数音节和韵脚是平声（见短横的标志）宜拖长的原则；速度宜越来越慢，抒发见景思念家乡而不可得的忧愤之情。

正文诗第 15 首为入声韵，是短音，而且是喉塞音结尾的短音。古体绝句，每句又都是律句。押入声韵，首句入韵，偶句押韵。入声韵抒情给人幽咽、凄切、激越、决绝的感觉。

【正文第 15 首】

四壁虫唧唧，居人多叹息。

思及家中事，不觉泪沾滴。

【正文第 15 首】

正文诗第 15 首是一首五言古体诗，全诗 20 个字。首句入韵，除了韵脚"唧、息、滴"为入声外，尚有"壁、及、不、觉"是入声，因此入声共有 7 个字，在诗歌中的比例很大，描写天使岛上木屋的破败和凄凉，抒发作者思念家乡和亲人的极端愁苦的心情，哽塞幽咽难以言表，很是传神精妙。

吟诵用普通话"依字行腔"，即按声调的音高趋势延长，韵脚本应拖长，但此诗入声韵脚，应该用力发短音急音，要充分表现出入声短促哽塞的特征。整首诗的速度是慢速。"居人"和"家中"可略缓慢，重音突出。

拓展阅读

分析《埃伦诗集》正文第 40 首用典故的特点、格律特点。

【正文第 40 首】

凭栏翘首望云天，一片山河尽黯然。

东蒙失陷归无日，中原恢复赖青年。

诛奸惟有常山舌，杀贼须扬祖逖鞭。

忆我埃仑如蜷伏，伤心故国复何言。

外 国 文 学

外国文学史概述

外国文学一般分为西方（欧美）文学与东方文学两大部分，其中欧美文学是重点。欧美文学按时期分为 7 类，即古代文学、中古文学、文艺复兴时期人文主义文学、17 世纪古典主义文学、18 世纪启蒙主义文学、19 世纪文学和 20 世纪文学。19 世纪文学又分为早期浪漫主义文学、中后期现实主义文学和后期其他流派等。20 世纪文学又分为 20 世纪欧美现实主义文学和现代主义文学。第二次世界大战后，后现代主义文学兴起，构成当代新的文学发展景观。

古希腊罗马文学是西方文学的源头之一。古代希腊产生了历史上最早的民主理论和民主政治实践，也创造出神话和史诗、喜剧和悲剧，最经典的有荷马史诗和三大悲剧诗人的代表剧作。

西罗马帝国 476 年灭亡后，欧洲进入中古时期。5～14 世纪这个漫长的历史时期以"蛮族"迁徙和入侵开始，混乱、动荡、支离破碎，最终欧洲各民族在迁徙、征伐中终于逐步形成了今日欧洲各民族国家（如法国、西班牙、意大利、英国等国家）的雏形，架构了欧洲的大致格局。基督教在一定程度上在全欧发挥着稳定性和整合性作用，基督教文化成为这一时期的主导精神力量，而其来源的希伯来文化也构成了西方文化和文学的第二个源头。中世纪教会文学最为兴盛。日耳曼民族和斯拉夫民族的古代英雄史诗成为这一时期最重要的文学成就。随着封建制度的确立和城市的出现，欧洲文坛上出现了骑士文学和城市文学，代表着教会文学几百年垄断以后，世俗文学的重新抬头。中世纪末，出现了一位划时代巨匠——但丁。其《神曲》是中古时期中最重要的文学作品，也拉开了文艺复兴的序幕。

随着社会经济、文化、政治的发展，重大的地理发现和科学发现带来新气象，新观念正呼应着人们从旧时代窒息的基督教文化中挣脱出来的、无法压制的追求。借着从古代希腊罗马文化的古典人本精神找到的支撑和旗帜，一场以"再生"为名的文艺复兴运动蓬勃兴起，掀开了欧洲现代化变革的序幕。文艺复兴运动发源于意大利，以但丁为先驱；在文学创作中以彼特拉克和薄伽丘为代表，以后逐渐向北扩展，以至全欧。法国出现了拉伯雷、蒙田等杰出作家。西班牙塞万提斯的《堂吉诃德》是文艺复兴时期小说创作的最重要成就。堂吉诃德也是最重要、最成功的人物典型之一。莎士比亚的创作是整个欧洲文艺复兴文学的高峰。莎士比亚戏剧创作的突出意义在于它体现了文艺复兴时代人文主义文学的辉煌成就。

欧洲文学在文艺复兴时期之后进入 17 世纪古典主义文学时期。这个时期一般看作从文艺复兴到启蒙文学的一个过渡阶段，代表作家有法国的莫里哀和英国的弥尔顿等。

18 世纪的欧洲先后经历了启蒙运动和法国大革命的洗礼。法国启蒙文学最

为繁荣，此时的四大启蒙思想家（孟德斯鸠、伏尔泰、狄德罗、卢梭）是启蒙文学的最重要的代表。其中卢梭的创作既有启蒙小说的特色（如教育小说《爱弥儿》等），又有推崇感情、深入展示人物个性、注重心理描写和自然美的表现等与众不同的特点（如书信体爱情小说《新爱洛依丝》等）。卢梭的创作对未来浪漫主义文学的兴起产生了重大的影响。

18世纪的德国文学开始取得重要地位和具有重大影响。歌德是德国狂飙突进运动的代表作家，他的创作是德国进入欧洲和世界文坛的标志，其《浮士德》成为欧洲启蒙文学的经典作品。

18世纪的英国进入了全面、迅速发展的工业革命时期，其文学也具有和法国、德国等国家不同的特点。其更着力于新时期、新体制下人的个性发展和价值的表现，如笛福的《鲁滨孙漂流记》、斯摩莱特的《兰登传》、菲尔丁的《汤姆·琼斯》等。这些作品或平实、乐观，或细密、感伤，为19世纪浪漫主义文学和19世纪现实主义小说的繁荣奠定了基础。

19世纪是欧美资本主义社会巩固和发展的时期。欧美文学进入它历史上最繁荣、创作成就最高的时期。19世纪最初的30年出现了浪漫主义文学运动。德国是欧洲浪漫主义文学运动的发源地。法国浪漫主义文学作家以雨果为代表。他针对古典主义的清规戒律提出了描写"自然"和美丑对照的创作原则。英国浪漫主义文学是欧洲浪漫主义的最高成就。早期英国浪漫主义诗人中最突出的是"湖畔派"。例如，华兹华斯深刻地吟唱出人与自然相和谐的体验和向往，并以宁静纯朴为尺度来揭示纷扰人世的险恶；拜伦、雪莱、济慈的创作充分地体现出浪漫主义文学的特色和成就。

19世纪中期开始，欧美现实主义文学逐渐形成并走向高峰。对现实的关注、对复杂的社会生活的细致观察和对宏观整体的把握与剖析，在法国、英国、俄国、美国等欧美主要国家产生了一大批世界一流的小说家，如法国的司汤达、雨果、巴尔扎克、福楼拜、左拉、莫泊桑，英国的狄更斯、萨克雷、哈代，俄国的屠格涅夫、陀思妥耶夫斯基、托尔斯泰等，呈现出群星璀璨的局面。长篇小说这种被黑格尔称为"现代史诗"的体裁也得到了长足的发展，成为最受欢迎的文学样式。文学在前所未有的深度和广度上展示历史、社会和人性，实现了惊人的审美丰富性和审美高度。

20世纪的欧美文坛呈现出异常复杂的格局。虽然现实主义和现代主义两大思潮显现出主导力量，但多元化局面开始形成。同一时期，不同思想倾向、不同创作方法、不同文学流派并存，既互相竞争和冲突，又相互借鉴、相互融合。传统的现实主义文学在新的历史条件下有了新的发展。苏联和欧美其他国家出现了高尔基、罗曼·罗兰、海明威、高尔斯华绥、托马斯·曼等大批杰出作家。同时，形形色色的现代主义文学流派不断涌现，最有影响的是存在主义文学、意识流小说、荒诞派戏剧、表现主义、黑色幽默小说和拉美魔幻现实主义小说。现代主义具有鲜明的反传统特色，创造了独特的艺术手法，淡化人物形象的塑造、追求心理的真实而不是外在时空的真实性、淡化情节、时空倒错、场景或意象杂糅与拼贴，同时也开始大量表现悲观、颓废、孤独的体验，对西方文化在20世纪前半叶遭遇的精神危机予以反映，表现了真实的生存体验和真诚的艺术探索。第二次世界大战后，后现代主义文学兴起，开启了新的文学发展路向，呈现出全新的面貌。

东方文学主要包括以中国文化为中心的朝鲜、日本、越南等东亚文化圈，以阿拉伯文化为中心的西亚、北非等中东文化圈，以印度文化为中心的南亚、东南亚文化圈。总体而言，东方文学呈现出多源发展、互相交流的特点，偏重表现，追求主体内在的主观真实，具有载道教化、惩恶劝善的文学观念，民间文学具有突出的地位，而整体艺术风格偏向和谐、温雅、恬静。

古 希 腊

荷马史诗（节选）

简介

《荷马史诗》由两部史诗组成，分别是《伊利亚特》和《奥德赛》，相传由希腊游吟诗人荷马根据流传于民间的传说和歌谣编撰而成。史诗以发生在公元前 13 世纪—前 12 世纪的特洛亚战争为题材，描绘了战争最后的殊死搏斗及奥德修斯返乡之路的坎坷艰辛，塑造了阿基琉斯、赫克托尔、奥德修斯等一大批英雄人物，展现了他们面对命运的不屈抗争。

《荷马史诗》场面宏大、内容丰富，极为广阔地描绘了由氏族社会向奴隶社会过渡时期希腊的社会生活和人们的精神面貌，对当时的社会形态、思想观念、宗教活动、田园耕作、体育竞技、家庭生活、风俗礼仪等做了生动的描绘。荷马史诗对古希腊人来说具有百科全书式的贡献，他们从中吸取知识，接受教育。在整个古典时期，史诗成为希腊教育和文化的基础。

原文

《伊利亚特》第二十二卷（节选）

他仍站在原地，等待强大的阿基琉斯。有如一条长蛇在洞穴等待路人，那蛇吞吃了毒草，心中郁积疯狂，蜷曲着盘踞洞口，眼睛射出凶光；赫克托尔也这样心情激越不愿退缩，把那面闪亮的盾牌倚着突出的城墙，但他也不无忧虑地对自己的傲心这样说："天哪，如果我退进城里躲进城墙，波吕达马斯会首先前来把我责备，在神样的阿基琉斯复出的这个恶夜，他曾经建议让特洛亚人退进城里，我却没有采纳，那样本会更合适。现在我因自己顽拗损折了军队，愧对特洛亚男子和曳长裙的特洛亚妇女，也许某个资贱于我的人会这样说：'只因赫克托尔过于自信，损折了军队。'人们定会这样指责我，我还远不如出战阿基琉斯，或者我杀死他胜利回城，或者他把我打倒，我光荣战死城下。当然我也可以放下这凸肚盾牌，取下沉重的头盔，把长枪依靠城墙，自作主张与高贵的阿基琉斯讲和，答应把海伦和他的全部财产交还阿特柔斯之子，阿勒珊德罗斯当初用空心船把它们运来特洛亚，成为争执的根源。我还可以向阿开奥斯人提议，让他们和我们均分城里贮藏的所有财富，我可以召集全体特洛亚人起誓，什么都不隐藏，把我们可爱的城市拥有的一切全都交出来均分两半。可我这颗心为什么考虑这些事情？我绝不能走近他，他丝毫不会可怜我，不会尊重我，他会视我如同弱女子，赤裸裸地杀死，当我卸下这身铠甲时。现在我和他不可能像一对青年男女幽会时那样从橡树和石头絮絮谈起，青年男女才那样不断喁喁情语。还是让我和他尽快地全力拼杀吧，好知道奥林波斯神究竟给谁胜利。"

赫克托尔思虑等待，阿基琉斯来到近前，如同埃倪阿利奥斯，头盔颤动的

战士，那支佩利昂产的梣木枪在他的右肩怖人地晃动，浑身铜装光辉闪灿，如同一团烈火或初升的太阳的辉光。赫克托尔一见他心中发颤，不敢再停留，他转身仓皇逃跑，把城门留在身后，佩琉斯之子凭借快腿迅速追赶。如同禽鸟中飞行最快的游隼在山间敏捷地追逐一只惶惶怯逃的野鸽，野鸽迅速飞躲，游隼不断尖叫着紧紧追赶，一心想扑上把猎物逮住。阿基琉斯当时也这样在后面紧追不舍，赫克托尔在前面沿特洛亚城墙急急逃奔。他们跑过丘冈和迎风摇曳的无花果树，一直顺着城墙下面的车道奔跑，到达两道涌溢清澈水流的泉边，汹涌的斯卡曼得罗斯的两个源头。一道泉涌流热水，热气从中升起，笼罩泉边如同缭绕着烈焰的烟雾。另一道涌出的泉水即使夏季也凉得像冰雹或冷雪或者由水凝结的寒冰。紧挨着泉水是条条宽阔精美的石槽，在阿开奥斯人到来之前的和平时光，特洛亚人的妻子和他们的可爱的女儿们一向在这里洗涤她们的漂亮衣裳。他们从这里跑过，一个逃窜一个追，逃跑者固然英勇，追赶者比他更强，迈着敏捷的双脚，不是为争夺祭品或者牛革这些通常的竞赛奖赏，而是为了夺取驯马的赫克托尔的性命。如同在为牺牲的战士举行的葬礼竞赛中许多单蹄马为能夺得三脚鼎或女人这样丰厚的奖品，绕着标杆飞驰，他们也这样绕着普里阿摩斯的都城，迈着快腿绕了三周，神明众目睽睽。天神和凡人之父终于对神明这样说："啊，我亲眼看见我们宠爱的人被追赶，沿城墙落荒奔逃，赫克托尔使我怜悯，他经常在崎岖的伊达山的高峰上，或在特洛亚城堡虔诚地敬献给我壮牛的肥厚腿肉，现在被勇敢的阿基琉斯围绕着普里阿摩斯的都城紧紧追赶。神明们，你们好好想想，帮我拿主意，我们是救他的性命，还是让这个高尚的人今天倒毙于佩琉斯之子阿基琉斯的手下。"

目光炯炯的女神雅典娜立即回答说："掷闪电的父亲，集云之神，你说什么话！一个有死的凡人命运早作限定，难道你想让他免除可怕的死亡？你看着办吧，但别希望我们赞赏。"

集云之神宙斯这样回答雅典娜：

"特里托革尼娅[1]，亲爱的孩子，你别着急，我所言并非有什么打算，但愿你称心，你想怎么办就怎么办，不要迟延。"

宙斯的话鼓励了跃跃欲试的女神，雅典娜迅速飞下奥林波斯峰巅。

捷足的阿基琉斯继续疯狂追赶赫克托尔，有如猎狗在山间把小鹿逐出窝穴，在后面紧紧追赶，赶过溪谷和沟壑，即使小鹿转身窜进树丛藏躲，也要寻踪觅迹地追赶把猎物逮住。赫克托尔也这样摆脱不了捷足的阿基琉斯，每当他偏向达尔达尼亚城门方向，企图挨着建造坚固的城墙奔跑，城上的人们朝下放箭保护他的时候；每次阿基琉斯都抢先把他挡向平原，自己始终占着靠近城墙的道路。有如人们在梦中始终追不上逃跑者，一个怎么也逃不脱，另一个怎么也追不上，阿基琉斯也这样怎么也抓不着逃跑的赫克托尔。赫克托尔怎么能这样躲过残忍的死神？只因为阿波罗最后一次来到他身边，向他灌输力量，给他敏捷的脚步。神样的阿基琉斯向他的部队摇头示意，不许他们向赫克托尔投掷锐利的枪矢，免得有人击中得头奖，他屈居次等。当他们一逃一追第四次来到泉边，天父取出他的那杆黄金天秤，把两个悲惨的死亡判决放进秤盘，一个属阿基琉斯，一个属驯马的赫克托尔，他提起秤杆中央，赫克托尔一侧下倾，滑向哈得斯，阿波罗立即把他抛弃。目光炯炯的女神雅典娜迅速来到佩琉斯之子

身边，说出有翼飞翔的话语："宙斯的宠儿阿基琉斯，我们可望今天让阿开奥斯人带着全胜回船，难以制服的赫克托尔将被我们杀死。现在他已不可能逃脱我们的手掌，不管射神阿波罗怎样费心帮助他，甚至匍匐着哀求提大盾的天父宙斯。你且停住脚步喘喘气，我这就去上前找他，劝他和你一决胜负。"

阿基琉斯听从雅典娜心中欢喜，挂着那杆铜尖桉木枪停住脚步。雅典娜离开他赶上神样的赫克托尔，模仿得伊福波斯的外貌和洪亮的嗓音，站到他近旁说出有翼飞翔的话语："亲爱的兄弟，捷足的阿基琉斯如此快步，绕着普里阿摩斯的都城把你追赶，现在让我们停下来就在这里迎战。"

头盔闪亮的伟大的赫克托尔回答雅典娜："得伊福波斯，在赫卡柏和普里阿摩斯给我的所有兄弟中，你一向对我最亲近，现在我心中比以前更为深挚地敬爱你，只有你看见我被追赶，愿意出城帮助我，其他人都不敢出来，在城里惊惶地藏躲。"

目光炯炯的女神雅典娜这样回答说："亲爱的兄弟，父王和母后都曾抱膝哀求我不要出城，部下也这样力劝，他们全都如此害怕那个阿基琉斯，但我在城里心中为你痛苦难忍，现在让我们大胆迎战和他厮杀，枪下不留情面，看看如何结果：是他杀死我们，带着血污的铠甲返回空心船，还是他倒在你的枪下。"

雅典娜这样说，用狡计带领他冲上前去，待他们这样相向而行，互相逼近时，头盔闪亮的伟大的赫克托尔首先说话："佩琉斯之子，我不再逃避你，像刚才绕行普里阿摩斯的都城三遭不停步，现在心灵吩咐我停下来和你拼搏，或是我得胜把你杀死，或是你杀我。但不妨让我们敬请神明前来作证，神明能最好地监督和维护我们的誓言：如果宙斯让我获胜，把你杀死，我不会侮辱你的躯体，尽管你残忍，阿基琉斯，我只剥下你那副辉煌的铠甲，尸体交阿开奥斯人。你也要这样待我。"

捷足的阿基琉斯狠狠地看他一眼回答说："赫克托尔，最可恶的人，没什么条约可言，有如狮子和人之间不可能有信誓，狼和绵羊永远不可能协和一致，它们始终与对方为恶互为仇敌，你我之间也这样不可能有什么友爱，有什么誓言，唯有其中一个倒下，用自己的血喂饱持盾的战士阿瑞斯。鼓起你的全部勇气，现在正是你表现自己是名枪手和无畏战士的时候。不会有别的结果，帕拉斯·雅典娜将用我的枪打倒你，你杀死了我那么多朋友，使我伤心，你将把欠债一起清算。"

阿基琉斯说完，举起长杆枪投了出去。光辉的赫克托尔临面看见，把枪躲过。他见枪飞来，蹲下身让铜枪从上面飞过，插进泥土，但帕拉斯·雅典娜把它拔起，还给阿基琉斯，把士兵的牧者赫克托尔瞒过。赫克托尔对勇敢的佩琉斯之子大声说："神样的阿基琉斯，你枉费力气没投中，并非由宙斯得知我的命运告诉我。你这是企图用花言巧语把我蒙骗，想这样威吓我失去作战的力量和勇气。我不会转身逃跑让你背后掷投枪，我要临面冲上来让你正面刺胸膛，如果这是神意。现在你先吃我一枪，但愿你把这支铜枪能全部吃进肉里。只要你一死，这场战争对于特洛亚人便会变容易：你是他们最大的灾祸。"

赫克托尔说完，晃动着投出他的长杆枪，击中佩琉斯之子的神造盾牌的中心，他没有白投，但长枪却被盾牌弹回。赫克托尔懊恼长杆枪白白从手里飞去，又不禁愕然，因为没有第二支桉木枪。他大声叫喊手持白盾的得伊福波斯，

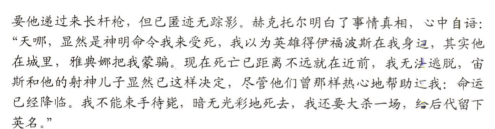

要他递过来长杆枪，但已匿迹无踪影。赫克托尔明白了事情真相，心中自语："天哪，显然是神明命令我来受死，我以为英雄得伊福波斯在我身边，其实他在城里，雅典娜把我蒙骗。现在死亡已距离不远就在近前，我无法逃脱，宙斯和他的射神儿子显然已这样决定，尽管他们曾那样热心地帮助过我：命运已经降临。我不能束手待毙，暗无光彩地死去，我还要大杀一场，给后代留下英名。"

赫克托尔这样说，一面抽出锋利的长剑，那剑又大又重，佩带在他的腰边，他挥剑猛扑过去，有如高飞的苍鹰，那苍鹰穿过乌黑的云气扑向平原，一心想捉住柔顺的羊羔或胆怯的野兔，赫克托尔也这样挥舞利剑冲杀过去。阿基琉斯也冲杀上来，内心充满力量，把那面装饰精美的盾牌举在胸前，头上晃动着闪亮的四行饰槽的头盔，美丽的金丝在盔顶不断摇曳，赫菲斯托斯把它们密密地紧镶盔脊。夜晚的昏暗中金星太白闪烁于群星间，无数星辰繁灿于天空，数它最明亮，阿基琉斯的长枪枪尖也这样闪光辉。他右手举枪为神样的赫克托尔构思祸殃，看那美丽的身体哪里戳杀最容易。赫克托尔全身有他杀死帕特罗克洛斯夺得的那副精美的铠甲严密护卫，只有连接肩膀和颈脖的锁骨旁边露出咽喉，灵魂最容易从那里飞走。神样的阿基琉斯一枪戳中向他猛扑的赫克托尔的喉部，枪尖笔直穿过柔软的颈脖。沉重的梣木铜枪尚未能戳断气管，赫克托尔还能言语，和阿基琉斯答话。阿基琉斯见赫克托尔倒下这样夸说："赫克托尔，你杀死帕特罗克洛斯无忧虑，见我长时间罢战无惊无恐心安然，愚蠢啊，那里还有一个比帕特罗克洛斯强很多的人在，我还留在空心船前，现在我杀了你，恶狗飞禽将把你践踏，阿开奥斯人却将为帕特罗克洛斯行葬礼。"

头盔闪亮的赫克托尔声音虚弱地回答说："我求你，以你的心灵、双膝和双亲的名义，不要把我丢给阿开奥斯船边的狗群，你会得到许多黄金、铜块作赎金，我的父王和母后会给你送来厚礼，让我的身体运回去吧，好让特洛亚人和他们的妻子给我的遗体火葬行祭礼。"

捷足的阿基琉斯怒目而视回答说："你这条狗，不要提膝盖和我的父母，凭你的作为在我的心中激起的怒火，恨不得把你活活剁碎一块块吞下肚。绝不会有人从你的脑袋旁把狗赶走，即使特洛亚人为你把十倍二十倍的赎礼送来，甚至许诺还可以增添。即使普里阿摩斯吩咐用你的身体秤量赎身的黄金，你的生身母亲也不可能把你放上停尸床哭泣，狗群和飞禽会把你全部吞噬干净。"

头盔闪亮的赫克托尔临死这样回答说："我这下看清了你的本性，我曾预感不可能说服你，因为你有一颗铁样的心。不过不管你如何勇敢，也请你当心，我不要成为神明迁怒于你的根源，当帕里斯和阿波罗把你杀死在斯开埃城门前。"

他这样说，死亡降临把他罩住，灵魂离开肢体前往哈得斯的居所，留下青春和壮勇，哭泣命运的悲苦。捷足的阿基琉斯对死去的赫克托尔这样说："你就死吧，我的死亡我会接受，无论宙斯和众神何时让它实现。"

〔选自《伊利亚特》（《罗念生全集·第五卷》），

〔古希腊〕荷马，罗念生译，上海人民出版社2004年版〕

注释

[1] 特里托革尼娅：雅典娜的别称，意为"出生在特里托尼斯湖畔的"。

作品赏析

荷马史诗用神话的方式表现了古希腊时代的社会历史内容，是古希腊文学中最早的史诗，2000 年来一直被认为是欧洲叙事诗的典范。

《伊利亚特》题名的原意是"伊利亚特的故事"，写的是希腊人围攻特洛亚城的故事，当时的希腊人称特洛亚为"伊利亚特"。关于这次战争的起因，在神话故事《不和的金苹果》里有详细的说明。这则神话讲述了特洛亚战争是为了争夺一个名叫海伦的希腊女子而引起的。英雄阿基琉斯的父亲佩琉斯和女神忒提斯结婚时，邀请众神参加婚礼，唯独没有请不和女神厄里斯。这位女神就生气了，她有意要挑起一场纠纷。当婚礼举行时，她在宴会桌上投下一个"金苹果"，上面写着"给最美的女神"。当场就引起了天后赫拉、智慧女神雅典娜、爱神阿佛洛蒂忒争夺"金苹果"的事端。后来，特洛亚王子帕里斯把金苹果判给了爱神阿弗洛蒂忒。为了酬谢帕里斯，爱神帮助他把天下最美的女人——斯巴达王后海伦拐走了，从而引发了特洛亚与希腊之间长达 10 年的战争。

选文选自《伊利亚特》第二十二卷，主要描写两军主将阿基琉斯与赫克托尔的决战。经过激烈的内心争斗，为了荣誉和责任，赫克托尔选择了留在城外与阿基琉斯决斗。然而当看到阿基琉斯的雄姿时，他又不免怯敌，绕城而逃，最后在雅典娜的怂恿下应战，被阿基琉斯杀死。在史诗描写战斗的场面中，这是最令人惊心动魄的一幕。史诗仔细刻画了两大英雄人物的对峙角逐，并通过极具个性特色的内心独白和对话，简约而精准地刻画了两个截然不同的英雄人物：一个凶暴无情，一个忠勇顽强。值得注意的是，史诗将战争写成由神来决定胜负，人是无力抗拒的，这是古希腊人对待命运的一种看法。但是英雄们在面对不可抗拒的命运时的抉择却让人心生敬佩。神谕告诉阿基琉斯，他有两种命运：如果他待在家中过和平生活，就会幸福长寿；如果要上战场，虽可取得无上光荣，但却命定早死。而英勇的阿基琉斯却把在战场上获得荣誉看作第一生命，因而选择了第二条道路。赫克托尔明知特洛亚要打败仗，城池将被毁掉，但仍然誓死战斗。他的妻子抱着他们的独子涕泗涟涟地哀求他退出战场，可是，他却回答说："我如果也像一个懦夫那样藏起来，不肯去打仗，那我就永远没有面目见特洛亚人和那些拖长袍的特洛亚妇女了，而这样的做法是我不情愿的。因为我一直都像一个好军人那么训练自己，要身先士卒，去替我父亲和自己赢得光荣。"史诗中的英雄们，无不渴望上场杀敌，建立功勋。这种刚强、威武和视荣誉高过生命的英雄主义精神，正是荷马时代的风尚。

拓展阅读

1.《荷马史诗·奥德赛》（〔古希腊〕荷马，王焕生译，人民文学出版社 2003 年版）。

2.《希腊罗马名人传》（上册）（〔古希腊〕普鲁塔克，黄宏煦、陆永庭、吴彭鹏译，商务印书馆 1999 年版）。

3. 赏析电影《特洛伊》（2004 年，沃尔夫冈·彼德森导演）。

中 世 纪

神曲（节选）

简介

但丁·阿利吉耶里（1265—1321），意大利诗人，现代意大利语的奠基者，以长诗《神曲》留名后世。但丁在 37 岁时由于党派斗争被宣告永久放逐，从此开始了近 20 年漂泊无定的流亡生活。流亡期间，他目睹了意大利的壮丽山河，也深入了解了平民阶层的困苦。这一丰富的人生体验，为《神曲》的创作奠定了良好的现实基础。

《神曲》采用幻游的形式讲述了人生中途的"但丁"在地狱、炼狱和天堂中的游历，寓意人的灵魂进修历程。《神曲》虽然在题材、主题、结构上深受宗教影响，但是但丁却在该书中对宗教神学、僧侣的腐败进行了严厉的批判。同时他还积极关注现实，谴责统治者的专横残暴、市民的贪图私利、高利贷者的盘剥，肯定执着的爱情，并且渴望国家统一。因此，恩格斯评价他："封建的中世纪的终结和现代资本主义纪元的开端，是以一位大人物为标志的，这个人就是但丁。"但丁是意大利中世纪的最后一位诗人，同时又是新时代的最初一位诗人。

原文

第 五 篇

第二圈，色欲场中的灵魂，在狂风中飘荡。弗兰齐斯嘉和保罗的恋爱。

我从第一圈降到第二圈，这里地面较狭，痛苦较大，更使人悲泣。

这里坐着一个磨牙切齿的可怕的米诺斯[1]，他审查进来的灵魂，判决他们的罪名，遣送到受刑的地点，一个灵魂进来的时候，不得不把自己的过错一一招供出来，于是那判官用尾巴绕他的身子，绕的圈数就是犯人应到的地狱圈数。许多犯人拥在他的前面，他们一一自承过错，尽旁人听着；最后，一个一个地被旋风刮下去了。

米诺斯看见我以后，他就停止办公，对我说："你也到这个苦恼地方来么！你怎样进来的？你得了谁的允许？你不要以为地狱门很大。可以随便闯过来呀！"我的引导人答道："为什么这样大惊小怪？你不要阻止他，这是为所欲为者的命令，不必多说了。"

于是我们开始听见悲惨的声浪，遇着哭泣的袭击。我到了一块没有光的地方，那里好比海上，狂风正在吹着。地狱的风波永不停止，把许多幽灵飘荡着，播弄着，颠之倒之，有时撞在断崖绝壁的上面，则呼号痛哭，因而诅咒神的权力。我知道这种刑罚是加于荒淫之人的，他们都是屈服于肉欲而忘记了理性的。

好比冬日天空里被寒风所吹的乌鸦一样，那些罪恶的灵魂东飘一阵，西浮一阵，上上下下，不要说没有静止的可能，连想减轻速度的希望也没有。他们又像一阵远离故乡的秋雁，声声哀鸣，刺人心骨。因此我说："我的老师，这些被幽暗空气所鞭挞的是谁呢？"

他答道："这里面第一个是女皇帝，她有广土众民；她因为荒淫无度，恐怕有人指摘，她便说她做她所愿意做的，这就是天经地义，不准旁人批评。她名叫塞米拉密斯[2]，她继续她的丈夫尼诺做亚述的皇帝。另一个是因恋爱而自杀的，她[3]为着新人忘记了旧人希凯斯的遗骸；再次就是荒淫的克利奥帕特拉[4]。"他一个一个用手指着给我看：因她而血流成河的海伦[5]；因恋爱而最后中人暗算的英雄阿基琉斯[6]；还有帕里斯和特里斯丹[7]，我都看见了；此外还有为恋爱而牺牲性命的幽灵，真是屈指难数。我的老师历述古后妃和古勇士以后，我心头忽生怜惜，为之唏嘘不已。

稍后，我说："诗人呀！我愿意对这两个合在一起的灵魂说几句话呢，他们在风中似乎是很轻的。[8]"他对我说："你等他们接近的时候，用爱神的名义请求他们停留一下，他们可以来的。"不一刻，风把他们吹向我们这里，我高声叫道："困倦的灵魂呀！假使没有人阻碍你们，请来这里和我们说几句话罢。"好比鸽子被唤以后张翼归巢一样，这两个灵魂离开狄多的队伍，从险恶的风波里面飞向我们，我的请求竟生了效力。那女的灵魂向我们说："宽和的、善良的活人呀！你穿过了这样的幽暗地方，来访问我们，曾经用血污秽了地面的我们。假使宇宙之主听从我们，我们愿意请求他给你太平日子，因为你对于我们的不幸有着怜惜之心呀！趁现在风平浪静的一刻，我们可以听你的说话，并且回答你的问题。我的生长地在大海之滨，那里波河会合群流而注入[9]。爱，很快地煽动了一颗软弱的心，使他迷恋于一个漂亮的肉体，因而使我失去了他[10]，这是言之伤心呀！爱，决不轻易放过了被爱的，使我很热烈地欢喜了他；你看，就是现在他也不离开我呀！爱使我们同时同地到一个死；该隐环[11]里等着那取我们生命的凶手呢。"

我听了这些受伤害的灵魂的话以后，我把头俯下，直到诗人对我说："你想什么？"我答道："唉！什么一种甜蜜的思想和热烈的愿望，引诱他们走上了这条悲惨的路呢？"于是我又回转头来对这两个灵魂说："弗兰齐斯嘉，你的苦恼使我悲痛而生怜惜。但是我还要问你：你们在长吁短叹的当儿，怎么会各自知道对方隐于心而未出于口的爱呢？"那幽魂答道："在不幸之日，回忆欢乐之时，是一个不能再大的痛苦；这一层是你的老师所知道的。不过，假使你愿意知道我们恋爱的根苗，我将含泪诉说给你听。有一天，我们为消闲起见，共读着朗斯洛[12]的恋爱故事，我们只有两个人在那里，全无一点疑惧。有好几次这本书使我们抬头相望，因而视线交错，并且使我们面色忽变；最后有一刻，就决定了我们的命运。当我们读到那微笑的嘴唇怎样被她的情人所亲的时候，他，（他将永不离开我了！）他颤动着亲了我的嘴唇。这本书和他的著作者倒做了我们的加勒奥托[13]，自从那一天起，我们不再读这一本书了。"

这一个灵魂正在诉说的时候，那一个苦苦地哭着；我一时给他们感动了，竟昏晕倒地，好像断了气一般。

（选自《神曲》，〔意大利〕但丁，王维克译，人民文学出版社 2000 年版）

注释

[1] 米诺斯：本克里特国王及立法之人，传言其死后为冥间判官，但丁此处写为有尾的怪物。

[2] 塞米拉密斯：传言暗杀丈夫尼诺而继为亚述王，骄奢淫逸，而武功甚著，时在公元前 1356 年～前 1314 年。

[3] 她：狄多，为迦太基女始祖，其夫希凯斯死后，即背生前盟誓而钟情于埃涅阿斯，埃涅阿斯受神示弃彼往意大利，狄多即自焚死。

[4] 克利奥帕特拉：埃及女王，为凯撒及安东尼的情人。

[5] 海伦：斯巴达王妻，被特洛亚王子帕里斯所诱，因而引起特洛亚战争。

[6] 阿基琉斯：本为助斯巴达之英雄，帕里斯许以妹，阿基琉斯至特洛亚成婚时，被帕里斯所杀，此中世纪之传说。

[7] 特里斯丹："圆桌故事"中骑士，因与其舅母绮瑟恋爱而被杀。

[8] "两个合在一起的灵魂"为弗兰齐斯嘉与保罗：弗兰齐斯嘉为圭多·波伦塔之女、小圭多之姑母（但丁晚年避罪于腊万纳，寄居小圭多之宫廷），因政治上的关系嫁给简乔托·马拉台斯塔，为里米尼贵族。结婚十年后，简乔托始知弗兰齐斯嘉与其弟保罗有奸情，遂将彼二人杀死。传言保罗为美男子，而乃兄则貌颇不扬，保罗曾代行婚礼，事后弗兰齐斯嘉始知被欺，但保罗与弗兰齐斯嘉则弄假成真，从此缔结私情。

[9] 弗兰齐斯嘉出生于腊万纳：腊万纳在亚得里亚海西岸，近波河之口。

[10] "爱"句：爱神使保罗迷恋于弗兰齐斯嘉的肉体，弗兰齐斯嘉被杀死，肉体遂灭。但丁主张"精神之爱"，以"肉欲"为罪过，故弗兰齐斯嘉入地狱而贝雅特丽齐登天堂。

[11] 该隐环：该隐杀弟亚伯，事见《创世纪》。"该隐环"属地狱第九圈。

[12] 朗斯洛："圆桌故事"中骑士，恋爱亚瑟王之妻圭尼维尔。

[13] 加勒奥托：朗斯洛之友，助成骑士和王后的恋爱。

作品赏析

《神曲》是但丁的代表作，创作始于 1307 年前后。当时，政治上的挫折和生活中的不幸使但丁感到迷失方向，流放期间他看到意大利和整个欧洲处于纷争混乱的状态，因而对祖国和人类的命运怀着深切的忧虑。他意识到自己肩负着揭露现实，唤醒人心，给意大利人民指出政治上、道德上复兴道路的历史使命，于是他决定创作《神曲》。

《神曲》的故事采取了中古梦幻文学的形式。作品的主人公是但丁自己。诗中叙述他在 35 岁那年，突然发现自己迷失了正路，走进一片幽暗的森林。他彷徨了一夜后，才走出森林，来到一座被曙光笼罩的小山脚下，刚一开始登山，就被 3 只野兽（豹、狮、狼）挡住去路。危急之中，古罗马诗人维吉尔出现了，他受贝雅特丽齐嘱托，前来搭救但丁，引导他去游历地狱和炼狱，接着贝雅特丽齐又引导他游历天堂。游历的过程和见闻构成了《地狱》《炼狱》《天堂》三部曲。

《神曲》是一部长篇史诗，三部曲各有 32 篇，加上作为全书序曲的第一篇，共 100 篇。这种匀称的结构是建立在中古关于数字的神秘意义和象征性的概念上的。从寓意来看，这个虚构的神奇旅行则是灵魂的进修历程。维吉尔象征理性和哲学，他引导但丁游历地狱和炼狱，象征人可以凭借理性和哲学认识罪恶的后果，从而悔过自新；贝雅特丽齐象征信仰和神学，她引导但丁游历天堂，最后见到上帝，象征人通过信仰的途径和神学的启迪，认识绝对真理，达到终极目的，获得来世永生的幸福。

选文部分描写了地狱的第二圈，在该圈中受苦的灵魂大多犯下色欲之罪。在这部分内容中，但丁主要书写了保罗和弗兰齐斯嘉这对痴情恋人的悲剧性遭遇，凄楚动人，但丁因听他们的哭诉而极度痛苦，以致昏厥。后世无数的画家、诗人、音乐家以这则故事为素材，创作出许多优秀的艺术作品。但是但丁又根据中世纪的道德标准，把这对青年恋人作为贪色的罪人，将其放入地狱接受惩戒。但丁对中世纪禁欲主义和旧礼教既摒斥又在一定程度上认同的矛盾态度在这里充分体现出来。

拓展阅读

1. 英国 BBC 系列纪录片《如何读懂教堂》。

2. 赏析阿里·谢菲尔的油画《弗朗切斯卡和保罗的影子向但丁和维吉尔显现》。

3. 赏析柴科夫斯基的交响乐《弗兰齐斯嘉·达·里米尼》。

文 艺 复 兴

堂吉诃德（节选）

简介

米盖尔·德·塞万提斯·萨阿维德拉（1547—1616），是西班牙伟大的小说家、戏剧家和诗人，也是欧洲文艺复兴时期杰出的现实主义作家。悲剧的喜剧效应是塞万提斯小说艺术的一个重要特征。在他的小说中喜剧和悲剧、滑稽和崇高、可笑和可爱存在于同一人物身上，因此，他所引发的笑，遂令人回味地成为一种"含泪的笑"、一种发人深省的笑。

塞万提斯写作《堂吉诃德》的本意是"要世人厌恶荒诞的骑士小说"，并"把骑士小说那一套扫除干净"。《堂吉诃德》的出版发行，不仅让骑士小说奇迹般地销声匿迹，书中所展现的广阔的社会画面、蕴含的丰富的人文思想，以及新颖的创作手法也使之成为西方文学史上的经典，书中人物堂吉诃德和他的仆从桑丘·潘沙成为世界文学人物长廊中特别的存在。另外，塞万提斯对文学创作中的现实与虚构、写作与阅读之间关系的新观念和新尝试，对现代小说的创作产生了不可估量的影响。因此，《堂吉诃德》被评论家们称为文学史上的第一部现代小说，标志着欧洲近代现实主义小说创作的新阶段。

原文

第八章　骇人的风车奇险；堂吉诃德的英雄身手；以及其他值得大书特书的事情。

这时候，他们远远望见郊野里有三四十架风车。堂吉诃德一见就对他的侍从说：

"运道的安排，比咱们要求的还好。你瞧，桑丘·潘沙朋友，那边出现了三十多个大得出奇的巨人。我打算去跟他们交手，把他们一个个杀死，咱们得了胜利品，可以发财。这是正义的战争，消灭地球上这种坏东西是为上帝立大功。"

桑丘潘沙道："什么巨人呀？"

他主人说："那些长胳膊的，你没看见吗？那些巨人的胳膊差不多二哩瓦[1]长呢。"

桑丘说："您仔细瞧瞧，那不是巨人，是风车；上面胳膊似的东西是风车的翅膀，给风吹动了就能推转石磨。"

堂吉诃德道："你真是外行，不懂冒险。他们确是货真价实的巨人。你要是害怕，就走开些，做你的祷告去，等我一人来和他们大伙儿拼命。"

他一面说，一面踢着坐骑冲出去。他的侍从桑丘大喊说，他前去冲杀的明

明是风车，不是巨人；他满不理会，横着念头那是巨人，既没听见桑丘叫喊，跑近了也没看清是什么东西，只顾往前冲，嘴里嚷道：

"你们这伙没胆量的下流东西！不要跑！前来跟你们厮杀的只是个单枪匹马的骑士！"

这时微微刮起一阵风，转动了那些庞大的翅翼。堂吉诃德见了说：

"即使你们挥舞的胳膊比巨人布利亚瑞欧[2]的还多，我也要和你们见个高下！"

他说罢一片虔诚向他那位杜尔西内娅小姐祷告一番，求她在这个紧要关头保佑自己，然后把盾牌遮稳身体，托定长枪飞马向第一架风车冲杀上去。他一枪刺中了风车的翅膀；翅膀在风里转得正猛，把长枪迸作几段，一股劲把堂吉诃德连人带马直扫出去；堂吉诃德滚翻在地，狼狈不堪。桑丘·潘沙趟驴来救，跑近一看，他已经不能动弹，驽骍难得把他摔得太厉害了。

桑丘说："天啊！我不是跟您说了吗，仔细着点儿，那不过是风车。除非自己的脑袋里有风车打转儿，谁还不知道这是风车呢？"

堂吉诃德答道："甭说了，桑丘·潘沙朋友，打仗的胜败最拿不稳。看来把我的书连带书房一起抢走的弗瑞斯冬法师对我冤仇很深，一定是他把巨人变成风车，来剥夺我胜利的光荣。可是到头来，他的邪法毕竟敌不过我这把剑的锋芒。"

桑丘说："这就要瞧老天爷怎么安排了。"

桑丘扶起堂吉诃德；他重又骑上几乎跌歪了肩膀的驽骍难得。他们谈论着方才的险遇，顺着往拉比塞峡口的大道前去，因为据堂吉诃德说，那地方来往人多[3]，必定会碰到许多形形色色的奇事。可是他折断了长枪心上老大不痛快，和他的侍从计议说：

"我记得在书上读到一位西班牙骑士名叫狄艾果·贝瑞斯·台·巴尔咖斯，他一次打仗把剑斫断了，就从橡树上劈下一根粗壮的树枝，凭那根树枝，那一天干下许多了不起的事，打闷不知多少摩尔人，因此得到个绰号，叫作'大棍子'。后来他本人和子孙都称为'大棍子'巴尔咖斯。我跟你讲这番话有个计较：我一路上见到橡树，料想他那根树枝有多粗多壮，照样也折它一枝。我要凭这根树枝大显身手，你亲眼看见了种种说来也不可信的奇事，才会知道跟了我多么运气。"

桑丘说："这都听凭老天爷安排吧。您说的话我全相信；可是您把身子挪正中些，您好像闪到一边去了，准是摔得身上疼呢。"

堂吉诃德说："是啊，我吃了痛没作声，因为游侠骑士受了伤，尽管肠子从伤口掉出来，也不行得哼痛[4]。"

桑丘说："要那样的话，我就没什么说的了。不过天晓得，我宁愿您有痛就哼。我自己呢，说老实话，我要有一丁丁点儿疼就得哼哼，除非游侠骑士的侍从也得遵守这个规矩，不许哼痛。"

堂吉诃德瞧他侍从这么傻，忍不住笑了。他声明说，不论桑丘喜欢怎么哼或什么时候哼，不论他是忍不住要哼或不哼也可，反正他尽管哼好了，因为他还没读到什么游侠骑士的规则不准侍从哼痛。桑丘提醒主人说，该是吃饭的时候了。他东家说这会子还不想吃，桑丘什么时候想吃就可以吃。桑丘得了这个准许，就在驴背上尽量坐舒服了，把褡裢袋里的东西取出来，慢慢儿跟在主人后面一边走一边吃，还频频抱起酒袋来喝酒，喝得津津有味，玛拉咖[5]最享口福的酒馆主人见了都会羡慕。他这样喝着酒一路走去，早把东家许他的愿抛在九霄云外，觉得四出冒险尽管担惊受怕，也不是什么苦差，倒是很舒坦的。

长话短说，他们当夜在树林里过了一宿。堂吉诃德折了一根可充枪柄的枯枝，换去断柄把枪头挪上。他曾经读到骑士们在穷林荒野里过夜，想念自己的意中人，好几夜都不睡觉。他要学样，当晚彻夜没睡，只顾想念他的意中人杜尔西内娅。桑丘·潘沙却另是一样。他肚子填得满满的，又没喝什么提神醒睡的饮料，倒头一觉，直睡到大天亮。阳光照射到他脸上，鸟声嘈杂，欢迎又一天来临，他都不理会，要不是东家叫唤，他还沉睡不醒呢。他起身就去抚摸一下酒袋，觉得比昨晚越发萎瘪了，不免心上烦恼，因为照他看来，在他们这条路上，无法立刻弥补这项亏空。堂吉诃德还是不肯开斋，上文已经说过，他决计靠甜蜜的相思来滋养自己。他们又走上前往拉比塞峡口的道路；约莫下午三点，山峡已经在望。

堂吉诃德望见山峡，就说："桑丘·潘沙兄弟啊，这里的险境和奇事多得应接不暇，可是你记着，尽管瞧我遭了天大的危险，也不可以拔剑卫护我。如果我对手是下等人，你可以帮忙；如果对手是骑士，按骑士道的规则，你怎么也不可以帮我，那是违法的。你要帮打，得封授了骑士的称号才行。"

桑丘答道："先生，我全都听您的，决没有错儿。我生来性情和平，最不爱争吵。当然，我如要保卫自己身体，就讲究不了这些规则。无论天定的规则，人定的规则，总容许动手自卫。"

堂吉诃德说："这话我完全同意。不过你如要帮我跟骑士打架，那你得捺下火气，不能使性。"

桑丘答道："我一定听命，把您这条戒律当礼拜日的安息戒一样认真遵守。"

他们正说着话，路上来了两个圣贝尼多教会的修士。他们好像骑着两匹骆驼似的，因为那两头骡子简直有骆驼那么高大。两人都戴着面罩[5]，撑着阳伞。随后来一辆马车，有四五骑人马和两个步行的骡夫跟从。原来车上是一位到塞维利亚去的比斯盖贵夫人；她丈夫得了美洲的一个很体面的官职要去上任，正在塞维利亚等待出发。两个修士虽然和她同路，并不是一伙。可是堂吉诃德一看见他们，就对自己的侍从说：

"要是我料得不错，咱们碰上破天荒的奇遇了。前面这几个黑魆魆的家伙想必是魔术家——没什么说的，一定是魔术家；他们用这辆车劫走了一位公主。我得尽力去除暴惩凶。"

桑丘说："这就比风车的事更糟糕了。您瞧啊，先生，那些人是圣贝尼多教会的修士，那辆马车准是过往客人的。您小心，我跟您说，您干事要多多小心，别上了魔鬼的当。"

232

堂吉诃德说："我早跟你说过，桑丘·潘沙，你不懂冒险的事。我刚才的话是千真万确的，你这会儿瞧吧。"

他说罢往前几步，迎着两个修士当路站定，等他们走近，估计能听见他打话了，就高声喊道：

"你们这起妖魔鬼怪！快把你们车上抢走的几位贵公主留下！要不，就叫你们当场送命；干了坏事，得受惩罚！"

两个修士带住骡子，对堂吉诃德的那副模样和那套话都很惊讶；他们回答说：

"绅士先生，我们不是妖魔，也并非鬼怪。我们俩是赶路的圣贝尼多会修士。这辆车是不是劫走了公主，我们也不知道。"

堂吉诃德喝道："我不吃这套花言巧语！我看破你们是撒谎的混蛋！"

他不等人家答话，踢动驽骍难得，斜绰着长枪，向前面一个修士直冲上去。他来势非常凶猛，那修士要不是自己滚下骡子，准被撞下地去，不跌死也得身受重伤。第二个修士看见伙伴遭殃，忙踢着他那匹高大的好骡子落荒而走，跑得比风还快。

桑丘瞧修士倒在地下，就迅速下驴，抢到他身边，动手去剥他的衣服。恰好修士的两个骡夫跑来，问他为什么脱人家衣服。桑丘说，这衣服是他东家堂吉诃德打了胜仗赢来的战利品，按理是他份里的。两个骡夫不懂得说笑话，也不懂得什么战利品、什么打仗，他们瞧堂吉诃德已经走远，正和车上的人说话呢，就冲上去推倒桑丘，把他的胡子拔得一根不剩，又踢了他一顿，撇他直挺挺地躺在地下，气都没了，人也晕过去了。跌倒的修士心惊胆颤，面无人色，急忙上骡，踢着骡子向同伴那里跑；逃走的修士正在老远等着，看这番袭击怎么下场。他们不等事情结束，马上就走了，一面只顾在胸前画十字；即使背后有魔鬼追赶，也不必画那么多十字。

上文已经说了，堂吉诃德正在和车上那位夫人谈话呢。他说：

"美丽的夫人啊，您可以随意行动了，我凭这条铁臂，已经把抢劫您的强盗打得威风扫地。您不用打听谁救了您；我省您的事，自己报名吧。我是个冒险的游侠骑士，名叫堂吉诃德·台·拉·曼却；我倾倒的美人是绝世无双的堂娜杜尔西内娅·台尔·托波索。您受了恩不用别的报酬，只须回到托波索去代我拜见那位小姐，把我救您的事告诉她。"

有个随车伴送的侍从是比斯盖人，听了堂吉诃德的话，瞧他不让车辆前行，却要他们马上回托波索去，就冲到他面前，一把扭住他的长枪跟他理论，一口话既算不得西班牙语，更算不得比斯盖语，似通非通地说：

"走哇！骑士倒霉的！我凭上帝创造我的起誓：不让车走啊你，我比斯盖人杀死你是真！好比你身在此地一样是真[7]！"

这话堂吉诃德全听得懂。他很镇静地答道：

"你呀，不是个骑士；你要是个骑士，这样糊涂放肆，我早就惩罚你了，你这奴才！"

比斯盖人道：

"我不绅士[8]？对上帝我发誓：你很撒谎！好比我很基督徒一样！如果你长

枪放下，拔出来剑，马上可以你瞧瞧，你是把水送到猫儿旁边去呢[9]！陆地上比斯盖人，海上也绅士！哪里都绅士！[10]你道个不字，哼，撒谎你就是！"

堂吉诃德答道："阿格拉黑斯说的：'你这会儿瞧吧。'[11]"

他把长枪往地下一扔，拔出剑，挎着盾牌，直取那比斯盖人，一心要结果他的性命。比斯盖人因为自己的坐骑是雇来的劣骡子，靠不住；他想要下地，可是瞧堂吉诃德这般来势，什么也顾不及，只有拔剑的功夫，幸亏正在马车旁边，就从车上抢了个垫子，权当盾牌使用，两人就像不共戴天的冤家那样打起来。旁人想劝解，可是不行，比斯盖人用他那种支离破碎的话向大家声明：他们要是不让他把这一仗打到底，他就亲手把女主人杀掉，把所有阻挡他的人都杀掉。车上那位太太看到这样情况，又惊又怕，忙叫车夫把车赶远些，就在那边遥遥观看这场恶战。当时比斯盖人伸手越过堂吉诃德的盾牌，在他肩上狠狠劈了一剑；要不是他身披铠甲，腰以上早劈做两半了。这一剑好不凶猛，堂吉诃德觉得分量不轻，大喊道：

"啊！我心上的主子、美人的典范杜尔西内娅！你的骑士为了不负你的十全十美，招得大难临头了！请你快来帮忙呀！"

他说着话，一手握剑，一手用盾牌护严身子，直向比斯盖人冲去。说时迟，那时快，他一股猛劲，要一剑劈去立见输赢。

比斯盖人瞧堂吉诃德这股冲劲，看出对手的勇猛，决计照样跟他拼一拼；可是坐下的骡子已经疲乏不堪，况且天生也不是干这种玩意儿的，所以一步也挪移不动，左旋右转都不听使唤，他只好把坐垫护严身子，站定了等候。上文说过，堂吉诃德举剑直取这机警的比斯盖人，一心要把他劈做两半；比斯盖人也举着剑，把坐垫挡着身子迎候；旁人不知道这两把恶狠狠的剑下会生出什么事来，惴惴不安地等待着；车上那位太太和几个侍女只顾向西班牙所有的神像和礼拜堂千遍万遍地许愿，求上帝保佑这侍从和她们自己逃脱当前这场大难。可是偏偏在这个紧要关头，作者把一场厮杀半中间截断了，推说堂吉诃德生平事迹的记载只有这么一点。当然，这部故事的第二位作者决不信这样一部奇书会被人遗忘，也不信拉·曼却的文人对这位著名骑士的文献会漠不关怀，让它散失。因此他并不死心，还想找到这部趣史的结局。靠天保佑，他居然找到了。如要知道怎么找到的，请看本书第二部[12]。

（选自《堂吉诃德》，〔西班牙〕米盖尔·德·塞万提斯·萨阿维德拉，杨绛译，人民文学出版社1995年版）

注释

[1] 哩瓦：一哩瓦合6.4千米。

[2] 布利亚瑞欧：希腊神话里和神道作战的巨人，有一百条手臂。

[3] 那地方来往人多：原因是在马德里到赛维利亚的大道上。

[4] 哼痛：《骑士规则》第九条："骑士不论受了什么伤，不得哼痛。"

[5] 玛拉咖：玛拉咖的酒很著名。

[6] 面罩：西班牙人旅行用的面罩，上面安着护眼的玻璃，防尘土入目，也防太阳晒脸。

[7] "走哇"句：关于比斯盖人这句话的意义，注释家众说纷纭，这里是根据马林注本的解释翻译的。

[8] 绅士：原文双关，既指骑士，又指绅士。堂吉诃德指的是骑士，比斯盖人指的是绅士。

[9] 你是把水送到猫儿旁边去呢：西班牙谚语"送猫儿下水"指一桩非常难办的事，因为猫儿是不肯下水的。比斯盖人恼怒中把成语说颠倒了。

[10] "陆地"句：西班牙人只要是比斯盖世家子弟，就是贵族。

[11] "堂吉诃德答道"句：阿格拉黑斯是《阿马狄斯·台·咖乌拉》里的人物。每当他拔剑在手，总说："你这会儿瞧吧。"这句话变了成语。

[12] 如要知道怎么找到的，请看本书第二部：一般骑士小说往往在故事的紧要关头截住，叫读者等"下回分解"。塞万提斯故意模仿这种手法。他原先把第一部分作四卷，但后来改变了这种分法。

作品赏析

《堂吉诃德》全名为《奇情异想的绅士堂吉诃德·台·拉·曼却》，上卷叙述拉·曼却地方的穷乡绅吉哈达因阅读骑士小说入迷，企图仿效古老的游侠骑士生活。他拼凑了一副破盔烂甲，改名为堂吉诃德，骑上一匹叫作驽骍难得的瘦马，物色了一个挤奶的姑娘作为意中人，决心终生为她效劳。他第一次单枪匹马外出，受伤而归。第二次找了邻居桑丘·潘沙作为侍从，一同出游。由于他头脑中充满了骑士奇遇，竟把风车当巨人，把旅店当城堡，把羊群当敌人，把理发师的铜盆当作魔法师的头盔，把苦役犯当作受迫害的骑士，把赶路的贵妇人当作落难的公主，把皮酒袋当作巨人，不分青红皂白，乱砍乱杀，干了无数荒唐可笑的蠢事，但他仍然执迷不悟，直至几乎丧命，才被人救护回家。下卷叙述堂吉诃德和桑丘·潘沙第三次出游，小说最后讲述堂吉诃德回到家中病倒在床，临终才恍然大悟，痛斥骑士小说的毒害，并嘱咐外甥女不得嫁给骑士，否则将得不到遗产。

在艺术表达上，小说的人物塑造十分典型，堂吉诃德这个人物已经成为世界文学中的一个著名典型。他的性格是复杂的：一方面，他脱离现实，终日耽于幻想，对自己的力量缺乏足够的估计，屡遭失败；另一方面，他的动机纯真善良，立志铲除世间的恶魔，反对压迫，锄强扶弱，充满了无私无畏的精神。为了维护他心中的骑士道，维护社会的公平和正义，堂吉诃德从不考虑现实，也从不向现实妥协，尽管每一次出游都搞得头破血流、遍体鳞伤，但是他依然一次又一次地为了心中的理想，不断向现实发起冲锋。而与此形成鲜明对比的则是小说中的另一个重要人物桑丘·潘沙，他本是堂吉诃德街坊上的一个农夫，被堂吉诃德许诺的海岛总督诱惑，抛弃老婆和孩子给堂吉诃德当了仆人，并随之四处冒险闯荡。桑丘·潘沙虽然处于仆人的地位，却与堂吉诃德相辅相成。主人耽于幻想，仆人处处求实；主人急公好义，仆人胆小怕事。

在创作方法上，塞万提斯善于运用典型化的语言和行动刻画主角的性格，反复运用夸张的手法强调人物的个性，大胆地将一些对立的艺术表现形式交替使用。塞万提斯既描写了平凡的生活琐事也加入了奇特丰富的想象，既有朴实无华的真实生活也有滑稽夸张的虚构情节，既有发人深思的悲剧因素也有引人发笑的喜剧成分。俄国批评家别林斯基曾指出："在欧洲一切著名的文学作品中，把严肃和滑稽，悲剧性和喜剧性，生活中的琐屑和庸俗与伟大和美丽如此水乳交融的范例，仅见于《堂吉诃德》。"

拓展阅读

1. 阅读余秋雨的散文《一位让人心疼的大师：塞万提斯》。

2.《意大利文艺复兴时期的文化》（〔瑞士〕雅各布·布克哈特：何新译，商务印书馆 1979 年版）。

罗密欧与朱丽叶（节选）

简介

威廉·莎士比亚（1564—1616），英国文学史上最杰出的戏剧家，也是欧洲文艺复兴时期最重要、最伟大的作家。本·琼生在莎士比亚还在世的时候评价他不属于一个时代，而属于所有的世纪。

莎士比亚一生著述丰富，共创作了 36 部剧本、154 首十四行诗及 2 部长诗。戏剧是莎士比亚的最大成就，他所创造的戏剧高峰至今无人能够超越，其四大悲剧作品《哈姆雷特》《李尔王》《麦克白》《奥赛罗》成为世界文学中永恒的经典。莎士比亚戏剧的魅力不仅仅是他用戏剧展现了维多利亚时代的风貌，他的戏剧结构精妙绝伦、戏剧语言优美华丽，更主要的是他作品中的戏剧人物典型生动、寓意深刻，拥有一种跨越时空的魅力。莎士比亚的性格悲剧与古罗马时期的命运悲剧和 20 世纪欧美荒诞派戏剧并称为西方戏剧史上的三座高峰。

原文

第一幕 第五场 维洛那 凯普莱特家中厅堂

……

罗密欧：挽着那位骑士的手的那位小姐是谁？

仆人：我不知道，先生。

罗密欧：啊！火炬远不及她的明亮；

她皎然悬在暮天的颊上，

像黑奴耳边璀璨的珠环；

她是天上明珠降落人间！

瞧她随着女伴进退周旋，

像鸦群中一头白鸽蹁跹。

我要等舞阑后追随左右，

握一握她那纤纤的素手。

我从前的恋爱是假非真，

今晚才遇见绝世的佳人！

……

朱丽叶：过来，奶妈。那边的那位绅士是谁？

乳媪：提伯里奥那老头儿的儿子。

朱丽叶：现在跑出去的那个人是谁？

乳媪：呃，我想他就是那个年轻的彼特鲁乔。

朱丽叶：那个跟在人家后面不跳舞的人是谁？

乳媪：我不认识。

朱丽叶：去问他叫什么名字。——要是他已经结过婚，那么坟墓便是我的婚床。

乳媪：他的名字叫罗密欧，是蒙太古家里的人，咱们仇家的独子。

朱丽叶：恨灰中燃起了爱火融融，

要是不该相识，何必相逢！

昨天的仇敌，今日的情人，

这场恋爱怕要种下祸根。

……

第二幕 第二场 维洛那 凯普莱特家的花园

罗密欧上。

罗密欧：没有受过伤的才会讥笑别人身上的创痕。（朱丽叶自上方窗户中出现）轻声！那边窗子里亮起来的是什么光？那就是东方，朱丽叶就是太阳！起来吧，美丽的太阳！赶走那妒忌的月亮，她因为她的女弟子比她美得多，已经气得面色惨白了。既然她这样妒忌着你，你不要忠于她吧；脱下她给你的这一身惨绿色的贞女的道服，它是只配给愚人穿的。那是我的意中人；啊！那是我的爱；唉，但愿她知道我在爱着她！她欲言又止，可是她的眼睛已经道出了她的心事。待我去回答她吧；不，我不要太卤莽，她不是对我说话。天上两颗最灿烂的星，因为有事他去，请求她的眼睛替代它们在空中闪耀。要是她的眼睛变成了天上的星，天上的星变成了她的眼睛，那便怎样呢？她脸上的光辉会掩盖了星星的明亮，正像灯光在朝阳下黯然失色一样；在天上的她的眼睛，会在太空中大放光明，使鸟儿误认为黑夜已经过去而唱出它们的歌声。瞧！她用纤手托住了脸，那姿态是多么美妙！啊，但愿我是那一只手上的手套，好让我亲一亲她脸上的香泽！

朱丽叶：唉！

罗密欧：她说话了。啊！再说下去吧，光明的天使！因为我在这夜色之中仰视着你，就像一个尘世的凡人，张大了出神的眼睛，瞻望着一个生着翅膀的天使，驾着白云缓缓地驰过了天空一样。

朱丽叶：罗密欧啊，罗密欧！为什么你偏偏是罗密欧呢？否认你的父亲，抛弃你的姓名吧；也许你不愿意这样做，那么只要你宣誓做我的爱人，我也不愿再姓凯普莱特了。

罗密欧（旁白）：我还是继续听下去呢，还是现在就对她说话？

朱丽叶：只有你的名字才是我的仇敌；你即使不姓蒙太古，也是这样的一个你。姓不姓蒙太古又有什么关系呢？它又不是手，又不是脚，又不是手臂，又不是脸，又不是身体上任何其他的部分。啊！换一个姓名吧！姓名本来是没有意义的；我们叫作玫瑰的这一种花，要是换了个名字，它的香味还是同样的芬芳；罗密欧要是换了别的名字，他的可爱的完美也决不会有丝毫改变。罗密欧，抛弃了你的名字吧；我愿意把我整个的心灵，赔偿你这一个身外的空名。

罗密欧：那么我就听你的话，你只要把我叫作爱，我就重新受洗，重新命名；从今以后，永远不再叫罗密欧了。

朱丽叶：你是什么人，在黑夜里躲躲闪闪地偷听人家的话？

罗密欧：我没法告诉你我叫什么名字。敬爱的神明，我痛恨我自己的名字，因为它是你的仇敌；要是把它写在纸上，我一定把这几个字撕成粉碎。

朱丽叶：我的耳朵里还没有灌进从你嘴里吐出来的一百个字，可是我认识你的声音；你不是罗密欧，蒙太古家里的人吗？

罗密欧：不是，美人，要是你不喜欢这两个名字。

朱丽叶：告诉我，你怎么会到这儿来，为什么到这儿来？花园的墙这么高，是不容易爬上来的；要是我家里的人瞧见你在这儿，他们一定不让你活命。

罗密欧：我借着爱的轻翼飞过园墙，因为砖石的墙垣是不能把爱情阻隔的；爱情的力量所能够做到的事，它都会冒险尝试，所以我不怕你家里人的干涉。

朱丽叶：要是他们瞧见了你，一定会把你杀死的。

罗密欧：唉！你的眼睛比他们二十柄刀剑还厉害；只要你用温柔的眼光看着我，他们就不能伤害我的身体。

朱丽叶：我怎么也不愿让他们瞧见你在这儿。

罗密欧：朦胧的夜色可以替我遮过他们的眼睛。只要你爱我，就让他们瞧见我吧；与其因为得不到你的爱情而在这世上捱命，还不如在仇人的刀剑下丧生。

朱丽叶：谁叫你找到这儿来的？

罗密欧：爱情怂恿我探听出这一个地方；他替我出主意，我借给他眼睛。我不会操舟驾舵，可是倘使你在辽远辽远的海滨，我也会冒着风波寻访你这颗珍宝。

朱丽叶：幸亏黑夜替我罩上了一重面幕，否则为了我刚才被你听去的话，你一定可以看见我脸上羞愧的红晕。我真想遵守礼法，否认已经说过的言语，可是这些虚文俗礼，现在只好一切置之不顾了！你爱我吗？我知道你一定会说"是的"；我也一定会相信你的话；可是也许你起的誓只是一个谎，人家说，对于恋人们的寒盟背信，天神是一笑置之的。温柔的罗密欧啊！你要是真的爱我，就请你诚意告诉我；你要是嫌我太容易降心相从，我也会堆起怒容，装出倔强的神气，拒绝你的好意，好让你向我婉转求情，否则我是无论如何不会拒绝你的。俊秀的蒙太古啊，我真的太痴心了，所以也许你会觉得我的举动有点轻浮；可是相信我，朋友，总有一天你会知道我的忠心远胜过那些善于矜持作态的人。我必须承认，倘不是你乘我不备的时候偷听去了我的真情的表白，我一定会更加矜持一点的；所以原谅我吧，是黑夜泄露了我心底的秘密，不要把我的允诺看作无耻的轻狂。

罗密欧：姑娘，凭着这一轮皎洁的月亮，它的银光涂染着这些果树的梢端，我发誓——

朱丽叶：啊！不要指着月亮起誓，它是变化无常的，每个月都有盈亏圆缺；你要是指着它起誓，也许你的爱情也会像它一样无常。

罗密欧：那么我指着什么起誓呢？

朱丽叶：不用起誓吧；或者要是你愿意的话，就凭着你优美的自身起誓，那是我所崇拜的偶像，我一定会相信你的。

罗密欧：要是我的出自深心的爱情——

朱丽叶：好，别起誓啦。我虽然喜欢你，却不喜欢今天晚上的密约；它太仓猝、太轻率、太出人意外了，正像一闪电光，等不及人家开一声口，已经消隐了下去。好人，再会吧！这一朵爱的蓓蕾，靠着夏天的暖风的吹拂，也许会在我们下次相见的时候，开出鲜艳的花来。晚安，晚安！但愿恬静的安息同样降临到你我两人的心头！

罗密欧：啊！你就这样离我而去，不给我一点满足吗？

朱丽叶：你今夜还要什么满足呢？

罗密欧：你还没有把你的爱情的忠实的盟誓跟我交换。

朱丽叶：在你没有要求以前，我已经把我的爱给了你了；可是我倒愿意重新给你。

罗密欧：你要把它收回去吗？为什么呢，爱人？

朱丽叶：为了表示我的慷慨，我要把它重新给你。可是我只愿意要我已有的东西：我的慷慨像海一样浩渺，我的爱情也像海一样深沉；我给你的越多，我自己也越是富有，因为这两者都是没有穷尽的。（乳媪在内呼唤）我听见里面有人在叫；亲爱的，再会吧！——就来了，好奶妈！——亲爱的蒙太古，愿你不要负心。再等一会儿，我就会来的。（自上方下。）

罗密欧：幸福的，幸福的夜啊！我怕我只是在晚上做了一个梦，这样美满的事不会是真实的。

朱丽叶：自上方重上。

朱丽叶：亲爱的罗密欧，再说三句话，我们真的要再会了。要是你的爱情的确是光明正大，你的目的是在于婚姻，那么明天我会叫一个人到你的地方来，请你叫他带一个信给我，告诉我你愿意在什么地方、什么时候举行婚礼；我就会把我的整个命运交托给你，把你当作我的主人，跟随你到天涯海角。

……

第三幕 第五场 同前。朱丽叶的卧室

——罗密欧及朱丽叶上。

朱丽叶：你现在就要走了吗？天亮还有一会儿呢。那刺进你惊恐的耳膜中的，不是云雀，是夜莺的声音；它每天晚上在那边石榴树上歌唱。相信我，爱人，那是夜莺的歌声。

罗密欧：那是报晓的云雀，不是夜莺。瞧，爱人，不作美的晨曦已经在东天的云朵上镶起了金线，夜晚的星光已经烧烬，愉快的白昼蹑足踏上了迷雾的山巅。我必须到别处去找寻生路，或者留在这儿束手等死。

朱丽叶：那光明不是晨曦，我知道；那是从太阳中吐射出来的流星，要在今夜替你拿着火炬，照亮你到曼多亚去。所以你不必急着要去，再耽搁一会儿吧。

罗密欧：让我被他们捉住，让我被他们处死；只要是你的意思，我就毫无怨恨。我愿意说那边灰白色的云彩不是黎明睁开它的睡眼，那不过是从月亮的眉宇间反映出来的微光；那响彻云霄的歌声，也不是出于云雀的喉中。我巴不得留在这里，永远不要离开。来吧，死，我欢迎你！因为这是朱丽叶的意思。怎么，我的灵魂？让我们谈谈；天还没有亮哩。

朱丽叶：天已经亮了，天已经亮了；快走吧，快走吧！那唱得这样刺耳、嘶着粗涩的噪声和讨厌的锐音的，正是天际的云雀。有人说云雀会发出千变万化的甜蜜的歌声，这句话一点不对，因为它只使我们彼此分离；有人说云雀曾经和丑恶的蟾蜍交换眼睛，啊！我但愿它们也交换了声音，因为那声音使你离开了我的怀抱，用催醒的晨歌催促你登程。啊！现在你快走吧；天越来越亮了。

罗密欧：天越来越亮，我们悲哀的心却越来越黑暗。

——乳媪上。

乳媪：小姐！

朱丽叶：奶妈？

乳媪：你的母亲就要到你房里来了。天已经亮啦，小心点儿。（下。）

朱丽叶：那么窗啊，让白昼进来，让生命出去。

罗密欧：再会，再会！给我一个吻，我就下去。（由窗口下降。）

朱丽叶：你就这样走了吗？我的夫君，我的爱人，我的朋友！我必须在每一小时内的每一天听到你的消息，因为一分钟就等于许多天。啊！照这样计算起来，等我再看见我的罗密欧的时候，我不知道已经老到怎样了。

罗密欧：再会！我决不放弃任何的机会，爱人，向你传达我的忠忱。

朱丽叶：啊！你想我们会不会再有见面的日子？

罗密欧：一定会有的；我们现在这一切悲哀痛苦，到将来便是握手谈心的资料。

朱丽叶：上帝啊！我有一颗预感不祥的灵魂；你现在站在下面，我仿佛望见你像一具坟墓底下的尸骸。也许是我的眼光昏花，否则就是你的面容太惨白了。

罗密欧：相信我，爱人，在我的眼中你也是这样；忧伤吸干了我们的血液。再会！再会！（下。）

朱丽叶：命运啊命运！谁都说你反复无常；要是你真的反复无常，那么你怎样对待一个忠贞不二的人呢？愿你不要改变你的轻浮的天性，因为这样也许你会早早打发他回来。

（选自《罗密欧与朱丽叶》，〔英〕莎士比亚，朱生豪译，人民文学出版社 2001 年版）

🐟 作品赏析

莎士比亚在 1595 年完成了《罗密欧与朱丽叶》的创作，到现在已有四百二十多年，这一曲"爱的颂歌"的主旋律永远扣人心弦，给人们以美的享受。根据 1597 年首次刊印本的记载，这出精心构思的悲剧当时一上演便获得了很大的成功，博得伦敦观众的热烈掌声。莎士比亚的同时代人十分赞赏这部剧本，尤其是青年学生对其爱不释手，反复阅读。

选文主要选择了戏剧的第一幕第五场、第二幕第二场及第三幕第五场，分别代表了罗密欧与朱丽叶初识、相爱、诀别3个阶段。在凯普莱特家的假面舞台上，男女主人公相遇，虽然素不相识，却爱心萌动、一见钟情。罗密欧通过"信徒"的口吻，倾诉了求爱的情感，要把朱丽叶的嘴唇当作"圣品"来吻，朱丽叶欣然同意，明确表示："你的祷告已蒙神明允准。"此后，剧情迅速展开。罗密欧跳进凯普莱特家花园墙里，看见朱丽叶从上方窗口出现，把她比作"美丽的太阳"。这时朱丽叶尚未发现罗密欧，她第一次吐露了情人的叹息："唉！"她呼唤着罗密欧的名字倾吐心声，渴望他能扔掉一切封建家族姓氏、礼法和社会约束，与自己共赴爱情盛宴。在花园里，他俩"私订终身"，连撇开双方家长举行婚礼的事也商量妥了。仅从"花园对话"来看，罗密欧与朱丽叶的炽烈爱情对礼法束缚的冲击，不仅是此后一系列"反叛行为"的基石，而且预示了悲剧发展的趋向。

莎士比亚把最为纯粹、炽热的情感定格在了两个少年少女几天的相遇中。宴会初识时，罗密欧17岁，朱丽叶只有13岁，但是在接下来的五天的时间里（在星期日相遇，星期一结合，星期二被迫分离，星期四双双殉情），他们却奏出了世界上最美的爱情恋曲，尽管短暂，却如流星划过天际般耀眼，获得青春怒放。

拓展阅读

《莎士比亚四大悲剧》（〔英〕莎士比亚，朱生豪译，四川文艺出版社2015年版）。

启 蒙 主 义

浮士德（节选）

简介

约翰·沃尔夫冈·歌德（1749—1832），是德国诗人、小说家、戏剧家，出生在莱茵河畔的法兰克福。1770 年，歌德前往斯特拉斯堡继续求学，在那里结识了许多"狂飙"诗人，积极参与了当时旨在反对封建专制、要求民族发展与个性解放的"狂飙突进"运动。1771 年，歌德结束大学生活回到故乡，在此期间创作了书信体小说《少年维特之烦恼》（1774），这部带着感伤主义色彩的爱情小说给歌德带来极大的声誉。1775 年，歌德来到魏玛公国，开始了长达 10 年的为官生涯。1786 年，歌德因不能忍受令人窒息的政治环境，逃离魏玛，独自前往心仪已久的意大利。意大利丰富的文化遗产和淳朴的民间生活重新激发了歌德的创作欲望。回到魏玛后，他不再参与政务，转而追求古典理想。

《浮士德》是一部诗体悲剧，是歌德最伟大的作品，歌德前后写了 60 年，逝世前才完成，共 12 000 余行，取材于民间传说，叙述了浮士德不断探索和追求理想的故事。歌德借助浮士德的抱负和追求，表达了他竭力探索人生意义和实现社会理想的愿望。全书由一系列叙事诗、抒情诗、戏剧、歌剧及舞剧组成，涉及神学、神话学、哲学、科学、美学、文学、音乐及政治经济学。《浮士德》与荷马的史诗、但丁的《神曲》、莎士比亚的《哈姆雷特》并列为欧洲四大名著。

原文

第二场 城门外
（浮士德和瓦格纳）

浮士德

大河和小溪都已经解冻，
受到柔和的春光的鼓舞；
溪谷萌发出希望的幸福；
衰弱不堪的年老的严冬，
已经退藏到荒凉的山中。
它一面逃跑，一面还送来
无力的阵雨，夹杂着冰雹，
斑斓地掩复葱绿的原野；

太阳容不得白色的单调，
到处都看到奋发和繁荣，

她要让万物多彩而生动；
可是这一带还不见花开，
就唤盛装的人群来替代。
请你回转身从这个高处
向我们那座城市里回顾。
一大群形形色色的游人
涌出空洞的阴暗的城门。
都想来欣赏春日的晴和，
他们要庆祝基督的复活，
自己也恰像复活了一样，
离开矮小的沉闷的斗室，
摆脱了工商手艺的锁缰，
脱离了山墙屋顶的压力，
走出了拥挤狭隘的街路，
走出了森严昏暗的教堂，
全都见到了天日的晴光。
瞧大家都在活泼的散步，
分头穿过了田野和菜园，
在河面上上下下的各处，
飘荡着好多快乐的小船，
最后的一只，满载得快要
沉下去似的才离开河岸。
就是从对山远远的小道
也看到彩衣闪闪地耀眼。
我已经听到村民的喧嚷，
这是民众的真正的天堂，
不论老和少都欣然欢腾：
这里我是人，我能做个人！

瓦格纳

博士先生，跟你散步
非常有益，而且光荣；
可是我不会单独逛到此处，
因为我憎恶一切粗野举动。
打九柱戏、拉琴、长啸，
对我乃是讨厌的声音；
他们就像着魔一样在胡闹，
却称为唱歌，称为高兴。
（农民们在菩提树下。）

跳舞唱歌者

牧人为了跳舞打扮，
花夹克衫、丝带、花环，
打扮得来真俊俏。
大家聚在菩提树旁，
个个跳得如醉如狂。
唷嗨！唷嗨！
唷嗨沙！嗨沙！嗨！
这是提琴的音调。

他匆匆地赶到那里，
就在那时他的手拐子
撞着一位女多娇；
活泼的姑娘回头一看：
原来是你这个混蛋！
唷嗨！唷嗨！
唷嗨沙！嗨沙！嗨！
不要这么没礼貌！

他们急忙跳起圆舞，
忽左忽右，跳来跳去，
衣衫跟着飘东飘西。
他们跳得面红身热，
手拉着手喘气休息，
唷嗨！唷嗨！
唷嗨沙！嗨沙！嗨！
手拐子托住她的腰。

不要跟我这样温存！
多少男人欺骗女人，
说起谎来真巧妙！
他却把她哄到一旁，
远远听到树下的喧嚷：
唷嗨！唷嗨！
唷嗨沙！嗨沙！嗨！
这是琴声和喊叫。

老农民

博士先生，你真是好心，
今天竟然看得起我们，
来到我们群众当中，

不怕失去你学者的身份。
请你拿着这只最好的杯子，
我们已斟满新鲜的酒，
我敬你一杯，高声祝愿，
它不仅解除你的口渴，
还愿照它含有的滴数，
增加先生同样的岁数。

浮士德

我领受这清凉的一杯，
我祝福你们，向你们道谢。

（群众围成一圈。）

老农民

你在欢乐的日子光临，
真是再好没有的事情；
从前在那个不幸时期，
你曾对我们十分关心！
这儿有许多活下的人，
当初全仰仗你的令尊，
在他消除瘟疫的时候，
治好他们高热的险症。
那时你虽然年纪很轻，
却常去每个病家探望，
抬出的尸体虽然很多，
而你却总是平安无恙[1]；
你闯过许多危险关头，
救人者自有救主保佑。

众人

他经过考验，祝他健康，
让他能永远给人帮忙！

浮士德

恭敬那位天上的救主，
他教人相助，也赐予救助！

（浮士德与瓦格纳继续散步。）

瓦格纳

受这许多人的尊敬，哦，伟大的人，
不知你心中发生什么感慨！
谁能凭着自己的高才
而如此受惠，真是福人！
父亲指示给他的小孩，

人人都探询，争先恐后，
提琴声中断，跳舞者停留。
你走过，他们排好了队，
高高挥起他们的帽子；
差一点就要对你双膝下跪，
好像在路上见到圣体[2]。

浮士德

再走上几步，走到那块石头的地方，
让我们休息，减少旅途的疲劳。
我常独坐在那里沉思默想，
折磨自己，进行斋戒和祷告。
我满怀希望，信心牢固，
流着眼泪，搓手叹息，
我想强求在天之主
把那一场瘟疫扑灭。
群众的赞扬对我简直像讥讽。
但愿你能看透我的内心，
你要知道我们父子
真没资格受这种荣名！
先父是个无名的正人君子，
他对自然和自然的神圣的运行，
诚实不苟，可是却一意孤行，
异想天开地努力寻思；
他跟炼金术师们交往，
把自己关在黑丹房[3]里，
根据无穷无尽的配方，
把相克者混合在一起。
他把红狮[4]，那个大胆的求婚者，
跟百合[5]在温水中交配，
然后烧以烈火，将他们二者
从一间洞房[6]逼到另一个室内[7]。
于是，多彩的年轻女王[8]
就在玻璃器中生成，
丹药已经炼成，病人依旧死亡，
有谁被治愈，却无人过问。
我们就这样使用恐怖的灵丹，
在这群山万壑之间，
猖狂肆虐，比瘟疫更猛。
我亲自把这件礼物[9]赠给万千的人士，

他们凋零了，我却要在世
听人赞扬无耻的元凶。

瓦格纳

你何必为此事烦恼！
施行传授来的技术，
问心无愧，精确无误，
这种大丈夫行为岂不够好？
你在年轻时能敬重你的令尊，
当然乐愿从他受教；
你在成年后增加你的学问，
将来令郎可达到更高的目标。

浮士德

谁能从这迷惘的海中
抱有出头的希望，真是幸福！
我们不知者，正合我们所用，
我们所知者，却没有用处，
可是何必用这种郁闷的谈话
破坏眼前这个时刻的娇媚！
你瞧，在夕阳掩映之下，
绿裹的农家蓬荜生辉。
太阳隐退了，一天就此告终，
她奔向彼方，开拓新的生涯。
啊，但愿我能插翅高飞凌空，
永远不停地追随着她！
看我脚下静静的人世
熠熠辉映着永恒的斜阳，
群山发出红光，溪谷一片安谧，
银色的小溪流入金色的大江。
那时，藏有无数深谷的荒山，
不会成为我们仙游的障碍，
而那拥有暖波[10]的港湾的大海，
展开在我惊讶的眼前。
但太阳女神[11]好像终于退位；
新的冲动将我召唤，
我急忙追去，吸她永恒的光辉，
我的前面是白昼，背后是夜晚，
头上是太空，脚下是一片海波。
一场好梦！女神却忽而消逝。
唉！我们精神的翅膀真不容易

获得一种肉体翅膀的合作。
可是，这是人人的生性，
他的感情总想高飞远扬，
只要看到云雀没入青云，
在我们上空嘹亮地歌唱；
看到苍鹰把羽翼张开，
翱翔在高耸的枞树顶上，
看到灰鹤越过平原，
越过大湖而飞返故乡。

瓦格纳

我也常常耽于妄想之中，
可是从来没有感到这种冲动。
森林和田野容易令人看厌，
鸟儿的翅膀，我也绝不会美慕。
一页一页，一本一本地读书，
却给我另一种精神快感！
那时，冬夜就变得亲切而美丽，
快乐的生气会使你全身温暖，
你一翻开珍贵的羊皮纸古籍，
整个天国就会降到你身边。

浮士德

你所知的，只是一种冲动，
另一种最好不必知道！
有两个灵魂住在我的胸中，
他们总想互相分道扬镳；
一个怀着一种强烈的情欲，
以它的卷须紧紧攀附着现世；
另一个却拼命地要脱离尘俗，
高飞到崇高的先辈的居地。
啊，大气中如有精灵
在天地之间进行统治活动，
请从金色的暮霭里面降临，
把我领进多彩的新生活之中！
我真想获得一件魔术的衣衫！
带我前往异国游逛，
就是给我最最贵重的衣裳，
一件皇袍，我也不愿交换。

瓦格纳

不要召唤那一群著名的魔神，
他们在大气之中到处流窜，

从四面八方给我们世人
带来成千上万的危险。
北方有锐齿魔神[12]向你进犯，
他的舌头像利剑一样刺人；
东方来的魔神[13]，使万物枯干，
要从你肺里提取养分。
若是来自沙漠之地的南方[14]，
就在你头上烧起一团团热火，
至于西方的群魔[15]，先之以凉爽，
却为了要把你和田野淹没。
他们爱窃听，惯于幸灾乐祸，
他们爱服从，因为要欺骗我们；
他们装腔作势，像来自天国，
说谎时像天使一样轻声。
可是走吧！四面已经昏暗，
凉气袭人，雾气弥漫！
到晚来人们才知道恋家。——
你干吗再次伫望，如此惊讶？
昏暗中能有什么将你吸引？

浮士德

你不见黑狗在新苗和残根之间巡行？

瓦格纳

我早已看到，并无什么特异之处。

浮士德

仔细瞧瞧，你当它什么动物？

瓦格纳

一只狮子狗，照它自己的习惯
拼命嗅它主人的行踪。

浮士德

你瞧，它正兜着螺旋形大圈，
绕着我们，跟我们渐渐靠拢。
如果我没弄错，在它身后，
一路拖着火焰漩涡。

瓦格纳

我只看见一只黑狮子狗；
这或许是你的眼睛看错。

浮士德

它仿佛是绕着我们的足跟
画着魔圈，准备跟我们结交。

瓦格纳

它找不到主人，却碰到两个生人，

所以惶惶不安，绕着我们乱跳。

浮士德

圈子缩小了，它已经走近！

瓦格纳

你瞧！是一只狗，不是妖精。

它猹猹怀疑，肚子贴在地上，

摇着尾巴。十足的狗相。

浮士德

跟我们在一起吧！过来！

瓦格纳

真是一个滑稽的狗才。

你停下，它就直立起来；

你对它说话，就向你身上蹿上来；

你丢了什么，它会给你取回，

会跳进水里把手杖衔回。

浮士德

你说得对；我看不出一点

精灵的痕迹，一切都由于训练。

瓦格纳

一只训练有素的小犬，

哲人也会觉得喜欢。

是的，它完全值得你的眷顾，

它是学生们的杰出的高徒[16]。

（他们走进城门。）

（选自《浮士德》，〔德〕歌德，钱春绮译，上海译文出版社 2011 年版）

 注释

[1] 这里叙述的实为诺斯特拉达姆斯的事迹。1525 年，普罗旺斯发生瘟疫，他当时只有 22 岁，在各处乡村挨家挨户为人治病，而他自己却未受到传染。浮士德的父亲在传说中乃是农民。

[2] 圣体：天主教徒在路上遇到神父捧着圣体（代表耶稣身体的一块面饼）走过，都要下跪。

[3] 黑丹房：炼金术实验室。

[4] 红狮：熔金所得的男性金属种子，即淡红色的氧化汞。

[5] 百合：熔银所得的女性金属种子（白色的盐酸类）。

[6] 洞房：试管、曲颈瓶、蒸馏器。

[7] 室内：将蒸汽收集到另一个接收器中。

[8] 多彩的年轻女王：附在管壁上的沉淀物，多彩而光艳，古称哲人之石，可治百病，可将贱金属变成黄金。

[9] 礼物：又有毒药之意。

[10] 暖波：被阳光照暖。

[11] 太阳女神：太阳在德语中为阴性名词，故此处称太阳为女神。

[12] 北方有锐齿魔神：刺人肌肤的北风。

[13] 东方来的魔神：东风在德国往往很干燥，易使肺呼吸感到不畅。

[14] 沙漠之地的南方：非洲撒哈拉沙漠。南方吹来的热风易使人发烧。

[15] 西方的群魔：西风往往伴有大雨，造成水患。

[16] 它是学生们的杰出的高徒：瓦格纳以为这只黑狗是大学生们所养的、经过训练的狗，其实此黑狗乃魔鬼靡菲斯特所变。

作品赏析

浮士德是德国民间传说中的魔法师，早在歌德创作《浮士德》之前，他的故事就在欧洲各国的文学作品中出现。传说中他与魔鬼签订契约，出卖灵魂，结果落得悲惨的下场。然而浮士德的这一不幸命运却在歌德的创作中得到了改变，歌德赋予浮士德一种自强不息、精进不懈的精神，这曲萦绕在《浮士德》中的主旋律，既是 18 世纪欧洲启蒙思想的代表，也是对人类永恒的不断奋进的精神的肯定。

《浮士德》结构庞大、内容复杂，除序曲外，分为两个部分。故事一开始，浮士德老博士在中世纪的书斋中烦闷，甚至企图自杀，遇到变成黑色狮子狗的恶魔靡菲斯特。靡菲斯特在天上曾和上帝打过赌，要把浮士德诱入魔道。浮士德和魔鬼签下契约，靡菲斯特在尘世作为浮士德的仆人，并满足他的一切要求，假如浮士德表示满足，浮士德便反为恶魔所有。在靡菲斯特的引领下，浮士德经历了与中世纪女子格雷琴的爱情缠绵，也在乱象丛生的宫廷生活中一显身手，更是穿越时空，追寻美的象征海伦。然而这一切都没有让浮士德感到满足。最后浮士德驾着祥云，来到德国的高山顶上，望着无边无际的大海，浮士德雄心骤起，他要制伏不受驾驭的大海，为老百姓造一片可以开垦耕作的田地。但他没有料到，自己想要为民造福，实际上又造了孽，一对老年夫妇在靡菲斯特乘机点燃的大火中罹难，这使他内心感到忧愁。这时，魔鬼靡菲斯特趁机在浮士德的眼睛上吹了一口气，使浮士德双目失明。魔鬼让那些移山填海的人给浮士德挖掘坟墓，浮士德只听到铁锹的声音，以为他的事业还在进行，说："停一停吧，你真美丽！"按照和魔鬼打赌的约定，语涉"停留"，浮士德就失败了。这时候上帝派天使下来和魔鬼争夺浮士德的灵魂，把浮士德带到了天上。带走时天使讲道："凡自强不息者，终会得到拯救。"

歌德的伟大之处，不仅仅是在作品中颂扬了激人奋进的浮士德精神，更是在作品中展现了人性的复杂与纠结。正如浮士德倍感痛苦的："有两个灵魂住在我的胸中，他们总想互相分道扬镳；一个怀着一种强烈的情欲，以它的卷须紧紧攀附着现世；另一个却拼命地要脱离尘俗，高飞到崇高的先辈的居地。"在歌德的心目中，浮士德与靡菲斯特实际上代表了人的两面：浮士德是人的积

极的或肯定的一面，靡菲斯特则是人的消极的和否定的一面。靡菲斯特虽作为"恶"的化身，却是激发浮士德永远向上、追求发展的不可缺少的动力。如果说，浮士德代表了西欧资产阶级上升时期进步人士不断追求知识、探索真理、热爱生活的类型，靡菲斯特则代表了文艺复兴以来欧洲资产阶级中的另一种类型，即对于生活采取玩世不恭的虚无主义态度。他那种既无感伤又无激情，对任何事物都采取嘲讽和幽默的态度，同 20 世纪现代主义的某些思想相通。

拓展阅读

《少年维特之烦恼》（〔德〕歌德，杨武能译，中国文联出版社 2014 年版）。

十九世纪文学

反 其 道

简介

威廉·华兹华斯（1770—1850），是英国浪漫派诗人，生于英国北部的德万特湖畔，父亲是律师，母亲是家庭主妇。1787 年，威廉·华兹华斯进入剑桥大学圣约翰学院读书。期间，年轻的华兹华斯常在当地湖山之间徜徉。后来威廉·华兹华斯与柯勒律治、骚塞相识，形成著名的湖畔派三诗人。

威廉·华兹华斯自 1795 年开始进入诗歌创作高潮期，1798 年与柯勒律治共同出版《抒情歌谣集》。1800 年，华兹华斯为诗集出版写了一篇序言。这一集一序开创了英国文学的新时代，揭开了英国浪漫主义时代新篇章。其代表作品还有《序曲》《露西》《远游》等。华兹华斯厌恶工业技术文明，他站在自然一面，抵制工业，"热爱水仙花胜过高架桥"，替自然与纯粹简朴的生活发出吼声。在其诗歌中，常有水仙、橡树、云彩、蝴蝶、河流，歌颂着大自然的美，抒发内心炙热的情感，开一代诗风。其作品语言淳朴有力、感情真切、韵律灵活。《反其道》鼓励人们到大自然中去，直面人与自然的关系。

原文

反 其 道

起来，起来，朋友，抛开你的书本，
否则定成驼背！
起来，起来，朋友，舒展你的眉头，
何必多愁受累？
山头上的太阳，
柔润而新鲜，
在长长的绿色田野中，
洒下黄昏的甜蜜光线。
书！只带来沉闷和无穷烦扰，
不如来听林中的红雀，
它唱得如何甜美！我敢保证，
歌声中有更多的才学。
再听画眉唱得多欢！
它也是个英明的教士。

踏进事物的灵光中来吧，

让大自然来当你的老师。

（选自《华兹华斯、柯勒律治诗选》，〔英〕华兹华斯、
柯勒律治著，杨德豫译，人民文学出版社 2001 年版）

作品赏析

《反其道》是华兹华斯直抒胸臆的短诗，全诗语言纯粹、感情强烈，每个诗行都精练有力量，似乎在催人立马行动起来，表现了对大自然的向往和热爱，具备浪漫主义诗歌特点。

诗歌取名《反其道》，可谓新颖独特。为什么"反其道"呢？因为自古以来，圣贤哲人都鼓励阅读书籍，"书籍是人类进步的阶梯""书籍是造就灵魂的工具"这些至理名言已成为人们的信条。但是华兹华斯却认为"抛开你的书本，否则定成驼背"，"书！只带来沉闷和无穷烦扰"，"不如来听林中的红雀"，诗歌讽刺批判了学究气十足和沉闷的书斋生活，最后呼吁"让大自然来当你的老师"。这首诗典型地反映了华兹华斯的思想主张，他对大自然怀有深厚的感情，认为只有融合在大自然之中才能使人得到真正的幸福。

华兹华斯认为"题材的确非常重要"，要求突破古典主义的规范，要把审美对象从城市转向山乡湖畔，他本人也在英国文学史上著名的格拉斯米尔湖畔"鸽屋"居住长达 9 年。所以他的这首诗歌立意新颖、富有想象力，语言自然纯朴、不经雕饰，诗句凝练有力、有鼓动人心的力量，"驼背""受累""沉闷""烦扰"与"甜美""才学""英明""灵光"相对应，以老百姓日常使用的语言描绘了大自然的美好，抒发了诗人的感受。

拓展阅读

1．《英国湖畔派三诗人选集》（顾子欣译，湖南人民出版社 1986 年版）。

2．赏析美国画家托马斯·科尔的画作。

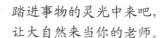

唐璜（节选）

简介

乔治·戈登·拜伦（1788—1824），是英国浪漫派诗人，出身贵族家庭，父系是英格兰世家，母系是苏格兰豪门。拜伦天赋聪颖，长相英俊，为人豪爽，但天生跛足，异常敏感、自尊，从小便形成了孤独、傲岸和反叛的性格。他曾经因为自己钟爱的狗被人杀死而写诗咒骂整个人类。另外，他又是一个非常关心人的人，特别关心下层受压迫的人，他写诗为那些罢工、破坏机器的工人呼吁，甚至最后把生命献给了争取自由解放的希腊人民。

拜伦的重要作品有《恰尔德·哈洛尔德游记》《唐璜》。他创造了"拜伦式英雄"，他们狂放不羁、傲世独立、离群索居。后期他擅长八行体，像散文般流畅自如。作为浪漫主义的一代宗师，拜伦创作了包括抒情诗、驳论诗、讽刺诗、故事诗、诗剧、长篇叙事诗等在内的大量作品。它们虽然宗旨不同，体裁

各异，风格多样，但无不富有才情，显示出强有力的个性和潇洒独立的风采。拜伦艺术的一个显著特征是强烈的主观抒情性和鲜明的政治倾向性，负有沉重历史感的时代豪情常占据主导地位。《哀希腊》选自《唐璜》，风格悲壮深沉，体现了浪漫派的诗风。

原文

哀 希 腊

希腊群岛啊，希腊群岛！
从前有火热的萨福唱情歌，
从前长文治武功的花草，
涌出过狄洛斯，跳出过阿波罗！
夏天来镀金，还长久灿烂——
除了太阳，什么都落了山！

开俄斯、岱奥斯[1]两路诗才，
英雄的竖琴，情人的琵琶，
埋名在近处却名扬四海：
只有他们的出身地不回答，
让名声远播，在西方响遍，
远过了你们祖宗的"极乐天"[2]。

千山万山朝着马拉松
马拉松朝着大海的洪流；
独自在那里默想了一点钟，
我心想希腊还可以自由；
我既然脚踏着波斯人坟地，
就不能设想我是个奴隶。
俯瞰萨拉密斯[3]海岛的石崖，
曾经有一位国王来坐下；
成千条战船，人山人海，
排开在下面；——全都属于他！
天刚亮，他还数不清呢——
太阳刚落山，他们的踪影呢？

他们呢？你呢，祖国的灵魂？
如今啊，在你无声的国土上，
英雄的歌曲唱不出调门——
英雄的胸脯停止了跳荡！
难道你一向非凡的诗琴
非落到我这种手里不行？

在戴了枷锁的民族里坚持，
博不到名声，也大有意义，
只要能感到志士的羞耻，
歌唱中，烧红了我的脸皮；
为什么诗人留在这里受罪？
给希腊人一点羞，给希腊一滴泪。

难道我们该只哭悼往日？
只脸红吗？——我们的祖先是流血。
大地啊！请把斯巴达勇士[4]
从你的怀抱里送回来一些！
勇士三百里我们只要三，
来把守一次新火山门山峡！

什么，还是不响？都不响？
啊！不；死人的声音
听来像遥远的瀑布一样，
回答说："只要有一个活魂灵
起来，我们就来，就来！"
只是活人却闷声发呆。

白费，白费：把调门换一换；
倒满一大杯萨摩斯[5]美酒！
战争让土耳其蛮子去管[6]，
热血让开俄斯葡萄去流！
听啊！一听到下流的号召，
每一个勇敢的醉鬼都叫好！

你们仍然有庇里克舞蹈[7]；
只是不见了庇里克骑阵！
这样两课中，为什么忘掉
高贵而威武堂堂的一门？
你们有卡德谟斯[8]带来的字母——
难道他想教奴隶来读书？

倒满一大碗萨摩斯美酒！
我们想这些事，毫无意思！
阿纳开雍[9]是酒助仙喉；
他侍候——可侍候朴利开提斯[10]——

一个暴君；我们的主人
那侍候却至少是本国出身。

蔻尔索尼斯[11]的那位暴君
对自由是最为勇敢的好朋友，
密尔介提斯[12]是他的大名！
噢！但愿今天我们有
同样的暴君，同样的强豪！
他那种铁链一定扎得牢[13]。

倒满一大杯萨摩斯美酒！
苏里[14]到底山石上，巴加[15]的海岸上，
还活着一支种族的遗留，
倒还像斯巴达母亲的儿郎；
那里也许是播下了种子，
海勾勒[16]血统会认作后嗣。

争自由别信任西方各国——
他们的国土讲买进卖出；
希望有勇气，只能靠托
本国的刀枪，本国的队伍；
土耳其武力，拉丁族腐败，
可别叫折断了你们的盾牌。

倒满一大碗萨摩斯美酒！
树阴里跳舞着我们的女娃，
一对对闪耀着黑黑的明眸；
看个个少女都容光焕发，
想起来热泪就烫我的眼皮；
这样的乳房都得喂奴隶！

让我登苏纽姆[17]大理石悬崖，
那里就只有海浪与我
听得见我们展开了对白；
让我去歌唱而死亡，像天鹅：
奴隶国不能是我的家乡——
摔掉那一杯萨摩斯佳酿！

（选自《英国诗选》，卞之琳译，湖南人民出版社 1983 年版）

注释

[1] 开俄斯：爱琴海中的一个大岛，传说是荷马的诞生地，以产酒出名。岱奥斯：小亚细亚海岸上的希腊城市，传说是抒情诗人阿那克里翁的诞生地。

[2] 极乐天：字面译为"极乐岛"，但"极乐天"意更相近。古希腊人相信灵魂所去的极乐世界远在西方。

[3] 萨拉密斯（又译萨拉米）：译音，这一海岛离雅典不远，入侵的波斯舰队与希腊海军在附近进行决战，结果大败。波斯王赛尔克塞斯当时曾在岸边石崖上观战。

[4] 斯巴达勇士：波斯王塞尔克塞斯入侵大军，进至火门山峡的时候，斯巴达王率三百勇士死守峡口，抵住了敌人，终因奸人引导波斯军间道包抄，全部壮烈牺牲。

[5] 萨摩斯：爱琴海中的一个主要海岛，在暴君朴利开提斯统治时代，武力与文化都盛极一时。

[6] 战争让土耳其蛮子去管：拜伦作此诗时，希腊正在土耳其奴役下。

[7] 庇里克舞蹈：一种模拟战斗的舞蹈。古希腊骑阵出名，马其顿骑阵尤为突出，武功煊赫的庇鲁斯曾两度在马其顿称王。"庇里克"这个形容词的来源应是庇鲁斯。

[8] 卡德谟斯：传说卡德谟斯把字母从腓尼基介绍到希腊。

[9][10] 阿纳开雍（又译阿那克里翁）的诗都是歌唱醇酒妇人的，他到萨摩斯居住，备受当时的统治者朴利开提斯的优待。

[11][12] 蔻尔索尼斯即现在达达尼尔海峡加里波利半岛。密尔介提斯曾经在那里统治过。他后来回到雅典，波斯大军压境的时候，他为雅典十将之一，坚持一战，终在马立松率队大败波斯军。

[13] 此句意思是他倒至少有魄力驱使大家团结御侮。

[14][15] 苏里是希腊与阿尔巴尼亚间的险要山区，巴加是那里的海港。那里居住的这族人民在拜伦后来参加的反土耳其斗争中起过重大作用。

[16] 海勾勒：又译赫丘利，是希腊传说中的著名英雄，海勾勒血统指斯巴达种族。

[17] 苏纽姆：雅典半岛极南角的海神。

作品赏析

诗人在《哀希腊》中慨叹希腊饱受异族压迫，抚今思昔，歌颂了希腊辉煌的过去，又痛悼希腊当时饱受土耳其压迫与奴役的处境，可谓哀其不幸，怒其不争。全诗风格悲壮又深沉，用典颇多，起伏跌宕，感情汹涌而出，不可抑制。

节选的《哀希腊》充分地表达了拜伦的思想情感，在诗中，他热情激励希腊人民依靠自己，起来斗争，争取民族的解放。希腊自 15 世纪以来就处于奥斯曼土耳其帝国的统治之中，希腊人民饱受奴役，19 世纪初，希腊要求摆脱控制，建立自己的国家。拜伦义无反顾地加入希腊寻求自由解放的独立战争，并被推选为某远征方面军统帅。作为天才诗人，亲力亲为的战争经历让他的诗歌更富表现力和感染力。诗的开篇便大声咏叹，称赞希腊灿烂辉煌的历史，鞭策希腊要像远古的"斯巴达三百勇士"一样，找回英勇无畏的灵魂，奋起反抗，争取自由。诗中反复吟咏"萨摩斯美酒"，企盼希腊回到武力与文化盛极一时的时代。每一个诗节都充满了斗争的力量，铿锵激昂又直击心灵，鼓舞了寻求独立解放的希腊人的斗志。

诗歌充分体现了积极浪漫主义的诗风，属于夹叙夹议的社会政治讽刺诗，诗人似乎无法按捺激动的心情，评点国事、臧否人物、追思遐忆、颂古讽今，海阔天空，无所拘束。拜伦驾驭这种诗体可谓得心应手：风格悲壮深沉，感情澎湃汹涌；形式挥洒自由，语言晓畅明白；用典繁多丰富，想象奇特广远。整篇诗和《唐璜》全诗一样，既高亢激越又哀怨深沉，像一首扣人心弦的交响乐。

拓展阅读

1.《恰尔德·哈洛尔德游记》（〔英〕拜伦，杨熙龄译，新文艺出版社 1956 年版）。

2. 诗剧《曼弗雷德》《该隐》（〔英〕拜伦，曹元勇译，华夏出版社 2007 年版）。

3.《唐璜》（上下，全二册）（〔英〕拜伦，查良铮译，王佐良注，人民文学出版社 1998 年版）。

安娜·卡列尼娜（节选）

简介

列夫·托尔斯泰（1828—1910），是俄国小说家，世界公认的伟大的小说家。他于 1828 年生于俄国图拉省克拉皮县雅斯那亚·波利亚纳的庄园里，世袭伯爵，早年接受的是贵族式的启蒙教育。

托尔斯泰一生都在探讨 3 个问题：农民问题、资本主义问题、道德问题。他的观念代表着 19 世纪俄国知识分子的普遍观念：当平民百姓生活艰难困苦时，自己对这种困苦负有不容推卸的责任。作为 19 世纪现实主义文学的"勃朗峰"，托尔斯泰的创作最突出的特点是全景式的史诗性叙事艺术，不仅表现在小说材料广泛、包含的内容丰富多彩、叙述具有多层次性上，还表现在能真实地展现现实生活中人的内心世界的千变万化上。概括而言，托尔斯泰对人类心灵艺术的贡献主要表现在 3 个方面：一是推进了人类对于自身的认识；二是改变了小说的结构形式，即由有头有尾的闭锁式结构变成开放式结构；三是开创了表现人物内心世界的多种艺术手法。本文选自《安娜·卡列尼娜》第七部二十九章、三十章、三十一章，描写了安娜自杀前的思想活动。

原文

二 十 九

安娜上了马车。情绪比离家时更坏。除了原来的痛苦，又加上了被侮辱被唾弃的感觉，这是她在遇见吉娣时明显地感觉到的。

"您上哪儿，夫人？回家吗？"彼得问。

"是的，回家。"她说，现在根本不考虑她要到哪里去。

"他们瞧着我，就像瞧着什么稀奇古怪、神秘莫测的东西。他们那么起劲

地谈些什么呀？"她望着两个步行的人想。"难道人能把自己的感受讲给别人听吗？我原来也想给陶丽讲讲，幸亏没有讲。她看到我的不幸会高兴的！表面上她会不动声色，但看到我由于她所妒忌的欢乐而受惩罚，她会感到高兴。吉娣会更加高兴。我可把她看透了！她知道我在她丈夫心目中特别有魔力，因此吃我的醋，恨我，瞧不起我。在她的眼里，我是个道德败坏的女人。我如果真是个道德败坏的女人，只要我高兴，早就把她的丈夫迷住了……我的确有过这样的念头……瞧这家伙好神气，"这时一个红光满面的胖子迎面而来，把她当作熟人，掀了掀他那亮光光的秃头上的亮光光的大礼帽，接着发觉认错了人。安娜看见他，这样想。"他还以为认识我呢。其实他并不认识我，天下没有一个人认识我。连我自己都不认识我自己。正像法国人说的：我只认识我自己的胃口。你瞧，他们要吃那种肮脏的冰淇淋。他们就知道吃，"两个男孩拦住卖冰淇淋的小贩，那小贩从头上放下木桶，用手巾擦擦汗淋淋的脸，安娜望着他们，心里想，"大家都喜欢吃可口的甜食。没有糖果，就吃肮脏的冰淇淋。吉娣也是这样：得不到伏伦斯基，就要列文。她还吃我的醋呢。她还恨我呢。我们彼此互相仇恨。我恨吉娣，吉娣恨我。这是事实。……理发大师邱金。我总是请邱金替我梳头的……等他来了，我要告诉他，"她想着微微一笑，但立刻想到如今可没有人同她说笑话了。"其实也没有什么可笑的和好玩的。一切都叫人讨厌。晚祷的钟声响了，那个商人多么一本正经地画着十字！仿佛怕失掉什么。这些教堂，这些钟声，这些谎言，都有什么用？无非是想掩盖我们彼此的仇恨，像这些破口对骂的车夫一样。雅希文说：'他想使我输个精光，我对他也是这样。'这倒是真的！"

她在胡思乱想中暂时忘记了自己的处境，最后来到家门口。直到看见门房出来迎接她，才想起她发出的信和电报。

三 十

"哦，又是那个姑娘！我什么都明白了。"马车刚走动，安娜就自言自语，马车在石子路上摇摇晃晃，发出辘辘的响声，一个个印象又接二连三地涌上她的脑海。

"嗯，我刚才想到一件什么有趣的事啦？"她竭力回想。"是理发大师邱金吗？不，不是那个。噢，有了，就是雅希文说的：生存竞争和互相仇恨是人与人之间唯一的关系……哼，你们出去兜风也没意思，"她心里对一群乘驷马车到城外游玩的人说，"你们带着狗出去也没用。你们逃避不了自己的良心。"她随着彼得转身的方向望去，看见一个喝得烂醉的工人，摇晃着脑袋，正被一个警察带走。"哦，他这倒是一个办法，"她想，"我同伏伦斯基伯爵就没有这样开心过，尽管我们很想过这种开心的日子。"安娜这是第一次明白她同他的关系，这一点她以前总是避免去想的。"他在我身上追求的是什么呀？与其说爱情，不如说是满足他的虚荣心。"她回想起他们结合初期他说过的话和他那副很像驯顺的猎狗似的神态。现在一切都证实了她的看法。"是的，他流露出虚荣心得到满足的自豪。当然也有爱情，但多半是取得胜利时的得意。他原以得到我为荣。如今都过去了，没有什么值得得意的了。没有得意，只有廉耻。

他从我身上得到了一切能得到的东西，如今再也不需要我了。他把我看做包袱，但又竭力装作没有忘恩负义。昨天他说溜了嘴，要我先离婚再结婚。他这是破釜沉舟，不让自己有别的出路。他爱我，但爱得怎么样？热情冷却了……那个人想出风头，那么得意洋洋的，"她望着那个骑一匹赛跑马的面色红润的店员想，"唉，我已没有迷住他的风韵了。我要是离开他，他会打心眼里高兴的。"

这倒不是推测，她看清了人生的意义和人与人之间的关系。

"我在爱情上越来越热烈，越来越自私，他却越来越冷淡，这就是我们分手的原因，"她继续想，"真是无可奈何。我把一切都寄托在他身上，我要求他也更多地为我献身。他却越来越疏远我。我们结合前心心相印，难舍难分；结合后却分道扬镳，各奔西东。这种局面又无法改变。他说我无缘无故吃醋，我自己也说我无缘无故吃醋，但这不是事实。我不是吃醋，而是感到不满足。可是……"突然一个念头涌上心来，她激动得张开了嘴，在马车上挪动了一下身子。"我真不该那么死心塌地做他的情妇，可我又没有办法，我克制不了自己。我对他的热情使他反感，他却弄得我生气，但是又毫无办法。难道我不知道他不会欺骗我，他对索罗金娜没有意思，他不爱吉娣，他不会对我变心吗？这一切我全知道，但我并不因此觉得轻松。要是他并不爱我，只是出于责任心才对我曲意温存，却没有我所渴望的爱情，那就比仇恨更坏一千倍！这简直是地狱！事情就是这样。他早就不爱我了。爱情一结束，仇恨就开始……这些街道我全不认识了。还有一座座小山，到处是房子，房子……房子里全是人，数不清的人，个个都是冤家……嗳，让我想想，怎样才能幸福？好，只要准许离婚，卡列宁把谢辽查让给我，我就同伏伦斯基结婚。"一想到卡列宁，她的眼前立刻鲜明地浮现出他的形象，他那双毫无生气的驯顺而迟钝的眼睛，他那皮肤白净、青筋毕露的手，他说话的腔调，他扳手指的声音。她又想到了他们之间被称为爱情的感情，不仅嫌恶得打了个寒噤。"好吧，就算准许离婚，正式成了伏伦斯基的妻子。那么，吉娣就不会像今天这样看我吗？不。谢辽查就不会再问到或想到我有两个丈夫吗？在我和伏伦斯基之间又会出现什么感情呢？我不要什么幸福，只要能摆脱痛苦就行了。有没有这样的可能呢？不，不！"她毫不迟疑地回答自己。"绝对不可能！生活迫使我们分手，我使他不幸，他使我不幸；他不能改变，我也不能改变。一切办法都试过了，螺丝坏了，拧不紧了……啊，那个抱着婴儿的女叫花子，她以为人家会可怜她。殊不知道我们投身尘世就是为了相互仇恨、折磨自己、折磨别人吗？有几个中学生走过来，他们在笑。那么谢辽查呢？"她想了起来。"我也以为我很爱他，并且被自己对他的爱所感动。可我没有他还不是照样生活，我拿他去换取别人的爱，在爱情得到满足的时候，我对这样的交换并不感到后悔。"她嫌恶地回顾那种所谓的爱情。如今她把自己的生活和别人的生活看得一清二楚，她感到高兴。"我也罢，彼得也罢，车夫菲多尔也罢，那个商人也罢，凡是受广告吸引到伏尔加河两岸旅行的人，到处都是这样，永远都是这样。"当她的马车驶近下城车站的低矮建筑物，几个挑夫跑来迎接时，她这样想。

"票买到奥比拉洛夫卡吗？"彼得问。

他完全不记得她要到哪里去，去做什么，费了好大劲才听懂他这个问题。

"是的。"她把钱包交给他说，手里拿了一个红色小提包，下了马车。

她穿过人群往头等车候车室走去，渐渐地想起了她处境的细节和她犹豫不决的计划。于是，忽而希望，忽而绝望，又交替刺痛她那颗受尽折磨扑扑乱跳的心。她坐在星形沙发上等待火车，嫌恶地望着进进出出的人（她觉得他们都很讨厌），忽而幻想她到了那个车站以后给他写一封信，信里写了什么，忽而幻想他不了解她的痛苦，反而向母亲诉说他处境的苦恼，就在这当儿她走进屋子里，对他说些什么话。忽而她想，生活还是会幸福的，她是多么爱他，又多么恨他呀，还有，她的心跳得好厉害呀。

三十一

她突然想起她同伏伦斯基初次相逢那天被火车碾死的人，她明白了她应该怎么办。她敏捷的从水塔那里沿着台阶走到铁轨边，在擦身而过的火车旁站住了。她察看着车厢的底部、螺旋推进器、链条和慢慢滚过来的第一节车厢的巨大铁轮，竭力用肉眼测出前后轮之间的中心点，估计中心对住她的时间。

"那里！"她自言自语，望望车厢的阴影，望望撒在枕木上的沙土和煤灰，"那里，倒在正中心，我要惩罚他，摆脱一切人，也摆脱我自己！"

她想倒在开到她身边的第一节车厢的中心。可是她从臂上取下红色手提包时耽搁了一下，来不及了，车厢中心过去了。只好等下一节车厢。一种仿佛投身到河里游泳的感受攫住了她，她画了十字。这种画十字的习惯动作，在她心里唤起了一系列少女时代和童年时代的回忆，周围笼罩着的一片黑暗突然打破了，生命带着它种种灿烂欢乐的往事刹那间又呈现在她面前，但她的目光没有离开第二节车厢滚近拢来的车轮。就在前后车轮之间的中心对准她的一瞬间，她丢下红色手提包，头缩在肩膀里，两手着地扑到车厢下面，微微动了动，仿佛立刻想站起来，但又扑通一声跪了下去。就在这一刹那，她对自己的行动大吃一惊。"我这是在哪里？我这是在做什么？为了什么呀？"她想站起来，闪开身子，可是一个冷酷无情的庞然大物撞到她的脑袋上，从她的背上辗过。"上帝呀，饶恕我的一切吧！"她说，觉得无力挣扎。一个矮小的乡下人嘴里嘟囔着什么，在铁轨上干活。那支她曾经用来照着阅读那本充满忧虑、欺诈、悲哀和罪恶之书的蜡烛，闪出空前未有的光辉，把原来笼罩在黑暗中的一切都给她照个透亮，接着烛光发出轻微的哔剥声，昏暗下去，终于永远熄灭了。

（选自《安娜·卡列尼娜》，〔俄〕列夫·托尔斯泰，草婴译，上海译文出版社 1982 年版）

✿ 作品赏析

《安娜·卡列尼娜》是托尔斯泰的代表作之一，是作家经过 12 次精心修改的长篇名著。作品反映的是 19 世纪六七十年代的俄国现实，一方面是农奴制改革后的残余势力不甘心退出历史舞台；另一方面是新生的资本主义秩序刚刚建立，极不完善，社会矛盾错综复杂。小说有两条主要线索，也可以概括为"两段婚姻"：一条是安娜与伏伦斯基的爱情婚姻纠葛，另一条是列文的精神探索及与吉娣的爱情家庭生活。前者展现了彼得堡上流社会、沙皇政府官场的生活，后者展现了宗法制农村的生活图画。小说的色调比较阴郁，人物的矛盾斗争激烈，心情紧张而惶恐，全篇闪现出宿命的预感和死亡的阴影。总体而言，《安

娜·卡列尼娜》无论是内容的广泛和深刻，还是艺术技巧的完美性，都是批判现实主义文学宝库中的瑰宝。

3 个选段描述安娜自杀前的活动，尤其是思想和心理活动：她感到与伏伦斯基爱情的幻灭，失去了家庭和孩子，她厌恶周围的世界和人物，"仆人、墙壁、房子里的每样东西好像几座大山压在她身上，引起她的嫌恶和憎恨"，她在遭遇伏伦斯基的抛弃后逐渐看清了他们之间的所谓"爱情"，"他在我身上追求的是什么呀？与其说爱情，不如说是满足他的虚荣心""我要是离开他，他会打心眼里高兴的"，安娜用锐利的眼光看清了"人生的意义和人与人之间的关系"。作家运用多种手法，写出了她的种种心理活动，包括见物生情，对噩梦和被火车压死的人的回忆，直至她投到火车车轮下面，脑袋被火车撞上，身子被火车碾过去之前的一闪念，既给安娜追求爱情和个性解放的行动做出勾勒，又细腻地刻画了感到绝望的人死前的想法，从而给安娜的悲剧结局画上一个完美的句号。

小说的艺术魅力在于出色的心理描写：一是"心灵辩证法"，描述人物心理运动、变化的过程；二是通过描写外部特征来揭示内心世界；三是通过内心话语直接展示人物的内心世界。从结构上看，两条主线外加奥勃朗斯基和道丽的家庭生活这条中间线，共同构成了自然而完整的拱形结构，这是托翁的独创。小说塑造的安娜、伏伦斯基、卡列宁、列文都极富个性，每个人物都注入了作家的思想感情。此外，安娜和道丽、列文和奥勃朗斯基、奥勃朗斯基和卡列宁等形成了鲜明的对照，使两条主线在社会的、宗教伦理的和心理内容的意义上互相沟通，共同体现着小说深刻的主题。小说的很多经典语句也被读者长久传颂，如"伸冤在我，我必报应""幸福的家庭都是相似的，不幸的家庭各有各的不幸""各人都以为自己所过的是唯一正确的生活，而别人却在虚度年华"等。

拓展阅读

1. 《托尔斯泰传》（〔苏联〕康·洛穆诺夫，李樾译，天津人民出版社 1982年版）。

2. 《列夫·托尔斯泰文集》、《童年·少年·青年》（第 1 卷）、《战争与和平》（第 5～7 卷）、《安娜·卡列尼娜》（第 9、10 卷）、《复活》（第 11 卷）（汝龙等译，人民文学出版社 2000 年版）。

二十世纪文学

变形记（节选）

简介

弗兰兹·卡夫卡（1883—1924），出生于奥匈帝国统治下的波希米亚（今捷克）首府布拉格。父亲性格粗暴专横，母亲气质忧郁、多愁善感，对卡夫卡形成孤僻忧郁、内向悲观的性格具有重要影响。

卡夫卡自幼酷爱文学，1904 年开始写作，重要作品主要有长篇小说《美国》《审判》《城堡》，以及中短篇小说《饥饿艺术家》《洞穴》等。其作品多描写社会下层小人物在充满矛盾、扭曲变形的世界里恐惧不安、孤独和迷惘的主体性感受，揭示时代的复杂和人的异化的处境，表现 20 世纪初西方社会的时代危机和精神困境，想象奇诡而又寓意深刻，形象荒诞变形，荒诞架构中细节描写真实细腻，隐喻象征意义很强。卡夫卡思想上的深刻性和艺术上的创新性具有多向启发的可能，对诸多现代主义文学流派影响较大。

《变形记》是卡夫卡的代表作品，内容可分 3 个部分：第一部分写格里格尔的变形及其心理状态和对家庭的影响；第二部分写变成甲虫后的格里格尔生活上的习惯与心理上的发展，同时描写家庭成员对他的感情变化；第三部分写成为家庭负担的格里格尔遭到唾弃，在凄楚中无声无息死去。选文节选自第一部分。

原文

格里格尔·萨姆沙做了一连串的噩梦，等早上清醒过来的时候，他发觉自己已经变成了一只巨大的虫子，正在床上躺着。他背上背负着坚硬的甲壳，面朝上躺在那里，只要微微抬起头来便能看见自己高耸的肚皮。肚皮是褐色的，表面由很多呈弧状的甲壳组成。由于肚子膨胀得太大，被子显然不够盖了，滑落下去已是迫在眉睫。跟庞大的躯干相比，他的腿则又细又小，这会儿正在不停地抖动着，落在他眼中，愈发显得可怜巴巴的。

他心想："我这是怎么了？"这并不是在做梦。他的确待在自己的卧室里，整个房间除了看起来比之前小了一些，其余根本没有任何异状，毫无疑问长期有人在这里居住。周围是他再眼熟不过的四面墙。作为一名旅行推销员，他的货物样品还在桌子上摆放着。先前他从画报上剪下了一幅画，画上画的是一名女士，她安坐在那儿，头上戴着裘皮帽子，颈间系着裘皮围巾，手肘以下被厚厚的裘皮手筒包裹得严严实实，她将手臂抬起，那姿势就像在向观众展示自己的裘皮手筒一样。格里格尔用一个精美的金色画框将这幅画装起来，并将其挂到了桌子上面的墙壁上。这时候，画仍在那儿悬挂着。

格里格尔又朝窗外望去，外面的天色阴沉沉的，雨珠敲打在铁制的窗檐上

发出清晰的响声，传入他耳中。他望着这一切，精神极度抑郁。他心想："我要想让自己好过一点，是不是就不应再理会这些荒谬事，只要接着睡下去，将眼前的一切全都忘掉即可？"不过，想是一回事，做起来又是另外一回事了。他睡觉时一向习惯侧身朝右边躺着，可是现在他根本没法做到这一点。他费尽力气向右侧翻身，但次次又会身不由己地再滚回原先仰躺的状态。为了避免看到自己不断抖动的腿，他索性合起了双眼，继续做着翻身的尝试。这样试了大约有一百次，他感觉自己的腰间开始有微微的痛感，这种感觉之前从未出现过，这时他终于结束了这种无谓的努力。

他想："唉，我的工作真是繁忙啊，天天出差！出去谈生意麻烦多多，旅途中又疲惫又烦心，不能准时用餐，食物又相当差劲，还要老是留神什么时候要倒车，整天跟不同的人打交道，完全无法跟人深交。好了，现在这些我统统都不用再理了！"格里格尔觉得腹部发痒，为了瞧瞧到底又发生了什么状况，他遂以背部为支撑，将整个身体挪到了床柱旁边。他觉得痒的那部分肚皮上满是白色的细小斑点，他望着它们，也不知道这究竟是些什么。他想用腿去接触一下它们，可一碰上去，立马打起了寒噤，他只得又迅速将腿收了回来。

他再度挪回原位，心想："都是早起惹的祸。人若总是早起，终有一日会变傻瓜。充足的睡眠对每个人而言都是很有必要的。我的那些推销员同事们过得多么悠闲自在，简直像生活在皇宫里一样。他们总是在我出去跟客户谈判完毕，返回旅店开始处理订单时才开始不慌不忙地享用早餐。我要是也像他们那样干，老板立马就会把我给炒了。不过这对我而言，说不定是一件好事。我一早就不想干下去了，要不是因为父母的缘故一直强忍着，我肯定会把心里的想法全都说给老板听。等我说完了，他想必会惊讶得摔下办公桌！他总是喜欢坐在办公桌上，摆出一副高高在上的姿态俯视员工，也就只有怪才才会做出这样的举动。员工要跟他讲话一定要紧贴上去，要不然他那就快聋了的耳朵是不可能听清楚的。幸而我也不是一点出路都没有。再过五六年，我估计就能把父母欠他的钱还清了。等我完成这件事，就能开始全新的生活了。当然，眼下我还是先起床为妙，毕竟五点钟火车就要出发了。"

他望着柜子上摆放的闹钟，已经六点半了。他暗叫一声："完了！"时间仍在不断流逝，转眼之间就过了六点半，很快就要迎来六点三刻了。莫非闹铃没有响？他躺在床上，望见闹铃的确确是定在了四点钟。闹铃一定响过，而且声音肯定大得要命，他怎么可能没有听到呢？他整夜都没有睡安稳，不过因此在闹铃响起时睡得更沉，也不是没有可能的事。不过，眼下要如何处理呢？七点钟下一列火车就要开动了，他得马上起床准备，才能赶得上这趟火车。可是，他还没准备好样品，眼下又浑身乏力，连动都懒得动。公司另一名同事是老板的爪牙，此人既不聪明又无自尊。按照原计划，他会在五点钟的列车旁边等着格里格尔。格里格尔未能赶上列车一事，想必他现在已经向老板汇报了。所以即便格里格尔能赶上七点钟的列车，也免不了要被老板臭骂一顿。既然如此，那么请病假又如何呢？入职五年来，格里格尔从没生过病，这次突然请病假必然很难取信于老板。老板会迁怒于他的父母，责备他们怎么会培养出这样一个散漫怠工的儿子。老板还会去医疗保险公司将医生请到这里来，将格里格尔的一切生病托词当场驳回。在那名医生看来，所有员工都非常健康，那些所谓的病症不过是他们因为不想上班而信口编造出的谎言。若是那名医生今天来对格里格尔做出这样一番评判，倒也不算强词夺理。格里格尔此刻的身体状态很好，还有强烈的饥饿感。经过了这么长时间的睡眠，他唯一觉得不舒服的就是精神太过倦怠，还想继续睡下去，不过这显然没有必要。

这些念头在他脑海中飞速闪过，闹钟上显示时间已经是六点四十五分了，可他还是不想起床。在他的床头一侧有一扇门，这时忽然有轻微的敲门声响起。妈妈在门外柔声对他说道："格里格尔，你还要去坐火车不是吗？已经六点四十五分了。"格里格尔想要回答她，但是他发出的声音却将自己都吓住了。有一种尖锐而痛楚的声音，仿佛是从下方传来的，混杂在他原有的声音中，他想压抑住它，可惜完全压抑不住。他一开始说话的时候，还能说得比较清楚，但很快就被那种杂声搞得混乱不堪，说出来的话含混不清，让听众难以理解。格里格尔原本想将一切细枝末节都讲给妈妈听，然而，他最终只说了一句话："好，妈妈，谢谢你，我马上就起来了。"得到这样的答案，妈妈便放心离开了，想来她在门外是听不出格里格尔的声音有什么变化的。不过，这番简单的对答让家人们察觉到格里格尔仍待在家中，不禁个个都吃了一惊。侧面的门随即被父亲敲响了，他用拳头一面轻轻敲门一面喊道："格里格尔！你是怎么一回事啊？格里格尔！"不多时，他的声音又低下来，不停地催着他："格里格尔！格里格尔！"妹妹的声音则从另一扇侧门那里传来，她的声音很轻微，但是担忧之情显而易见："格里格尔，你的身体是不是出了什么状况？需要我们帮忙吗？"格里格尔用一句话应对了他们两个人的提问："我马上就好。"他在说话时极其谨慎，为了掩饰声音中的异样，他每发出一个音，都会停一会儿，再发下一个音。听到他的回答，父亲便返回去继续享用早餐。妹妹却没有走，她压低声音说道："开门，格里格尔，当我求你，开门好吗？"格里格尔很庆幸自己在家睡觉的时候也会将卧室的门全都锁上，这是他在长期的出差过程中养成的习惯。此刻，他当然没有想要开门的意愿。

他想静静地一个人起床把衣服穿好，不要有任何人过来打扰他。当然，吃早餐是最为重要的一项任务。他明白自己若是一直在床上躺着，是不会想到什么解决办法的。所以，他要在起床吃完早餐以后，再静下心来仔细思考该如何处理眼前的状况。他记得自己在床上躺着的时候，经常会感到身上有痛感，但每次起床以后，就会发现那种痛感只是自己的错觉而已，这种错觉也许是由错误的睡姿引发的。今天的错觉将会怎样消失呢，他非常好奇。同时，他坚信自己声音的变化纯粹是因为感冒的缘故，与其他因素毫无关联。要知道，旅行推销员的职业病症之一就是经常感冒。

他很容易就能掀掉身上的被子，将肚皮一鼓，被子不用碰自己就掉下去了。可是，之后的行动就不那么容易了。他那异常宽大的身体必须要用手臂支撑才能坐起来，可是他并没有手，只有腿。那些腿又细又小，胡乱舞动个不停，完全无法操纵。如果他想叫一条腿弯曲起来，那么这条腿便会伸得笔直，等他好不容易控制住它时，又发现其余的腿全都不听从指挥了，各自兴冲冲地乱舞一气。格里格尔于是自言自语道："没事干的时候，可千万不能在床上待着，"

一开始，他想先把自己的下半身挪到床下去。他没想到要挪动自己的下半身是如此的艰难。由于他之前看不到自己的下半身，对它到底长成了什么模样完全没有概念。此时他极其缓慢地挪动着下半身，这样的速度真能把他逼得崩溃了。他终于忍耐不住了，将一切顾忌抛诸脑后，奋不顾身地冲向前方。可惜他没有把握好方位，跟床尾的柱子结结实实地亲密接触了一回。他感觉下半身火辣辣地疼起来，可能下半身就是自己现在最脆弱的部分吧。他这样想道。

在得出这样的结论以后，他便决定让上半身先挪到床下去。他将自己的头往床的边缘小心翼翼地调转过去。这并不是什么难事。饶是他的身体那么沉重，那么宽大，竟然也一同调转过来了。在他的头部探出床的边缘的那一刻，他忽然停止了动作。要是他继续往前移动，头朝下直接摔在地上，肯定会把头摔伤的。与其这样，他宁可继续在床上待着。毕竟，保持神志清醒对此刻的他而言，是极其必要的。

为了恢复原先的姿势，他又花费了不小的力气。最后他总算又躺回去了，呼呼地喘着粗气。这时，他又看到自己的那些腿了。这些家伙们不停地乱舞着，他想让它们静止下来，怎奈无计可施。于是他又觉得继续在床上待着也不是法子，抓紧一线生机奋不顾身地跳床而去才是最明智的解决办法。他时刻告诫自己，千万不要肆意妄为，一定要保持头脑清醒，理智地采取行动。他将视线移向窗外，希望能自其中找回一些希望和自信，但是窗外的景物全都笼罩在一片雾气之中，连那条窄巷子对面的景物都看不清楚。闹钟响起时，他自言自语道："七点钟了，都七点钟了，雾气还没有消散的迹象。"他安静地躺在床上，呼吸缓慢而悠长。周围一片静寂，他沉浸在其中，像在企盼自己能尽快从眼前的荒谬中跳脱出来，回到正常的生活中去。

（选自《变形记》，〔奥〕卡夫卡，柳如菲译，立信会计出版社 2012 年版）

🌸 作品赏析

《变形记》的主题一般认为是人的异化。西方世界在 20 世纪初尤其是第一次世界大战后陷入了普遍的精神危机，非理性主义悲观思潮取代自启蒙时代以来的理性乐观主义成为主流思潮，认为世界变得难以理解，存在似乎没有意义；尼采宣布"上帝死了"之后要"重估一切价值"，简单讲，就是世界是荒诞的，存在是痛苦的，人变成了工具而不再是目的，这就是异化。这是西方人的精神危机，也是西方现代派文学表现集中的主题。

格里格尔由人变成大甲虫的故事在整体上是荒诞的，但这种变形却是现代人在金钱社会中产生异化的真实写照，是现代人丧失自我价值、丧失个性，成为"非人"的深刻表现。格里格尔的荒诞变形，可能正是现代西方人在把人作为工具的冷漠现实社会里无法找到实现自我价值和人生归宿的形象化写照。

卡夫卡的作品具有鲜明的表现主义风格。表现主义文学不像现实主义文学那样满足于对现实世界和客观事物的摹写，而是追求表现内在的本质，强调主观想象，注重对世界的虚构、变形及幻象运用来表达对世界本质的理解，这种表现往往富有更为深层和丰富的象征隐喻意义。《变形记》描写格里格尔的变形是荒诞的、不真实的，其变形暗示着人们对自己命运的无能为力和对莫名其妙灾难的无法抗拒，同时作品对其变形为甲虫前后的生活细节及变形后的心理活动的描写是那样的平静和细致，都符合人类生活的真实特征，这是现实存在的真实体悟，是人际关系的实质性表达。人在现实中会这样变形吗？当然不会，但没有这种荒诞性的总体架构，这种对存在的痛苦的本真体悟也就无法像现在这样生动表达，生活细节的真实性又从总体上反衬出人存在的渺小、对现实的无力和整体生存的荒诞性。总体荒诞与细节真实的交织，象征和隐喻意义的丰富，是卡夫卡小说的基本特点之一，在选文中有较好体现，需要仔细体味。

卡夫卡《变形记》中叙述格里格尔的变形及心理活动，采用非常客观平静乃至近乎"冷漠"的态度和语调，似乎成为可怖的异形本就应该如此自然，在叙事态度和故事内容之间形成极大反差，构成了一种悖谬和荒诞的审美效果。格里格尔变为甲虫后，卡夫卡即以甲虫的视角来观察、以人的心理来感受环境描写体验，又时时以第三人称来旁观描述。这种怪诞的自然适应和视角的自由切换，让读者也能如作者一样像格里格尔和甲虫那样既能观察也能体验，在真实世界和变形世界里自由切换身份，这种既在其中又在其外的体会，提醒着我们这个世界并不陌生，我们早已经习惯了对环境的被动适应和调整，变形的不只是身体，心灵也早已异化和麻木。卡夫卡对现代小说艺术开拓创新是多方面的，其小说不重情节而重心理，不重人物而重体验，叙述视角独特巧妙，叙述态度平淡冷漠，语言自然朴实，环境描写极其简单而富有象征意味，人物心理活动刻画细腻真实，表现意识的手法如内心独白、回忆和联想等的运用灵活实在，这些都可在选文中细细品味。需要特别注意的是，其整体冷峻朴素的风格对我们的耐心提出了挑战。

拓展阅读

1. 阅读卡夫卡的《城堡》《洞穴》《饥饿艺术家》。
2.《被背叛的遗嘱》（〔捷克〕米兰·昆德拉，余中先译，上海译文出版社2003年版）。

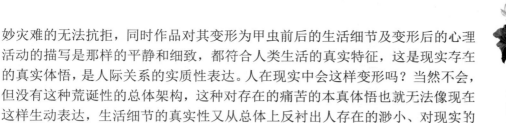

老人与海（节选）

简介

欧内斯特·米勒尔·海明威（1899—1961），生于美国芝加哥市，一生经历丰富，堪称传奇。他于1926年出版长篇小说《太阳照常升起》，表现青年一代在第一次世界大战中肉体和精神上所受的双重伤害，成为"迷惘的一代"的代表。1932年，他在《午后之死》中提出"冰山原则"，提倡以简洁精练的语言表现深沉含蓄的感情。1952年发表《老人与海》，1953年获普利策奖，1954年获诺贝尔文学奖。

海明威的创作有鲜明强烈的个性特征，文体风格影响广泛。其创作的主题意蕴丰厚，象征意味浓郁，对人生价值和人类命运的关注始终如一。同时，海明威塑造了众多在迷惘中顽强拼搏的"硬汉子"形象。硬汉子系列形象是海明

威对文学人物塑造的独特贡献。海明威的文风朴实无华、简洁流畅、含蓄蕴藉，叙事艺术精致。

《老人与海》是海明威听到渔民讲述捕到大马林鱼但被鲨鱼吃掉的故事后用 17 年时间精心酝酿、反复锤炼的艺术精品，是关于融信念、意志、顽强、勇气和力量于一体的坚毅奋斗的人的高贵精神的一曲颂歌。

🌊 原文

他是个独自在湾流中一条小船上钓鱼的老人，至今已去了八十四天，一条鱼也没逮住。头四十天里，有个男孩子跟他在一起。可是，过了四十天还没捉到一条鱼，孩子的父母对他说，老人如今准是十足地"倒了血霉"，这就是说，倒霉到了极点，于是孩子听从了他们的吩咐，上了另外一条船，头一个礼拜就捕到了三条好鱼。孩子看见老人每天回来时船总是空的，感到很难受，他总是走下岸去，帮老人拿卷起的钓索，或者鱼钩和鱼叉，还有绕在桅杆上的帆。帆上用面粉袋片打了些补丁，收拢后看来像是一面标志着永远失败的旗子。

老人消瘦而憔悴，脖颈上有些很深的皱纹。腮帮上有些褐斑，那是太阳在热带海面上反射的光线所引起的良性皮肤癌变。褐斑从他脸的两侧一直蔓延下去，他的双手常用绳索拉大鱼，留下了刻得很深的伤疤。但是这些伤疤中没有一块是新的。它们像无鱼可打的沙漠中被侵蚀的地方一般古老。他身上的一切都显得古老，除了那双眼睛，它们像海水一般蓝，是愉快而不肯认输的。

······

自从他出海以来，这是第三次出太阳，这时鱼打起转来了。

鱼兜到第三圈，他才第一次看见它。

他起先看见的是一个黑乎乎的影子，它需要那么长的时间从船底下经过，他简直不相信它有这么长。

"不能，"他说，"它哪能这么大啊。"

但是它当真有这么大，这一圈兜到末了，它冒出水来，只有三十码远，老人看见它的尾巴露出在水面上。这尾巴比一把大镰刀的刀刃更高，是极淡的浅紫色，竖在深蓝色的海面上。它朝后倾斜着，鱼在水面下游的时候，老人看得见它庞大的身躯和周身的紫色条纹。它的脊鳍朝下耷拉着，巨大的胸鳍大张着。

这回鱼兜圈子回来时，老人看见它的眼睛和绕着它游的两条灰色的乳鱼。它们有时候依附在它身上。有时候倏地游开去。有时候会在它的阴影里自在地游着。它们每条都有三英尺多长，游得快时全身猛烈地甩动着，像鳗鱼一般。

老人这时在冒汗，但不光是因为晒了太阳，还有别的原因。鱼每回沉着、平静地拐回来时，他总收回一点钓索，所以他确信再兜上两个圈子，就能有机会把鱼叉扎进去了。

可是我必须把它拉得极近，极近，极近，他想。我千万不能扎它的脑袋。我该扎进它的心脏。

"要沉着，要有力，老头儿，"他说。

又兜了一圈，鱼的背脊露出来了，不过它离小船还是太远了一点。再兜了一圈，还是太远，但是它露出在水面上比较高些了，老人深信，再收回一些钓索，就可以把它拉到船边来。

他早就把鱼叉准备停当，叉上的那卷细绳子给搁在一只圆筐内，一端紧系在船头的系缆柱上。

这时鱼正兜了一个圈子回来，既沉着又美丽，只有它的大尾巴动动。老人竭尽全力把它拉得近些。有那么一会儿，鱼的身子倾斜了一点儿。然后它竖直了身子，又兜起圈子来。

"我把它拉动了，"老人说，"我刚才把它拉动了。"

他又感到头晕，可是他竭尽全力拽住了那条大鱼。我把它拉动了，他想。也许这一回我能把它拉过来。拉呀，手啊，他想。站稳了，腿儿。为了我熬下去吧，头。为了我熬下去吧。你从没晕倒过。这一回我要把它拉过来。

但是，等他把浑身的力气都使出来，趁鱼还没来到船边，还很远时就动手，使出全力拉着，那鱼却侧过一半身子，然后竖直了身子游开去。

"鱼啊，"老人说，"鱼，你反正是死定了。难道你非得把我也害死吗？"

照这样下去是会一事无成的，他想。他嘴里干得说不出话来，但是此刻他不能伸手去拿水来喝。我这一回必须把它拉到船边来，他想。它再多兜几圈，我就不行了。不，你是行的，他对自己说。你永远行的。在兜下一圈时，他差一点把它拉了过来。可是这鱼又竖直了身子，慢慢地游走了。

你要把我害死啦，鱼啊，老人想。不过你有权利这样做。我从没见过比你更庞大、更美丽、更沉着或更崇高的东西，老弟。来，把我害死吧。我不在乎谁害死谁。

你现在头脑糊涂起来啦，他想。你必须保持头脑清醒。保持头脑清醒，要像个男子汉，懂得怎样忍受痛苦。或者像一条鱼那样，他想。

"清醒过来吧，头，"他用自己也简直听不见的声音说，"清醒过来吧。"

鱼又兜了两圈，还是老样子。

我弄不懂，老人想。每一回他都觉得自己快要垮了。我弄不懂。但我还要试一下。

他又试了一下，等他把鱼拉得转过来时，他感到自己要垮了。那鱼竖直了身子，又慢慢地游开去，大尾巴在海面上摇摆着。

我还要试一下，老人对自己许愿，尽管他的双手这时已经软弱无力，眼睛也不好使，只看得见间歇的一起。

他又试了一下，又是同样情形。原来如此，他想，还没动手就感到要垮下来了，我还要再试一下。

他忍住了一切痛楚，拿出剩余的力气和丧失已久的自傲，用来对付这鱼的痛苦挣扎，于是它游到了他的身边，在他身边斯文地游着，它的嘴几乎碰着了小船的船壳板，它开始在船边游过去，身子又长，又高，又宽，银色底上有着紫色条纹，在水里看来长得无穷无尽。

老人放下钓索，一脚踩住了，把鱼叉举得尽可能地高，使出全身的力气，加上他刚才鼓起的力气，把它朝下直扎进鱼身的一边，就在大胸鳍后面一点儿

的地方，这胸鳍高高地竖立着，高齐老人的胸膛。他感到那铁叉扎了进去，就把身子倚在上面，把它扎得更深一点，再用全身的重量把它压下去。

于是那鱼闹腾起来，尽管死到临头了，它仍从水中高高跳起，把它那惊人的长度和宽度，它的力量和美，全都暴露无遗。它仿佛悬在空中，就在小船中老人的头顶上空。然后，它砰的一声掉在水里，浪花溅了老人一身，溅了一船。

老人感到头晕、恶心，看不大清楚东西。然而他放松了鱼叉上的绳子，让它从他划破了皮的双手之间慢慢地溜出去，等他的眼睛好使了，他看见那鱼仰天躺着，银色的肚皮朝上。鱼叉的柄从鱼的肩部斜截出来，海水被它心脏里流出的鲜血染红了。起先，这摊血黑魆魆的，如同这一英里多深的蓝色海水中的一块礁石。然后它像云彩般扩散开来。那鱼是银色的，一动不动地随着波浪浮动着。

老人用他偶尔看得清的眼睛仔细望着。接着他把鱼叉上的绳子在船头的系缆柱上绕了两圈，然后把脑袋搁在双手上。

"让我的头脑保持清醒吧，"他靠在船头的木板上说。"我是个疲乏的老头儿。可是我杀死了这条鱼，它是我的兄弟，现在我得去干辛苦的活儿了。"

……

这条鲨鱼的出现不是偶然的。当那一大片暗红的血朝一英里深的海里下沉并扩散的时候，它从水底深处上来了。它窜上来得那么快，全然不顾一切，竟然冲破了蓝色的水面，来到了阳光里。跟着它又掉回海里，嗅到了血腥气的踪迹，就顺着小船和那鱼所走的路线游去。

有时候它迷失了那气味。但是它总会重新嗅到，或者就嗅到那么一点儿，它就飞快地使劲跟上。它是条很大的灰鲭鲨，生就一副好体格，能游得跟海里最快的鱼一般快，周身的一切都很美，除了它的上下颚。它的背部和剑鱼的一般蓝，肚子是银色的，鱼皮光滑而漂亮。它长得和剑鱼一般，除了它那张正紧闭着的大嘴，它眼下就在水面下迅速地游着，高耸的脊鳍像刀子般划破水面，一点也不抖动。在这紧闭着的双唇里面，八排牙齿全都朝里倾斜着。它们和大多数鲨鱼的不同，不是一般的金字塔形的。它们像爪子般蜷曲起来的人的手指。它们几乎跟这老人的手指一般长，两边都有刀片般锋利的快口。这种鱼生就拿海里所有的鱼当食料，它们游得那么快，那么壮健，武器齐备，以至所向无敌。它闻到了这新鲜的血腥气，此刻正加快了速度，蓝色的脊鳍划破水面。老人看见它在游来，看出这是条毫无畏惧而坚决为所欲为的鲨鱼。他准备好了鱼叉，系紧了绳子，一面注视着鲨鱼向前游来。绳子短了，缺了他割下用来绑鱼的那一截。老人此刻头脑清醒，正常，充满了决心，但并不抱着多少希望。光景太好了，不可能持久的，他想。他注视着鲨鱼在逼近，抽空朝那条大鱼望上一眼。这简直等于是一场梦，他想。我没法阻止它来袭击我，但是也许我能弄死它。登多索鲨，他想。你他妈交上坏运啦。

鲨鱼飞速地逼近船梢，它袭击那鱼的时候，老人看见它张开了嘴，看见它那双奇异的眼睛，它咬住鱼尾巴上面一点儿的地方，牙齿咬得嘎吱嘎吱地响。鲨鱼的头露出在水面上，背部正在出水，老人听见那条大鱼的皮肉被撕裂的声

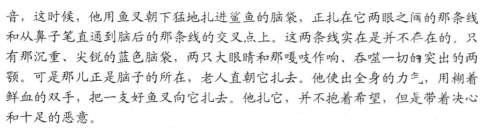

音，这时候，他用鱼叉朝下猛地扎进鲨鱼的脑袋，正扎在它两眼之间的那条线和从鼻子笔直通到脑后的那条线的交叉点上。这两条线实在是并不存在的。只有那沉重、尖锐的蓝色脑袋，两只大眼睛和那嘎吱作响、吞噬一切的突出的两颚。可是那儿正是脑子的所在，老人直朝它扎去。他使出全身的力气，用糊着鲜血的双手，把一支好鱼叉向它扎去。他扎它，并不抱着希望，但是带着决心和十足的恶意。

鲨鱼翻了个身，老人看出它眼睛里已经没有生气了，跟着它又翻了个身，自行缠上了两道绳子。老人知道这鲨鱼快死了，但它还是不肯认输。它这时肚皮朝上，尾巴扑打着，两颚嘎吱作响，像一条快艇般划过水面。它的尾巴把水拍打得泛出白色，四分之三的身体露出在水面上，这时绳子给绷紧了，抖了一下，啪地断了。鲨鱼在水面上静静地躺了片刻，老人紧盯着它。然后它慢慢地沉下去了。

它吃掉了约莫四十磅肉，老人说出声来。它把我的鱼叉也带走了，还有那么许多绳子，他想，而且现在我这条鱼又在淌血，其他鲨鱼也会来的。

他不忍心再朝这死鱼看上一眼，因为它已经被咬得残缺不全了。鱼挨到袭击的时候，他感到就像自己挨到袭击一样。可是我杀死了这条袭击我的鱼的鲨鱼，他想。而它是我见到过的最大的登多索鲨。天知道，我见过一些大的。

光景太好了，不可能持久的，他想。但愿这是一场梦，我根本没有钓到这条鱼，正独自躺在床上铺的旧报纸上。

不过人不是为失败而生的，他说。一个人可以被毁灭，但不能给打败。不过我很痛心，把这鱼给杀了，他想。现在倒霉的时刻要来了，可我连鱼叉也没有。这条登多索鲨是残忍、能干、强壮而聪明的。但是我比它更聪明。也许并不，他想。也许我仅仅是武器比它强。

别想啦，老家伙，他说出声来。顺着这航线行驶，事到临头再对付吧。但是我一定要想，他想。因为我只剩下这个了。

……

孩子拿着那罐热咖啡直走到老人的窝棚，在他身边坐下，等他醒来。有一回眼看他快醒过来了。可是他又沉睡过去，孩子就跨过大路去借些木柴来热咖啡。

老人终于醒了。

"别坐起来，"孩子说。"把这个喝了。"他倒了些咖啡在一只玻璃杯里。

老人把它接过去喝了。

"它们把我打败了，马诺林，"他说，"它们确实把我打败了。"

"它没有打败你。那条鱼可没有。"

"对。真个的。是后来才吃败仗的。"

"佩德里科在看守小船和打鱼的家什。你打算把那鱼头怎么着？"

"让佩德里科把它切碎了，放在捕鱼机里使用。"

"那张长嘴呢？"

"你要你就拿去。"

"我要，"孩子说，"现在我们得来商量一下别的事情。"

"他们来找过我吗？"

"当然啦。派出了海岸警卫队和飞机。"

"海洋非常大，小船很小，不容易看见，"老人说。他感到多么愉快，可以对一个人说话，不再只是自言自语，对着海说话了。

"我很想念你，"他说。"你们捉到了什么？"

"头一天一条，第二天一条，第三天两条。"

"好极了。"

"现在我们又可以一起钓鱼了。"

"不。我运气不好。我再不会交好运了。"

"去它的好运，"孩子说，"我会带来好运的。"

"你家里人会怎么说呢？"

"我不在乎。我昨天逮住了两条。不过我们现在要一起钓鱼，因为我还有好多东西需要学。"

"我们得弄一支能扎死鱼的好长矛，经常放在船上。你可以用一辆旧福特牌汽车上的钢板做矛头。我们可以拿到瓜纳巴科亚去磨。应该把它磨得很锋利，不要回火锻造，免得它会断裂。我的刀子断了。"

"我去弄把刀子来，把钢板也磨磨快。这大风要刮多少天？"

"也许三天。也许还不止。"

"我要把什么都安排好，"孩子说，"你把你的手养好，老大爷。"

"我知道怎样保养它们的。夜里，我吐出了一些奇怪的东西，感到胸膛里有什么东西碎了。"

"把这个也养养好，"孩子说，"躺下吧，老大爷，我去给你拿干净衬衫来。还带点吃的来。"

"我不在这儿的时候的报纸，你也随便带一份来，"老人说。

"你得赶快好起来，因为我还有好多东西要学，你可以把什么都教给我。你吃了多少苦？""可不少啊，"老人说。

"我去把吃的东西和报纸拿来，"孩子说，"好好休息吧，老大爷。我到药房去给你的手弄点药来。"

"别忘了跟佩德里科说那鱼头给他了。"

"不会。我记得。"

孩子出了门，顺着那磨损的珊瑚石路走去，他又在哭了。

那天下午，露台饭店来了一群旅游者，有个女人朝下面的海水望去，看见在一些空气酒听和死梭子鱼之间，有一条又粗又长的白色脊骨，一端有条巨大的尾巴，当东风在港外不断地掀起大浪的时候，这尾巴随着潮水起落、摇摆。

那是什么？她问一名侍者，指着那条大鱼的长长的脊骨，它如今仅仅是垃圾，只等潮水来把它带走了。

Tiburon[1]，侍者说，Eshark[2]。他打算解释这事情的经过。[3] 我不知道鲨鱼有这样漂亮的尾巴，形状这样美观。

我也不知道，她的男伴说。

在大路另一头老人的窝棚里，他又睡着了。他依旧脸朝下躺着，孩子坐在他身边，守着他。老人正梦见狮子。

（选自《老人与海》，〔美〕海明威，吴劳译，上海译文出版社 2004 年版）

注释

[1] Tiburon：西班牙语，指鲨鱼。

[2] Eshark：侍者用英语讲鲨鱼（shark）时发的读别的音，即在"shark"前面多了一个元音 e。

[3] 他打算解释这事情的经过：他想说这是被鲨鱼残杀的大马林鱼的残骸，但说到这里，对方就错以为这是鲨鱼的骨骼了。

作品赏析

《老人与海》是关于人的命运的悲剧，也是关于人的高贵精神的颂歌。海明威有意虚化了小说的背景，没有具体的时间限制，只有苍茫变幻的大海、孤独的老人、顽强的大马林鱼、凶狠的鲨鱼、精疲力竭的搏斗、一无所获的结局，小说更像是一则寓言，散发出浓郁的象征意味。老渔民圣地亚哥是典型的海明威式"硬汉子"人物，老人在厄运前不屈服，困境里不退让，以一次次的抗争和奋斗来证明自己的意志，展示自己的智慧和力量，即便最终的结局依然是一场空，但不服输的态度、主动积极的抗争选择、顽强的拼搏精神，已经赋予了老人自我存在的价值和意义。人生的道路上，谁能不经受挫折和失败？面对挫折和失败，是缴械投降，还是顽强拼搏？老人在悲哀的宿命前展示出来的进取精神和大无畏的英雄气概，体现着自由意志和人生价值的高贵追求；英勇顽强的果断行动，证明着与命运作殊死抗争的悲壮与崇高。虽然"命运总是与人作对，人不管如何努力拼搏，终不免失败。尽管如此，人还是要苦苦奋斗，并尽量保持自己的尊严，他在肉体上可以被打垮，但在精神上永远是个强者"。

海明威精通叙事艺术，文体风格独特。《老人与海》结构精致，情节凝练，人物集中。小说将背景略去，除开头和结尾通过小孩、酒店侍者等少量人物来映衬表现外，仅选择老人孤身远出外海与鱼搏斗的三天时间集中描写来表现老人的精神品格，在简约平淡中蕴藉深远、表现深沉，作品中丰富复杂的象征和隐喻使作品言简旨远，也正体现了海明威自己提倡的"冰山"风格。在描写老人与鱼搏斗的惊心动魄的过程里，海明威巧妙地运用第三者叙述视角，以冷静态度和白描手法，描写客观具体的画面，细致生动又具体入微地描写整个过程的动作细节，使读者犹如亲身经历现场观摩；同时又巧妙地穿插运用人物叙事情境，用文中人物内心独白和意识流等方式，表现老人的孤独，展现其内心世界的真实与丰富。主观世界和客观世界转换灵活而不露痕迹，综合感觉视觉及触觉等多角度刻画形象，不知不觉中拉近了读者与作者的距离，也拉近了读者与老人的距离，叙事节奏张弛有度，细节活力十足，感染力真切强烈。海明威的文字清新洗练、简约含蓄。他多采用经过反复锤炼的日常语言、简单的结构，描写具体可感的形象，人物动作和景色描写简洁生动，电报式对话风格独特，以含而不露的方式给读者留下联想的空间，表达复杂深厚的思想情感，让人回味。

拓展阅读

1．《海明威短篇故事全集》（上）（〔美〕海明威，陈良廷译，上海译文出版社2011年版）。

2．欣赏亚历山大·彼德洛夫执导的动画短片《老人与海》。

百年孤独（节选）

简介

加夫列尔·加西亚·马尔克斯（1927—2014），是哥伦比亚作家、记者和社会活动家。马尔克斯生于哥伦比亚阿拉卡塔卡，深受喜爱民间神话鬼怪故事的外祖母的影响与熏陶，从小喜爱《一千零一夜》等传说故事。他于1982年获诺贝尔文学奖。

马尔克斯是魔幻现实主义文学代表作家。魔幻现实主义文学20世纪50年代前后在拉丁美洲兴起，是拉丁美洲自身丰富复杂的文化传统和西方文化影响下的产物，体裁以小说为主。其创作原则是"变现实为幻想而又不失其真"，用丰富的想象和夸张的手法，结合神话、传说与幻想，对拉丁美洲各国的现实生活进行"特殊表现"，把现实变成一种"神奇现实"。《百年孤独》是魔幻现实主义文学的代表作，被誉为"再现拉丁美洲历史社会图景的鸿篇巨著"，它以宏伟精巧的神话隐喻架构，表现对人类命运深沉厚重的关注与思考，成为20世纪重要的文学经典之一。

原文

第 一 章

许多年以后，面对行刑队，奥雷连诺·布恩蒂亚上校将会想起，他父亲带他去见识冰块的那个遥远的下午。那时的马孔多是个二十户人家的村庄，一座座土房都盖在河岸上，河水清澈，沿着遍布石头的河床流去，河里的石头光滑、洁白，活像史前的巨蛋。这块天地还是新开辟的，许多东西都叫不出名字，不得不用手指指点点。每年三月，衣衫褴褛的吉卜赛人都要在村边搭起帐篷，在笛鼓的喧嚣声中，向马孔多的居民介绍科学家的最新发明。他们首先带来的是磁铁。一个身躯高大的吉卜赛人，自称梅尔加德斯，满脸络腮胡子，手指瘦得像鸟的爪子，向观众出色地表演了他所谓的马其顿炼金术士创造的世界第八奇迹。他手里拿着两大块磁铁，从一座农舍走到另一座农舍，大家都惊异地看见，铁锅、铁盆、铁钳、铁炉都从原地倒下，木板上的钉子和螺丝嘎吱嘎吱地拼命想挣脱出来，甚至那些早就丢失的东西也从找过多次的地方兀然出现，乱七八糟地跟在梅尔加德斯的魔铁后面。"东西也是有生命的，"吉卜赛人用刺耳的声调说，"只消唤起它们的灵性。"霍·阿·布恩蒂亚狂热的想象力经常超过大自然的创造力，甚至越过奇迹和魔力的限度，他认为这种暂时无用的科学发明可以用来开采地下的金子。梅尔加德斯是个诚实的人，他告诫说："磁铁干这个却不行。"可是霍·阿·布恩蒂亚当时还不相信吉卜赛人的诚实，因此用自己

的一匹骡子和两只山羊换下了两块磁铁。这些家畜是他的妻子打算用来振兴破败的家业的，她试图阻止他，但是枉费工夫。"咱们很快就会有足够的金子，用来铺家里的地都有余啦。"——丈夫回答她。在好几个月里，霍·阿·布恩蒂亚都顽强地努力履行自己的诺言。他带着两块磁铁，大声地不断念着梅尔加德斯教他的咒语，勘察了周围整个地区的一寸寸土地，甚至河床。但他掘出的唯一的东西，是十五世纪的一件铠甲，它的各部分都已锈得连在一起，用手一敲，铠甲里面就发出空洞的回声，仿佛一只塞满石子的大葫芦。

翌年三月，吉卜赛人又来了。他们这次带来的是一架望远镜和一只大小似鼓的放大镜，说是阿姆斯特丹犹太人的最新发明。他们把望远镜安在帐篷门口，而让一个吉卜赛女人站在村子尽头。花五个里亚尔，任何人都可从望远镜里看见那个仿佛近在咫尺的吉卜赛女人。"科学缩短了距离。"梅尔加德斯说。"在短时期内，人们足不出户，就可看到世界上任何地方发生的事儿。"在一个炎热的晌午，吉卜赛人用放大镜作了一次惊人的表演：他们在街道中间放了一堆干草，借太阳光的焦点让干草燃了起来。磁铁的试验失败之后，霍·阿·布恩蒂亚还不甘心，马上又产生了利用这个发明作为作战武器的念头。梅尔加德斯又想劝阻他，但他终于同意用两块磁铁和三枚殖民地时期的金币交换放大镜。乌苏娜伤心得流了泪。这些钱是从一盒金币里拿出来的，那盒金币由她父亲一生节衣缩食积攒下来，她一直把它埋藏在自个儿床下，想在适当的时刻使用。霍·阿·布恩蒂亚无心抚慰妻子，他以科学家的忘我精神，甚至冒着生命危险，一头扎进了作战试验。他想证明用放大镜对付敌军的效力，就让阳光的焦点射到自己身上，因此受到灼伤，伤处溃烂，很久都没痊愈。这种危险的发明把他的妻子吓坏了，但他不顾妻子的反对，有一次甚至准备点燃自己的房子。霍·阿·布恩蒂亚待在自己的房间里总是一连几个小时，计算新式武器的战略威力，甚至编写了一份使用这种武器的《指南》，阐述异常清楚，论据确凿有力。他把这份《指南》连同许多试验说明和几幅图解，请一个信使送给政府；这个信使翻过山岭，涉过茫茫苍苍的沼地，游过汹涌澎湃的河流，冒着死于野兽和疫病的危险，终于到了一条驿道。当时前往首都尽管是不大可能的，霍·阿·布恩蒂亚还是答应，只要政府一声令下，他就去向军事长官们实际表演他的发明，甚至亲自训练他们掌握太阳战的复杂技术。他等待答复等了几年。最后等得厌烦了，他就为这新的失败埋怨梅尔加德斯，于是吉卜赛人令人信服地证明了自己的诚实：他归还了金币，换回了放大镜，并且给了霍·阿·布恩蒂亚几幅葡萄牙航海图和各种航海仪器。梅尔加德斯亲手记下了修道士赫尔曼著作的简要说明，把记录留给霍·阿·布恩蒂亚，让他知道如何使用观象仪、罗盘和六分仪。在雨季的漫长月份里，霍·阿·布恩蒂亚都把自己关在宅子深处的小房间里，不让别人打扰他的试验。他完全抛弃了家务，整夜整夜待在院子里观察星星的运行；为了找到子午线的确定方法，他差点儿中了暑。他完全掌握了自己的仪器以后，就设想出了空间的概念，今后，他不走出自己的房间，就能在陌生的海洋上航行，考察荒无人烟的土地，并且跟珍禽异兽打上交道了。正是从这个时候起，他养成了自言自语的习惯，在屋子里踱来踱去，对谁也不

搭理，而乌苏娜和孩子们却在菜园里忙得喘不过气来，照料香蕉和海芋、木薯和山药、南瓜和茄子。可是不久，霍·阿·布恩蒂亚紧张的工作突然停辍，他陷入一种魂魄颠倒的状态。好几天，他仿佛中了魔，总是低声地嘟囔什么，并为自己反复斟酌的各种假设感到吃惊，自己都不相信。最后，在十二月里的一个星期三吃午饭的时候，他忽然一下子摆脱了恼人的疑虑。孩子们至死都记得，由于长期熬夜和冥思苦想而变得精疲力竭的父亲，如何洋洋得意地向他们宣布自己的发现：

"地球是圆的，像一个橘子一样。"

乌苏娜失去了耐心，"如果你想发癫，你就自个儿发吧！"她嚷叫起来，"别给孩子们的脑瓜里灌输吉卜赛人的胡思乱想。"霍·阿·布恩蒂亚听后无动于衷，妻子气得把观象仪摔到地上，也没有吓倒他。他另做了一个观象仪，并且把村里的一些男人召到自己的小房间里，根据在场的人谁也不明白的理论，向他们证明说，如果一直往东航行，就能回到出发的地点。马孔多的人以为霍·阿·布恩蒂亚疯了，可是梅尔加德斯回来之后，马上消除了大家的疑虑。

他大声地赞扬霍·阿·布恩蒂亚的智慧：光靠观象仪的探测就证实了一种理论，这种理论虽是马孔多的居民至今还不知道的，但实际上早就证实了；梅尔加德斯为了表示钦佩，赠给霍·阿·布恩蒂亚一套东西——炼金试验室设备，这对全村的未来将会产生深远的影响。

……

霍·阿·布恩蒂亚是村里最有事业心的人；他指挥建筑的房屋，每家的主人到河边去取水都同样方便；他合理设计的街道，每座住房白天最热的时刻都能得到同样的阳光。建村之后过了几年，马孔多已经成了一个最整洁的村子，这是跟全村三百个居民过去住过的其他一切村庄都不同的。这是一个真正幸福的村子；在这村子里，谁也没有超过三十岁，也还没有死过一个人。

建村的时候，霍·阿·布恩蒂亚开始制作套索和鸟笼。很快，他自己和村中其他的人家都养了苇鸟、金丝雀、蜂虎和知更鸟。许多各式各样的鸟儿不断地喊喊喳喳，乌苏娜生怕自己震得发聋，只好用蜂蜡把耳朵塞上。梅尔加德斯一伙人第一次来到马孔多出售玻璃球头痛药时，村民们根本就不明白这些吉卜赛人如何能够找到这个小小的村子，因为这个村子是隐没在辽阔的沼泽地带的；吉卜赛人说，他们来到这儿是由于听到了鸟的叫声。

可是，霍·阿·布恩蒂亚为社会造福的精神很快消失，他迷上了磁铁和天文探索，幻想采到金子和发现世界的奇迹。精力充沛、衣着整洁的霍·阿·布恩蒂亚逐渐变成一个外表疏懒、衣冠不整的人，甚至满脸胡髭，乌苏娜费了大劲才用一把锋利的菜刀把他的胡髭剃掉。村里的许多人都认为，霍·阿·布恩蒂亚中了邪。不过，他把一个袋子搭在肩上，带着铁锹和锄头，要求别人去帮助他开辟一条道路，以便把马孔多和那些伟大发明连接起来的时候，甚至坚信他发了疯的人也扔下自己的家庭与活计，跟随他去冒险。

霍·阿·布恩蒂亚压根儿不了解周围地区的地理状况。他只知道，东边耸立着难以攀登的山岭，山岭后面是古城列奥阿察，据他的祖父——奥雷连诺·布恩蒂亚第一说，从前有个弗兰西斯·德拉克爵士，曾在那儿开炮轰击鳄鱼消遣；他叫人在轰死的鳄鱼肚里填进干草，补缀好了就送去献给伊丽莎白女王。年轻的时候，霍·阿·布恩蒂亚和其他的人一起，带着妻子、孩子、家畜和各种生活用具，翻过这个山岭，希望到海边去，可是游荡了两年又两个月，就放弃了自己的打算；为了不走回头路，才建立了马孔多村。因此，往东的路是他不感兴趣的——那只能重复往日的遭遇，南边是一个个永远杂草丛生的泥潭和一大片沼泽地带——据吉卜赛人证明，那是一个无边无涯的世界。西边呢，沼泽变成了辽阔的水域，那儿栖息着鲸鱼状的生物：这类生物，皮肤细嫩，头和躯干都像女子，宽大、迷人的胸脯常常毁掉航海的人。据吉卜赛人说，他们到达驿道经过的陆地之前，航行了几乎半年。霍·阿·布恩蒂亚认为，跟文明世界接触，只能往北前进。于是，他让那些跟他一起建立马孔多村的人带上铁锹、锄头和狩猎武器，把自己的定向仪具和地图放进背囊，就去从事鲁莽的冒险了。

……

探险回来以后，霍·阿·布恩蒂亚绘了一幅地图：由于这张主观臆想的地图，人们长时期里都以为马孔多是在一个半岛上面，他是恼怒地画出这张地图的，故意夸大跟外界往来的困难，仿佛想惩罚自己轻率地选择了这个建村的地点，"咱们再也去不了任何地方啦，"他向乌苏娜叫苦，"咱们会在这儿活活地烂掉，享受不到科学的好处了。"在自己的小试验室里，他把这种想法反刍似的咀嚼了几个月，决定把马孔多迁到更合适的地方去，可是妻子立即警告他，破坏了他那荒唐的计划。村里的男人已经开始准备搬家，乌苏娜却像蚂蚁一样悄悄地活动，一鼓作气唆使村中的妇女反对男人的轻举妄动。霍·阿·布恩蒂亚说不清楚，不知什么时候，由于什么对立的力量，他的计划遭到一大堆借口和托词的阻挠，终于变成没有结果的幻想。有一天早晨乌苏娜发现，他一面低声叨咕搬家的计划，一面把自己的试验用具装进箱子，她只在旁边装傻地观察他，甚至有点儿怜悯他。她让他把事儿干完，在他钉上箱子，拿蘸了墨水的刷子在箱子上写好自己的缩写姓名时，她一句也没责备他，尽管她已明白（凭他含糊的咕噜），他知道村里的男人并不支持他的想法。只当霍·阿·布恩蒂亚开始卸下房门时，乌苏娜才大胆地向他要干什么，他有点难过地回答说："既然谁也不想走，咱们就单独走吧。"乌苏娜没有发慌。

"不，咱们不走，"她说，"咱们要留在这儿，因为咱们在这儿生了个儿子。"

"可是，咱们还没有一个人死在这儿，"霍·阿·布恩蒂亚反驳说，"一个人如果没有亲属埋在这儿，他就不是这个地方的人。"

乌苏娜温和而坚决地说：

"为了咱们留在这儿，如果要我死，我就死。"

霍·阿·布恩蒂亚并不相信妻子那么坚定，他试图用自己的幻想打动她，答应带她去看一个美妙的世界；那儿，只要在地里喷上神奇的药水，植物就会按照人的愿望长出果实；那儿，可以贱价买到各种治病的药物。可是他的幻想并没有打动她。

"不要成天想入非非，还是关心关心孩子吧，"她回答，"你瞧，他们像小狗儿似的被扔在一边，没有人管。"

……

但是，从他招呼孩子们帮他取出箱子里的试验仪器的那天下午起，他就把他最好的时间用在他们身上了。在僻静的小屋墙壁上，难以置信的地图和稀奇古怪的图表越来越多；在这间小屋里，他教孩子们读书、写字和计算：同时，不仅依靠自己掌握的知识，而且广泛利用自己无限的想象力，向孩子们介绍世界上的奇迹。孩子们由此知道，非洲南端有一种聪明、温和的人，他们的消遣就是坐着静思，而爱琴海是可以步行过去的，从一个岛屿跳上另一个岛屿，一直可以到达萨洛尼卡港。这些荒诞不经的夜谈深深地印在孩子们的脑海里，许多年以后，政府军的军官命令行刑队开枪之前的片刻间，奥雷连诺上校重新忆起了那个暖和的三月的下午的情景，当时他的父亲听到远处吉卜赛人的笛鼓声，就中断了物理课，两眼一动不动，举着手愣住了；这些吉卜赛人再一次来到村里，将向村民介绍孟菲斯学者们惊人的最新发明。

这是另一批吉卜赛人。男男女女都挺年青，只说本族话，是一群皮肤油亮、双手灵巧的漂亮人物。他们载歌载舞，兴高采烈，闹嚷嚷地经过街头，带来了各样东西：会唱意大利抒情歌曲的彩色鹦鹉；随着鼓声一次至少能下一百只金蛋的母鸡；能够猜出人意的猴子；既能缝纽扣、又能退烧的多用机器；能够使人忘却辛酸往事的器械，能够帮助消磨时间的膏药，此外还有其他许多巧妙非凡的发明，以至霍·阿·布恩蒂亚打算发明一种记忆机器，好把这一切全都记住。瞬息间，村子里的面貌就完全改观了，人群熙攘，闹闹喧喧，马孔多的居民在自己熟悉的街道上也会迷路了。

霍·阿·布恩蒂亚像疯子一样东窜西窜，到处寻找梅尔加德斯，希望从他那儿了解这种神奇梦境的无穷秘密。他手里牵着两个孩子，生怕他们在拥挤的人群中丢失，不时碰见镶着金牙的江湖艺人或者六条胳膊的魔术师。人群中发出屎尿和檀香混合的味儿，叫他喘不上气。他向吉卜赛人打听梅尔加德斯，可是他们不懂他的语言。最后，他到了梅尔加德斯往常搭帐篷的地方。此刻，那儿坐着一个脸色阴郁的亚美尼亚吉卜赛人，正在用西班牙语叫卖一种隐身糖浆，当这吉卜赛人刚刚一下子喝完一杯琥珀色的无名饮料时，霍·阿·布恩蒂亚挤过一群看得出神的观众，向吉卜赛人提出了自己的问题。吉卜赛人用奇异的眼光瞅了瞅他，立刻变成一摊恶臭的、冒烟的沥青，他的答话还在沥青上飘荡："梅尔加德斯死啦。"霍·阿·布恩蒂亚听到这个消息，不胜惊愕，呆若木鸡，试图控制自己的悲伤，直到观众被其他的把戏吸引过去，亚美尼亚吉卜赛人变成的一摊沥青挥发殆尽。然后，另一个吉卜赛人证实，梅尔加德斯在新加坡海滩上患疟疾死了，尸体抛入了爪哇附近的大海。孩子们对这个消息并无兴趣，就拉着父亲去看孟菲斯学者的新发明。据贴在一个帐篷门口的招牌上写的，这个帐篷从前属于所罗门王。孩子们纠缠不休，霍·阿·布恩蒂亚只得付了三十里亚尔，带着他们走进帐篷，那儿有个剃光了脑袋的巨人，浑身是毛，鼻孔里穿了个铜环，脚踝上拴了条沉重的铁链，守着一只海盗用的箱子，巨人揭开盖子，箱子里就冒出一股刺骨的寒气。箱子坠只有一大块透明的东西，这玩意儿中间有无数白色的细针，傍晚的霞光照到这些细针，细针上面就现出了许多五彩缤纷的星星。

霍·阿·布恩蒂亚感到大惑不解，但他知道孩子们等着他立即解释，便大胆地嘟囔说：

"这是世界上最大的钻石。"

"不，"吉卜赛巨人纠正他。"这是冰。"

霍·阿·布恩蒂亚没有听懂，他向这块东西伸过手去，可是巨人推开了他的手。"再交五个里亚尔才能摸，"巨人说。霍·阿·布恩蒂亚付了五个里亚尔，把手掌放在冰块上待了几分钟；接触这个神秘的东西，他的心里充满了恐惧和喜悦，他不知道如何向孩子们解释这种不太寻常的感觉，又付了十个里亚尔，想让他们自个儿试一试，大儿子霍·阿卡蒂奥拒绝去摸。相反地，奥雷连诺却大胆地弯下腰去，将手放在冰上，可是立即缩回手来。"这东西热得烫手！"他吓得叫了一声。父亲没去理会他。这时，他对这个无可置疑的奇迹欣喜若狂，竟忘了自己那些荒唐事业的失败，也忘了葬身鱼腹的梅尔加德斯。霍·阿·布恩蒂亚又付了五个里亚尔，就像出庭作证的人把手放在《圣经》上一样，庄严地将手放在冰块上，说道："这是我们这个时代最伟大的发明。"

（选自《百年孤独》，〔哥伦比亚〕马尔克斯，高长荣译，
北京十月文艺出版社 1984 年版）

作品赏析

《百年孤独》对马孔多百年兴衰的表现和布恩蒂亚家族七代人传奇故事的描写，展现了一个人鬼混杂的魔幻世界，其现实基础是拉丁美洲的历史沧桑。了解拉丁美洲民族文化的发展历史，是理解小说的基础和出发点。

小说的主题是孤独，"孤独"是存在状态也是存在体验，马尔克斯曾说"拉丁美洲的历史也是一切巨大然而徒劳的奋斗的总结，是一幕幕事先注定要被人遗忘的戏剧的总和"，这样的感受就是孤独，这样的历史正表现着孤独，这是拉丁美洲在经历了残酷的经济剥削和文化入侵后又被排挤在主流文明之外，因自身的迷信蒙昧形成的隔绝落后的自我体验，充满无力感和徒劳感。这种孤独的体验被赋予在了布恩蒂亚家族的每个人物身上。小说在对家族成员的刻画中，着力表现孤独感这个共同的性格特征。《百年孤独》展现了一个建立在过去、现在和将来重复循环的象征框架中的现代神话，整个家族的历史是一个循环，从家族由近亲结婚生出猪尾巴小孩到家族最后一个带猪尾巴小孩被毁灭，所有的人和事在一个个大大小小的封闭框架中不断循环轮回。这样的象征结构从更广阔的角度和更高的层面来说，从整个人类在远古到现代的历史中，从整个人类在宇宙中的渺小存在来说，更有着对人类自身处境和能力反思的意味。小说中的孤独是个人的、家族的，历史中的孤独是民族的、整个拉丁美洲的乃至于是整个人类命运的象征。一百年的孤独已经太长，永恒的孤独更彻底让人绝望！反抗孤独，成为人类过去、现在和将来都必须体悟和追求的生命奥秘。

《百年孤独》作为魔幻现实主义文学的代表作品，其"魔幻性"特征表现充分。小说构思以创世神话为原型，将布恩蒂亚家族塑造成犹如亚当夏娃因犯

下错误而不得不在洪荒中开辟自己和人类新生活的奋斗者及其继承者，使小说具有浓郁的神奇底蕴和梦幻色彩；作者娴熟运用印第安民间传奇、《圣经》、《一千零一夜》等世界各地的神话和传说编织怪诞的情节，塑造了一个人鬼混杂、生死相融的魔幻世界；作者擅长用夸张和象征的方式刻画难以置信的人物，描写神奇的事件增强了魔幻性特色；最后，作者以独特的循环往复式架构从时间和空间上对以上所有各种神奇事件进行叠加组合，以一种从容不迫的口吻娓娓叙说家族的传奇历史，生动传神地刻画出一个虚虚实实、扑朔迷离、穿越往复的世界，营造出独特的魔幻氛围，并隐隐传递出一种对人生哲理的洞悉和穿透历史的深邃感。

拓展阅读

1. 《族长的秋天》（〔哥伦比亚〕加西亚·马尔克斯，轩乐译，南海出版公司 2014 年版）。

2. 《玉米人》（〔危地马拉〕米盖尔·安赫尔·阿斯图里亚斯，刘习良、笋季英译，上海译文出版社 2013 年版）。

东 方 文 学

吉檀迦利（节选）

简介

罗宾德拉纳特·泰戈尔（1861—1941），是印度著名诗人、作家、艺术家和社会活动家。他生于加尔各答市的一个富有哲学和文学艺术修养的家庭，13岁即能创作长诗。一生创作丰富，共创作 50 多部诗集、12 部中长篇小说、100多篇短篇小说、20 多部剧本及大量文学、哲学、政治论著，还创作了 1500 多幅画，以及数量众多的歌曲。泰戈尔是近现代印度文化的杰出代表，1913 年他凭借《吉檀迦利》获得诺贝尔文学奖，具有巨大的世界性影响。

泰戈尔的创作涉猎广泛，但其在文学史上的地位，主要是因为他的诗歌创作。其代表作除《吉檀迦利》外，还有《飞鸟集》《园丁集》《新月集》等。泰戈尔的诗关怀生命、悲悯世人，体悟万物灵性、追求理想自由、渴望人神合一，蕴含隽永哲理；其诗歌风格想象奇特、体物入微、语言柔美、格调清新、感情真挚，极具魅力，对中国现代文学产生了较大影响。

《吉檀迦利》是泰戈尔从自己 3 本孟加拉文诗集（《奉献》《渡口》《吉檀迦利》）及散见于报刊的诗歌中，亲自选译而成的英文诗集，收诗 103 首，单看都可独立成篇，总体上亦有清晰架构。题名"吉檀迦利"是献诗的意思，即献给神的诗歌。一般认为，其内在逻辑恰如一部宏伟的交响乐，第 1～7 首为序曲，颂神并说明作歌缘由；第 8～35 首为第一乐章，表达对神的思念与渴慕；第 36～56 首为第二乐章，表现与神的会见；第 57～85 首为第三乐章，歌颂神给世界带来的欢乐和光明；第 86～100 首是第四乐章，表达通过超越死亡真正达到人与神合一境界的渴望；最后 3 首是尾声，概括诗集的内容和意义。诗集的主旋律是与神结合的渴望，融汇着对崇高精神境界的向往和对理想社会坚定执着的追求，以清新素朴的风格在反复的回旋咏叹中传递出深沉的宗教人生哲思。

原文

1

你已经使我永生，这样做是你的欢乐。这脆薄的杯儿，你不断地把它倒空，又不断地以新生命来充满。

这小小的苇笛，你携带着它逾山越谷，从笛管里吹出永新的音乐。

在你双手的不朽的按抚下，我的小小的心，消融在无边快乐之中，发出不可言说的词调。

你的无穷的赐予只倾入我小小的手里。时代过去了，你还在倾注，而我的手里还有余量待充满。

10

这是你的脚凳，你在最贫最贱最失所的人群中歇足。

我想向你鞠躬，我的敬礼不能达到你歇足地方的深处——那最贫最贱最失所的人群中。

你穿着破敝的衣服，在最贫最贱最失所的人群中行走，骄傲永远不能走近这个地方。

你和那最没有朋友的最贫最贱最失所的人们作伴，我的心永远找不到那个地方。

12

我旅行的时间很长，旅途也是很长的。

天刚破晓，我就驱车起行，穿遍广漠的世界，在许多星球之上，留下辙痕。

离你最近的地方，路途最远，最简单的音调，需要最艰苦的练习。

旅客要在每个生人门口敲叩，才能敲到自己的家门，人要在外面到处漂流，最后才能走到最深的内殿。

我的眼睛向空阔处四望，最后才合上眼说："你原来在这里！"

这句问话和呼唤"呵，在哪儿呢？"融化在千股的泪泉里，和你保证的回答"我在这里！"的洪流，一同泛滥了全世界。

32

尘世上那些爱我的人，用尽方法拉住我。你的爱就不是那样，你的爱比他们的伟大得多，你让我自由。

他们从不敢离开我，恐怕我把他们忘掉。但是你，日子一天一天地过去，你还没有露面。

若是我不在祈祷中呼唤你，若是我不把你放在心上，你爱我的爱情仍在等待着我的爱。

35

在那里，心是无畏的，头也抬得高昂；

在那里，知识是自由的；

在那里，世界还没有被狭小的家国的墙隔成片段；

在那里，话是从真理的深处说出；

在那里，不懈的努力向着"完美"伸臂；

在那里，理智的清泉没有沉没在积习的荒漠之中；

在那里，心灵是受你的指引，走向那不断放宽的思想与行为——进入那自由的天国，我的父呵，让我的国家觉醒起来罢。

92

我知道这日子将要来到，当我眼中的人世渐渐消失，生命默默地向我道别，把最后的帘幕拉过我的眼前。

但是星辰将在夜中守望，晨曦仍旧升起，时间像海波的汹涌，激荡着欢乐与哀伤。

当我想到我的时间的终点，时间的隔栏便破裂了，在死的光明中，我看见了你的世界和这世界里弃置的珍宝。最低的座位是极其珍奇的，最生的生物也是世间少有的。

我追求而未得到和我已经得到的东西——让它们过去罢。只让我真正地据有了那些我所轻视和忽略的东西。

103

在我向你合十膜拜之中，我的上帝，让我一切的感知都舒展在你的脚下，接触这个世界。

像七月的湿云，带着未落的雨点沉沉下垂，在我向你合十膜拜之中，让我的全副心灵在你的门前俯伏。

让我所有的诗歌，聚集起不同的调子，在我向你合十膜拜之中，成为一股洪流，倾注入静寂的大海。

像一群思乡的鹤鸟，日夜飞向他们的山巢，在我向你合十膜拜之中，让我全部的生命，启程回到它永久的家乡。

（选自《泰戈尔作品集》1，泰戈尔著，冰心译，人民文学出版社 1998 年版）

作品赏析

《吉檀迦利》是泰戈尔给自己心中的神的献诗，诗人渴望将自己的一切都献给神，热烈地追求与神合一的境界，那么，诗人心中的神究竟是怎样的一种存在，值得诗人奉献一切呢？

诗人所敬献歌颂的神，不是威严肃穆、凌驾于万物之上的一神，而是一种无所不在又无所不包，具有亲切可感性又具有神圣力量和崇高境界的精神性存在。诗人称呼神为"你"、"他"、"我们的主"、"我心爱的人"，说神是使"我"永生的力量，是我"生命的生命"，一切可感的事物里，都有着神意的体现。神对世人的爱，是崇高的，"你的爱比他们的伟大得多，你让我自由。"（32 首）神的境界，是伟大的，诗人反复咏唱着他的神是在"在最贫最贱最失所的人群中"行走、歇足、和他们作伴；诗人反复强调着自己和神之间的鸿沟，因为这是"我的敬礼不能达到你歇足地方的深处""骄傲永远不能走近这个地方"，因为"和那最没有朋友的最贫最贱最失所的人们作伴，我的心永远找不到那个地方。"（10 首）诗人对此表现出无尽的尊崇和敬仰。泰戈尔在这里既表现出了他的泛神论的思想，也表现出了受到人性论人道主义思想影响下的悲悯情怀和泛爱精神，强调了神的普遍存在的同时，强调了对自然和世人的普遍关爱。

因此，诗人对神的追求，也就是对爱的追求和更美好的理想社会的追求。泰戈尔追求的理想世界，"在那里，心是无畏的，知识是自由的，世界还没有被狭小的家国的墙隔成片段，话是从真理的深处说出，心灵是受你的指引，走向那不断放宽的思想与行为——进入那自由的天国，我的父呵，让我的国家觉醒起罢。"（35 首）这里的描写，表现了泰戈尔作为一个殖民地附属国的知识

分子在现实中感受到的苦闷，同时以高昂的气势表现出对国家人民的爱，对自由真理的渴望，以及追求国家统一和觉醒的决心和激情。在追求理想的道理上并不是一帆风顺，人生道路也充满坎坷，路途艰难："离你最近的地方，路途最远，最简单的音调，需要最艰苦的练习。"现实总有失望与烦恼，但是诗人对理想和爱的追求是坚定执着的，"旅客要在每个生人门口敲叩，才能敲到自己的家门，人要在外面到处漂流，最后才能走到最深的内殿。"（12 首），诗人要用一生来追求理想的实现，实现自我人生的价值，实现完满的回归，"在我向你合十膜拜之中，让我全部的生命，启程回到它永久的家乡。"（103 首）诗人对这一和谐统一、自由完美的人神合一境界和理想的追求，超越生死局限，表现出昂扬意志，坚定信念和行动的勇气和决心。泰戈尔在诗中，对这一理想和爱的追求过程中所体会到的渴望、苦闷、迷茫和觉悟到坚定的情绪过程的感受是非常细腻的，抒写也是感人的。

《吉檀迦利》的基本主旨和总体的精神，诗人探寻的最终存在的意义，体现在生命与自然的统一中，体现在万物的和谐里，体现为人神合一的完美境界。人与神的融合使得人的生命和使命变得无比的珍贵，神始终与人同在，人在神的赐予中永生，人的一切欢乐与悲伤，幸福与痛苦，坚强与懦弱，均有着神的伴随与支持。"你已经使我永生，这样做是你的欢乐。""在你双手的不朽的按抚下，我的小小的心，消融在无边快乐之中"（第 1 首）这使得人的一生具备了某种形式的神圣体验，其一切的经历，均荡漾在神光的照耀之下，不孤独，不忧伤，充满着幸福和快乐。对于未来，也有着憧憬和期待"你还在倾注，而我的手里还有余量待充满""你不断地把它倒空，又不断地以新生命来充满"，在神的永生中，成就了人的永恒，体现了泰戈尔关注人生和自然，探求生命价值和永恒意义的伟大情怀和深刻哲思。

《吉檀迦利》在艺术上独具特色，鲜明地体现了泰戈尔诗歌创作的特点。泰戈尔的诗歌风格，深蕴哲理又极具抒情意味、想象奇特又朴实自然，语言柔美清新又感情真挚。哲理性与抒情性的完美融合是其首要特点。诗人在追求理想和探索人生道理过程中，细腻体察和书写心灵的真实感受，时时袒露内心真挚的呼唤和体会，感情深沉，抒情性浓郁。其抒情风格也是多样，有的慷慨激昂、有的缠绵悱恻，有的借景抒情委婉含蓄，有的以情动人直抒胸臆，跌宕起伏，感人至深。其次，诗歌想象奇特，充满浪漫气息又朴实自然。"星辰将在夜中守望，晨曦仍旧升起，时间像海波的汹涌，激荡着欢乐与哀伤。"（92 首）描写质朴又生动形象。其三，诗歌语言清新朴素，《吉檀迦利》中，没有华丽的词语，没有夸饰的情感，句句犹如白话，如"像一群思乡的鹤鸟，日夜飞向他们的山巢"（103 首）"天刚破晓，我就驱车起行，穿遍广漠的世界，在许多星球之上，留下辙痕。"（12 首）配合着想象的奇特和质朴的生活意象的描写，呈现出独特的自然朴素之美。最后，诗歌艺术表现手法多样，表现力极强。如以美好的理想世界来暗中对照现实的黑暗、污秽；又如连续七个"在那里"的重叠复唱的排比句式，既表现了诗人的强烈感情犹如排山倒海，气势宏伟，也使诗歌在韵律上谐和，具有优美的内在节律。深刻而灵动、优美又生动的表现，在泰戈尔的诗歌里处处可见，引人深思与回味。

 拓展阅读

1. 阅读《新月集》《飞鸟集》等泰戈尔的诗歌作品。
2. 阅读《沉船》《戈拉》等泰戈尔的小说作品。

白夜行（节选）

简介

东野圭吾（1958— ），是日本著名推理小说家。1985 年，他凭借《放学后》获得第 31 回江户川乱步奖，从此成为职业作家，开始专职写作。其代表作有《白夜行》《嫌疑人X的献身》《变身》等，其作品多次获得日本各大文学奖项。

东野圭吾的作品多为精巧细致的本格推理小说，题材多变，笔锋老辣，叙述简练凶狠，情节跌宕诡异，他以缜密细致的剧情布局获得了"写实派本格"之美名。而理工科系的出身背景，使他的作品在以科技为主轴的题材中格外突出。他后期的创作逐渐突破传统推理的框架，在悬疑、科幻、社会等多个领域都有所涉及，同时还保持作品兼具文学、思想和娱乐，不停地带给读者新鲜的阅读感受。

原文

"哪里。"笹垣说着，微微点头。以后就只能交给他们了，交给年轻的一辈。

笹垣和其他客人一起离开商店。假扮情侣的警察迅速离开，走向在其他地点监视的同事。也许接下来他们便要去找雪穗进行侦讯。

笹垣拉拢外套，迈开脚步。走在他前面的是一对母女，她们似乎也刚从"R&Y"出来。

"收到一个很棒的礼物呢，回去要给爸爸看哦。"母亲对孩子说道。

"好。"点头回答的是一个三四岁的小女孩，她手里拿着什么东西，正轻飘飘地晃动。一瞬间，笹垣圆睁双眼。

女孩拿的是一张红色的纸，剪成一只漂亮的麋鹿轮廓。

"这个……这从哪里来？"笹垣从身后抓住小女孩的手。

母亲露出恐惧的神情，想保护自己的女儿。"有……有什么事？"

小女孩似乎随时会放声大哭，路过的行人无不侧目。

"啊！对不起。请问……这是哪里来的？"笹垣指着小女孩手里的剪纸问道。

"哪里来的……送的啊。"

"哪里送的？"

"店里。"

"是谁送的？"

"圣诞老公公。"小女孩回答。

笹垣立刻转身，不顾因寒气而疼痛的膝盖，全力狂奔。

店门已经开始关闭，警察们还在附近没有离开。他们看到笹垣的模样，都变了脸色。"怎么？"其中一人问道。

"圣诞老人！"笹垣大喊，"就是他！"

警察们立刻醒悟，强行打开正要关上的玻璃门，闯入店内，无视阻止他们的店员，踩着停止运作的扶梯往上冲。

笹垣原本准备跟在他们身后冲进去，但下一秒钟，脑子里冒出一个念头。他拐进建筑物旁的小巷。

真蠢！我真是太蠢了！我追踪他多少年了？他不总是在人们看不见的地方守护雪穗吗？

绕到建筑物后面，看到一道装设了铁质扶手的楼梯，上方有一扇门，他爬上楼梯，打开门。

眼前站着一个男子，一个身着黑衣的男子。对方似乎也因为突然有人出现而吃惊。这真是一段奇异的时间，笹垣立刻明白眼前这人就是桐原亮司。但他没有动，也没出声，大脑的一角在冷静地判断：这家伙也在想我是谁。

然而，这段时间大概连一秒钟都不到。那人一个转身，朝反方向疾奔。

"别跑！"笹垣紧追不舍。

穿过走廊就是卖场。警察们的身影出现了，桐原在陈列着箱包的货架间逃窜。"就是他！"笹垣大喊。

警察们一齐上前追赶。这里是二楼，桐原正跑向业已停止的扶梯，笹垣相信他已无法脱身。

但桐原并没有跑上扶梯，而是在那之前停下脚步，毫不迟疑地翻身跳往一楼。耳边传来店员的尖叫，巨大的声响接踵而至，好像撞坏了什么东西。警察们沿扶梯飞奔而下。

几秒后，笹垣也到达扶梯。心脏快吃不消了，他按着疼痛的胸口，缓缓下楼。

巨大的圣诞树已倒下，旁边就是桐原亮司。他整个人呈大字形，一动不动。

有一名警察靠近，想拉他起来，但随即停止动作，回头望向笹垣。

"怎么了？"笹垣问。对方没有回答。笹垣走近，想让桐原的脸部朝上。这时，尖叫声再度响起。

有东西扎在桐原胸口，由于鲜血涌出难以辨识，但笹垣一看便知。那是桐原视若珍宝的剪刀，那把改变他人生的剪刀！

"快送医院！"有人喊道，奔跑的脚步声再度传来。笹垣明白这些都是徒劳，他早已看惯尸体了。

感觉到有人，笹垣抬起头来。雪穗就站在身边，如雪般白皙的脸庞正俯向桐原。

"这个人……是谁？"笹垣看着她的眼睛。

雪穗像人偶般面无表情。她答道："我不知道。雇用临时工都由店长全权负责。"

话音未落，一个年轻女子便从旁出现。她脸色铁青，用微弱的声音说："我是店长滨本。"

　　警察们开始采取行动。有人采取保护现场的措施，有人准备对店长展开侦讯，还有人搭着笹垣的肩，请他离开尸体。

　　笹垣脚步蹒跚地走出警察们的圈子。只见雪穗正沿扶梯上楼：她背影犹如白色的影子。

　　她一次都没有回头。

（选自《白夜行》，〔日〕东野圭吾，南海出版公司 2013 年版）

作品赏析

　　《白夜行》是一部非典型的东野圭吾小说。之所以说它是非典型的东野圭吾小说，是因为这本小说和他其他的小说不太一样。东野圭吾可以说是当今日本乃至亚洲最受欢迎的推理小说家，素来以叙述简练凶狠、情节跌宕诡异而著称。但是这本小说却略显平缓，少了一份扣人心弦的紧迫感。作者在基于侦探小说的框架之上，添加了许多推理之外的东西。例如，小说中花了大量的笔墨对当时的社会背景做了描写，突出了很多社会问题。大的时代背景让主人公之间将近二十年类似爱情的守护更显得悲凉和突出。这些因素降低了读者在阅读过程中"侦破"案件的快感，这本小说读来更像一个刑事案件的纪录片，而不是正宗的刑侦片。

　　叙述的紧密和复杂的结构是这本书最值得感叹的地方。《白夜行》独辟蹊径地采取了一种更为复杂的多线交叉叙事方式。整个故事跨越了二十年的时间，是时间和空间的共同延伸，使整个结构呈现出复杂而庞大的状态。不同的章节运用不同的视角推动着故事的发展，亮司和雪穗的视角反而不是最主要的，他们之间几乎零交流，但是作者巧妙地利用其他人的视角将这两人的行踪重叠部分展现出来。各个案件之间有着千丝万缕的联系，它们互为线索以旧带新，以大含小，一环套一环。在不同视角和时空之间来回穿梭，读者不仅不会感到混沌，还获得一种独特的阅读体验。

　　本节所选《白夜行》（选段）是作者对人性的丑陋面的直接揭露。作者用直白的语言描写了亮司和雪穗做的种种近乎变态的恶行，可是就是这些直白不加修饰的语言让故事的悲剧给人一种恰到好处的压抑感。他们的恶也是社会的恶，是时代的悲剧造就了这样两个坏到极致却又执着单纯到极致的人。东野圭吾说："世上有两样东西不可直视。一是太阳，二是人心。"这表明了作者对这个社会中人性的一些看法，小说的主人公从本该充满天真和快乐的年纪就因为杀人事件而蒙上了一层灰暗的色彩，并再也没有亮起来过。亮司和雪穗之间没有对话、没有誓言，有的只是步步为营的算计和如履薄冰的痛苦，"是最绝望的念想，也是最悲恸的守望"，随着真相揭开，读者也肝肠寸断。

拓展阅读

1.《解忧杂货店》（东野圭吾，南海出版公司 2014 年版）。

2.《放学后》（东野圭吾，南海出版公司 2010 年版）。

土耳其化的君士坦丁堡

简介

奥尔罕·帕慕克（1952— ），是当今土耳其最重要也最畅销的作家，曾获得欧洲发现奖、美国独立小说奖、法国文艺奖、德国书业和平奖等。

帕慕克在 1979 年发表的第一部作品《塞夫得特州长和他的儿子们》就得到《土耳其日报》小说首奖，并在 1982 年出版，1983 年再度赢得奥尔罕·凯马尔小说奖。1983 年出版第二本小说《寂静的房子》，并于 1991 年获得欧洲发现奖，同年出版法文版。1985 年出版第一本历史小说《白色城堡》，这本小说让他享誉全球，荣获 1990 年美国外国小说独立奖。1990 年出版的《黑书》法文版获得了法兰西文化奖。1998 年《我的名字叫红》出版，这本书确定了他在国际文坛上的文学地位；2003 年获得都柏林文学奖，同时赢得了法国文艺奖和意大利格林扎纳·卡佛文学奖。2005 年的《伊斯坦布尔》被诺贝尔文学奖提名，同年获得德国书业和平奖。2006 年获得诺贝尔文学奖，理由是"在追求他故乡忧郁的灵魂时发现了文明之间的冲突和交错的新象征"。

原文

和伊斯坦布尔大部分的土耳其人一样，小时候我对拜占庭没什么兴趣。这词儿让我联想起诡异、留胡子、穿黑袍的希腊东正教神父，穿越市区的水道桥、圣索菲亚教堂以及老教堂的红砖墙。对我而言，这些东西是遥远年代的残迹，用不着去了解。甚至征服拜占庭的奥斯曼人似乎也非常遥远。毕竟这些东西已被我们这些人所属的第一代"新文明"所取代。但即使奥斯曼人听起来就像科丘描述的那般古怪，至少我们还认得他们的名字。被征服之后不久，他们便不留痕迹地消失了，或者大家是这么告诉我的。没有人告诉过我，他们的子孙后代如今在贝尤鲁经营鞋店、糕饼铺和缝纫用品店。他们是家族企业，当我们去布店，我母亲想看看窗帘用的锦缎或坐垫套用的绒布时，听见的背景声音就是父亲、母亲和女儿以连珠炮般的希腊话彼此闲聊。之后回到家，我喜欢模仿他们古怪的语言，以及柜台前的女孩同父母说话时激动的手势。

从家人对我的模仿所作的回应，我知道希腊人就像城里的穷人和郊区的居民，不太"高尚"。我想必然跟"征服者"默梅特从他们手中夺走城市有关。庆祝伊斯坦布尔的征服五百周年——有时称之为"伟大奇迹"——是 1953 年的事，在我出生后的一年，但我可不认为这项奇迹哪儿特别有趣，除了发行的系列纪念邮票之外。一张邮票展示的是出现在夜里的船，另一张则展示贝利尼所绘的"征服者"默梅特，第三张则展示鲁梅利堡垒的高塔，因此可说这一切犹如一队游行行列，展现与征服有关的所有神圣形象。

通常，你要看得出你究竟站在东方还是西方，只需看你如何提起某些历史事件。对西方人来说，1453 年 5 月 29 日是君士坦丁堡的陷落，对东方人来说则是伊斯坦布尔的征服。若干年后，我的妻子就读哥伦比亚大学，在考试中使

用"征服"一词，她的美国教授指控她有"民族主义情结"。事实上，她使用这词不过是因为在土耳其念中学时学的是这种用法。由于她母亲有俄国血统，她可说是较同情东正教徒的。也或许她不认为是"陷落"或"征服"，感觉更像是夹在两个世界之间的倒霉人质，除了做回教徒或基督教徒之外别无选择。西化运动和土耳其民族主义促使伊斯坦布尔开始庆祝"征服"。20世纪一开始，这座城市仅有半数人口是回教徒，非回教徒居民大半是拜占庭的希腊后裔。在我小时候，城里较直言的民族主义者所持的观点是，常使用"君士坦丁堡"一词的人是不受欢迎的外国人，他们抱着民族统一的梦想，希望有一天，首先统治这座城市的希腊人回来驱逐占领了500年的土耳其人——或至少把我们变成次等公民。于是，民族主义者坚持用"征服"一词。相对而言，奥斯曼人却愿意把他们的城市称为"君士坦丁堡"。

即使在我的时代，致力于共和国西化的土耳其人也慎防太强调"征服"一词。总统拜亚尔和首相曼德勒斯两人皆未出席1953年的五百周年庆典。尽管庆祝活动已计划多年，最后一刻却认为此种做法可能冒犯希腊人和土耳其的西方盟国。冷战时期才刚开始，而身为北约成员国的土耳其不希望提醒世界有关征服的事。然而三年后，土耳其政府蓄意挑起所谓的"征服热"，任凭暴民在城内胡作非为，抢夺希腊人和其他少数族裔的财物。不少教堂在暴动期间遭破坏，神甫遭杀害，西方史学家在君士坦丁堡的"陷落"记事中描述的残暴因而重演。事实上，土耳其政府和希腊政府都犯了把各自的少数族裔当作人质的地缘政治罪，也因此过去50年来离开伊斯坦布尔的希腊人多过1453年以后的50年。

1955年，英国离开塞浦路斯，希腊准备接管整个岛的时候，土耳其的一名特务人员，往希腊城市萨罗尼加土耳其国父出生的房子扔了一枚炸弹。土耳其各大报以特刊传播此一消息后，仇视城内非回教徒居民的暴徒聚集在塔克西姆广场，烧毁、破坏并洗劫我母亲和我曾去贝尤鲁逛过的所有商店之后，整个晚上在其他城区干相同的事情。

一群群暴乱分子极为狂暴，在欧塔廓伊、巴鲁克尔、萨玛提亚和费内尔等希腊人口最密集的地区引起极大恐慌。他们不仅焚烧洗劫希腊杂货店和乳制品店，还破门而入，蹂躏希腊和亚美尼亚妇女。因此，说暴乱分子跟"征服者"默梅特攻陷城市后大肆洗劫的士兵们一样残暴，并非毫无道理。后来才发现，这次暴动——恐怖持续两天，使这座城市比东方主义者的梦魇更像地狱——的组织者有政府支持，他们在政府的纵容下劫掠城市。

因此，当天整个晚上，敢在街上走的每个非回教徒都冒着被暴民处死的风险。隔天早晨，贝尤鲁的商店成了一片废墟，窗户被砸碎，门被踢开，商品不是遭掠夺就是被痛快地摧毁。到处撒满衣服、地毯、布匹、翻覆的冰箱、收音机和洗衣机，街上堆满破碎的瓷餐具、玩具（最好的玩具店都在贝尤鲁）、厨具、当时很时兴的鱼缸和吊灯所残留的碎片。在脚踏车、翻覆焚毁的汽车、劈烂的钢琴、倒在布料满地的街上凝视天空的残破假人模特儿当中，有三三两两镇压暴乱的坦克车，却来得太迟。

若干年后，我的家人长篇大论地讲述这些暴动，因此细节之生动仿佛我亲眼看过。

基督徒家庭清理他们的商店和家园时，我的家人回想起我伯父和祖母从一扇窗奔往下一扇窗，愈来愈恐慌地看着愤怒的暴民在我们街上走来走去，砸碎商店玻璃，咒骂希腊人、基督徒、有钱人。不时有人群聚集在我们的公寓外头，但正好我哥哥才刚培养了一个爱好，迷恋上阿拉丁的店出售的土耳其小国旗（或许是想利用当时风靡全国的高涨民族主义情操吧），他在我伯父的"道奇"车上挂了一面旗，我们认为，愤怒的暴民因为它才没把车弄翻，甚至还放了窗户一马。

（选自《伊斯坦布尔：一座城市的记忆》，〔土耳其〕奥尔罕·帕慕克，

上海人民出版社 2007 年版）

作品赏析

《土耳其化的君士坦丁堡》选自帕慕克的长篇散文《伊斯坦布尔：一座城市的记忆》。这部作品书写的既是一部个人的历史，又是这座城市的忧伤。奥尔罕·帕慕克说："要想传达伊斯坦布尔让儿时的我感受到的强烈'呼愁'感，则必须描述奥斯曼帝国毁灭之后的城市历史，以及此一历史如何反映在这城市的'美丽'风光及其人民身上。"

帕慕克具有独特的历史感与善于描写的杰出天分，在这部具有回忆性质的散文中，他重访家族秘史，发掘旧地往事的脉络，拼贴出当代伊斯坦布尔的城市生活。全书以 37 章的篇幅，从奥尔罕·帕慕克的家族历史、城市遗迹、帝国记忆、日常生活、建筑环境、气候变化等多个角度，塑造了帕慕克的成长记忆。更重要的是，在这些个人化的记忆中，帕慕克展现了传统和现代并存的城市历史，以及潜在共性的土耳其文明的感伤。此外，书中还选用了很多老照片，有的是他过去成长的瞬间，有的则是城市风景的片段和人物的特写。照片和文字之间形成了特殊的互文关系。

帕慕克在《伊斯坦布尔：一座城市的记忆》中塑造了一个独特的概念，即"呼愁"。帕慕克认为，"'呼愁'一词，土耳其语的'忧伤'，有个阿拉伯根源：它出现在《古兰经》时（两次写作'huzn'，三次写作'hazen'），词义与当代土耳其词汇并无不同。……随着时间的推移，我们看见两个迥然不同的'呼愁'出现，各自唤起某种独特的哲学传统"。在帕慕克笔下，"呼愁"不是个体的忧伤，而是一个民族群体的共有情绪，忧郁是个体面对城市的破败、衰落所引起的心理反应，"呼愁"则是城市的破败、衰落在伊斯坦布尔人心中层层积淀而成的一种共同的心理结构，一种面对世界、处理问题的方式，这是伊斯坦布尔文化的基本特点。

《土耳其化的君士坦丁堡》这篇文章正体现了帕慕克作为一名站在东西方文明十字路口的作家，一个生活在东方却"西化的"知识分子，长久地被古东方文明和西方世俗主义价值观撕扯。他从西方借来"小说"的形式，套在苏菲派诗歌、波斯文学、阿拉伯神话等经典伊斯兰文学之上，试图用一种现代的方式"改写"传统。

拓展阅读

阅读帕慕克的《伊斯坦布尔：一座城市的记忆》。

参 考 文 献

曹道衡，沈玉成，1991．南北朝文学史[M]．北京：人民文学出版社．

陈思和，2002．中国当代文学教程[M]．上海：复旦大学出版社．

陈文新，2010．中国古代文学[M]．北京：北京大学出版社．

陈子展，1983．诗经直解[M]．上海：复旦大学出版社．

程章灿，2001．魏晋南北朝赋史[M]．南京：江苏古籍出版社．

董乃斌，黄霖，2004．古代小说鉴赏辞典[M]．上海：上海辞书出版社．

范文瑚，李欧，2001．外国文化与文学（欧美部分）[M]．成都：天地出版社．

费振纲，胡双宝，宗明华，1993．全汉赋[M]．北京：北京大学出版社．

福斯特，2016．小说面面观[M]．冯涛，译．上海：上海译文出版社．

郭英德，1999．明清传奇史[M]．南京：江苏古籍出版社．

洪昇，1980．长生殿[M]．北京：人民文学出版社．

洪子诚，2002．中国当代文学史[M]．北京：北京大学出版社．

洪子诚，2002．中国当代文学史·史料卷（1945—1999）[M]．武汉：长江文艺出版社．

蒋承勇，2008．西方文学名著导引[M]．北京：高等教育出版社．

金汉，2002．中国当代文学发展史[M]．上海：上海文艺出版社．

孔尚任，1982．桃花扇[M]．北京：人民文学出版社．

李赋宁，1999．欧洲文学史[M]．北京：商务印书馆．

李修生，1990．元杂剧史[M]．南京：江苏古籍出版社．

刘象愚，杨恒达，曾艳兵，2002．从现代主义到后现代主义[M]．北京：高等教育出版社．

鲁德才，2006．古代小说艺术鉴赏[M]．珠海：珠海出版社．

鲁迅，1997．中国小说史略[M]．济南：齐鲁书社．

陆明，闫冰，2010．外国文学名著导读[M]．北京：高等教育出版社．

陆梅林，盛同，1991．新时期文艺论争辑要[M]．重庆：重庆出版社．

逯钦立，1984．先秦汉魏晋南北朝诗[M]．北京：中华书局．

罗宗强，1996．魏晋南北朝文学思想史[M]．北京：中华书局．

梅新，鸿鸿，1994．1993年诗选[M]．台北：现代诗季刊社．

木心作品编辑部．木心研究专号，2016．木心美术馆特辑[M]．桂林：广西师范大学出版社．

聂石樵，1994．先秦两汉文学史稿[M]．北京：北京师范大学出版社．

聂石樵，2002．唐代文学史[M]．北京：北京师范大学出版社．

钱理群，温儒敏，吴福辉，1999．现代文学三十年[M]．北京：北京大学出版社．

史密斯，2000．艺术感觉与美育[M]．滕守尧，译．成都：四川人民出版社．

隋树森，1957．古诗十九首集释[M]．北京：中华书局．

孙玉石，1999．中国现代主义诗潮史论[M]．北京：北京大学出版社．

汤显祖，1980．牡丹亭[M]．北京：人民文学出版社．

汤哲声，2008．中国现代通俗小说思辨录[M]．北京：北京大学出版社．

万绳楠，1984．陈寅恪魏晋南北朝史讲演录[M]．合肥：黄山书社．

王力，1981．古代汉语：第二册[M]．北京：中华书局．

王力，1982．汉语音韵学[M]．北京：中华书局．

王瑶，1982．中古文学史论集[M]．上海：上海古籍出版社．

王国维，1915．宋元戏曲史[M]．北京：商务印书馆．

王钟陵，1985．中国中古诗歌史[M]．南京：江苏教育出版社．

《文学遗产》编辑部，1961．陶渊明讨论集[M]．北京：中华书局．

萧涤非，1984．汉魏六朝乐府文学史[M]．北京：人民文学出版社．

徐葆耕，2012．西方文学十五讲[M]．北京：北京大学出版社．

许霆，2005．中国现代主义诗学论稿[M]．上海：上海文化出版社．

严可均，1987．全上古三代秦汉三国六朝文[M]．北京：中华书局．

杨匡汉，孟繁华，1999．共和国文学50年[M]．北京：中国社会科学出版社．

《艺谭》编辑部，1984．建安文学研究文集[M]．合肥：黄山书社．

于非，1994．中国古代文学[M]．北京：高等教育出版社．

余世谦，2003．《西游记》作者对我说[M]．上海：上海人民出版社．

袁行霈，1986．中国文学史纲要[M]．北京：北京大学出版社．

袁行霈，1997．中国诗歌艺术研究（增订本）[M]．北京：北京大学出版社．

袁行霈，2014．中国文学史[M]．北京：高等教育出版社．

臧晋叔，1958．元曲选[M]．北京：中华书局．

张海英，2003．《红楼梦》作者对我说[M]．上海：上海人民出版社．

张可礼，1986．建安文学论稿[M]．济南：山东教育出版社．

张燕瑾，吕微芬，2001．近代文学研究[M]．北京：北京出版社．

章培恒，骆玉明，1997．中国文学史[M]．上海：复旦大学出版社．

郑克鲁，2015．外国文学史[M]．3版．北京：高等教育出版社．

周靖竹，2003．《金瓶梅》作者对我说[M]．上海：上海人民出版社．

周啸天，2003．宋元明清诗词曲鉴赏[M]．成都：四川人民出版社．

朱东润，2008．中国历代文学作品选[M]．上海：上海古籍出版社．

朱栋霖，朱晓进，吴义勤，2014．中国现代文学史（1917—2013）（上、下册）[M]．3版．北京：高等教育
　　出版社．

朱维之，赵澧，黄晋凯，2015．外国文学简编（欧美部分）[M]．7版．北京：中国人民大学出版社．

朱熹，1980．诗集传[M]．上海：上海古籍出版社．

朱寨，1987．中国当代文学思潮史[M]．北京：人民文学出版社．

朱自清，2010．新诗杂话[M]．南京：江苏文艺出版社．